国家出版基金项目
NATIONAL PUBLICATION FOUNDATION

国家出版基金项目
“十二五”国家重点图书出版规划项目

中國京劇流派劇目集成

启功题签

《中国京剧流派剧目集成》编委会 编

第叁拾集

學苑出版社

图书在版编目（CIP）数据

中国京剧流派剧目集成．第30集 /《中国京剧流派剧目集成》编委会编．— 北京 ：学苑出版社，2015.1
ISBN 978-7-5077-4718-8

Ⅰ．①中… Ⅱ．①中… Ⅲ．①京剧－剧本－作品集－中国 Ⅳ．① I232

中国版本图书馆 CIP 数据核字 (2015) 第 030907 号

出 版 人：孟　白
责任编辑：潘占伟
装帧设计：徐道会
出版发行：学苑出版社
社　　址：北京市丰台区南方庄 2 号院 1 号楼
邮政编码：100079
网　　址：www.book001.com
电子信箱：xueyuanpress@163.com
销售电话：010-67601101（销售部）　67603091（总编室）
经　　销：新华书店
印 刷 厂：北京信彩瑞禾印刷有限公司
开本尺寸：889×1194　1/16
印　　张：13.5
字　　数：346 千字
版　　次：2015 年 1 月第 1 版
印　　次：2015 年 1 月第 1 次印刷
定　　价：210.00 元（精装）

序言

◎黄克

京剧向称国粹艺术，内容博大精深，剧目十分丰富，人们常以"汉唐三千宋明八百"形容其浩瀚。其中流派剧目又以演员表演的鲜明个性使剧目显得更为多彩多姿，充满魅力，既被专业人员钻研承继，也为广大戏迷喜闻乐见，遂成为京剧舞台上一大亮点。

流派

举凡表演艺术，原本就无不带有表演者的个人色彩。京剧表演艺术因其唱念做打诸多方面功夫的综合性和繁难性，表演的个性化尤为突出；加以行当的粗分、剧目的雷同，于大致相同的条件下尽显各自的千姿百态、千变万化；一招一式、一腔一韵之中可以体现不同的特色，同样一出戏，甚至同样一个戏中人物也完全可以演出不同的风采，这种充满个性化的表演，遂成为京剧竞技场上最是为人乐道而又情趣无穷的审美内涵。倘若这种富于个性化的表演为受众所认可，且代有传人，形为规范，即可自成一家，成为迥异于他人的艺术流派。以"四大名旦"（梅兰芳、程砚秋、荀慧生、尚小云）为例，虽皆工旦行，却又各有千秋。京剧大师王瑶卿就曾这样分析这四位后起之秀的独到之处："梅兰芳的样儿，程砚秋的唱儿，尚小云的棒儿，荀慧生的浪儿。"所谓"样儿"，指梅的艺术造诣全面，要什么有什么；所谓"唱儿"，指程以行腔之新颖动听为能；所谓"棒儿"，指尚的刀马功底深厚；所谓"浪儿"，指荀的柔媚多姿、风情万种。寸长尺短，一语道破各有专擅的各家流派特点。如此成就固然来自自己的勤学苦练、苦心孤诣，更少不了观众的知音捧场、鼓励有加。因此，一个艺术流派的形成，对于创始人来说，无疑是开拓了审美追求的新境界；对于受众戏迷来讲，则更是得到了多样化审美需求的新满足。梨园行有云：唱戏的是疯子——指其追求的执着，听戏的是傻子——指其享受的痴迷。二者相得益彰、相映成趣，或许正道出京剧流派形成之三昧。

流派剧目

在京剧传承的一二百年间，随着历史的变迁、社会的发展，以及新人辈出、师承转换，荡涤旧物、崇尚新声，传统剧目中的绝大部分早已绝迹于舞台，然而，其精华部分（包括剧目中表现出来的唱念做打等程式体系）还是被完好地保存了下来，并得到长足的发展。其间，流派创始人于剧目的推陈出新做出了不可磨灭的贡献。基于对剧目乃至剧中人物的理解和认识，以及更便于发挥自己技艺特长的需要，流派创始人对浩如烟海的传统剧目进行了严格的筛选，经过了整理加工再创作，使之又焕发出崭新的韵味和光彩；随着这样剧目的增多，最终形成了自己流派所特有的剧目系列。而另外的流派又在另外的剧目系列中发挥着自己的优势，即或剧目相同，不同流派依然可以于演出中表现出自己的独特风格。总之，在其演出的剧目中，无不打上自己表演风格的鲜明烙印。京剧舞台上一度出现的这种百花齐放、争芳斗艳的盛况，实由自丰富多彩的流派剧目，这在京剧发展史上已是不争的事实。

但也应看到，如今京剧流派剧目相对于京剧的鼎盛时期，已是光景不再。个中原因很复杂，就客观因素而言，新兴的艺术形式的多种多样，人们的欣赏习惯和娱乐方式已经有了更广泛的选择余地，因而完全可以去旁骛；此外，就京剧本身而言，演出剧目之贫乏不能不说是观众锐减的重要原因之一。本来演出场所和演出场次就不多，翻来覆去又只是那几出骨子老戏，怎么能吸引观众，特别是年轻观众呢？——连那些老戏迷们也都听腻歪了。

回过头来看，今日演出剧目的贫乏和流派创始人晚年艺术景况也不无关系。他们在艺术的巅峰期——集中在上个世纪二三十年代，创作或改编了一出出新戏，直令观众赏心悦目，目不暇接。当其时，除了富连成科班或游动的散班演出些大路戏外，北京的京剧舞台几乎就是流派剧目的天下。据1932年商务印书馆出版的《五十年来北平戏剧史材》的记载，自民国十二年（1923）至十八年（1929）这六七年间，以梅派剧目为例，只“初演”的剧目——也就是自家独创的新戏或整理改编的传统戏，就有前后本《西施》、《洛神》、《廉锦风》、头二三四本《太真外传》、《俊袭人》、全本《宇宙锋》、《凤还巢》、《春灯谜》等12出戏（其中前后四本《太真外传》这四出戏是在一年多时间里陆续完成的）；同一时间段，马派“初演”的剧目也有《化外奇缘》、全本《玉镯记》、《秋灯泪》、《战宛城》、全本《火牛阵》、《鸿门宴》、全部《临江馆（“馆”应作“关”）》、全部《浣纱溪》、《范仲禹》、全本《清风亭》、头二三四本《大红袍》、全本《天启传》、《许田射鹿》、全本《十道本》等15出戏（其中《大红袍》分头二和三四本两次演出），当然，其中还不包括“初演”以外的经常性的大量的传统戏演出。试问，这些曾经轰动一时的流派创始人编创的新剧目于今又有多少出传承下来了呢？个中主要原因就在于流派创始人到了晚年一些唱做吃重的剧目已难胜任，只有将其已臻于炉火纯青的技艺凝炼到少数剧目之中，或演出或教习也只拘囿于这少数几个剧目了。而其传人也就将这几出戏奉为圭臬，全不知其鼎盛时期的所谓“文武双全”、所谓“昆乱不挡”为何事，致使一些当年的热门戏几近失传，这不能不说是梨园一件憾事。记得梅兰芳先生曾撰文论述学艺过程中的“少、多、少”，大意是初学时会的戏（包括技艺）自然是少的。随着所学剧目的增多，技艺的增长，激发起拓宽其艺术驰骋领域的热情，兼收并蓄，从而极大地丰富了自己。进而又随着审美取向的定型，艺术见识的提高，势必要对自己所学所用下一番去芜存精的工夫，扬长避短，使自己的独特技艺集中在少数几个代表剧目之中。表面看来演出的剧目是少了，但炉火纯青，在艺术创新上却达到了新境界。从少到多，从多而少，贯穿着的是继承与发展的艺术成熟的过程，也闯出了一条攀升艺术高峰的必由之路。后学者以为，学会了几出流派代表剧目便可以薪尽火传，得到了真经，孰不料缺少广博的根基，既影响个人的发展，也造成了剧目越传越少的现实。这难道不是应该汲取的教训吗？

有道是“礼失求诸野”。由于流派剧目的独特韵味及其所富有的艺术魅力，由于京剧作为自娱自乐的审美取向已深入人心，更由于迷恋传统演唱艺术者的大有人在，京剧传统剧目——包括一些已经消失于舞台的流派剧目，至今仍在京剧爱好者中间传唱不息。我们不妨到公园里看一看那一圈圈围着的戏迷，他们来自四面八方，或许彼此并不相识，只凭一把胡琴就将大家凝聚在一起，有滋有味地互相欣赏着一段段流派唱腔。更不用说那遍布全国各地乃至国外华人聚居区的票房，他们还时不时地粉墨登场，过一把戏瘾呢！这种自拉自唱、自娱自乐的红火场面，充分显示了京剧流派剧目的深厚群众基础和顽强的生命力，对于相对落寞的京剧舞台不啻一种发人深省的挑战。然而，这又何尝不是对京剧振兴的潜在的呼唤和有力的支持呢！

流派剧目集成

正鉴于其强大的生命力和深厚的群众基础，“振兴京剧”作为文化建设的国策的提出可谓正得其时。而振兴之务，首要的是挖掘和继承优秀传统剧目，以之作为发展和创新的基础和借鉴。我们编纂《中国京剧流派剧目集成》的初衷正在于此：将流派剧目演出的精彩瞬间记录于永恒，将构成流派剧目的诸多元素一一记录在案。诸如每剧的剧情本事、创始人表演特点的提要，剧中人物行当归属、服装扮相，剧本曲文、唱腔谱、伴奏谱、锣鼓经，以及身段谱等得以再现流派表演风格的内容，都力图完整地记录整理出来，为流派艺术的教学和研究提供文字的基础资料。持此，内行自可作为表演的参考，京剧爱好者也可以作为演习的蓝本。

这一工作，对于京剧剧目的基本建设虽然可谓之善举，但具体做起来却困难多多。首当其冲的就是剧目的选定。京剧剧目虽称汗牛充栋，但保存下来的资料却十分有限。京剧形成初期，以“老生三杰”又称“前三鼎甲”的程长庚、余三胜、张二奎为代表的一代固然没有留下什么音像文字资料；即或以“老生新三杰”又称“后三鼎甲”的谭鑫培、孙菊仙、汪桂芬为代表的一代除了少量的唱片外也没有完整的剧目传下来，所以我们的剧目整理工作只能从民国初年以降的“四大须生”、“四大名旦”开始。他们受熏陶于前辈艺术家，可谓传统的集大成而又能创新的一代，整理剧目以他们为重点自然最合适不过。遗憾的是这些艺术大师大都已经作古，得到他们指点和首肯已不可能，为此，我们只能通过其亲传或再传弟子来进行流派剧目的整理工作。从中我们更深地体会到抢救要及时，当初未能抢救下来现在也不要嫌晚而不为，抢救一点是一点，否则能够保存下来的精华越来越少，越加难向历史向后人交代了。

更难的则是遴选整理者。剧目的全面整理需要全面的人才。我们在组织稿件的过程中却发现这样的人手颇不易得。如果流派创始人或其传人曾在戏校任教，且有较为完整的教案保存下来，今日稍加整理即可选用，自然不是难事。不过这样的情况并不多，大量的剧目尚需要对当年的演出本进行追忆记录，加工整理。曾经受业于流派创始人或其传人的京剧工作者虽然是整理演出本的合适人选，但是他们大都是单位的骨干，忙于演出，忙于剧务，或居于领导职位，很难分出身来。即或肯于应承下一两出戏，也常有如下的情况：能演不能说，能说不能写，能写又不能打谱。因此，完成一个剧目经常需由记录者、整理者和打谱人联袂而行，倘再加上剧目的传授者和提要的撰写人，则非四五人鼎力不可。《中国京剧流派剧目集成》收入二百多出戏，每出戏即使平均两三人参加，也要组织四五百人次。其繁难可以想见，其壮观亦可以想见。当然，这还仅就整理者的数量而言，更为难能可贵的还在于参与者的无私奉献。试想，跟演一出戏或教一出戏相比，以文字整理出一出戏，不仅费时而且费力，无疑是一桩一般人不肯为也不屑为的苦差事，而我们的整理者却能甘之如饴，乐此不疲，没有为京剧事业的传承而不计个人得失的宝贵情操，是难有这种积极性的。不仅如此，随着岁月流逝，整理流派剧日益困难，更需要求助一些老专家，他们或是资深艺员、教师，或是资深票友、戏迷，而今已是硕果仅存的京剧艺术的专家、流派历史的见证人。在他们身上洋溢着一种传承京剧流派的使命感，和对振兴京剧的期待。他们热情地参加到这项工作中来，或亲自动手，为我们整理剧目；或答惑解疑，给我们工作以指导。使我们在受教于他们的同时，油然而生一种深深的敬意。

克服了上述困难，《中国京剧流派剧目集成》终于呈现在读者面前。书中，除了囊括主要流派的主要代表剧目，试图反映京剧鼎盛时期的大致面貌而外，尚有可说道者。

首先是挖掘整理出一批流派剧目，其中不乏已近失传的流派艺术精品。其中共收流派五十余家、剧目二百多出，不仅是从装扮到曲谱俱全，而且半数以上不曾整理出版过，可算是京剧剧目建设的一个不小的工程。下列剧目可为佐证。如王（瑶卿）派名剧《南天门》（今能见到的只剩下王和老谭合拍的剧照）、余（叔岩）派名剧《太平桥》（据说是老谭给余说的开蒙戏）、马派名剧《白蟒台》（写王莽被俘后向旧臣一一乞命事，老生扮演反面人物堪称奇特）、麒派名剧《斩经堂》（其中吴汉的悲剧性格曾引起过热烈争论）、荀派名剧《鱼藻宫》（写吕后残害戚姬事，乃荀派悲剧剧目之一），以及汪（笑侬）派名剧《哭祖庙》、龚（云甫）派名剧《徐母骂曹》、徐（碧云）派名剧《绿珠坠楼》、裘（盛戎）派名剧《打銮驾》等，都是难得一见的流派剧目之珍品。而以“关外唐”名世的唐（韵笙）派名剧经其家人和传人的努力竟整理出其代表作《驱车战将》、《闹朝击犬》、《好鹤失政》、《绝龙岭》、《未央宫斩韩信》、《刀劈三关》等七出之多，堪称流派剧目建设的新收获。除此之外，《中国京剧流派剧目集成》还特别着力于武戏的挖掘整理。较之文戏，武戏更难整理，需要将演员在台上的动作招式一一准确地反映出来，没有深入的钻研领会、亲身体验，很难下笔。众所周知，杨小楼作为一代武生宗师，其“武戏文唱”乃武生的不二法门，也是令人神往的一种表演境界，在武戏剧目整理中理应得到体现。资深票友朱家溍先生得其真传，整理了杨派名剧《麒麟阁》，并详细记述了前后六次观剧的心得，惜乎不及将其用工尺谱记下的昆曲吹腔翻为简谱便溘然而逝了。另一出杨派名剧《镇潭州》则是根据京剧耆儒刘曾复先生的讲授整理出来的，其中杨再兴上场的“蝴蝶霸”、和岳飞对打的“枪架子”，皆独得杨派之秘，给人以再闻《广陵散》般的惊喜。此外，高盛麟的《长坂坡》、《走麦城》，王金璐的《落马湖》、《八蜡庙》也都走的杨派的路子，有的就是直接跟杨宗师学的。南派大武生盖叫天武功盖世，他的剧目身后却乏人整理，多亏移居上海的原中国戏校武功教师赵雅枫先生以耄耋之年勉力整出《一箭仇》，也算保存了盖派一脉。还值得一提的是收获了一批武丑戏。叶盛章当年是以武丑戏挂头牌演大轴的第一人，勇于创新，能戏甚伙，现将其创作的名剧《酒丐》、《祥梅寺》、《打瓜园》、《徐良出世》、《三盗九龙杯》、《铜网阵》等七出代表作一并推出，既再现了叶氏当年神勇，也为乏人承继的武丑行当提供一些演习之本。尤为可喜的是我们也挖掘整理出富连成科班总教习、文丑“萧派”创始人萧长华老先生的《选元戎》、《荡湖船》、《变羊记》等已近绝迹舞台的拿手剧目。凡此，整理者挖掘流派剧目的辛勤劳作成果，均为我们编纂“集成”增添了光彩。

为了方便读者翻检使用，本书采取四五出戏合编一册的形式，这样全书约有五十册之多，并拟分三批推出。第一批为老生行的余派，以及号称“南麒、北马、关外唐”的三派，和武丑行的叶（盛章）派，计五家八册。第二批则以旦行“梅、尚、程、荀”为代表，包括老旦、刀马旦等流派。第三批是老生、小生、武生、净、丑等其他流派。

预期一两年内出齐。倘若其中有重要疏漏，又得人整理，亦可考虑编辑出版“集外集”，以满足读者的需求，也使这部“集成”更为名副其实。

当然，《中国京剧流派剧目集成》的编纂，其目的只在提供流派剧目作为研究家和后学者的参考借鉴。而流派、流派，意重在“流”。所谓流，指流行和流变。流派艺术正是在流行、流变中最终形成的，即或在最终形成之后，也还是靠流行、流变而发展的，倘若泥古不化，抱残守缺，就会失掉其鲜活的生命力，艺苑奇葩也会枯萎，这已为京剧发展史所证明。不过，流派艺术发展也需要有个前提，那就是首先要掌握渗透在表演程式唱念做打、手眼身发步中的艺术个性，而流派剧目就是其艺术个性展现的载体。继承流派艺术，不能只满足于模拟外在的“体”，更要在剧目演练中去体味其艺术个性的“魂”，这样才能促使京剧流派艺术从剧目建设到表演个性都得到发扬光大。此乃传承流派剧目的题内之义，自毋庸赘言。

目录

贯大元

谭富英

尹培玺　整理　　左　旭　记谱

定军山

根据贯大元演出本及授课本整理

《定军山》又名《取东川》，取材于罗贯中《三国演义》第七十回及第七十一回。第七十回“老黄忠计夺天荡山”，黄忠战败张郃，杀死韩浩、夏侯德，解除葭萌关之危，首战告捷。第七十一回“战对山黄忠逸待劳”，黄忠乘走马换将之机，射死夏侯尚，计斩夏侯渊，智取定军山。《诸葛亮后出师表》曾提到：“举兵北征，夏侯授首，此操之失计，而汉事将成也。”为此加封黄忠为征西大将军，使得黄忠跻身五虎将之列。该剧戏班开台或堂会戏常演，取其吉利，亦名《一战成功》。

该剧为武老生行当的代表性剧目，演员需具备唱、念、做、打的全面功力。该剧是谭鑫培、余叔岩两派名戏。1905 年，北京丰泰照相馆的任景丰和刘仲伦为谭鑫培拍摄了《定军山》中“请缨”、“舞刀”、“交锋”等场面，这是一份保留谭鑫培舞台演出风貌的珍贵资料。

剧中黄忠的唱腔，选用的是西皮腔的〔二六〕、〔快板〕、〔摇板〕、〔散板〕的板式。如黄忠请缨，诸葛亮激怒黄忠的情节出现两次，第一次是第一场黄忠唱“师爷说话言太差”至“铁胎宝弓手中拿”，是〔西皮二六〕转〔快板〕。第二次是第十四场黄忠唱“在黄罗宝帐领将令”至“弃暗投明来归顺”，是〔快西皮二六〕转〔快板〕，唱腔激越明快，恰当地表现了黄忠这位忠勇的老将军直率好胜的性格。演唱另一个特点是〔西皮快板〕的唱段多。诸如：“背地里暗笑诸葛亮”、“宝刀一举红光放”。难度最大的是第十场黄忠唱的“要把那定军山一扫平”〔西皮快板〕转〔散板〕十六句完整唱段，不仅速度快，吐字清晰，板槽准确，快而不乱，一气呵成，还要扎着大靠，跑圆场、走蹉步、忽左忽右地变换舞台部位，髯口、马鞭、靠旗，既要摘得干净一丝不乱，又要相互配合严密，错落有致，浑然一体，是对演员功力的全面检验。第二十场黄忠唱的“这一封书信来得巧”〔西皮流水〕十分流畅讨俏，充分表现了老将军胜券在握的自信和得意。

戏中黄忠的念白十分讲究，非常考验演员念白的功力。如第一场黄忠念的“末将年迈勇，血气贯长虹……”八句“中东”辙的五言诗体，仔细玩味，上下句格律工整，铿锵有力；第二十场“老夫正无计可施……”的大段散文体的念白，抑扬顿挫、朗朗上口。演员唯有将这两段台词的滋味完美地念出来，才能够准确地表现人物刚强的性格和自信的状态。

戏中的武打要求简洁精确，其中黄忠和夏侯渊的对打，是演出中的重点。黄忠先唱“夏侯渊相貌真凶恶，黑面钢髯杀气多。劝你马前归降我，稍有迟延你的命难活”，为开打做铺垫，渲染气氛，后再“剜罗卜”接“勾刀头子”开打亮相。武老生的打，不要求打得花哨复杂，但是一定要能够表现出人物的身份和气度。

尹培玺先生将贯大元先生早年经常上演、晚年执教于中国戏曲学校时讲授的《定军山》演出本和教学本如实地整理出来，有益于这一出名剧的传承。贯大元先生幼年时受教于贾丽川和贾洪林，后师从吴连奎，有着扎实深厚的基础。此外，他还得到师兄李鑫甫（谭鑫培弟子）的悉心点拨，加上他对谭派艺术潜心钻研，他的表演风格保存着谭派艺术神韵。例如《定军山》中“我主爷攻打葭萌关”十六句〔西皮快板〕，唱词比一般演唱多，唱腔、唱法和身段，较大程度地保留着谭鑫培先生当年演出的风貌。

刘沪生

人物行当

黄　忠	老生	夏侯德	净
严　颜	老生	夏侯渊	净
诸葛亮	老生	下书人	丑
刘　备	老生	魏报子	丑
张　著	老生	蜀报子	丑
陈　式	丑	四红龙套	杂
刘　封	小生	四绿龙套	杂
张　郃	净	八蜀兵	杂
韩　浩	老生	八魏兵	杂
夏侯尚	丑		

服装扮相

黄　忠　俊扮。黄扎巾、红绒球面牌、白鬓发、白三、黄绸条，黄硬靠、红靠绸、箭衣，红彩裤，厚底靴。

严　颜　俊扮。白扎巾、白绒球面牌、白鬓发、白三、绿或蓝绸条，白硬靠、红靠绸、箭衣，黑彩裤，厚底靴。

诸葛亮　俊扮。八卦巾、黑三，紫八卦衣、朝珠，黑彩裤，厚底靴。

刘　备　俊扮。王帽、黲三，红蟒、玉带，红彩裤，厚底靴。

张　著　俊扮。银荷叶盔、黑三，白开氅、白绣边箭衣、茓肩、黑马褂，红彩裤，厚底靴。

陈　式　勾丑行腰子形粉脸。二郎叉子、四喜吊搭，绿开氅、花箭衣、大带、黑马褂、茓肩，红彩裤，朝方靴。

刘　封　俊扮。紫金冠，红开氅，红彩裤，厚底靴。

张　郃　勾紫三块瓦。扎巾额子、翎子、狐尾、牵巾、黑满，紫硬靠，红彩裤，厚底靴。

韩　浩　俊扮。黑大镫、黑三，黑花箭衣、黑马褂、茓肩、大带，红彩裤，厚底靴。

夏侯尚　勾豆腐块。黑相貂壳、丑三，绿箭衣、素黄马褂、大带，红彩裤，朝方靴。

夏侯德　勾绿碎脸。扎巾额子、翎子、狐尾、红耳毛子、红扎、牵巾，绿硬靠、红靠绸、绿蟒，红彩裤，厚底靴。

夏侯渊　勾黑花三块瓦。大额子、蓬头、抓髻、翎子、狐尾、牵巾、黑耳毛子、黑扎，黑硬靠、红靠绸，红彩裤，厚底靴。

下书人　勾豆腐块。大板巾，素箭衣、黑马褂、茓肩、大带，黑彩裤，朝方靴。

魏报子　勾豆腐块。梢子帽，青布箭衣、卒坎、大带，黑彩裤，薄底靴。

蜀报子　勾豆腐块。梢子帽，青布箭衣、卒坎、大带，黑彩裤，薄底靴。

四红龙套　俊扮。红小板巾，红龙套衣，红彩裤，薄底靴。

四绿龙套　俊扮。绿小板巾，绿龙套衣，红彩裤，薄底靴。

八蜀兵　俊扮。黄兵盔，黄兵丁衣裤、扣板，薄底靴。

八魏兵　俊扮。黑风帽，灰布箭衣、大带，黑彩裤，薄底靴。

道具

桌　子	三张	**椅　子**	三把
桌围椅披	三份	**笔　架**	一个
印　盒	一个	**文房四宝**	一份
令　箭	两支	**报　旗**	一面
羽毛扇	一把	**马　鞭**	三根（金杆三穗一根）
令　旗	一面	**大　刀**	一把
宝　剑	两口	**白带枪**	一杆
金象鼻刀	一把	**大　斧**	一把
单　刀	十把	**弓　箭**	一份
黑花带单枪	十杆	**绿标子**	一堂
瓜　锤	一个	**大纛旗**	一面
红标子	一堂	**书　信**	一封

第一场

〔场上设高台，桌上摆文房四宝、印盒、令箭（两支）。

〔奏唢呐曲牌<水龙吟>四红龙套持“开门刀”、张著抱令旗上“站门”，张著等站定后，曲牌收住。

〔**【一锤锣】**打上，诸葛亮上场亮相，走至台口。**【大锣归位】**

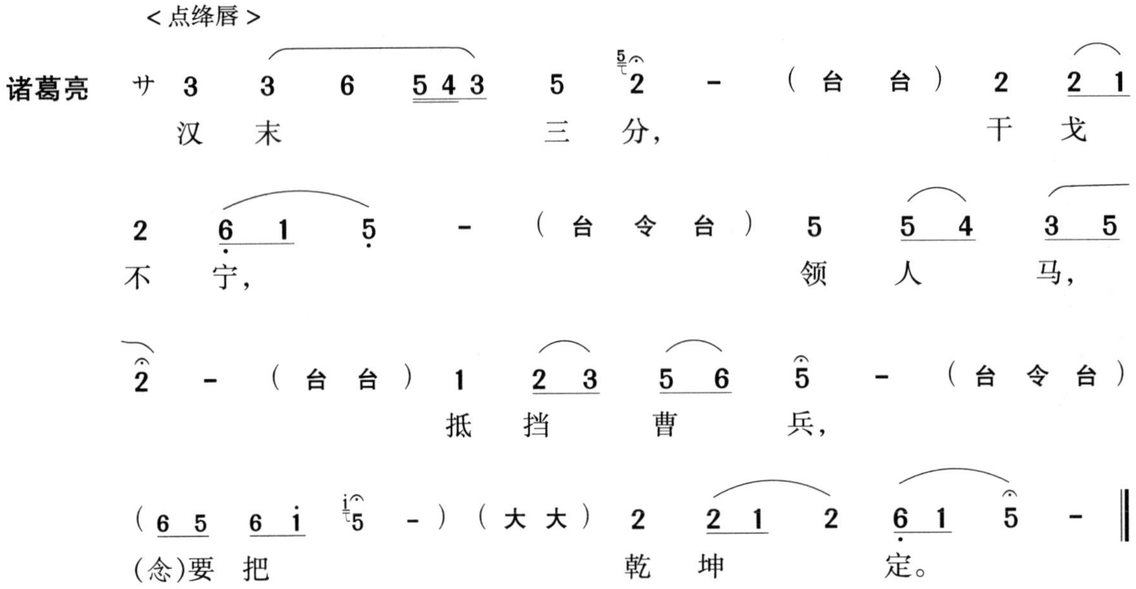

〔**【冲头】**诸葛亮向两边各一望，起<水龙吟·合头>诸葛亮右转身向里走上高台归座，张著站在高台左边椅子上，四红龙套向里“归八字”站立高台两侧，曲牌止。

诸葛亮　（诗）巴蜀稳定仗荆襄，
　　联吴拒曹守边疆。**【小锣二击】**
　　一片丹心扶社稷，
　　扭转汉室锦家邦。**【大锣住头】**

山人诸葛亮。**【住头】**闻听张郃攻打葭萌关，必须派一能将前去迎敌，张著听令！

张　著　在。（下椅子）

诸葛亮　传令下去，可有能将去至阆中替回三将军大战张郃。

张　著　得令，（走至台口右手举令旗）令出，（**冬仓**）下面听者，**【撕边一击】**军师有令，可有能将去至阆中替回三将军大战张郃。

〔黄忠内白：“且慢！”**【撕边一击】**

张　著　何人阻令？

〔黄忠内白：“黄忠。”

张　著　随令进帐。（仍站回椅子上）

〔黄忠内白："来也！"

〔**【四击头】**黄忠由"下场门"上亮相。**【大锣原场】**至"大边"台口整冠、理髯、躬身，报门、进帐。

黄　忠　参见军师。

诸葛亮　黄老将军少礼。

黄　忠　谢军师。**【住头】**（分左右手提下甲，归"大边"亮相）

诸葛亮　老将军因何阻令？

黄　忠　（右手弹髯，拱手）**【大锣叫头】**军师！闻得张郃攻打葭萌关，何劳三将军回营，末将不才，愿带领一哨人马大战张郃。**【撕边一击】**（左手向外指，亮相）

诸葛亮　老将军年迈，岂是那张郃的对手？

〔**【撕边】**黄忠右手背供，左手托髯向外一亮、扔髯、右手弹髯，**【大锣叫头】**拱手望诸葛亮。

黄　忠　军师喏！**【大锣五击】**（上步至台正中台口）

（念诗）末将年迈勇，（双手托髯）

血气贯长虹。**【小锣二击】**（双手上托）

杀人如削土，（右手做斩杀状，边走边念走向"小边"台口）

跨马走西东。**【小锣三击】**（左手搂髯，右手指向前方，然后走回台中）

两膀千斤力，（做左右顺风旗式）

能开铁胎弓。**【小锣二击】**（跨右腿、上左步、起"小云手"、马步拉弓式）

若论交锋事，（做拧枪式）

还算（呐）**【撕边一锣】**（双手托髯）老黄忠。**【大锣住头】**（台中亮相）

诸葛亮　帐下有一铁胎弓，你若开得此弓，就命你前去。

黄　忠　得令。（向诸葛亮拱手）

〔**【慢长锤】**起"云手"归中面向外两臂拉开。

〔西皮二六〕

【大锣夺头】

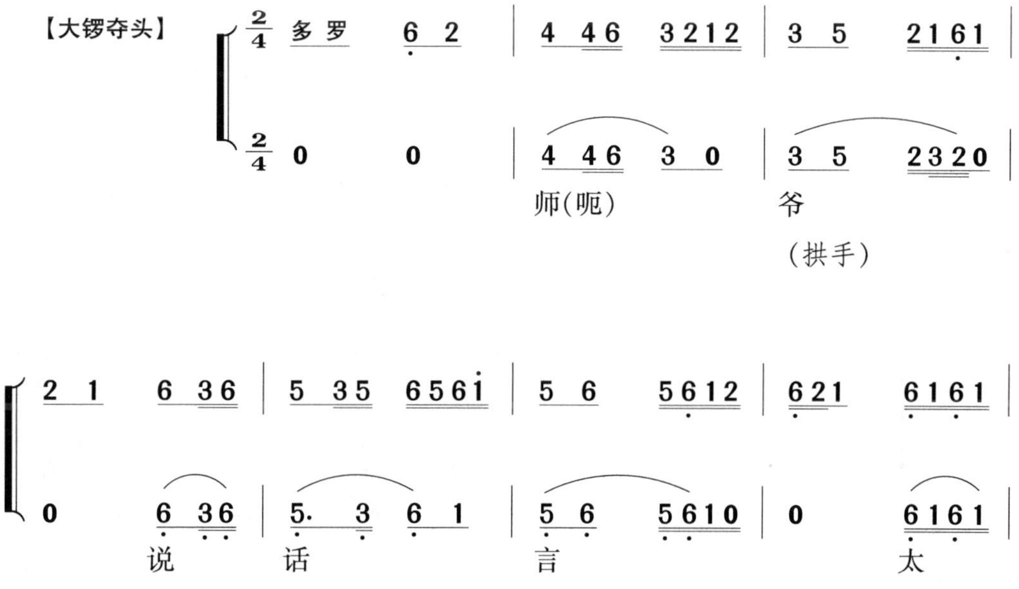

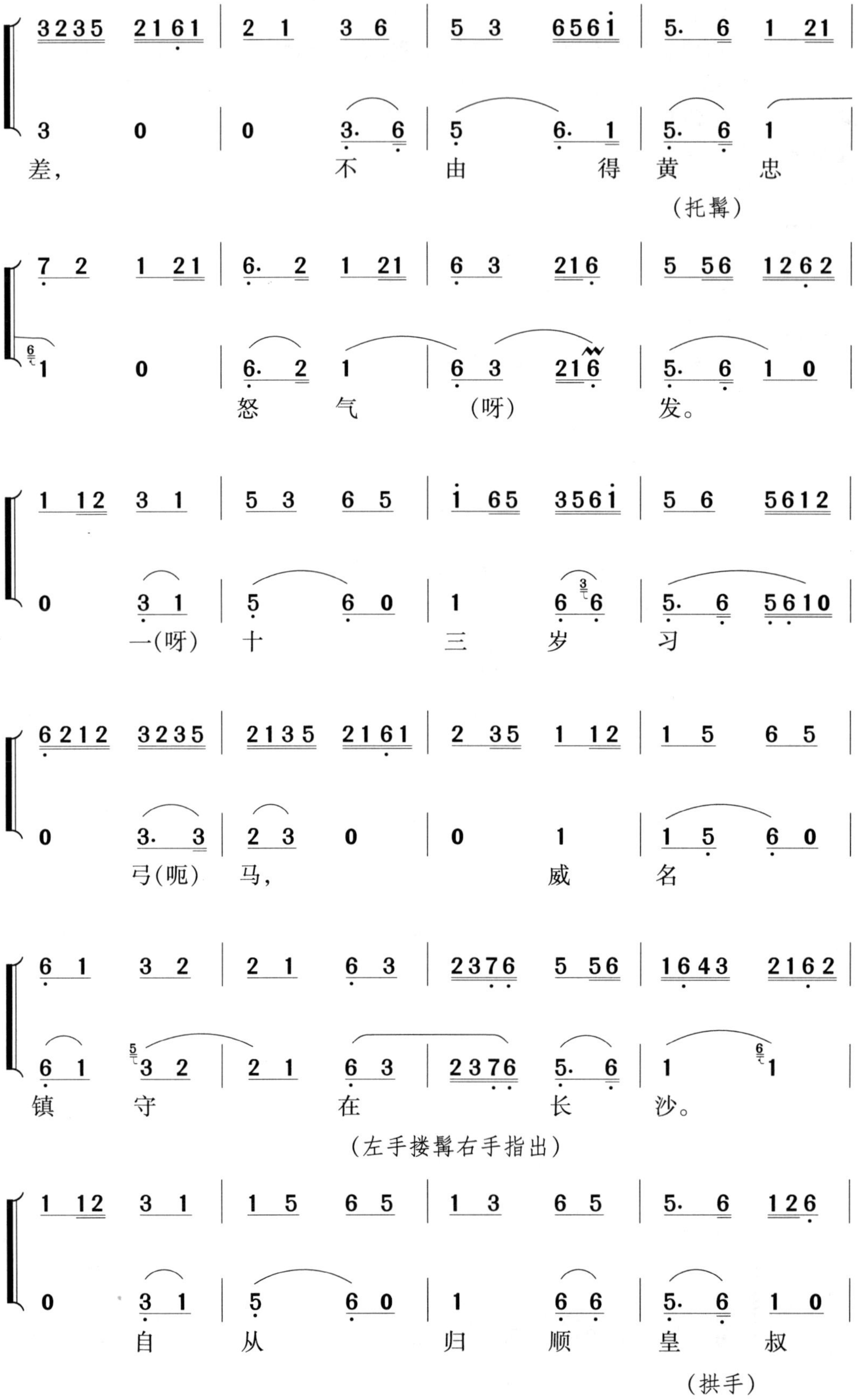
差，不由得黄忠
（托髯）
怒气（呀）发。
一(呀）十三岁习
弓(呃）马，威名
镇守在长沙。
（左手搂髯右手指出）
自从归顺皇叔
（拱手）

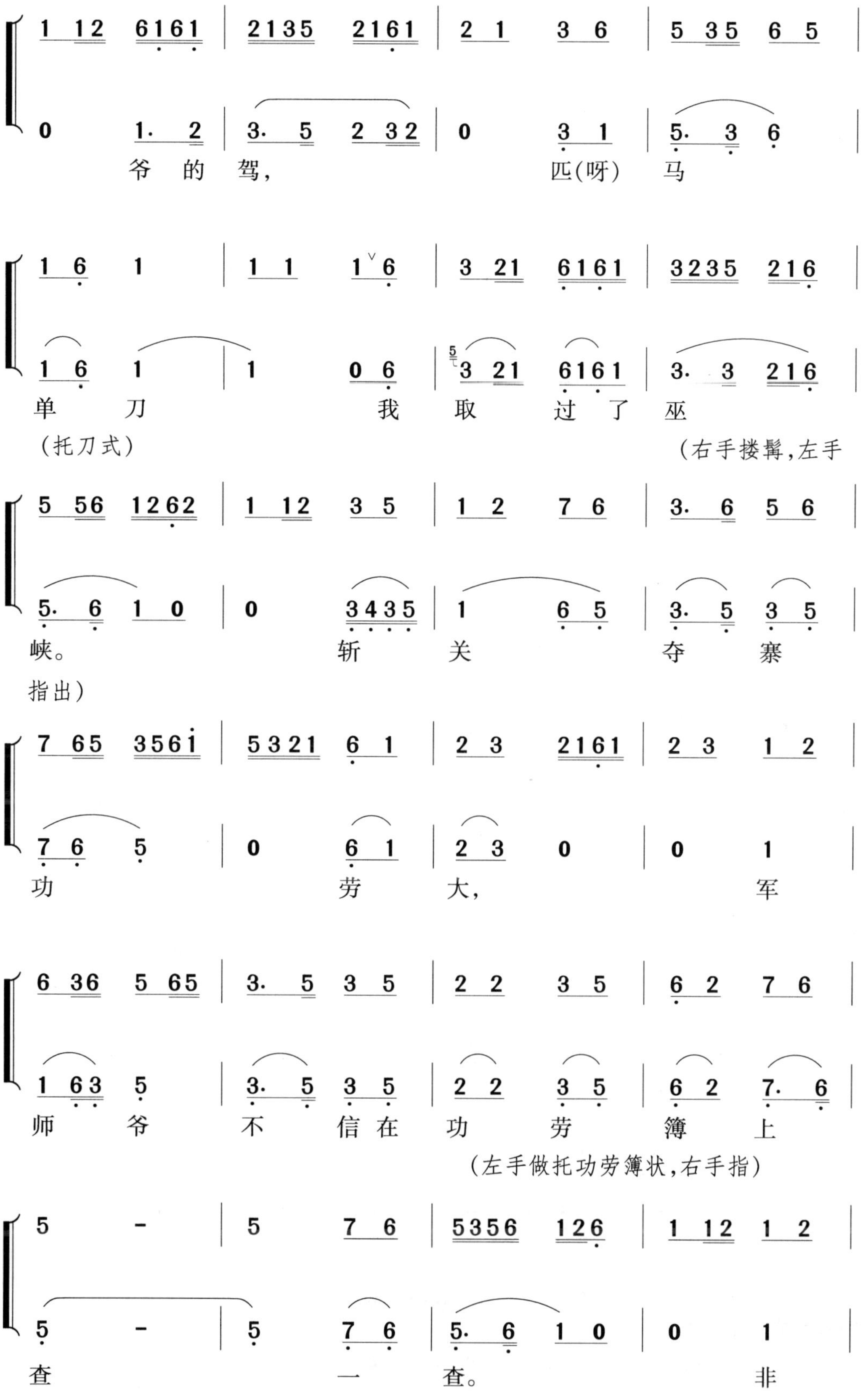
爷 的 驾， 匹(呀) 马
单 刀 我 取 过 了 巫
(托刀式) (右手捋髯，左手
峡。 斩 关 夺 寨
指出)
功 劳 大， 军
师 爷 不 信 在 功 劳 簿 上
(左手做托功劳簿状，右手指)
查 一 查。 非

5 3 65i | サ5 6 i̇ – （胡琴随唱腔伴奏，略）

5 6. 1 | サ5 6 1 – （顷 仓）3 2 – 2 2 1 1 2 –

是 某 黄(呃) 忠 夸 大 话，

（托髯）

（白）弓来！

〔【闪锤】黄忠拉“山膀”，“大边”一蜀兵上递弓，黄忠接弓试拉弓，拉“山膀”。

〔西皮快板〕

1/4（6 | 6 | 5 | 5 5 | 3 6 | 5 5 | 3 2 | 1 1）|

黄 忠 3 5 | 3 5 | 5 3 | 2 1 | 6 1 | 2 3 | 6 | 1 |

铁 胎 宝 弓 手 中 拿。满

2 | 3 5 | 3 1 | 2 | サ2 232 1 1 2 –

满 搭 上 朱 红 扣，

（右手横指弓状）

〔起“云手”转身拉弓。【大锣一击】

四龙套 好弓！

〔【闪锤】黄忠拉“山膀”，接唱〔西皮快板〕。

黄 忠 （过门同前）1 2 | 6 1 | 6 1 | 6 3 | 2 1 | 6 1 | 6 2 | 1（6）|

帐 下 的 儿 郎 个 个 夸。

（右手赞美指）

1 5 | 3 2 | 1 2 | 3 5 | 2 | 3 5 | 2 | 2 1 | 2 3 |

二 次 里 再 用 这 两 膀 的 力，

（右手点指状）

2 1 | 6 5 | 6 1 | 6 1 | 6 ˇ | 6 1 | 6 1 | 2 1 | 2 –

〔起“云手”转身二次拉弓。【大锣一击】

四红龙套 好弓！

〔【闪锤】黄忠拉“山膀”接唱〔西皮快板〕。

定 军 山

黄　忠　（过门同前）6 1 | 6（1 | 6）3 | 2 1 | 6 1 | 6 2 |

人　有　精　神　力　又

1 | 4. 6 | 3 | 3 | サ 4. 4 3（1. 2 3 -）

加。三　次　开　弓　（顷　仓）

（右手弹髯，

4. 6 3 ∨ 3 - 3 2. 3 4 4 3 -

秋　月　样，（呃）

拉“山膀”）

〔起“云手”转身连拉开三弓，每拉一弓锣鼓打**【撕边一击】**，众喝采。**【大锣凤点头】**弓交还一蜀兵，蜀兵下。

〔西皮散板〕

黄　忠　サ（6 6 6 5 5 3. 1 2 6 2 1）1 2 3

再　与　师

2 1 2 - 2（6. 1 2）3. 2 1 1 - 1 - ‖

爷　把　话　答。**【大锣住头】**

（拱手）

诸葛亮　帐外候令。

〔**【大锣打下】**黄忠拱手，出帐、走“大边”台口，锣鼓切住。黄忠起“点云手”回身托髯，**【小回头】**冷笑转身下。锣鼓住。

诸葛亮　传令下去，可有能将，辅佐黄老将军大战张郃?

张　著　得令。（至台口）令出，下面听者，**【大锣一击】**可有能将辅佐黄老将军大战张郃。

〔严颜内白：“严颜愿往。”

张　著　随令进帐。

〔严颜内白：“来也！”

〔**【大锣打上】**严颜由“上场门”上，至台口。

严　颜　报。严颜告进。（进帐）（锣鼓住）参见军师。（拱手）

诸葛亮　严老将军少礼。

严　颜　谢军师。**【住头】**（归“小边”，站立）

诸葛亮　老将军进帐何事?

严　颜　末将不才，情愿辅佐黄老将军，大战张郃。**【撕边一击】**

诸葛亮　老将军年迈，岂是那张郃的对手。

严　颜　**【撕边叫头】**（拱手）军师！**【归位】**

（念）末将今年八十一，

拔山举鼎力有余。（双拳比武式）**【小锣二击】**

万马军中无人敌，

斩将擒王哪算奇。（摊手）**【大锣住头】**

诸葛亮 多日未曾出兵，不知你枪法如何？

严　颜 若论枪法，取上将的咽喉，犹如探囊取物一般。

诸葛亮 当帐演来。

严　颜 得令。（拱手拉“山膀”）

〔西皮快板〕

【闪锤】（过门同前）3 | 3 | 0 3 | 3 3 | 3 5 | 3 2 | 3 |

军　师　帐　中　传　令　下，

0 1 | 1 2 | 1 | 2 | 2 | 3 | 1 | 1 |

叫　我　严　颜　演　枪　法。　虎

（托髯）

2 5 | 3 | 1 | 2 |（大 大）サ 2 2 3 2 1 1 2 -

头　银　枪　要　一　要，

（拧枪式状）

〔**【快长锤】**一蜀兵抬枪上，严颜拿枪、舞枪，舞枪毕拉开。

〔西皮摇板〕

严　颜 **【闪锤】**（过门同前）6 2 1 1 3 2 1 1 6 1 - ‖

我　比　黄　忠　也　不　差。

（托髯）

〔**【住头】**严颜把枪交一蜀兵，蜀兵下。

诸葛亮 传黄老将军进帐。

〔黄忠内白：“来也！”大锣打上。

〔黄忠提甲由“下场门”上，至台口和严颜拱手双进门，转接**【五击头】**归中，面向里站候令。

诸葛亮 黄老将军以为正帅。

黄　忠 得令。

诸葛亮 严老将军以为副帅。

严　颜 得令。

诸葛亮 听我令下！（四蜀兵两边分上）

〔西皮流水〕

【闪锤】 1/4（6 | 6 | 5 | 5 5 | 3 6 | 5 5 | 3 2 |

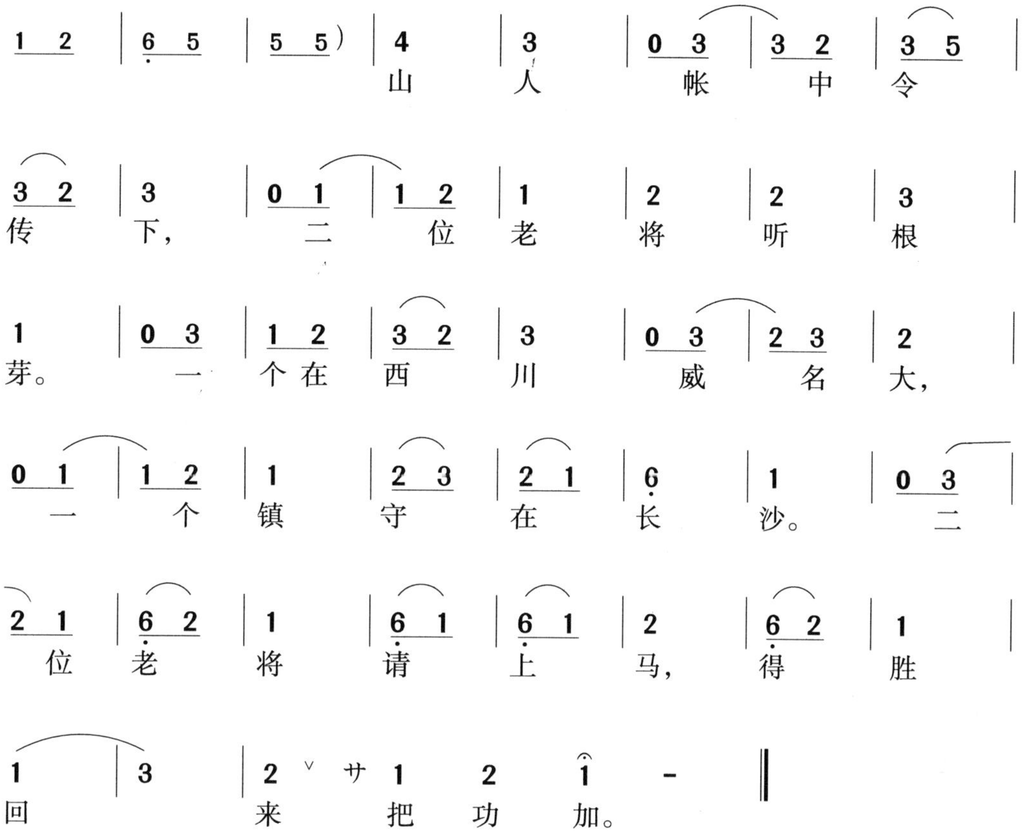

黄忠
严颜 （同念）得令！（拱手）

〔【闪锤】诸葛亮将令箭分别交给黄忠、严颜。黄忠、严颜接令箭后转身拉“山膀”。

〔西皮摇板〕

黄忠 （过门同前）

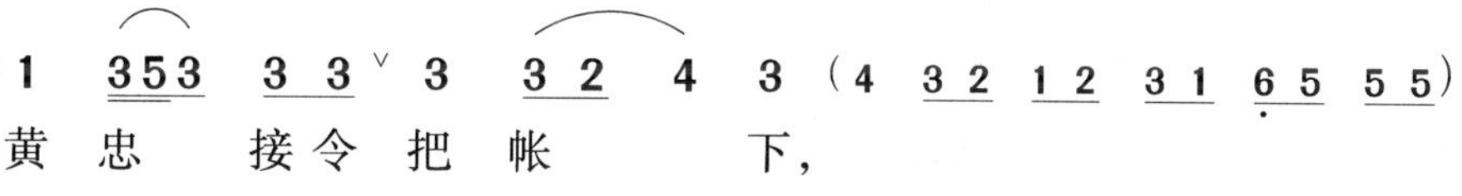

严颜

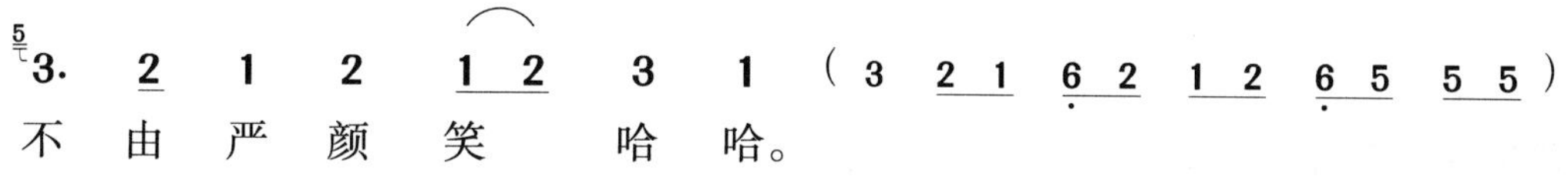

黄忠

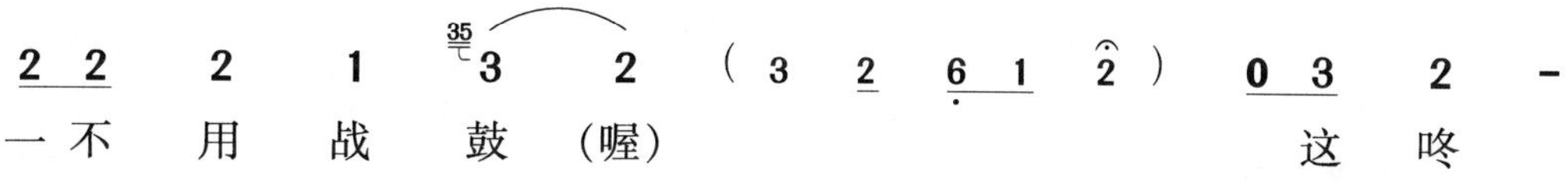

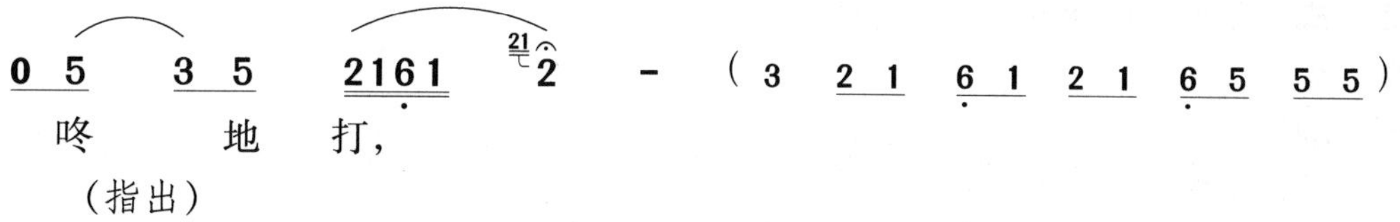

严 颜　1 22 1 23 21 6 1 （3 21 62 12 65 55）
二 不用 副 将 把 队 压。
（摆手）

黄 忠　5 3 3 2 2 3 - 3 3 2 3 -
事 不 宜 迟 把 马 跨，

（白）马来！（二人拉“山膀”）

〔【快长锤】黄忠、严颜出帐，二蜀兵带马后四蜀兵“插门”下。黄忠、严颜上马，黄忠打马“下场门”下。严颜随黄忠后至“下场门”处，返身勒马。

严 颜　（过门同前）6 2 1 3 2 12 12 16 i -
要 把 张 郃 一 马 踏。

〔【大锣打下】严颜加鞭下。

张 著　此番大战，军师为何单派二位老将军前往。

诸葛亮　二位老将军，有谋有勇，此去必然成功。命你押解粮草，军前听用，不得有误。

张 著　得令！

诸葛亮　掩门！

〔【大锣回头】诸葛亮、张著、四红龙套分下。

第二场

〔场上设堂桌、八字椅，令旗。

〔【大锣打上】四蜀兵上“站门”，陈式上至正中台口。

陈 式　（念）阵前打败仗，含羞脸无光。

〔【冲头】陈式转身归里，四蜀兵归“里八字”，蜀报子上。

蜀报子　二位老将军到。

陈 式　有请。

蜀报子　有请。（下）

〔奏唢呐曲牌<小傍妆台>，陈式出帐迎接。四蜀兵持单枪引黄忠、严颜“上场门”上，至“小边”台口，站“一条鞭”。黄忠、严颜下马，进门分坐。黄忠坐“大边”，严颜坐“小边”，陈式随后进门，四蜀兵“挖门”进去后分站立两侧。曲牌收住。

陈 式　参见二位老将军。（拱手跪）

黄 忠
严 颜　（同）罢了。

〔陈式站“大边”。

黄　忠　可曾与那贼见过阵来？

陈　式　见过一阵，大败而回。

严　颜　哇！

「【五锤锣】陈式跪下。

严　颜　无用之将，败我头阵，推出斩了。（用手指陈式）

黄　忠　且慢！【撕边一击】（拦阻）军家胜败，古之常理。

严　颜　老将军，莫非替他讲情。

黄　忠　不敢，老将军开恩。

严　颜　还不谢过黄老将军。

陈　式　多谢黄老将军。

黄　忠　陈式听令！【撕边一击】城楼之上高扯红旗二面，上写黄忠、严颜，那贼闻名丧胆。（给陈式令旗）

陈　式　得令。（持令旗下）

「【冲头】陈式由“下场门”下。四蜀兵两边分下，蜀报子上。

蜀报子　报！张郃讨战！

黄　忠　再探！（指探子）

蜀报子　啊！【冲头】（下）

黄　忠　【叫头】老将军，红旗未出，那贼就来讨战，你我会他一会。

严　颜　你我会他一会。

黄　忠　带马！

「【急急风】黄忠、严颜出门转身，拉“山膀”，由蜀兵带马。【四击头】黄忠、严颜上马。【冲头】八蜀兵“插门”下，黄忠、严颜加鞭下。

第三场

「奏唢呐曲牌<风入松>前两段，四魏兵持刀上“站门”。张郃持枪上至正中台口。曲牌收住。

张　郃　某！【撕边一击】张郃。【住头】奉了魏王旨意，攻打葭萌关，探马报道，黄忠、严颜兴兵前来，岂肯容他猖狂，众将官！【大锣一击】杀！

「<风入松·合头>四魏兵领起来“鹞子头”会阵。【急急风】四蜀兵、黄忠、严颜上。【冲头】黄忠、严颜归“大边”，张郃归“小边”。架住。

张　郃　来将通名！

黄　忠　老夫黄忠。

严　颜　老夫严颜。

张　郃　【叫头】哈哈！哈哈！啊哈哈……！【小回头】

黄　忠
严　颜　（同）尔为何发笑？

张　郃　【叫头】黄忠、严颜！【大锣五击】我道你二人是天神下界，原来是两个老匹夫，怎挡某家一战。

黄　忠　呸！一派胡言，放马过来！

〔【急急风】开打。“一过合两过合”架住，蜀、魏兵“钻烟筒”下。黄忠、严颜和张郃“一扯两扯”、“半过合”，黄忠、严颜打张郃“封头”，张郃、黄忠、严颜【四击头】亮相。【冲头】张郃败下，黄忠、严颜追下。

第四场

〔【水底鱼】韩浩、夏侯尚二人持枪、王八锤上至正中台口。

韩　浩　俺，韩浩。

夏侯尚　夏侯尚。（仓大）

韩　浩
夏侯尚　（同）奉命后队接应，就此前往。

〔【急急风】黄忠上，在“小边”，韩浩、夏侯尚在“大边”，“一过合两过合”，黄忠持刀鼻子削头，【四击头】亮相。【急急风】韩浩、夏侯尚败下，黄忠要“大刀小下场”，【四击头】亮相后追下。

第五场

〔【上天梯】张郃上、严颜追上，开打“灯笼泡”，张郃败下，严颜要“小枪下场”，【四击头】亮相。【急急风】严颜追下。

第六场

〔【乱锤】转【长尖】韩浩、张郃、夏侯尚依次上“挖门”，张郃站中间，韩浩、夏侯尚分站“大、小边”。

张　郃　二位将军，黄忠、严颜杀法厉害，如何是好！

夏侯尚　将军不必惊慌，我兄长夏侯德镇守天荡山，你我去到那里搬兵求救。

张　郃
韩　浩　（同）言之有理，就此前往，请！

〔【大锣打下】韩浩、夏侯尚、张郃下。

第七场

〔【大锣打上】八军士引黄忠、严颜左右分上。转【冲头】双进门分八字站。

黄　忠　老将军追赶何人？

严　颜　张郃小儿。

黄　忠　那贼去远了。

严　颜　便宜了那贼，老将军追赶何人？

黄　忠　韩浩、夏侯尚。

严　颜　那二贼也逃走了。

黄　忠　便宜了他。（远望）【**撕边叫头**】老将军，前面已是天荡山，乃曹操屯粮之所，此山不破，大功难成。

严　颜　末将倒有一计在此。

黄　忠　老将军有何妙计？

严　颜　老将军前山骂阵，末将后山放火，两下夹攻何愁此山不破？

黄　忠　此计甚好，众将官，【**大锣一击**】照计而行。

　　　　〔【**急急风**】众“对抄过”下，黄忠、严颜半个圆场，换边亮相。【**冲头**】分下。

第八场

　　　　〔场上设堂桌、八字椅。【**大锣打上**】四绿龙套持标子“站门”，夏侯德上。

夏侯德　（念）镇守天荡山，儿郎心胆寒。

　　　　〔【**冲头**】魏报子上。

魏报子　报。张将军到。

夏侯德　有请。

　　　　〔唢呐吹奏<小傍妆台>报子下。夏侯德出帐迎接。张郃、韩浩、夏侯尚同上，三人下马，“挖门”进帐，夏侯德跟进。张郃、夏侯德分坐八字椅。韩浩、夏侯尚分别站立两侧。曲牌收住。

张　郃　杀败了！杀败了！【**大锣一击**】

夏侯德　将军为何这等模样。

张　郃　黄忠、严颜杀法厉害，特来搬兵求救。

夏侯德　且听探马一报。

　　　　〔【**冲头**】魏报子上。

魏报子　报，黄忠讨战。

夏侯德　再探！

　　　　〔【**冲头**】魏报子下。

夏侯德　韩浩攻打头阵。

韩　浩　得令。【**长尖**】（上马下）

夏侯德　夏侯尚随后接应。

夏侯尚　得令。【**冲头**】（上马下）

魏报子　（内喊：“报！”上）——后山失火！

夏侯德
张　郃　（同）再探！

魏报子　啊！（下）

夏侯德
张　郃 （同）不好了！

〔奏唢呐曲牌＜急三枪＞

夏侯德
张　郃 （同）众将官！**【大锣一击】**带马杀。

〔**【急急风】**四魏兵带枪和斧子后“插门”下。夏侯德、张郃上马下。

第九场

〔**【快长锤】**黄忠上，手持马鞭大刀至正中台口拉开。

〔西皮快板〕

黄　忠 **【闪锤】** 1/4（过门同前）1 2 | 6 1 | 6（1 | 6）1 | 6 1 | 3 5 | 1 6 |
背　地　里　暗　笑　诸　葛

2（1 | 2）3 | 2 1 | 6 2 | 1 2 | 1 6 | 2 3 | 6（1 |
亮，他　道　老　夫　少　刚　强。

6）3 | 2 1 | 6 2 | 1 2 | 3 5 | 1 6 | 2（1 | 2）5 |
虽　然　年　迈　精　神　爽，杀

3 2 | 1 6 | 2 1 | 3 5 | 1 2 | 1 | 4 6 | 3 5 |
人的　妙　计　腹　内　藏。催　马
（马鞭、刀“云手”舞

3 5 | 3 1 | 2 | （大大）サ1 2· 1 35/3 232 1 1 2 -
来　在　阵　头　上，
动至“小边”向前台亮相）（背刀，马鞭边掏边舞动起劈云手、背刀、反绕马鞭）

〔**【大锣一击】**黄忠勒马在“大边”台口向“上场门”远望。
〔韩浩内白：“哪里走！”
〔黄忠转向外面勒马。

〔西皮摇板〕

黄　忠 **【单楗凤点头】**（过门同前）6 2 1 2 1 2 3 5 2 0 サ1 3· 3 3/2 1 - ‖
那　旁　又　来　送　死　的　郎。

〔黄忠扔马鞭。韩浩**【冲头】**上，与黄忠架住。

黄　忠 来将通名。

韩 浩 韩浩。
黄 忠 看刀！（和韩浩“半过合”（**八大仓**）黄忠大刀花斩韩浩。出刀转身向外）

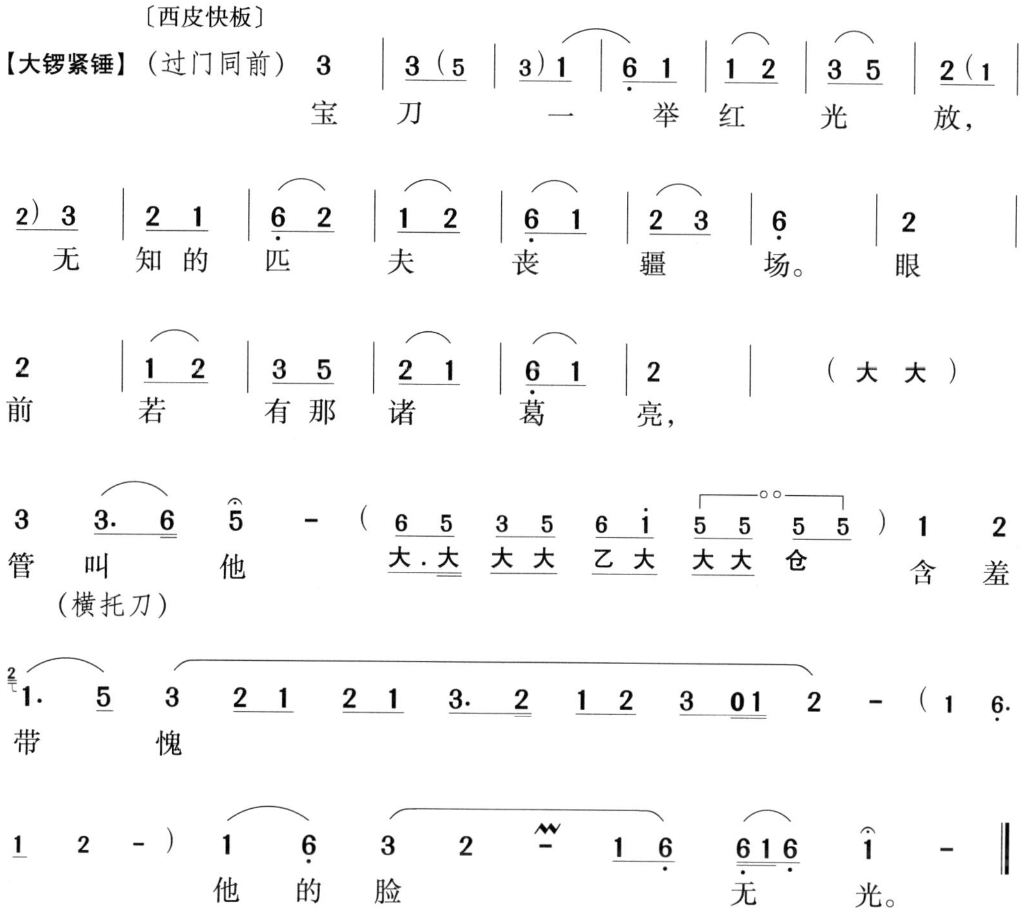

〔【**大锣夺头**】大刀花亮相。（**大八仓**）亮相，【**冲头**】下。[①]

第 十 场

〔【**快长锤**】严颜持马鞭和枪上，走至正中拉开。

严 颜

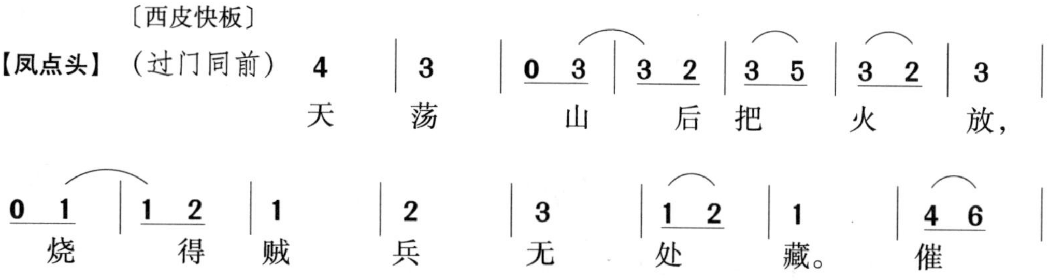

① 此处也可以【**大锣三击**】黄忠用大刀在靴底上三刮刀然后接【**夺头**】。

3 | 3 | 1 | 2 | （大 大） サ 2 3 2 1 3 2

马 来 在 山 坡 上，

（舞动马鞭，枪走至大边台口背枪反绕马鞭。）

〔【大锣一击】严颜勒马在“大边”台口向“上场门”远望。

〔夏侯德内白：“哪里走！”

〔【单楗凤点头】严颜转身面向外。

〔西皮摇板〕

严　颜　（过门同前） 6 2 1 3 2 1 2 1 616 1 – ‖

抖 擞 精 神 战 一 场。

〔【冲头】严颜扔马鞭，夏侯德上和严颜架住。

严　颜　来将通名。

夏侯德　夏侯德。

严　颜　看枪。（八大仓）（刺死夏侯德）

（严颜拉“山膀”）

〔西皮摇板〕

严　颜　【闪锤】（过门同前） 3 5 3 6 5 5 3 6 5 （2 3 6

银 枪 一 举 贼 命 丧， （仓）

5 – ） 4 3 2 1 2 2 3 1 （7 6 2

无 能 的 小 将 也 猖 狂。 （仓）

1 – ） 1 2 1 2 3 3 6 1 2 （7 6 1

老 夫 不 把 功 劳 抢， （仓）

2 – ） 3 5 3 5 1 2 1 2 4 3 2 1 ‖

要 被 诸 葛 笑（呃） 一 场。

〔【四击头】亮相。【冲头】下。

第十一场

〔【乱锤】转【长尖】夏侯尚、张郃上，“挖门”。

张　郃　将军。韩浩往哪里去了？

夏侯尚　被黄忠刀劈马下。

张　郃　不好了！

　　「奏曲牌<急三枪>，转**【撕边一击】**二人同哭。

夏侯尚　将军，我兄长哪里去了？

张　郃　被严颜枪挑马下。

夏侯尚　又一个不好了！

　　「奏曲牌<急三枪>。二人同哭。

张　郃　如今天荡山失守，如何是好？

夏侯尚　将军不必惊慌，我叔父夏侯渊镇守定军山，他那里兵强马壮，你我到那里搬兵求救。

张　郃　嘿！

　　「**【大锣打下】**夏侯尚、张郃同下。

第十二场

　　「奏唢呐曲牌<六幺令>前半段，四红龙套“站门”持“跃虎旗”引刘封上。至台正中台口。

刘　封　奉了军师令，调回黄汉升。**【住头】**俺，**【大锣一击】**刘封。（仓扑）奉了军师将令，调黄老将军回葭萌关议论军情。军士们，**【大锣一击】**趱行者！

　　「<六幺令·合头>四红龙套领起来“插门”下，刘封加鞭下。

第十三场

　　「**【大锣打上】**八蜀兵“站门”，黄忠、严颜走至台口，分“大、小边”站。

黄　忠　（念）大将军八面威风，

严　颜　（念）天荡山一战成功。

　　「刘封内白：“大令下！”

黄　忠
严　颜　（同）有请。

　　「奏唢呐曲牌<小傍妆台>。四红龙套引刘封上，站“一条鞭”，刘封下马。黄忠、严颜出帐迎接，刘封进门归中，四红龙套“挖门”分站两侧。黄忠、严颜进门分“大、小边”站。曲牌收住。

刘　封　黄老将军听令！军师有令，调回黄老将军，至葭萌关前议论军情，军中之事，交严老将军掌管，令到即行。

黄　忠
严　颜　（同）得令，后帐留宴。

刘　封　军令在身不敢久停。告辞。

黄　忠
严　颜　（同）送过，带马。

　　「奏曲牌<小傍妆台>。黄忠、严颜出帐，归“小边”台口送行，刘封上马，四红龙套引下，曲牌收住。【冲头】黄忠、严颜“挖门”进帐，“大、小边”分站。

【叫头】

黄　忠　老将军，你我一笑而别了哇，哈哈哈……带马！

〔奏曲牌<小傍妆台>。黄忠上马，（八大仓）转身拱手。严颜出帐送行。曲牌止。

黄　忠　请！

〔【冲头】四蜀兵引黄忠下。严颜进帐归中。

严　颜　众将官，小心防守。

〔【大锣打下】四蜀兵分下，严颜下。

第十四场

〔台上设一桌，“小座”，两把跨椅。

〔【大锣打上】四红龙套“站门”，刘备、诸葛亮上，走至正中台口。

刘　备　（念）孤令兵进葭萌关，

诸葛亮　（念）准备乘胜取东川。

〔【大锣五击】刘备、诸葛亮转身归座，刘备归中“小座”，诸葛亮归“大边”旁座。四红龙套归里。刘封上。

刘　封　（念）调回黄汉升，进帐报分明。

〔【大锣住头】刘封“挖门”进帐，交令。幕内白：“黄老将军到。”

诸葛亮　有请。

刘　封　有请。（下）

〔奏曲牌<小傍妆台>。四蜀兵引黄忠上，四蜀兵站“一条鞭”，黄忠上至“小边”台口勒马。诸葛亮出帐迎接。

黄　忠　军师。

〔黄忠下马，诸葛亮敬酒。

黄　忠　不敢。

〔黄忠拱手，接酒杯，酒祭于地，杯交蜀兵。“挖门”进帐，向刘备参拜。同时诸葛亮进帐，坐原位。四蜀兵“上场门”下。

黄　忠　主公。

刘　备　一旁坐下。

黄　忠　谢坐。

〔黄忠归“小边”旁座。曲牌收住。

刘　备　老将军一战成功，可喜可贺。

黄　忠　岂敢，此乃我主洪福，先生的妙算，末将何功之有。

诸葛亮　老将军虎威。

黄　忠　不敢哪不敢。【撕边一击】（双手摆手）

刘　备　军师，想那定军山乃汉中之要路，必得此山，阳平关方能攻取，不知用何人出马？

诸葛亮　要夺定军山，非二将军不可。【撕边一击】

刘　备　就请军师传令。

诸葛亮 得令。令出！（站起来）

黄 忠 且慢！**【撕边一击】**（站起做阻令状）

诸葛亮 有话坐下讲。

黄 忠 请！**【小回头】**（黄忠、诸葛亮重归座）

诸葛亮 老将军因何阻令？

黄 忠 军师，主公要夺取定军山，何劳二君侯远路而来，赐某一支人马，生擒夏侯渊入帐。（指外）

诸葛亮 想那夏侯渊，非张郃之辈耳！

黄 忠 **【撕边叫头】**（坐式小摆脚，起“劈云手”、拱手）军师（呃）！想那张郃乃是中原有名的上将，被末将杀得望风而逃，（做斩杀式）何况夏侯渊乃是一勇之夫。（向外指）**【撕边一击】**

诸葛亮 老将军此去若斩了夏侯渊，这军师大印，付你执掌，你若不胜那夏侯渊呢？**【撕边叫头】**

黄 忠 这个……（先打背供后双手托髯口急思考）也罢！（扔髯）俺若擒不住夏侯渊，愿输这项上的人头！（左手指头右手护髯口）

诸葛亮 敢与山人击掌？

黄 忠 击掌啊，（自看手，急思。起“点云手”，站起）来（呃）！

刘 备 且慢！**【撕边一击】**老将军听令！

黄 忠 在。**【撕边一击】**（拱手）

刘 备 命你攻取定军山。十日之内，若擒来夏侯渊，孤当迎接十里长亭。

黄 忠 臣，**【大锣一击】**得令。**【大锣五击】**（提甲面朝外亮相）

诸葛亮 将倒是一员虎将，可惜他老了！（故意激怒黄忠，念后归座）

〔**【八大仓】**黄忠晃靠，甩髯、垫步，生气亮相。

黄 忠 哦！

〔**【慢长锤】**黄忠起“晃云手”，拉“山膀”，四蜀兵两边暗上。

转**【夺头】**〔西皮二六〕

黄 忠

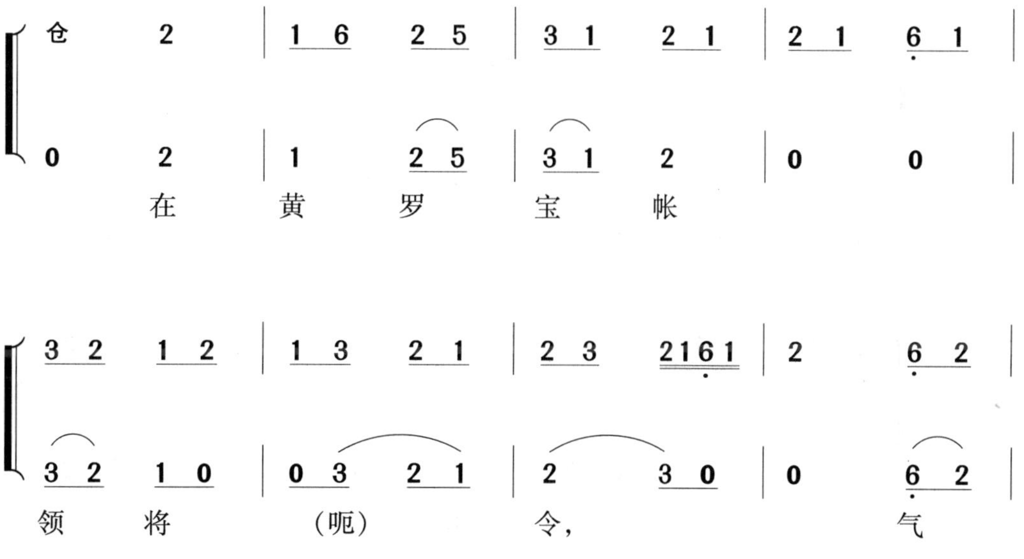

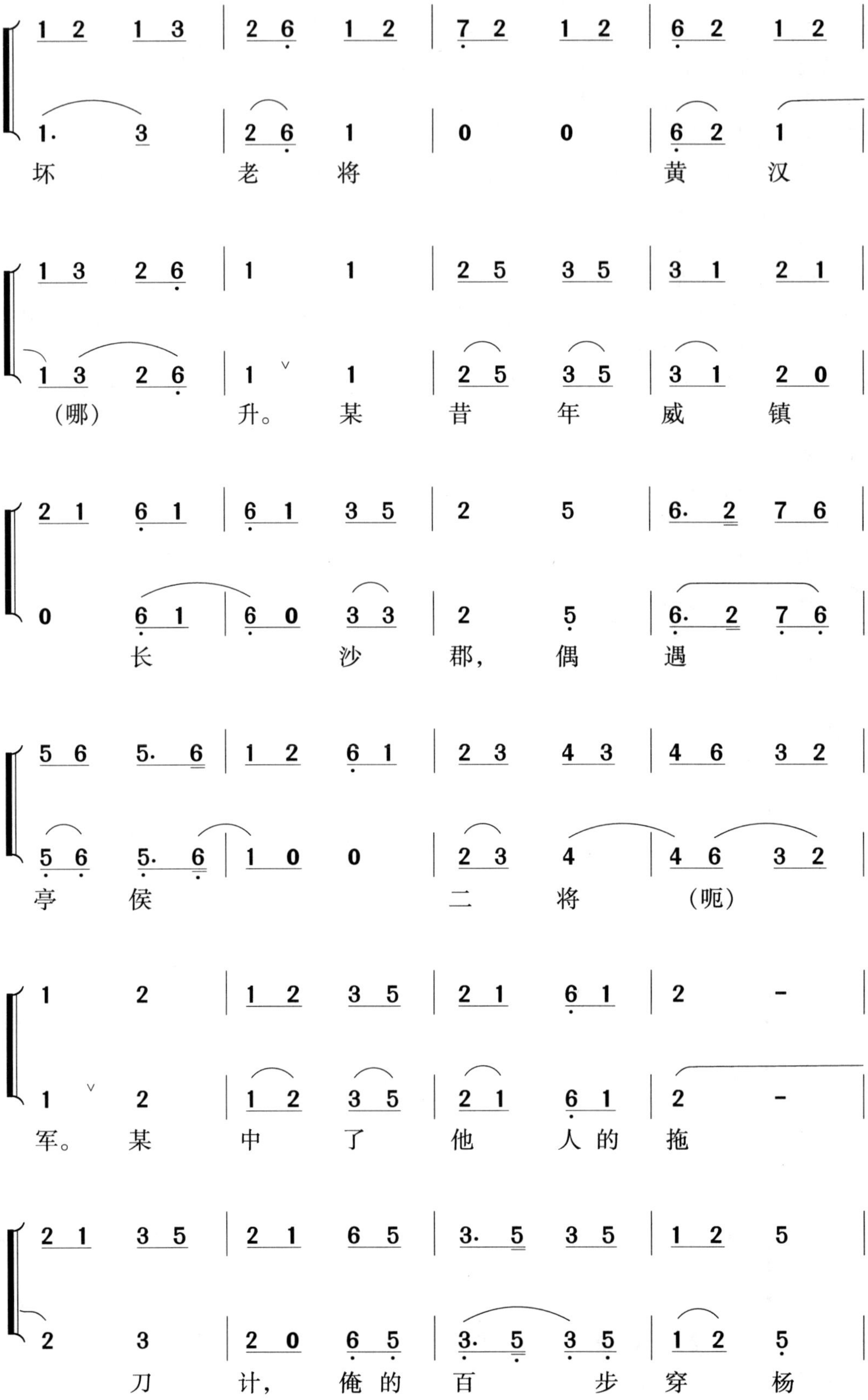
坏 老 将 黄 汉
（哪） 升。某 昔 年 威 镇
长 沙 郡，偶 遇
亭 侯 二 将 （呃）
军。某 中 了 他 人 的 拖
刀 计，俺 的 百 步 穿 杨

定军山

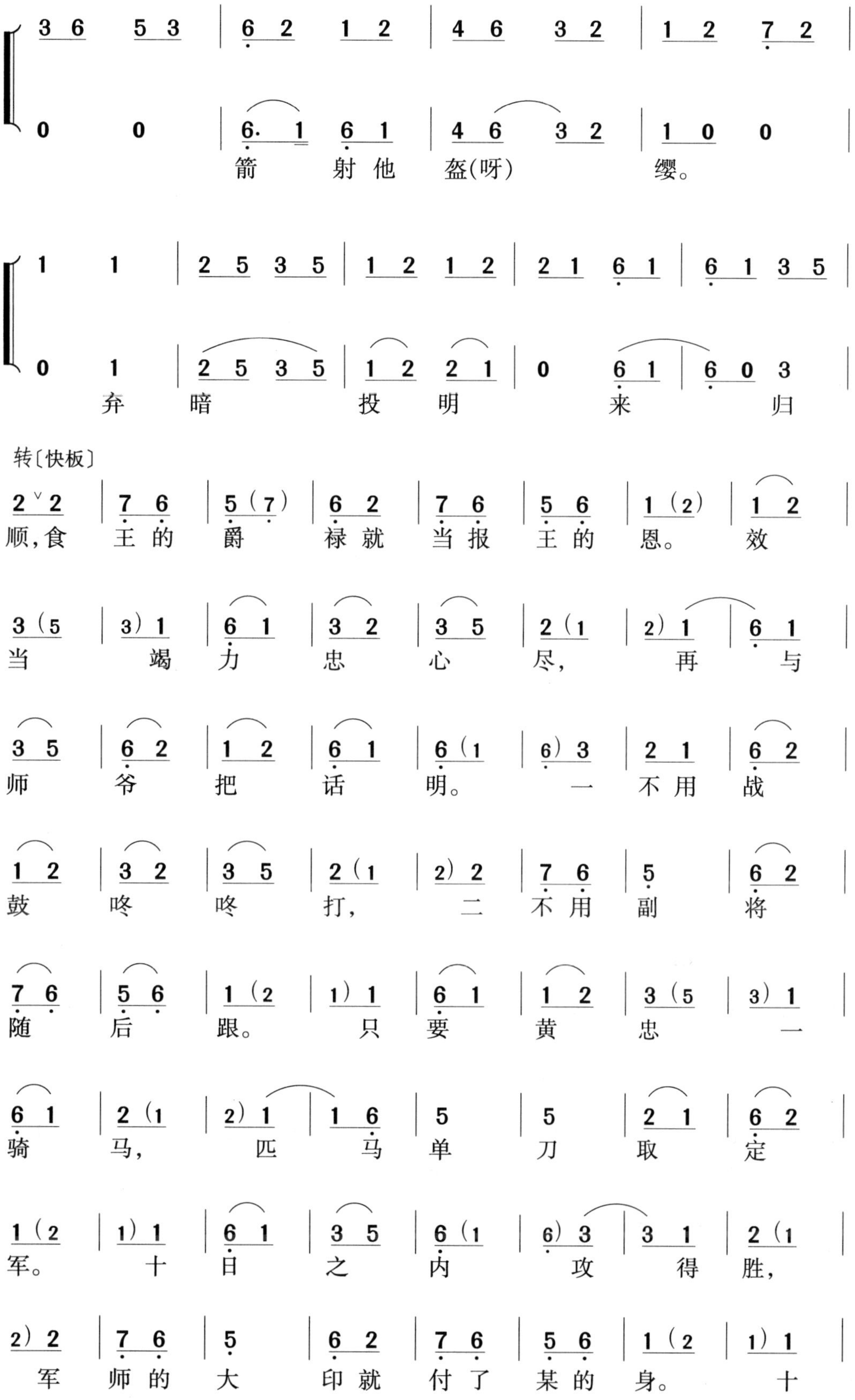
箭 射 他 盔(呀) 缨。
弃 暗 投 明 来 归
转〔快板〕
顺,食 王 的 爵 禄 就 当 报 王 的 恩。 效
当 竭 力 忠 心 尽, 再 与
师 爷 把 话 明。 一 不 用 战
鼓 咚 咚 打, 二 不 用 副 将
随 后 跟。 只 要 黄 忠 一
骑 马, 匹 马 单 刀 取 定
军。 十 日 之 内 攻 得 胜,
军 师 的 大 印 就 付 了 某 的 身。 十

6 1 | 3 5 | 6（1 | 6）1 | 6 1 | 2（1 | 2）3 | 2 1 |
日 之 内 不 得 胜， 愿 将
（护髯）

1 2 | 6 1 | 2 5 | 3 2 | 1 ˅ | 1 5 | 3 1 | 2 |
老 头 挂 营 门。 来 来 来
（指头） （横摆三步右手横点，左手搂髯

1 2 | 3 5 | 2 | 2 2 | 2 3 | 2 1 | 6 | 6 |
带 过 爷 的 马 能 行，
拉“山膀”）

6 | 6 ˅ | 6 1 | 2 1 | 2 - ¦ 【快长锤】

〔黄忠转身向刘备拱手施礼，转身出帐。蜀兵带马领起来下，黄忠上马，走至“大边”缓马鞭转身面向台口。

〔西皮摇板〕

黄 忠 （过门略）3 3 6 5 5 - ˅ 1 2 2. 1 2 -（3 5
我 要 把 定 军 山

2 1 6 1 2 0）1 6 1 6 1 5 1 6 1 6 1 - ‖
一 扫 平。

〔【单键一锣】黄忠加鞭转身勒马亮相。【快长锤】下。转【闪锤】刘备、诸葛亮站起离座走至台口。四红龙套归正。

〔西皮摇板〕

刘 备 （过门同前）2 2 1 2 1 2 2 1 1 3 2 （3 2 1 6 1 2 -）
但 愿 老 将 早 得 胜，

诸葛亮 3 1 1 3 2 3 3 21 6 1 - ‖
遣 将 哪 有 激 将 能。

〔【大锣打下】四红大套扯“斜门”。刘备、诸葛亮下，四红龙套随下。

第十五场

〔【急急风】四蜀兵上“挖门”分站两侧，黄忠持马鞭上，至台正中台口“山膀”拉开。

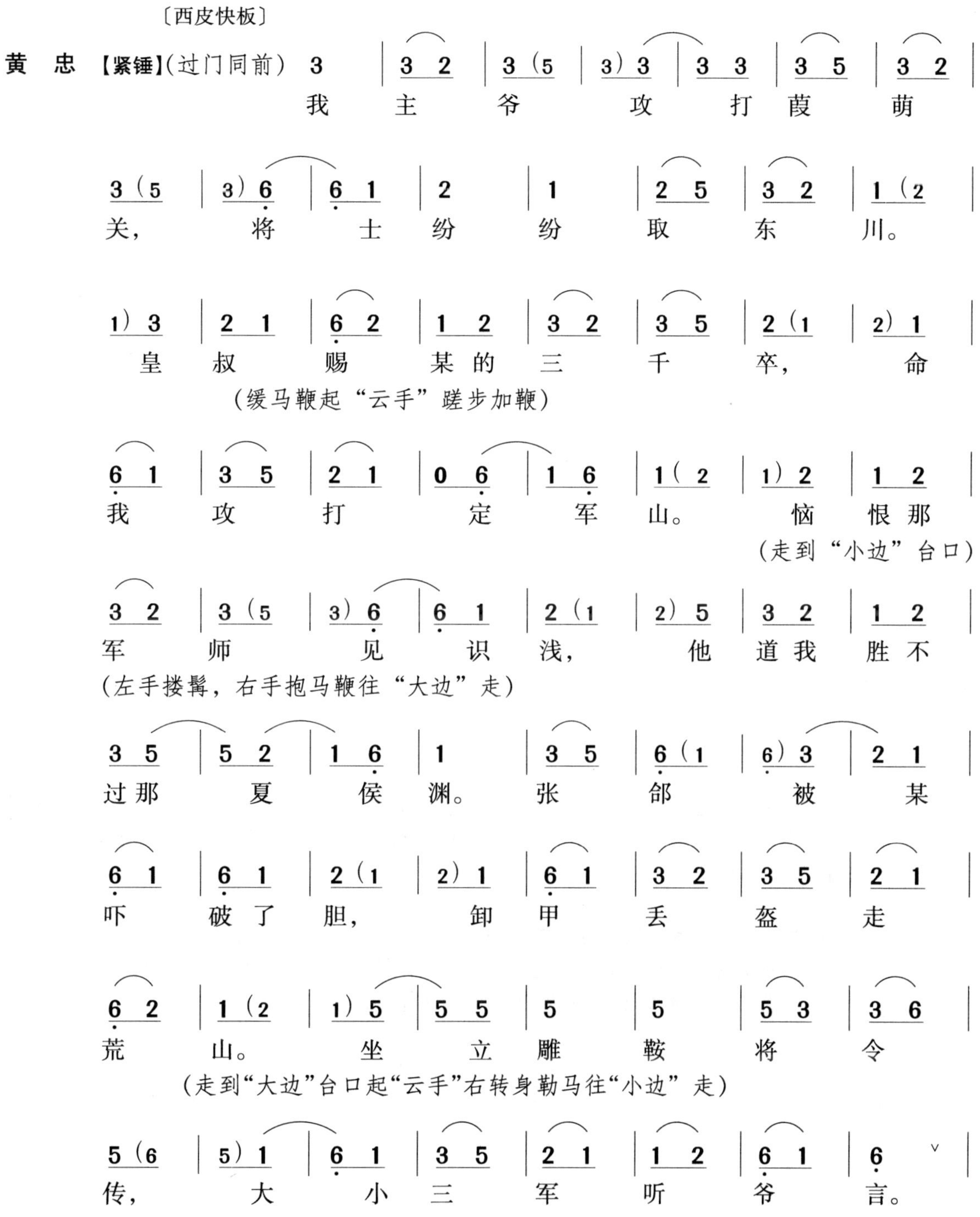

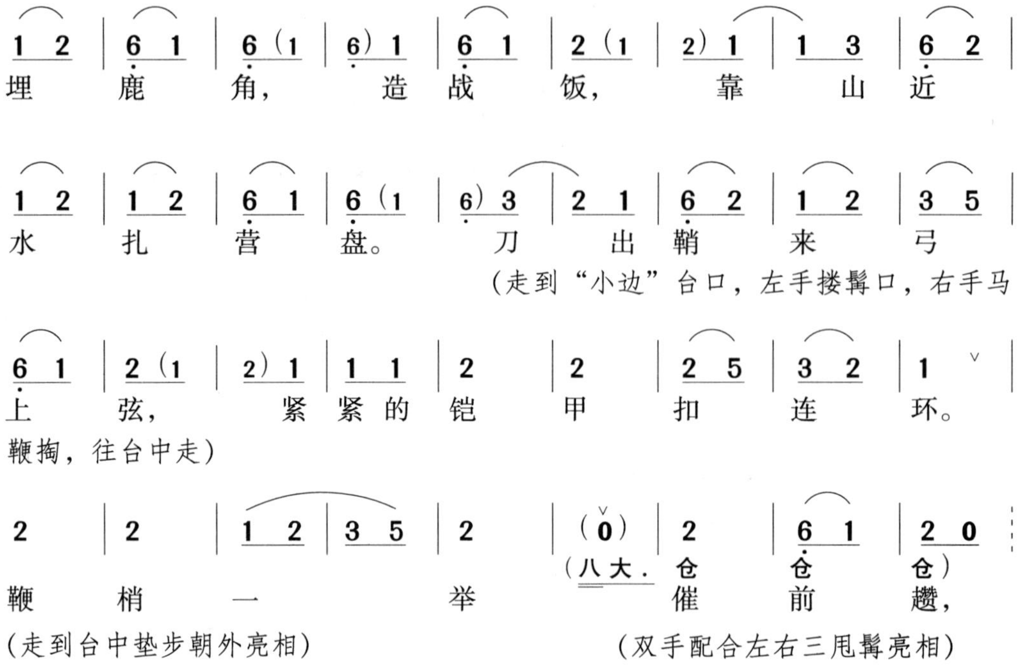

〔【急急风】四蜀兵“倒脱靴”，归“上场门”“一条鞭”。

〔【纽丝】黄忠加鞭走至“下场门”台口处，勒马右转身左手搂髯口，右手反绕马鞭亮相。

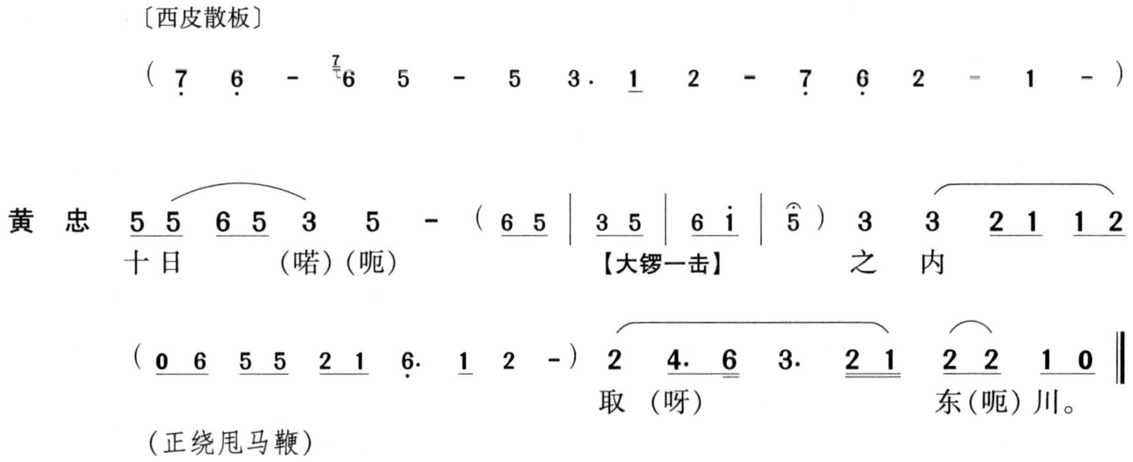

〔（八大仓）黄忠出马鞭，【四击头】跨右腿、踢左腿、左手护髯口、右手马鞭打左脚靴底，跨右腿，起“云手”左转身，马鞭上右膀子，旁吸左腿，向左甩髯口。右手抱马鞭左手握拳勒马，骑马式亮相。【急急风】黄忠下，四蜀兵“抽心”下。

第十六场

［台上设高台。**【急急风】**四魏兵“站门”，夏侯渊“上场门”上，至正中台口。

<点绛唇>

夏侯渊 **【大锣归位】** サ 6 543 5 2 － （台 台） 2 21 61 5 －
虎 视 鹰 扬， 威 风 浩 荡

（台 令 台） 5 54 35 2 1 3 23 56 5 －
兵 马 壮， 扶 保 兄 王，

（台 台）（65 6.i 5 －）（仓 0） 2 21 61 5 － ‖
（念） 汉 中 为 屏 障。

［**【急急风】**夏侯渊亮相，转身上高台，四魏兵归里“八字站”。
【归位】

夏侯渊 （念诗）膂力非寻常，
威名天下扬。**【小锣二击】**
稳坐中军帐，
亚赛**【冲头】**活阎王。

【夺头】俺，**【撕边一击】**夏侯渊。**【大锣住头】**奉了魏王之命，镇守定军山。前番张郃攻打葭萌关，被黄忠杀败，前来求救，为此整顿人马，准备交锋。曾命探马前去打探，未见回报。

［魏报子内白：“报！”**【冲头】**上。

魏报子 报，黄忠讨战。

夏侯渊 再探。

魏报子 啊！（**【冲头】**下）

夏侯渊 众将官，抬刀带马。

［**【急急风】**四魏兵至台口合拢，夏侯渊暗下脱蟒，魏兵抬刀至正中台口。**【四击头】**夏侯渊上马。**【急急风】**四魏兵领起来和黄忠、四蜀兵上，“鹞子头”会阵，夏侯渊归“小边”黄忠归“大边”，魏兵、蜀兵分别站两边。

〔西皮快板〕

黄 忠 **【望家乡】**（过门同前） 62 | 12 | 3(5 | 3)6 | 61 | 32 | 35 |
夏 侯 渊 相 貌 真 凶
（左手搂髯，右手握刀，向外一挤两挤）

2(1 | 2)1 | 61 | 35 | 21 | 61 | 62 | 1(2 |
恶， 黑 面 钢 髯 煞 气 多。

1）3 | 2 1 | 6 2 | 1 2 | 3 5 | 1 6 | 2（1） | 6 2 |
劝 你 马 前 归 降 我， 稍
（双手横握刀）

1 2 | 3 | 3 | 2 ˇ | サ 2 1 6 3 2 1 6 1̂ – ‖
若 迟 延 尔的命 难 活。
（用力点夏侯渊）

〔西皮散板〕

夏侯渊 **【快纽丝】**（过门同前） 3 3 3 3 2 3 2 3（6 1 2 3 –）
二马 连环 战 山 坡， （仓）

1 2 1 2 2 3 1 （7 6 2 1 –）
黄 忠 老 儿 你 听 着。 （仓）
（用刀指黄忠）

【大锣一击】 3 3 ³6 1 6 1 6 1 2（7 6 1
中 原 大 将 就 是 我， （仓）
（自傲的神态）

2 –） 3 3 1 3 2 2 1 1 6 1 1 0 ‖
乌鸦 敢 夺 某的 凤 凰 窝。
（用刀和黄忠刀一“磕”）

〔（八大大 仓）接打**【扫头】**黄忠和夏侯渊“剜萝卜”，然后双方大刀花架住。**【急急风】**四蜀兵和四魏兵“钻烟筒”下。黄忠和夏侯渊“一扯两扯”“整过合”打“勾刀头子”开打后黄忠接“封头”，（八大仓）黄忠、夏侯渊亮相，**【急急风】**黄忠败下，夏侯渊追下接转**【冲头】**。

第十七场

〔**【水底鱼】**陈式上，至正中台口。

陈　式　俺陈式。（仓大）老将军退阵而走，不免速速接应一阵。

〔**【急急风】**夏侯渊引四魏兵上，夏侯渊卸陈式枪，陈式被擒，**【回头】**众压陈式下。

第十八场

〔场上设堂桌、外场椅。

〔【快长锤】四蜀兵上“站门”。黄忠上，走至正中台口。

〔西皮流水〕

黄　忠　（过门同前）

6 2 | 1 2 | 3（5 | 3）1 | 6 1 | 3 | 1 | 2（1 |
夏　侯　渊　　杀　法　真　不　错，

2）3 | 2 3 | 1 6 | 2 5 | 3 2 | 1 2 | 1 1 | 1 2 | 3 5 |
老　夫　也　要　谨　防　着。魏　营　打

3 1 | 2 0 | サ 1 2 - 1 3 2 2 2321 6 6 1 2 - ⁝
罢　得　　　　　胜的鼓　（哇），
（指向外）

〔【快长锤】黄忠转身坐外场椅。四蜀兵归里。

〔西皮摇板〕

黄　忠　（过门同前）

6 21 1 3 2 1 1 6. 5 6 1 - ‖
我 营　为　何　不鸣　　锣？

〔蜀报子内白：“报！”【冲头】上。

蜀报子　陈式被擒。

黄　忠　再探，刀来。

蜀报子　啊！（下）

〔【快纽丝】黄忠离座站起，起“晃云手”。四蜀兵从里归正。

〔西皮散板〕

黄　忠　（过门同前）

5 3 3 3 3 1 2 3.（6 1 2 3 -）5 3 1 2 2 1
听一言来心头　火，　（仓）　不由老夫咬
（托髯）

6 1（6. 2 1 -）3 3 3 2 2 2 1 1 3 2 - ‖
牙 窝。　（仓）　三 军 与　爷 马　带　过，
（出帐）

〔【快扫头】中一蜀兵带刀，黄忠提刀上马。【急急风】四蜀兵“插门”领起来。

〔夏侯尚上，开打。“过合”，黄忠大刀花，卸夏侯尚兵器，夏侯尚被擒，【回

头】黄忠横刀逼视夏侯尚"推磨"，黄忠归"大边"亮相，横握刀。夏侯尚归"小边"。

黄　忠　【叫头】（三笑）

哈哈，哈哈，啊哈哈哈……！

〔【四击头】黄忠出刀，起大刀花漫夏侯尚头，砍掉帽壳。

〔【大锣三击】黄忠用刀在夏侯尚头上刮三刀。【回头】黄忠亮相。持刀将刀刃横在夏侯尚脖子前。夏侯尚惊吓吹髯。黄忠持刀转身下。四蜀兵押夏侯尚下。

第十九场

〔台上设一桌、八字椅。

〔【大锣五击】张郃上至正中台口。

张　郃　（念）将军去出兵，未见转回营。（转身往里归）

〔【冲头】四魏兵押陈式引夏侯渊上。【长尖】众人"挖门"进帐，夏侯渊、张郃分归"大、小边"坐。四魏兵分两边站立，押陈式在"大边"。

张　郃　将军。

夏侯渊　请坐。

张　郃　将军出兵，胜负如何？

夏侯渊　与那黄忠老儿会过一阵，未分胜负，擒来他国先行陈式，来，押了下去。

〔【冲头】魏兵押陈式下。魏兵复上。【撕边一击】夏侯渊两边望。

夏侯渊　啊！将军。我侄男那里去了。

张　郃　出兵未回。

夏侯渊　且听探马一报。

〔【冲头】魏报子上。

魏报子　报！夏侯尚被擒。

夏侯渊　不好了！

〔奏唢呐曲牌<急三枪>魏报子下。夏侯渊、张郃做惊慌状。

张　郃　将军不必惊慌，何不修书一封，下到黄忠那里，约定明日与他走马换将，你意如何！

夏侯渊　好，待某修书。

〔奏曲牌<急三枪>，夏侯渊修书。

夏侯渊　传旗牌！

〔【大锣五击】旗牌上。

旗　牌　参见将军。

夏侯渊　这里有书信一封，下到黄忠营盘。不得有误。

旗　牌　遵命。（接信，下）

夏侯渊　后面饮酒，清。

张　郃　请！

〔【大锣打下】夏侯渊、张郃等众人下。

第二十场

〔台上设一桌、外场椅。

〔**【快长锤·双收头】**四蜀兵上“站门”引黄忠上，至正中台口。

〔西皮流水〕

黄　忠　（过门同前）6 2 | 1 2 | 3（5 | 3）3 | 2 1 | 1 2 | 6 1 |

夏　侯　渊　武　艺　果　然

2（1 | 2）1 | 6 1 | 3 3 | 6· 1 | 1 2 | 6 ˅1 | 1 2 |

好，　可　算　得　中　原　一　英　豪。将　身

（赞美指）

3 5 | 3 1 | 2 |（3 5 | 2 1 | 6 1 | 2 0）| 2 232 1 1 2̂ -

来　在　宝　帐　到，

〔**【闪锤】**黄忠转身坐外场椅。四蜀兵归里八字站立。**【闪锤】**切住，旗牌上至台口。

旗　牌　（念）下书喏！

〔亮弦〕

〔（4 3 1 2 -）黄忠捋髯做听望状。

〔西皮摇板〕

黄　忠　**【单键凤点头】**（过门同前）6 2 1 1 3 2 1 2 2 1̂ - ‖**【大锣住头】**

营　外　为　何　闹　吵　吵。

旗　牌　门上那位在？

一蜀兵　做什么的？

旗　牌　曹营下书人求见。

一蜀兵　候着——启禀老将军，曹营下书人求见。

黄　忠　传！

一蜀兵　下书人，传你进去，小心了。

〔旗牌“挖门”进帐。

旗　牌　参见老将军。

黄　忠　罢了！你奉何人所差。

旗　牌　夏侯将军所差，有书信呈上。

黄　忠　呈上来，下面伺候。

旗　牌　是。（暗下）

黄　忠　夏侯渊有书信前来，待老夫拆开观看。

〔奏唢呐曲牌＜急三枪＞。黄忠拆书信观看。

黄　忠　传下书人。（旗牌暗上）

一蜀兵　下书人进见。

旗　牌　有。（“挖”进帐）

黄　忠　回去禀告夏侯将军，说老夫这里照书行事。（将信交给旗牌）

旗　牌　遵命。

〔**【小锣五击】**旗牌下。黄忠站起。**【撕边一击】**黄忠左手提甲，**【撕边一击】**黄忠右手提甲，**【撕边叫头】**黄忠上步甩髯亮相。

黄　忠　且住（呃）！（扔下下甲）老夫正在无计可施，夏侯渊这封书信（做指信状）来得是刚刚的凑巧，明日午时三刻与我走马换将，先叫他放回我国先行陈式，然后再放他侄儿夏侯尚。（向外指）老夫习就百步穿杨。一箭将他侄儿射死，（做射箭状）夏侯渊必不甘休。领兵追赶前来，那时老夫杀（从“小边”横走至“大边”）一阵败一阵，杀一阵败一阵，败至在旷野荒郊，学关公拖刀之计（做托刀状），将他一刀（做劈斩式掌）劈于马下。夏侯渊哪，我的儿呃！（左手捋髯，右手双指指出）**【大锣五击】**你不追来便罢，你若追来，定中老夫拖刀（做托刀状）**【大锣一击】**之计也！

〔亮弦〕

（2. 3　5　–　2　1　–）

〔黄忠右转身拉“山膀”望向“上场门”，左转身拉开向前台。

〔西皮流水〕

【闪锤】（过门同前）6 5 | 3 2 | 3 5 | 5 3 | 2 1 | 1 6 | 6 1 |
这　一　封(呃)　书　信　来　得

2（1 | 2）5 | 3 2 | 1 6 | 2 | 2 5 | 3 2 | 1（6 2 |
巧，　天　助　黄　忠　成 功　劳。
（拱手）

1）3 | 2 1 | 616（7 | 6）3 | 2 3 | 2（161 | 2）6 | 6 3 |
站　立 在　营 门　三　军　叫，　大　小
（右手平按掌）

2 1 | 6 1 | 2 5 | 3 2 | 1 | 0 | 1 | 6 1 |
儿　郎　听 根　苗。　头　通
（表数指一）

6 | 0 | 6 1 | 6 1 | 2 | 0 | 1 | 6 1 |
鼓　战　饭　造，　二　通
（双按掌）（表数指二）

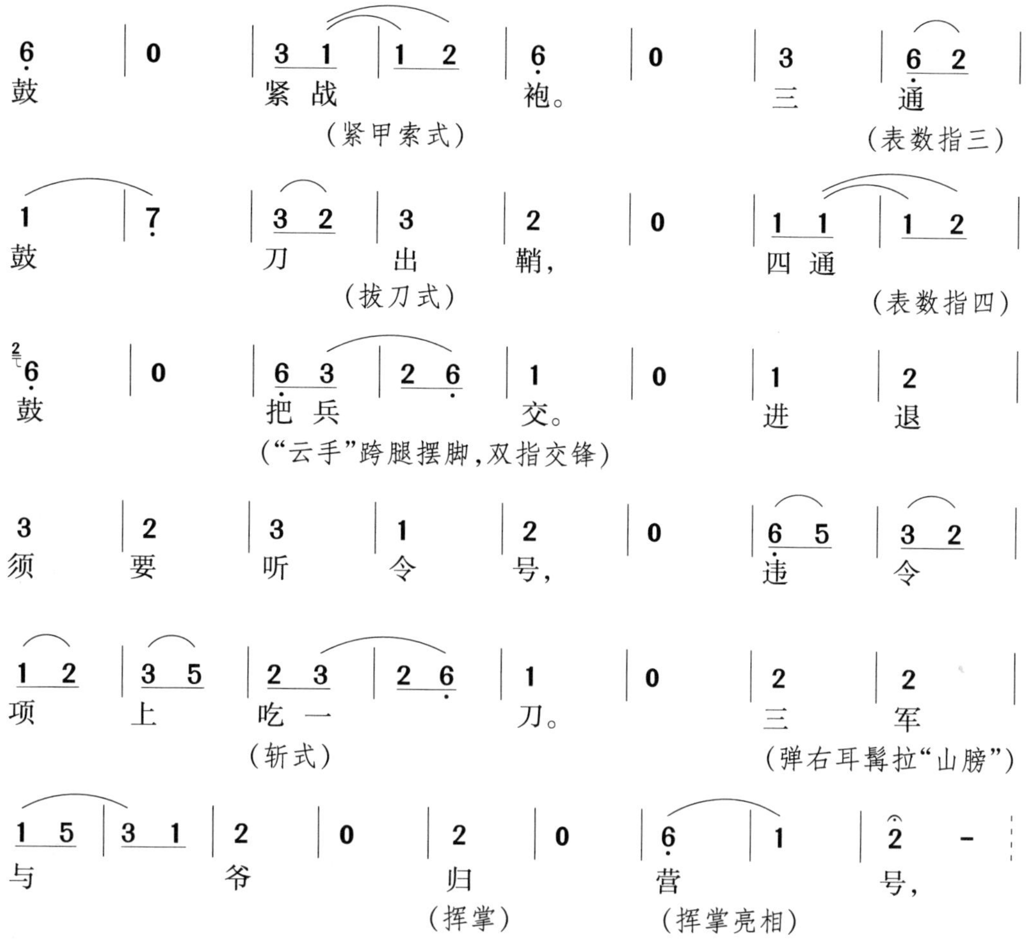

四蜀兵 啊！（两边翻下）

［【大锣纽丝】黄忠双手提下甲转身走至“下场门”处，扔下甲起“点云手”，“拉山膀”。

〔西皮散板〕

黄 忠 （过门同前）

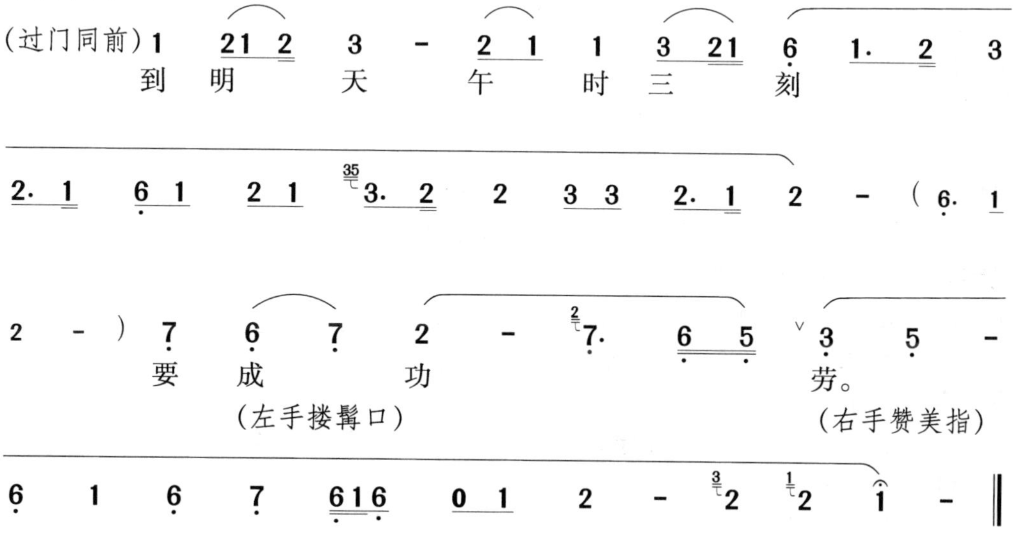

〔起【滚头子】左手放髯口，右手和左手做“揉胸”式思考，也叫“揉肚子”。在锣鼓的节奏中边走边思考。从“大边”走到“九龙口”前面。左手搂髯口，右手双指从左胸前抬至左眼前划一个圈顺势指向“大边”台口方向。身体随右手划圈时，先迈左步快速走向“大边”台口方向过台中心两步停住亮相，大约走五步（临场视台大小灵活掌握步数）。双手平按掌双分开，退左步再退右步位置落在台中心。起“小云手”抬左脚然后抬右脚成“马步拉弓射箭”式亮相。收左右脚成“正丁字”步“远丁”式、左右手做横握大刀“劈斩”式亮相。此后，双手托髯口思考看髯口，同时撤左步再撤右步成双手托髯口“正丁字”步“近丁字”步式亮相。此时已退到“九龙口”前的位置。随着锣鼓双手放髯口，左右手做“揉胸”式思考，向前走到“小边”近台口处，左手搂髯口、右手拉“山膀”身体向左侧转面向“下场门”处“近丁字”步式亮相。【滚头子】收住。【撕边一击】旁吸左腿，左手提下甲，【撕边一击】旁吸右腿，右手提下甲，【软四击头】左脚抓地起，跨右腿左转一个整身面向“下场门”方向“近丁字”步提甲亮相。锣鼓转【急急风】提甲向左走一个小蹉步，向右走一个小蹉步，再上左步跨右脚垫步，甩髯口后两个小颠步亮相面向“下场门”急下。

第二十一场

〔台上“上、下场门”各设一把椅子。

〔在小堂鼓声中，四蜀兵押夏侯尚随黄忠“上场门”上，四魏兵押陈式随夏侯渊“下场门”上。【长尖】黄忠、夏侯渊见面、拱礼，各自下马、刀交兵士、双进门，上椅子。黄忠“小边”，夏侯渊“大边”。众各分两边站立。

夏侯渊 老将军请了。（拱手）

黄　忠 请了。（拱手）

夏侯渊 可曾见过某家书信。

黄　忠 特为书信而来。

夏侯渊 但不知哪家先放？

黄　忠 老夫到此乃是客位，自然是你家先放。

夏侯渊 若某家先放，恐老将军心怀二意。

黄　忠 这个……老夫若有二意日后死在那药、药箭之下。

夏侯渊 来，将陈式放了过去。

〔【冲头】放陈式回队下。【撕边一击】黄忠示意手下勿放夏侯尚。

夏侯渊 啊，为何不将我侄儿放回？

黄　忠 焉有不放之理，来，将夏侯尚放了过去。

〔放夏侯尚过去，黄忠暗示手下取弓箭射死夏侯尚。

黄　忠 看箭！（**八大大仓**）

〔夏侯尚中箭下，【乱锤】黄忠提刀上马，率四蜀兵急下。

夏侯渊 哇呀呀！带马追。

〔【急急风】夏侯渊提刀上马，率四魏兵追下。

第二十二场

「【急急风】黄忠持刀领四蜀兵过场，四魏兵引夏侯渊上。追黄忠下。

第二十三场

「【急急风】黄忠持刀上，夏侯渊持刀追上。斜场“双过合”，双褪刀，夏侯渊转身朝黄忠砍大刀花，黄忠让过夏侯渊的大刀，反手劈死夏侯渊。

「起<尾声>前半段，四蜀兵上，翻“倒脱靴”，归“上场门”“一条鞭”。黄忠劈死夏侯渊缓刀向里急走，一望两望夏侯渊尸体，右手横刀，左手捋髯，然后冲向外缓刀双手托刀。

黄 忠 【三笑叫头】啊哈、啊哈、啊哈哈……！（望夏侯渊人头得意洋洋）

「【撕边】（八大仓）【四击头】黄忠大刀花亮相。

「<尾声·合头>黄忠下，四蜀兵随下。

——剧 终

尹培玺　白荫棠 整理　蔡国盈　白荫棠 记谱

阳平关

根据贯大元演出本及授课本整理

《阳平关》取材于罗贯中《三国演义》中第七十一回的“据汉水赵云寡胜众”，剧情紧接《定军山》。曹操惊悉夏侯渊为黄忠所杀，率兵至阳平关，与刘备对垒为爱将报仇。因粮草不足，调米仓山存粮移屯北山。诸葛亮闻讯，乘隙截断曹兵粮道。此时黄忠定军山得胜回营，即请令前去。赵云体贴黄忠连续征战鞍马劳顿，请令代替此任。二人争执不下。诸葛亮仍命黄忠出战，派张著辅助，又派赵云接应。黄忠失利，被困垓心，赵云赶至，合兵一处突围而归。此剧亦名《子龙护忠》。演出中武老生饰黄忠，武生饰赵云，互为表里，相互烘托，无论是书是戏，两角色都是主角。该剧有谭鑫培和杨小楼二位大师的剧照存世。此剧与《定军山》连演，场面壮阔火爆，剧情也更为完整，堪称凤头豹尾。本剧有如下特点：

首先，黄忠的唱如“说什么军家无有常胜”八句〔西皮二六〕，“我非帐中夸老硬”十句〔西皮导板〕转〔快板〕转〔摇板〕与《定军山》明快遒劲的演唱风格及特点一致，能够加深我们对黄忠音乐形象的印象。表演的主要看点如下：一是黄忠得胜回营的“趟马”，“三笑”接【四击头】抱鞭勒马，昂头傲视标杆上夏侯渊人头的亮相，然后右转身挥鞭下场，真是气势威严风度非凡。二是黄忠定计夜袭烧曹营粮草开打，迎战曹洪、许褚、张郃、慕容烈等力不从心，台右台左的两次亮相，虽然是败式，但是雄风不倒，高呼“你们来呀！”三是黄忠被曹八将困在垓心，危急之际赵云赶到，老将军精神振奋，左手按大刀，右手高举亢奋不已地招呼“四将军，杀呀！”舞台情景非常激动人心。

其次，赵云是剧中份量与黄忠等量齐观的角色，由长靠武生应工。一是要重视念白和唱功，注意武戏文唱。如第四场与黄忠、诸葛亮的对白、对唱，具有大将和大武生的风度。最集中表现赵云英武善战的还是冲进曹阵与慕容烈、焦炳的武打，接着与徐晃打“快枪”，与王平打“五腰封”，与曹洪打“大刀枪”，与许褚、张郃、杜袭打，前后击败曹营八员大将。曹操在高山观阵，惊讶地猜测“莫不是常山的赵子龙他又来了！？”这出戏中扮演赵云的演员唱、念、做，尤其是打非常繁重。此剧中的赵云要戴“黑三”髯口，演员身上增添一个物件，就增加一份难度，可说是演了一出浓缩版的《长坂坡》。

这是一出以黄忠和赵云为主的群戏，诸葛亮、刘备、曹洪等八将都不能软。曹操是剧中的第三号人物，前辈艺人黄润甫、裘桂仙、郝寿臣、侯喜瑞等擅演这一角色。尤其是第一场吟诵“只手独擎天，奇勋已早建；虚名调（扶）汉祚，时势魏将迁”的“引子”，气势磅礴，听来荡气回肠。

此剧本根据贯大元演出本和教学本整理而成。贯大元先生武功基础极其扎实，诸如《战太平》、《南阳关》、《战樊城》都是他的代表作。黄忠戏如《战长沙》、《定军山》、《阳平关》、《伐东吴》可谓系列精品，不乏独到之处。

刘沪生

人物行当

徐　晃	净	赵　云	武生
王　平	老生	张　著	老生
曹　洪	净	黄　忠	老生
许　褚	净	纛旗手	丑
慕容烈	丑	更夫甲	丑
焦　炳	丑	更夫乙	丑
曹　操	净	魏探子	丑
张　郃	净	蜀探子	丑
杜　袭	净	四魏兵	杂
刘　封	小生	四蜀兵	杂
孟　达	净	四红龙套	杂
刘　备	老生	四绿龙套	杂
诸葛亮	老生	四蓝龙套	杂

服装扮相

徐　晃　勾白三块瓦。扎巾盔、牵巾、黑满，绿硬靠、苫肩，红彩裤，厚底靴。

王　平　俊扮。银荷叶盔、黑三，红硬靠、苫肩，红彩裤，厚底靴。

曹　洪　勾红碎脸。太子盔、牵巾、翎子、尾、红耳毛子、红扎，黄硬靠、苫肩，红彩裤，厚底靴。

许　褚　勾黑碎脸。黑蓬头、抓髻、大额子、牵巾、翎子、尾、黑耳毛子、黑扎，黑硬靠，苫肩，黑彩裤，厚底靴。

慕容烈　勾腰子脸。白虎头盔、黑一撮，白硬靠、苫肩，黑彩裤，朝方靴。

焦　炳　勾豆腐块。蓝虎头盔、黑丑三，蓝硬靠、苫肩，黑彩裤、朝方靴。

曹　操　勾大白粉脸。文阳、髟鬓发、髟满，红褶子、红蟒、玉带，红彩裤，厚底靴。

张　郃　勾紫三块瓦。甩发、茨菰叶、牵巾、黑满，紫硬靠、苫肩，红彩裤，厚底靴。

杜　袭　勾蓝三块瓦。黑发髻、茨菰叶、牵巾、黑耳毛子、黑一字，蓝硬靠、苫肩，红彩裤，厚底靴。

刘　封　俊扮。太子盔，红开氅，红彩裤，厚底靴。

孟　达　勾元宝脸。黑大镫、黑满，紫开氅，黑彩裤，厚底靴。

刘　备　俊扮。王帽、髟三，红素褶子、红蟒，红彩裤，厚底靴。

诸葛亮　俊扮。八卦巾、黑三、朝珠，紫素褶子、紫八卦衣，黑彩裤，厚底靴。

赵　云　俊扮。白夫子盔、黑三，白硬靠、白蟒、苫肩，黑彩裤，厚底靴。

张　著　俊扮。银荷叶盔、黑三，白开氅、大带、黑马褂、苫肩，黑彩裤，厚底靴。（第七场穿白绣边箭衣）

黄　忠　俊扮。黄扎巾、红绒球面牌、黄绸条、白鬓发、白三（也可戴帅盔），黄硬靠、黄蟒、苫肩、箭衣，红彩裤，厚底靴。

纛旗手　俊扮。梢子帽，蓝布箭衣、大带、卒坎，黑彩裤，薄底靴。

更夫甲　勾腰子脸。梢子帽、白五嘴，蓝布箭衣、大带、卒坎，黑彩裤，薄底靴。

更夫乙　勾窝头脸。梢子帽、黪四喜，蓝布箭衣、大带、卒坎，黑彩裤，薄底靴。

魏探子　勾小花脸。红毡帽、白蓝布条，蓝布箭衣、大带、卒坎，黑彩裤，薄底靴。

蜀探子　勾小花脸。梢子帽，蓝布箭衣、大带、卒坎，黑彩裤，薄底靴。

四魏兵　俊扮。黑兵盔，黑兵丁衣裤、扣板，薄底靴。

四蜀兵　俊扮。黄兵盔，黄兵丁衣裤、扣板，薄底靴。

四红龙套　俊扮。红小板巾，红龙套衣，红彩裤，薄底靴。

四绿龙套　俊扮。绿小板巾，绿龙套衣，红彩裤，薄底靴。

四蓝龙套　俊扮。蓝小板巾，蓝龙套衣，黑彩裤，薄底靴。

道具

文房四宝	一份	惊堂木	一个
印　匣	一个	令箭架	一副
令　箭	六支	令旗、报旗	各一面
彩　头	一个	托　盘	两个
大酒壶	一把	酒　斗	八个
梆　子	一份	锣	一份
羽毛扇	一把	宝　剑	两把
单　刀	四把	锯齿夺	一对
大　刀	一把	金象鼻大刀	一把
白带单枪	六杆	马　鞭	九把
黑花带枪	九杆	红、绿、蓝标帜	各一堂
金杆三穗	一把	大帐、杆	一份
红色绣龙三角大纛旗	一份	山　片	一个
布　城	一份	红椅披、垫子	九份
红色绣平金团花桌围、桌搭	三份	椅　子	九把
桌　子	三张		

| 阳 平 关 |

第 一 场

〔空场。

〔**【大锣原场】【四击头】**徐晃双提甲"上场门"上，至"九龙口"前亮住。**【长尖】**起"整霸"，后至中台口翻右下甲亮住。**【冲头】**放下甲向里左转身"山膀"拉开，**【大锣归位】**左拳放胸前，按右掌放拳上。

<点绛唇>

徐　晃　サ 6 i 5 4 3 5 2 - |
细 柳 营 开，

〔**【四击头】**徐晃面向里站立桌前。同时王平"上场门"双提甲上，至"九龙口"前亮住。**【长尖】**起"半霸"，后至中台口亮。**【冲头】**放甲左转身"山膀"拉开，**【大锣归位】**左拳上按右掌。

王　平　サ 2 2 1 2 6 1 5 - |
旌 旗 曜 彩，

〔**【软四击】**王平转身面向里，站徐晃左侧，二人站中线两边。同时曹洪"上场门"、许褚"下场门"分上亮住。二人同起"正、反霸"，后归中台口亮。"合扇儿"向里转身"山膀"拉开。**【大锣归位】**

曹　洪
许　褚　（同）サ 5 6 5(6) 4 3 5 2 - |
英 雄 概，

〔**【急急风】**二人面向里，许褚站徐晃右侧，曹洪站王平左侧。同时慕容烈"上场门"、焦炳"下场门"同冲上稍亮，疾行至中台口。**【冲头】**二人"合扇儿"向里转身，"山膀"拉开。**【大锣归位】**

慕容烈
焦　炳　（同）サ 3 1 2 3 5 6 i 5 - |
文 武 全 才，

〔**【小锣三击】**焦炳、慕容烈面向里，焦站许褚右侧，慕容站曹洪左侧，六将面向里退步，"山膀"拉开，站台口一横排。闭二幕。摆大帐等。

徐　晃
王　平

曹　洪
许　褚
慕容烈
焦　炳　（同念）管取！（6　5　<u>6 i</u>　5　–）【大锣一击】（六将同时右转向外）

2　2　1　<u>2 1</u>　6　1　5　–
孙　刘　　　　败。
（右手指外）

〔【大锣归位】六将拱手式报名。闭二幕。

六　将　（同声）俺！

徐　晃　徐晃，

王　平　王平，

许　褚　许褚，

曹　洪　曹洪，

焦　炳　焦炳，

慕容烈　慕容烈！

〔【大锣住头】徐晃、王平“合扇儿”向里上步与众将站成八字。

徐　晃　（向众拱手式）列位将军请了。

众　将　（拱手）请了。

徐　晃　魏王吾主自得军报，张郃攻打葭萌关不利，刘备直犯汉中，为此亲统大军，来决雌雄。魏王手书命夏侯渊，开兵示武，尚无捷音，好生怀念也。

众　将　且待魏王升账，你我请兵前往相助便了。

徐　晃　言之极是，你我两厢伺候。（拱手）

众　将　（拱手）请！

〔奏唢呐曲牌<水龙吟>徐晃、王平等六将同时“山膀”拉开，“合扇儿”两整靠、双整冠、双抖靠绸、“合扇儿”双紧靠，相互拱手。徐晃领许褚，焦炳随许后，左提甲右“山膀”“下场门”下。同时王平领曹洪、慕容随后，右提甲左“山膀”“上场门”下。

〔启二幕：大帐、堂桌、“大座”。桌上放文房四宝、印盒、令箭架、惊堂木、令旗、宝剑。

〔四绿龙套、四蓝龙套举标帜“上场门”上，“站门”，曲牌止。【四击头】【回头】曹操左手端带信步行至“九龙口”前亮住。【一锤锣】前行两步抖双袖、整冠、双捋髯，一望二望。单端带前行至中台口，抖单袖。【大锣归位】

曹　操　（引子）只手【小锣二击】

2　3　∨　2　3　–　【大锣帽子头】　2　2　1　–　（大 大）
独　擎　天，　　　　　　奇　　　勋
（两抖袖，转向“小边”台口，双端带）

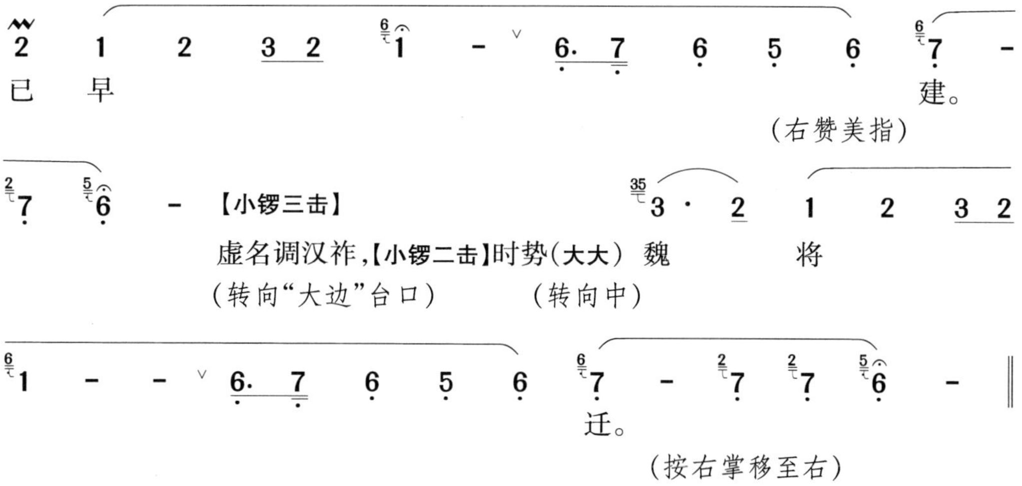

〔【冲头】奏唢呐曲牌<水龙吟·合头>曹操双抖袖、整冠、右手捋髯一望二望，众龙套喊堂。曹操右转身入“大座”，众龙套随归里“站八字”。同时徐晃领许褚、焦炳“下场门”上，至中台口；王平领曹洪、慕容烈“上场门”上，至中台口。六将一横排互拱手、“合扇儿”转身、进门、站台中一横排向曹拱手式，龙套放标帜。曲牌止。

六　将　参见魏王。

曹　操　站立两厢。

六　将　啊！

〔【大锣归位】徐晃站“大边”里首，许褚居中，焦炳站外首；王平站“小边”里首，曹洪居中；慕容烈站外首。六将成八字提甲亮住。

曹　操　（诗）三台入虎帐，九列冠朝缨。【小锣二击】今朝僭銮舆，不日九（向右撒右掌，右掌顺髯晃身）五登。

〔【大锣归位】六将放下甲站定。

曹　操　（扯左袖中缝报名）孤——【撕边一锣】魏王曹。（【大锣住头】抖左袖）假义举于陈留，会诸侯于（左手指外）董后；明为伊尹之作用，暗为后事之（左手扯右袖角，右手向下画圈）图谋；视天子如木偶，藐群雄如草芥（右手指右下方），赫耀天下，位加九锡（得意晃身）。【大锣住头】前者夏侯渊开兵示武，今未闻捷报，此事（右掌自指胸）叫孤好生忧（摊右掌晃头）虑也！

徐　晃　（【撕边一锣】单捋髯后转向曹拱手）启魏王，既然思念夏侯将军，就该另点别将带兵助阵。

曹　操　且自消停，容孤思之（左掌顺髯）。

六　将　啊。

〔魏探子内白：“报！”【冲头】“上场门”举报旗上至“小边”台口进门跪“小边”。

魏探子　启魏王，定军山失守，夏侯将军被黄忠（转跪向外、左手反握旗杆、立右掌做砍状）刀劈马下！

众　（震惊）啊！【大锣一击】

曹　操　（惊坐椅上）这老儿怎样斩孤夏侯将军，（左手扯右袖角右手指报子）你、你你起来讲（击惊堂木）！

魏探子 （起身拱手）魏王容禀！（【大锣归位】探子立“大边”“山膀”拉开）
夏侯将军（向外拱手）自得军令，每日挑选精兵。（边念边走至台中右手指外，曹捋髯静听【小锣二击】）
张郃苦谏不纳听（上至“小边”左回身弓箭步向曹禀报），独自领兵逞胜。（回至“大边”伸右赞美指，【小锣三击】曹摇首）
对山息鼓歇战（右手指前上方），我军辱骂蜀营。（边念边至“小边”右手指外）【小锣二击】
旗门闪出黄汉升，（边念向台中上两步再退回“小边”，同时右掌指“大边”台中后举至头上）
这哗啦啦！（右手反握旗横放胸前按右掌在腰间抬左腿亮住，【冲头】向左小圆场至台中，左弓箭步右手自指头亮住。曹操捋髯细听）
人头如瓜滚！（右手指地画圈）
〔奏唢呐曲牌<急三枪>探子“山膀”拉开右手指外，绕手、立右掌做砍状，右手持报旗左转身向曹单跪禀告。六将上步抬右腿踢探子抢背；同时曹大惊，双抓袖、抛于桌前，双手扶案呆立桌后；众将手指探子呆立。
〔【冲头】探子右掌捂嘴，悄出门“上场门”下。曹操右袖遮面昏厥椅上，众将面向曹“合扇儿”伸掌呼唤。

六　将 魏王醒来！

〔西皮导板〕

曹　操 【大锣导板头】

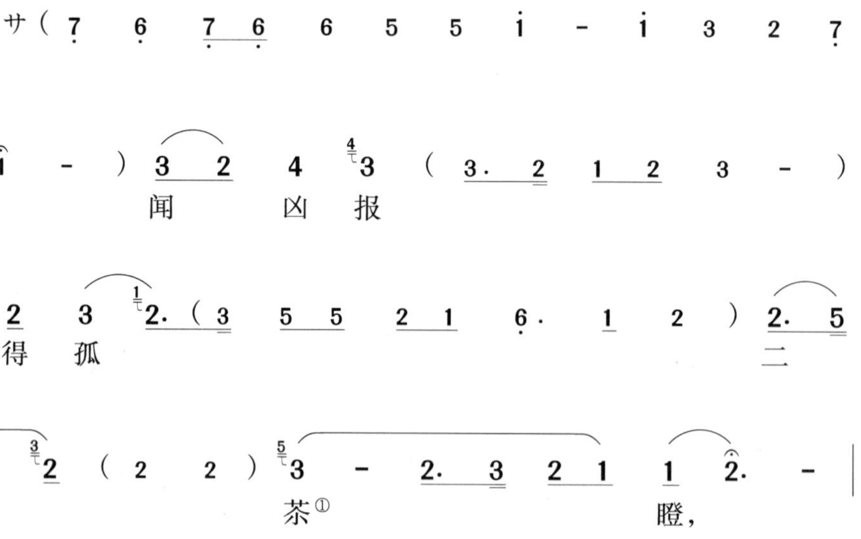

〔【冲头】六将回原位，向外叉腰站。

曹　操 【大锣三叫头】（抖右袖搭腕上）渊弟呀！（反绕袖，举左掌）妙才！（收右袖）哎！（【大锣一击】顿足）贤弟呀！（右手扯左袖拭泪、顿足）

① 茶(nié)：发呆。

〔亮弦〕

（ 7 6 － 1 2 － ）

〔西皮散板〕

【纽丝凤点头】サ（ 7 6 6 5 i 3 2 7 6 2 1 － ）

3 1 2 3. 2 1 2 （ 7 6. 1 2 ） 3

因 何 故 失 却 了 足

（摊右掌）

2 5 3 2 1 1 － 6. 1 6 1 － ‖

折 手 分。

（双食指分开）

【撕边】（**崩登仓**）（定神细想转望徐晃）啊？（**【大锣一击】**徐晃不解摊掌）啊？（**【大锣一击】**望王平，平不解向外摊掌，众将互望）哈、哈、哈……

〔亮弦〕

（ 7 － 2 － 1 － ）（曹摇首垂右袖）

〔西皮散板〕

【纽丝凤点头】（过门略）2 3 2 3 6 2 1 6 6 2 1 2 2

孤 今 朝 方 醒 悟 管 辂 神 谶，

（双端带晃身）（左手指外向下画圈）

（ 7 6 1 2 － ） 2 3 2 （ 3 3 ） 3 2 1

（仓） 遇 黄 猪 遭 虎

（左手捋髯）（右手指外）

6. 1 2 － 2 （ 7 6 1 2 － ） 1

口 已

2 － － 1 2 1 6 6 － 1 6 1 － ‖**【大锣住头】**

亥 者 征。

（按右掌）

六　将　（拱手）启魏王，为何悲中带喜？（摊双掌）

曹　操　哎，非是孤（自指胸）悲中带喜，孤今方悟（右手指外）管辂之言。他道三八纵横乃建安二十四年也；黄猪遇虎，亥猪之寅是虎（摊右掌指外）；定军之南（左手扯右袖角按右掌向右移）乃定军山之难也。山者遇虎，想（左掌指外后自指）夏侯将军与孤乃（伸双食指）手足之情，今闻此（右手指外）凶报，顿悟辂言（摆右掌）

不谬。（【撕边叫头】按左掌指外）管辂哇！（右手指外）你真乃（左手扯右袖角伸右赞美指）神人也！（定神再想抖左袖上腕【撕边大锣三叫头】）渊弟呀！（抬右手双按掌放胸前呼唤）妙才！（收左袖摊右掌）你死得（顿足【大锣一击】）忒苦了……哇……（右手扯左袖拭泪）

〔亮弦〕

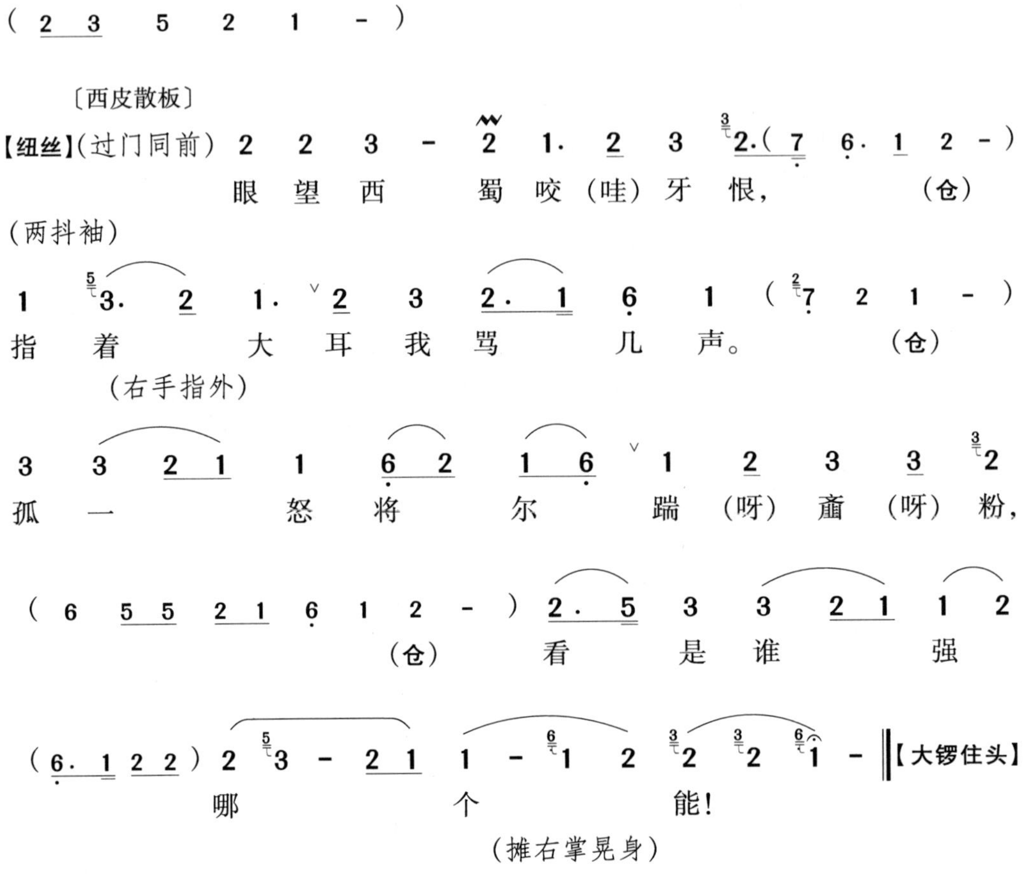

徐　晃　（拱手）启魏王，就该（按双掌）点动人马，为夏侯将军（顿右拳）复仇！
曹　操　就命汝为前部，大队人马兵发定军山！（递令旗）
徐　晃　（接旗）得令，（边念边上步举旗）众将官！
众　有！【大锣一击】
徐　晃　大队人马，往定军进发！
众　啊！

〔【大锣归位】徐晃将令旗交曹。奏唢呐曲牌<泣颜回·发冒>【冲头】八龙套持标帜台中“合龙口”带马。曹操拿令旗、宝剑离位与六将同出门，成一横排，众人左转身接马鞭，八龙套回两边站。曹与六将同上马。接奏唢呐曲牌<泣颜回>，龙套、六将插门“下场门”下。

〔【大锣原场】曹至台口加鞭随下。

第二场

〔【冲头】奏唢呐曲牌<风入松>前两段张郃、杜袭举枪、马鞭“上场门”上，至“九龙口”前稍亮，前行至中台口，曲牌止。【大锣住头】二人横枪拱手式，横马鞭报名。

张郃
杜袭 （同）某！【撕边一锣】

张郃 张郃。

杜袭 杜袭！（【大锣住头】二人贴腰式勒马“站八字”）

张郃 （拱手）将军请了。

杜袭 （拱手）请了。

张郃 你我失落定军，（向外拱手）魏王台前请罪。远远望见（二人同时右转望“上场门”。【撕边一锣】幕内众道：“哦！”二人转向外）魏王大兵来也！

〔【冲头】二人至“大边”台口下马站定。

〔奏唢呐曲牌<风入松·合头>八龙套举标“上场门”上，“挖门”；六将举马鞭随“挖门”。

〔【大锣原场】曹操左手抱令旗、宝剑，右手举鞭随上至“小边”台口勒马望“大边”台口，张郃、杜袭躬身施礼。曹操持鞭至台中站定；许褚在“大边”居中，右是徐晃，左站焦炳；曹洪“小边”居中，左是王平，右站慕容烈。八龙套在后，六将在前成八字站定；杜袭、张郃行至中台口，杜站“小边”一侧，张站“大边”一侧。

张郃
杜袭 （同时面向里藏枪）失落定军，死罪呀死罪。（单腿跪【撕边一锣】）

曹操 此乃前数造定，（鞭指张、杜后摇鞭）与尔等无干，（点翘鞭梢向二人示意）起来。

张郃
杜袭 （同）谢魏王！（【大锣住头】二人起。张归“大边”台口，杜归“小边”台口）

曹操 孤今此来只为夏侯将军复仇。（对张、杜，二人面向曹躬身听示）你等可将米仓山粮草，屯积（鞭指外下方）北山脚下，但看虚实而动。听孤（横鞭托髯【大锣一击】）令下！

张郃
杜袭 （同）啊！（面向外站）

〔西皮摇板〕

曹操 【闪锤】 サ（7̣ 6̣ 5 5 5 3 6 5 i̇ 3 2 1 1

6̣ 5 5 5 3 6 5 i̇ 3 2 1 1） 3 ²3 3
口 传 将

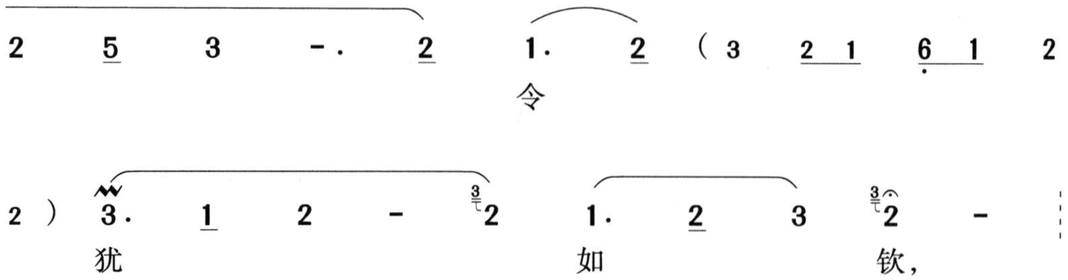

〔【闪锤】张郃、杜袭原地上马，曹握鞭上步，横鞭站定。

〔西皮流水板〕

曹操

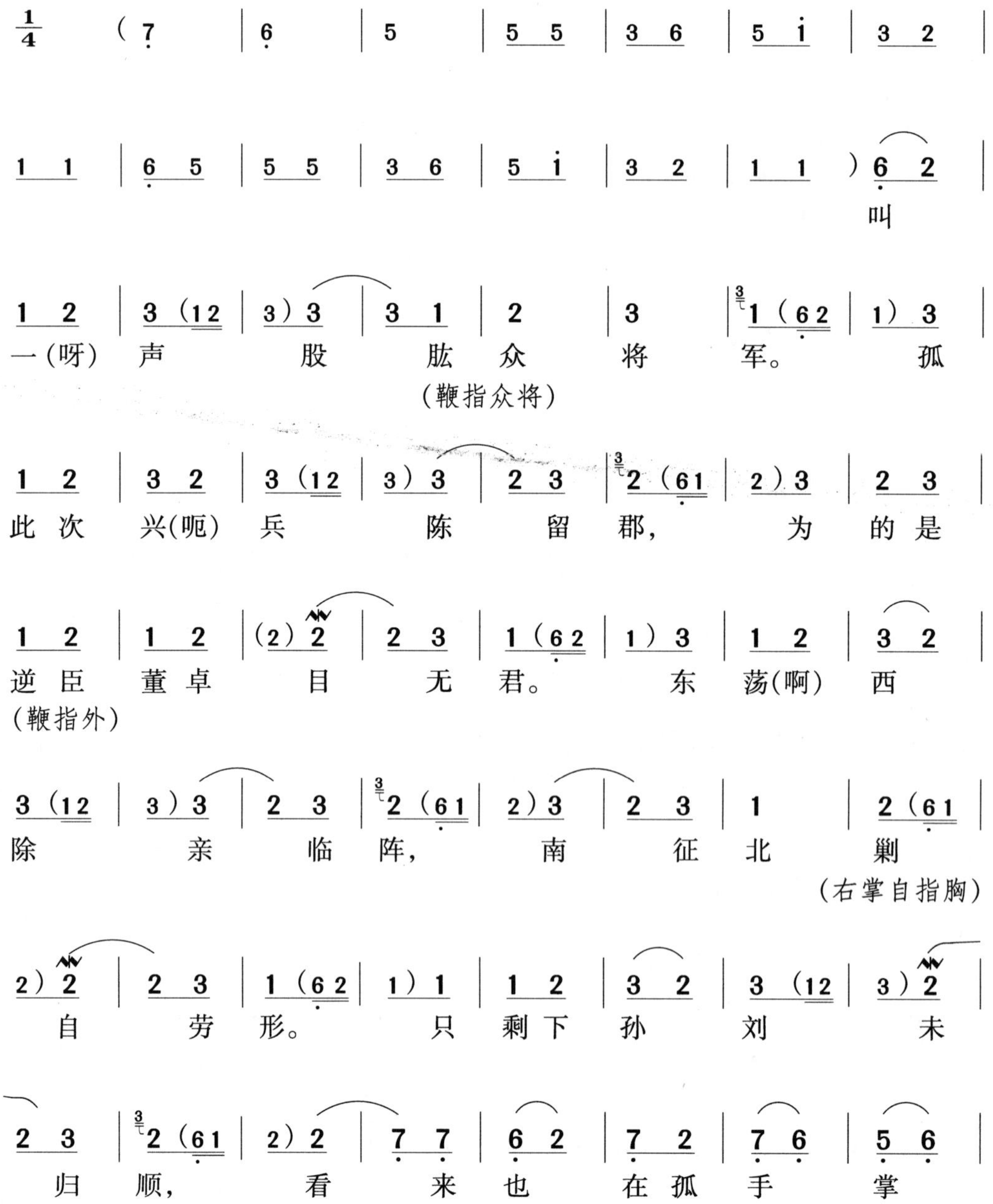

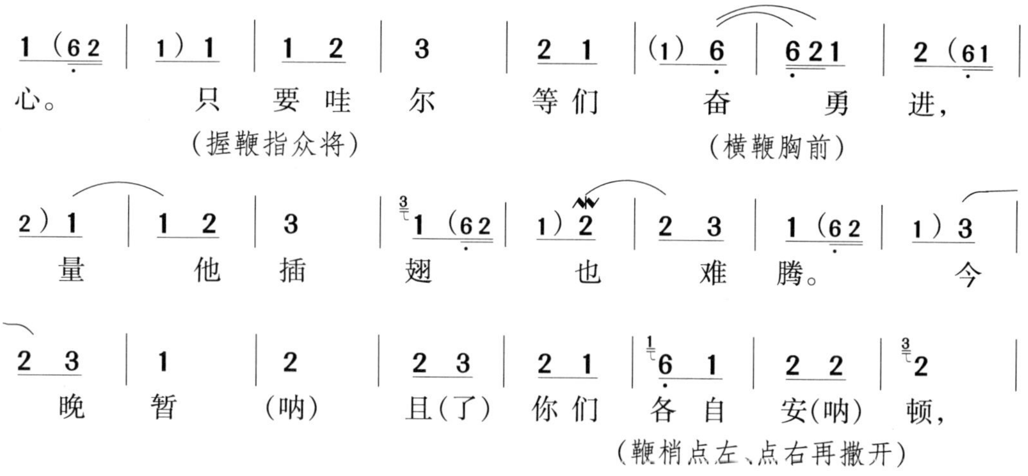

〔【长锤】曹挥鞭；徐晃举鞭带“大边”将、龙套向“小边”方向走；慕容烈领“小边”将、龙套至“大边”台口，众同“扯斜胡同”。曹操举鞭行至“小边”台口。锣鼓收住。

〔西皮摇板〕

曹 操 （过门同前）

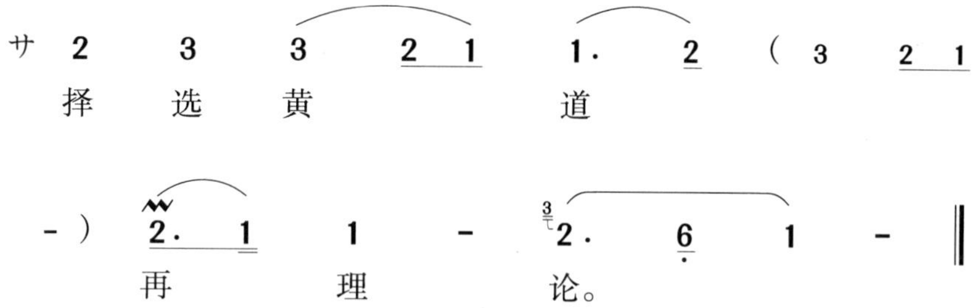

〔【急急风】曹向右出鞭亮住，众喝道。曹左转向“下场门”举鞭、行两步、回身加鞭、背鞭、让髯于左小臂上，“下场门”急下。徐晃、王平至“小边”加鞭随下，许褚、曹洪，焦炳、慕容烈，张郃、杜袭等依次加鞭下，龙套头、二旗领众向外翻、“胄牌对儿”下。

第 三 场

〔启二幕。场上设“小座”及八字椅。【一锤锣】四红龙套“站门”，刘备、诸葛亮、赵云、张著、孟达、刘封上“九龙口”站“一字”，后至台口站“一字”。【大锣归位】

刘 备 （念引子）非孤劳形，【小锣二击】怎敢辞（多多）

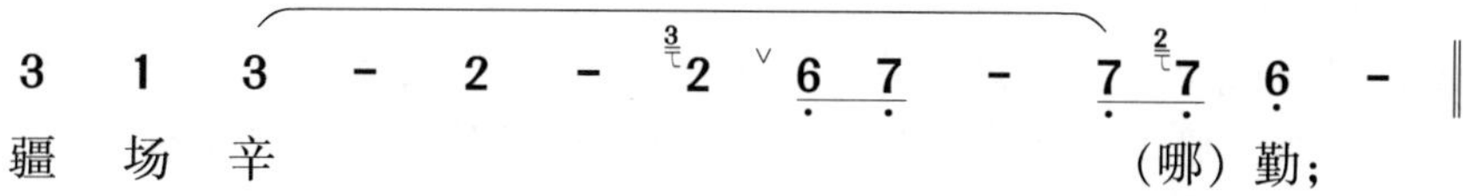

【小锣三击】

诸葛亮 （接念）鼎足三分，【小锣二击】

3 32 12 3 - 【小锣三击】
西 蜀 稳 定，（用扇子一指）

赵 云
众 （同接念）唯愿取—— （大大）

6 1 2 - 32 1 - 6 - 76 5 - 5 - 6 - ‖
四 海 安 宁。
（用掌示安宁状）

〔【大锣原场】刘备转身归"小座"，刘备示意诸葛亮、赵云分坐八字椅，张著、孟达、刘封分站两侧四红龙套前，四红龙套归里"八字"。【大锣归位】

刘 备 （诗）扬眉掀髯笑颜开，喜得将军斩将来。【小锣二击】

诸葛亮 今日同饮功臣筵，

赵 云 我军齐唱凯歌回。【大锣住头】

刘 备 赖先生妙算，汉升智勇，果然夺取定军。为此大帐摆筵，庆贺功臣。为何不见黄老将军得胜回营。（摊手）

诸葛亮 且听一报。

〔蜀报子内白："报！"【冲头】持报旗上，进帐跪念。

蜀报子 黄老将军得胜回营。

刘 备 摆队相迎。

蜀报子 （站起）摆队相迎。

〔奏唢呐曲牌<小傍妆台>报子"上场门"下，众倒领"骨牌对儿""上场门"下，【一锤锣】赵云、诸葛亮、刘备顺序下。闭二幕撤桌椅。

第 四 场

〔继续奏唢呐曲牌<小傍妆台>，启二幕。【急急风】四蜀兵持枪，纛旗手持三角大纛旗急上，站"斜一字"。【四击头】黄忠持马鞭左手撩蟒上，至"九龙口"亮相。【急急风】黄忠至"大边"台口做勒马状，急走圆场回到"九龙口"，勒马向外亮相挥手；四蜀兵、纛旗手急走圆场至"小边"站"一条鞭"。黄忠加鞭走至"小边"台口挥马鞭勒马抬左腿，向"下场门"急走至近"下场门"处勒住马。【冲头】黄忠起"反云手"向右转身，右手反绕马鞭反握，左手"山膀"，抬头望向彩头①。【大锣三叫头】

黄 忠 （三笑）哈哈，（顷仓）（变勒马状）哈哈，【住头】（变左手搂髯，右手横握马鞭）啊！哈哈哈……！

〔【四击头】黄忠缓马鞭，跨右腿、左手撩蟒、踢左腿、右手马鞭打左靴底，向左跨腿转身，马鞭上膀子，转过身来蹉步，飘髯，做弓箭步勒马状亮相。

① 纛旗手手持黄色绣龙三角大纛旗的旗头处挂挑彩头——夏侯渊人头。

「【急急风】黄忠站起勒马向右急走圆场至台中右转身，望彩头微笑挥马鞭，飘髯、左手做勒住缰绳状急冲向“下场门”下，纛旗手持纛旗随下，四蜀兵持枪跟下。

第五场

「继续奏唢呐曲牌<小傍妆台>，四红龙套“下场门”上“一条鞭”，头家红龙套捧酒具。孟达、刘封、张著随上，站在四红龙套前。赵云、诸葛亮、刘备顺序上，站在孟达等人前。

「【急急风】四蜀兵持枪、纛旗手撑旗“上场门”上，站“一条鞭”。黄忠持马鞭上，至“小边”台口。

刘 备 啊！老将军。

「转【大锣长尖】黄忠勒马见刘备等急转身下马。锣鼓切住。

黄 忠 主公！

刘 备 老将军！

「红龙套斟酒交刘备，刘备接酒向黄忠递酒。

黄 忠 折杀老臣了！（跪介）

刘 备 理当。

「刘备扶起黄忠，黄忠接酒祭天地后将酒杯交与头家红龙套再向刘备拜谢！【大锣原场】刘备挽黄忠手同下，诸葛亮、赵云、张著、孟达、刘封及纛旗手随下，四蜀兵跟下。四红龙套下。闭二幕。

第六场

「继续奏唢呐曲牌<小傍妆台>启二幕，中场设“大座”桌椅，外场左右设“八字”桌椅，三张桌上均摆酒具。四红龙套、张著、刘封、孟达、诸葛亮、赵云、黄忠、刘备上，“挖门”，张著、诸葛亮、黄忠归“大边”，刘封、孟达、赵云归“小边”，刘备归中间，纛旗手捧彩头“上场门”暗上，黄忠跨前一步转身拱手念。

黄 忠 老臣奉命，斩了夏侯渊，人头来献。（转身向外指人头）

刘 备 老将军莫大之功也，首级号令辕门。

纛旗手 啊！（捧彩头下）

刘 备 加封老将军征西大将军之职。

黄 忠 谢主公！

刘 备 看酒为老将军贺功！

四龙套 啊！（摆宴）

刘 备 待孤把盏。

黄 忠 老臣不敢！

刘 备 我儿代敬。（看刘封）

刘 封 是。

黄　忠　折杀老臣。

「奏唢呐曲牌<傍妆台>，刘备入正内座，四红龙套里归“八字”。黄忠、赵云、诸葛亮、张著、孟达、刘封等六人同至台口，向外站“横一字”，抖袖、整冠，转身向刘备施礼，刘备示意众坐。赵云、诸葛亮分坐正中桌两边跨椅，黄忠坐“大边”斜桌内椅，张著坐侧椅，孟达坐“小边”斜桌内椅，刘封斟酒后坐“小边”桌侧椅。曲牌止。

刘　备　老将军与众卿请。（端酒杯敬让）

众　主公请。（端酒杯敬让）

「奏唢呐曲牌<江儿水>前两段，众饮酒、亮杯。接奏<小傍妆台>，众离席，刘备归正场外“小座”。接奏<江儿水·合头>诸葛亮、黄忠、赵云分坐外场旁椅，张著、孟达、刘封分别站立两侧。

「蜀报子内白：“报！”【冲头】持报旗上，进帐跪报。

蜀报子　今有曹操自领大兵二十万，来与夏侯渊报仇，命张郃将米仓山粮草搬运北山脚下，特来报知。

诸葛亮　再探！

蜀报子　啊！（【冲头】出帐，“上场门”下）

诸葛亮　众位将军！

众　军师。【撕边一击】

诸葛亮　今有曹操自领大兵二十万，要与夏侯渊报仇，恐粮草不足，故尔停兵不进。若得一人，深入其境，烧其粮草，夺其辎重，则曹操锐气自堕。谁能当此重任？

黄　忠　黄忠【大锣一击】愿往。（离座）

赵　云　且慢！

「【冲头】赵云离座，黄忠走至台口。

黄　忠　四将军为何阻拦。（摊手）

赵　云　【大锣叫头】老将军！（拱手）连日鞍马劳倦，此任待俺赵云走走。（撩蟒做走状）

黄　忠　【大锣叫头】四将军，（拱手）食君之禄，当报君恩（拱手），何言劳倦二字？（摊手）

赵　云　【大锣叫头】不是喏！适闻敌营守粮者，乃骁将张郃，（指外）那夏侯渊虽是元帅，（指）被老将军斩于马下，（做斩状）他乃一勇之夫，安及张郃之能，此番赵某前往，斩张郃首级（做斩状）胜强那夏侯渊十倍也。（向外指）

黄　忠　【大锣叫头】四将军！（弹耳髯拱手）俺今日要斩张郃之头，你意可否？（指赵云）【撕边一击】

赵　云　哎，军家哪有常胜之理？（摊手）

黄　忠　（八大仓）（甩蟒抖髯亮相）哦！

「【大锣夺头】投袖。

〔西皮二六板〕

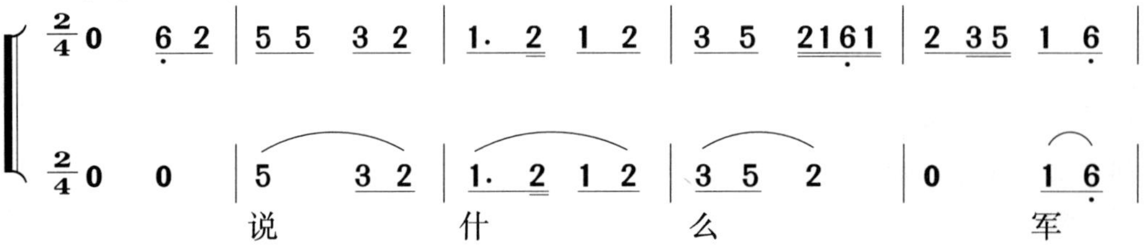

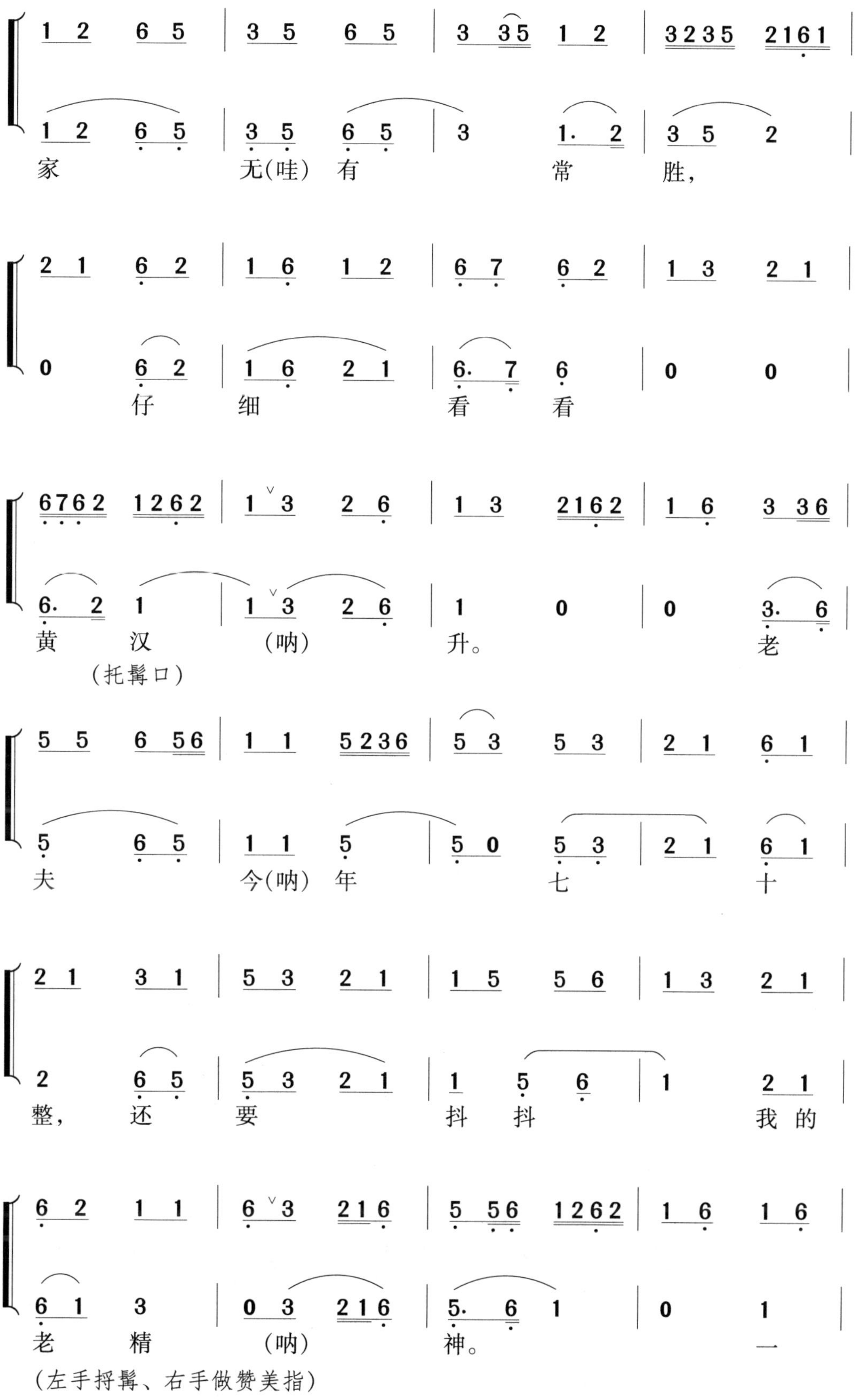
家 无(哇) 有 常 胜,
仔 细 看 看
黄 汉 (呐) 升。 老
(托髯口)
夫 今(呐) 年 七 十
整, 还 要 抖 抖 我 的
老 精 (呐) 神。 一
(左手捋髯、右手做赞美指)

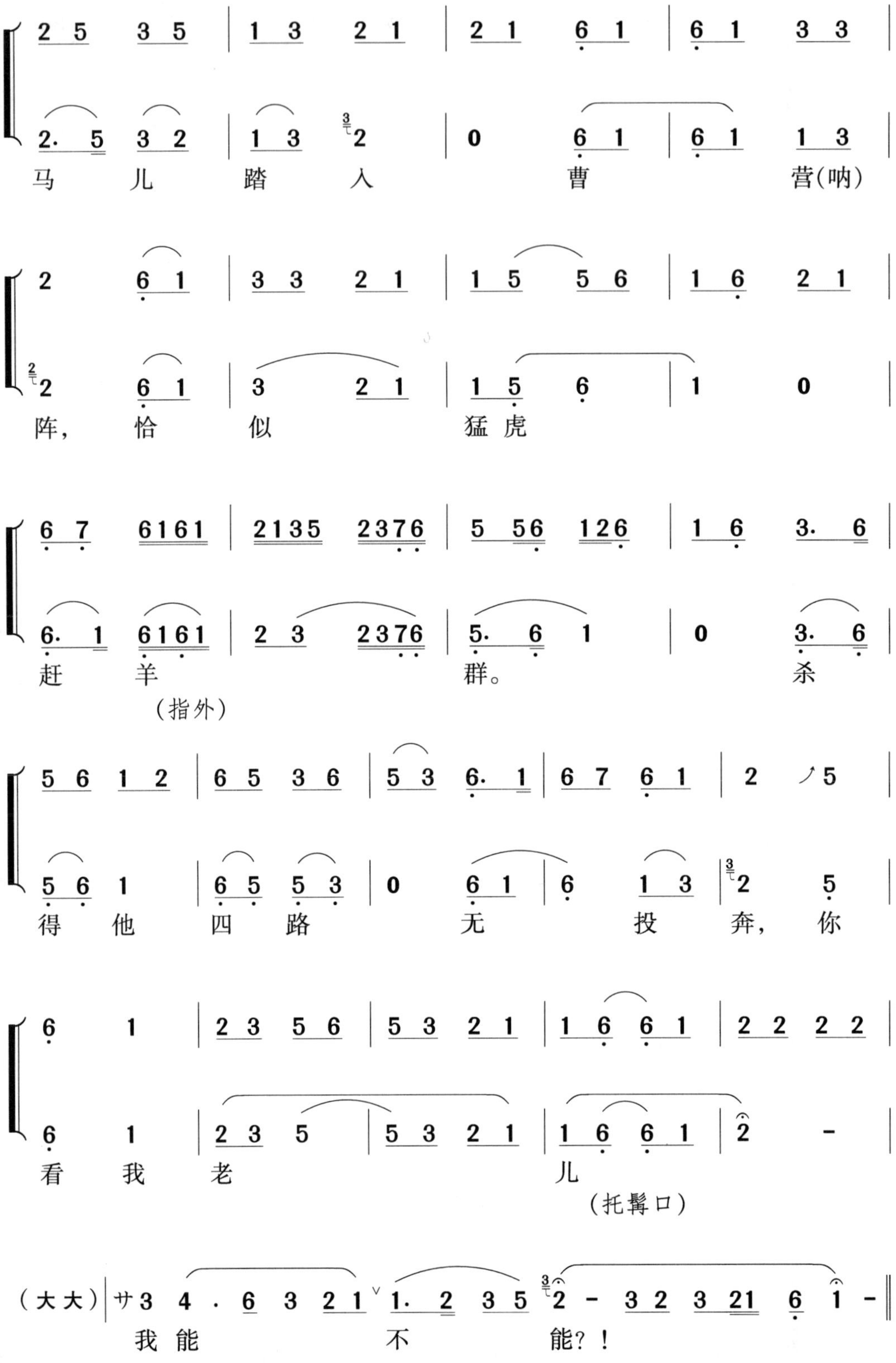

赵 云 哦！（抖袖）

〔西皮摇板〕

【闪锤】(过门同前) 1 2 1 3 2 3 2 1 1 2 -

此 事 赵 云 当 退 任，

〔转身回到原座坐下。

黄 忠 着哇！（扬手，投袖）

〔西皮摇板〕

【单楗大锣凤点头】（过门同前） 6 5 3 2 1 2 3 5 2 1

让 某 黄 忠 战

6 1 (3 2 1 6 2 1 6 5 5 5) 3 2 1 6 2 1

几 春。 躬 身 施 礼

（向右转身拱手）

1 6 3 2 - (3 2 1 6 1 2 1 6 5 5 5) 3

忙 请 会， 差

2 1 1 3 2 - 3 2 1 6 7 6 1 - ‖

迟 敢 当 军 令 行。

〔四蜀兵持枪两边暗上。

〔西皮摇板〕

诸葛亮 【单楗大锣凤点头】(过门同前) 1 3 2 2 1 1 6 1 1 3 2 (3 2 1

子 龙 之 言 诚 谨 慎，

6 1 2 1 6 5 5) 6 2 1 1 3 2 1 2 1 6 1 - ‖

此 去 还 需 多 小 心。

（给黄忠令箭）

黄 忠 得令！（接令箭）

〔西皮摇板〕

【闪锤】(过门同前) 1 2 1 5 3 2 - 3 3 2 2 3 2 3 -

黄 忠 越 老 越 好 胜，

（转身向外）

马来！

〔**【快长锤】**黄忠出帐上马，一蜀兵带马，四蜀兵“插门”下。黄忠走至“下场门”处勒马，赵云出帐至中场台口。【快长锤】切住。

赵 云 小心了！（示意黄忠）

〔黄忠左转身绕马鞭。

〔西皮摇板〕

黄 忠 【单楗大锣凤点头】（过门同前）2 1 2 25 32 - 32 32 16

他越激越 气（呀）

（6 1 2）3 4. 6 3 21 1. 2 35 2 - 32 32 1 6 1 - ‖

我偏 要 行。

（托髯口） （加鞭转身下）

赵 云 （笑）哈哈哈！（捋髯后拌袖）

〔西皮摇板〕

【闪锤】（过门同前）13 21 62 1 6 13 2（3 21

老将从来太烈胜，

61 21 65 55）62 1 13 2 3 21 1 - ‖

不 去助 战功难 成。

（向外指）

〔赵云进帐回到“小边”。

〔西皮摇板〕

诸葛亮 【单楗大锣凤点头】（过门同前）3 21 62 1 3 1 2（3 21 61

张著 近 前听将令，

21 65 55）62 1 1 32 1 21 61 6 1 - ‖

辅 佐黄忠 见机 行。

（给张著令箭）

张 著 得令！（接令箭出帐下）

〔西皮摇板〕

诸葛亮 【闪锤】（过门同前）13 21 62 1 3 13 2（3 21

赵 云 近 前听将 令，

6 1 2 1 6 5 5 5）6 2 1 1 3 2 1 2 1 6 1̂ - ‖
准 备救 应黄 汉 升。
（给赵云令箭）

赵 云 得令！（接令箭抖袖）

〔西皮摇板〕
【闪锤】（过门同前）4 3 2 1 2 1 2（3 2 1 6 1 2）3 2 1 1 2 1 2̂ -
军师 妙 算 真安 稳，
（做赞美指状）

〔西皮摇板〕
【闪锤】（过门同前）6 2 1 1 2 1 2 1 6 1̂ - ‖
调 动不 差半 毫 分。
（撩蟒出帐） （撩蟒转身“上场门”下）

〔西皮摇板〕
诸葛亮 【闪锤】（过门同前）1 3 2 1 6 2 1 3 1 3 2（3 2 1 6 1
刘 封 孟 达 听将 令，

2 1 6 5 5 5）3 3 2 1 6 2 1 2 1 2 1 6 1̂ -（3 2 1
三 千 人 马 做 疑 兵。

6 2 1 1 6 5 5 5）1 3 2 1 1 2 1 1 2 3 2（3 2 1
再 命 严 颜 阎 中 等，

6 1 2 1 6 5 5 5）6 2 1 1 2 1 3 2 1 6 1 6 1̂ - ‖
翼 德 魏 延 汉 中 行。
（交令箭给孟达）

刘 封
孟 达 （同）得令。（接令箭出帐下）

〔【闪锤】刘备、诸葛亮离座站起走至台口，刘备居中、诸葛亮在“大边”，四红龙套从里边出来归正两边站。

〔西皮摇板〕
诸葛亮 （过门同前）1 2 1 3 2 2 2 1 1 2̂ -（3 2 1 6 1 2 2）
臣 与 主 公 听 好 信，
（拱手）

刘　备　1　3 2　2 1　1 2　1 1　3　2　6 1　1　-　‖

有　先 生　何　愁　不 太　（呀）　平。

〔【大锣原场】四红龙套扯“斜门”。刘备、诸葛亮转身下，四红龙套随下。

第七场

〔西皮导板〕

黄　忠　【大锣导板头】（过门同前）3　5　3　5　-　5　5. 5　3

我　非　帐　中

（6　1　2　3　-）3　3 6　5　-　5　5　3　5　-　|

夸　老　硬　（呐），

〔【急急风】四蜀军持枪上“挖门”归两边，黄忠持马鞭和刀上，急走至台中台口亮相。【急急风】切住转【紧锤】黄忠缓刀缓马鞭向里左转身急走三步，复回身拉“山膀”抓马鞭上步亮相。①

〔西皮快板〕

黄　忠　（过门同前）3 2　| 3（1 2　| 3）3　| 2 3　| 2 1　| 6（2）　| 1（2　|

胸　中　韬　略　亘　古　今。

1）1　| 1 2　| 1 2　| 3（1 2　| 3）3　| 3 1　| 2（6 1　| 2）1　|

赵　国　廉　颇　八　十　整，　尚

0 2　| 1 2　| 3（3）　| 2 1　| 6　| 1（6 2　| 1）1　| 0 6　|

食　斗　米　肉　十　斤。　老　夫

3　| 3 6　| 0 3　| 3 1　| 2（1　| 2）1　| 0 2　| 1　|

今　年　七　十　整，　赵　云　道

（自指）

① 此场黄忠有不持马鞭，只拿象鼻刀上的。据说《定军山》“我主爷攻打葭萌关”唱快板那场右手握马鞭左手持刀连唱带舞，后面连演《阳平关》时，此场就只拿刀不拿马鞭，是为了跟《定军山》有所区别。

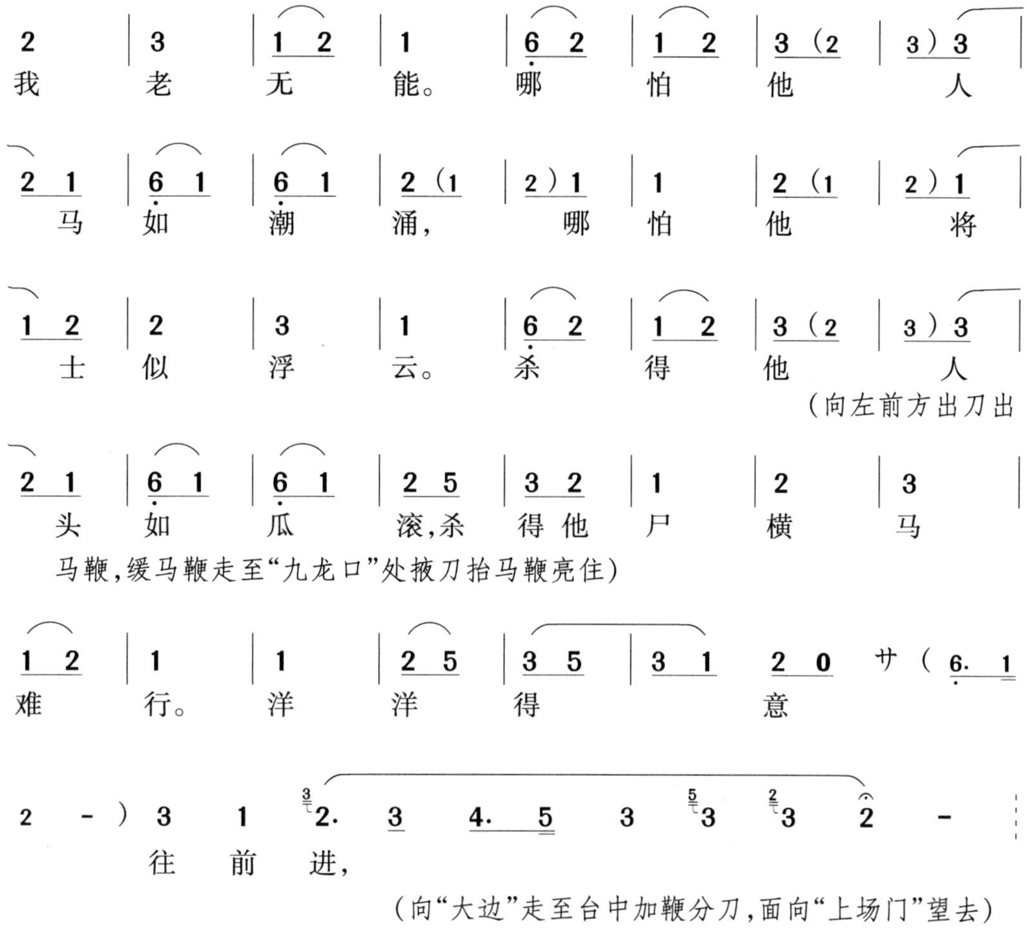

〔张著内白：“老将军慢走。”

黄　忠　啊！

〔西皮摇板〕

【单楗大锣凤点头】（过门同前）

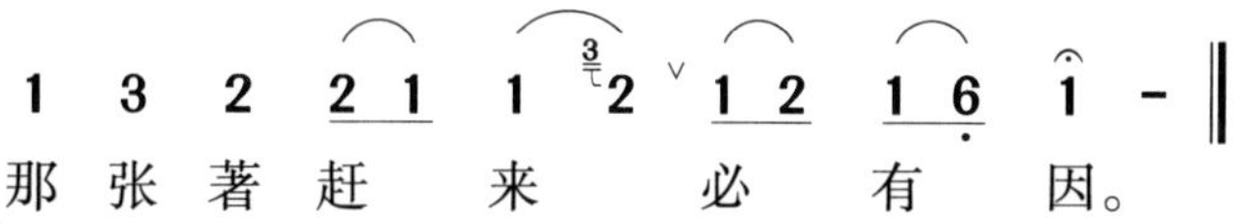

（转身向外场）

〔**【大锣长尖】**张著持马鞭上至“小边”，黄忠站立台中。四蜀军归“里八字”站。

张　著　参见老将军。（拱手）

黄　忠　啊！（惊异）敢是军师料我不能成功，叫你追某回去不成？

张　著　非也，军师料老将军此去，必然成功，但恐独立难支，故命我前来听候驱策。（拱手）

黄　忠　（笑）哈哈哈！**【撕边一击】**军师可算知某也。（半背供状）

张　著　话虽如此，曹兵甚众，将军若持力战决难成功，必得一计，方能劫他粮草。

黄　忠　某斩了夏侯渊，曹兵业已丧胆，再者曹兵连日运粮必然劳倦，今晚三更时分，（手势做三状）饱餐战饭，四更悄至北山脚下，（向外远指）放火烧他粮草，那张郃必然前来救火，那时诱而擒之，（做擒捉手式）岂不美哉！

张　著　老将军真妙计也。（伸赞美指）

黄　忠　众将官！（拉“山膀”）**【大锣一击】**

四蜀兵　有！

黄　忠　依计而行！

四蜀兵　啊！

〔**【急急风】**四蜀兵对抄下，张著加马下，黄忠缓刀加马“下场门”下。

第八场

〔**【撤锣】【小锣五击】**更夫甲、乙敲梆子和锣上，至台口处。

更夫甲　（念）粮草本是军中宝，

更夫乙　（念）倘有差迟命难逃。

更夫甲　伙计请了。

更夫乙　请了。

更夫甲　连日将米仓山粮草搬至北山脚下，闹得人困马乏，好不烦恼！

更夫乙　我看还是巡更要紧。

更夫甲　正是：（扎）巡更事要紧，

更夫乙　无奈眼难睁。

〔**【小锣打下】**二更夫下。**【冲头】【起更鼓、交三更】【撕边】**黄忠、张著、四蜀兵“搭桥”上，至台口“横一字”（**八大仓**）亮住。**【交四更】**黄忠右手持刀，左手抬起数更毕。**【急急风】**加**【堂鼓】**。四魏兵、杜袭两边上后场“横一字”。黄忠、张著、四蜀兵和杜袭、四魏兵交叉“过合”。四蜀兵归里面放火下，四魏兵、杜袭和张著架住下。黄忠和“下场门”上的张郃对峙，“一扯两扯”、开打。杜袭上，压住轰起来，“过合”，黄忠在“小边”，张郃、杜袭在“大边”，黄忠拉杜袭肚转身张郃接鼻子削头亮相，张郃、杜袭二人败下，黄忠要“大刀下场”，**【急急风】【四击头】**黄忠亮相。**【急急风】**黄忠下。

第九场

〔**【急急风】**四魏兵上“站门”，徐晃、王平、曹洪、许褚上；张郃、杜袭上，**【大锣长尖】**向徐晃等报信。接**【急急风】**领下，四魏兵“插门”下，众将“插门”下，徐晃留最后亮相下。

第十场

〔**【急急风】**四蜀兵上“站门”，赵云上至台口一亮，四蜀兵“插门”下，赵云**【四击头】**亮相，接**【急急风】**下。

第十一场

「台中后区摆山片子，后边放一桌、两边跨椅。

〔西皮导板〕

曹 操 【大锣导板头】（过门同前） 3 3 4· 5 3 2 1 2 - （6
北 山 脚 下

5 5 2 1 6 - ） 1 3 2 - 3 2 1 2 -
火 焰 飘，

「【长锤】龙套内喝道：“哦！”

「八龙套持标帜“上场门”上“站门”。曹操举马鞭、抱令旗、宝剑上，至“九龙口”前稍亮，前行两步站台中放鞭。

〔西皮流水板〕

曹 操 （过门同前）$\frac{1}{4}$ 1 4 | 3（2 | 3）3 | 2 2 | 3 | 1 2 | 1 | （3 | 2 1 | 7 2 | 1 | 1）|
满（呐）营 将 士 齐 咆 哮。
（撒鞭指众龙套）

3 5 3 3 1 2 2 - サ（2 1 6· 1 2）2 1 2 - 2 -
欲 步 高 坡 且 登 眺，
（向左、右晃鞭指向右）

「【长锤】曹操至“小边”台口下马，龙套二旗接鞭扔下。八龙套归里站桌后一横排，曹左手托袮、右手抓袖、上山步，从“大边”一侧上桌，抖右袖。

〔西皮摇板〕

曹 操 （过门同前） 6 2 1 3 2 （2 6· 1 2 -） 2
站 立 山 头 我

1 1 6 2 1 1 2 2· 6 1 - ‖
把 令 旗 （呀） 摇。

「【急急风】曹站山上摇令旗。

「【急急风】黄忠“上场门”持刀上至台中斜前方处勒马，转身见徐晃开打“挡棒攒”，把王平勾上，黄忠和曹洪、许褚“过合”，徐晃、王平对“过合”，黄忠和曹洪、许褚、张郃、杜袭对“过合”。往上场出刀，大刀花砍向曹众将，众将压住黄忠刀。【乱锤】接两个【软四击头】接【硬三锤】黄忠用刀轰起来和曹众将“过合”，黄忠在“大边”，曹众将在“小边”，黄忠和曹众将再“过合”，【四击头】黄忠在“小边”亮相，曹众将在“大边”亮相。①

黄忠 你们来呀！

〔【急急风】黄忠转身勒马背刀“上场门”下，曹众将“上场门”追下。

〔【急急风】慕容烈“上场门”上亮相，急走面对“下场门”。四蜀兵“下场门”上，慕容烈拨“倒脱靴”，四蜀兵归“大边”“一条鞭”站立，赵云“下场门”上和慕容烈架住，【急急风】切住。

赵　云 蜀军何在？

慕容烈 困在垓心。

赵　云 看枪。

〔（八大仓）赵云打慕容烈落马。赵云跳过慕容烈【四击头】“小边”亮相，“上场门”下。四蜀兵“抽心”跳过慕容烈“上场门”下。【急急风】切住，慕容烈起来。

慕容烈 追呀！（【纽丝】“上场门”追下）

曹　操 哎！

〔西皮散板〕

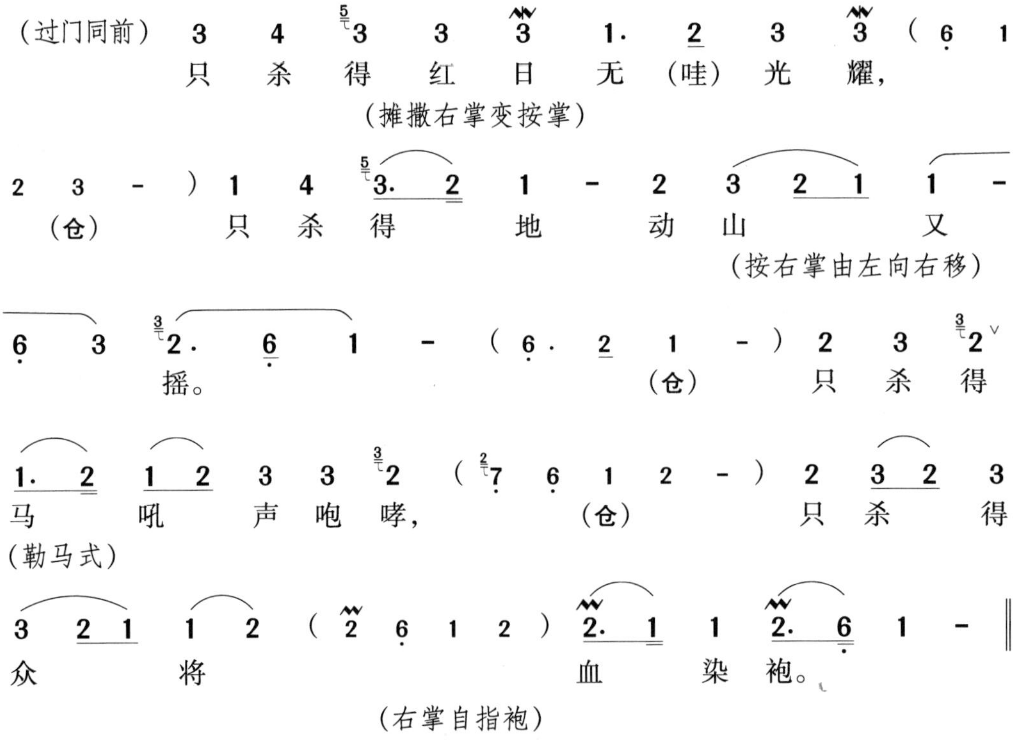

① 此处还有一种打法。在黄忠被曹六将压住后，轰起来“过合”落在“大边”，曹六将落在“小边”，黄忠用刀对曹六将大漫头后起“四击头”亮相。念“你们来呀”后“下场门”下，曹六将追黄忠“下场门”下。第二次黄忠由“下场门”上，曹六将也是“下场门”续着上，和黄忠打“挡棒攒”，黄忠被曹六将压住后，轰起来“过合”，黄忠落在“小边”，曹六将落在“大边”，黄忠对曹六将再大漫头后起“四击头”亮相，念“你们来呀”后，黄忠“上场门”下，曹六将“上场门”追下。此两种开打请学习者参考用。

〔【急急风】黄忠“下场门”上至台中向斜前方出刀，见徐晃开打。续上王平，黄忠压住刀轰起来穿肚“过合”。见曹洪再见许褚后转，再和杜袭、张郃“过合”。黄忠向“下场门”出刀向曹众将砍大刀花，曹众将压住刀。**【乱锤】**接两个**【软四击头】**接**【硬三锣】**黄忠用刀轰起来和曹众将“过合”，黄忠在“小边”，曹众将在“大边”，黄忠和曹众将再“过合”，**【四击头】**黄忠在“大边”亮相，曹众将在“小边”亮相。

黄 忠 你们来呀！

〔**【急急风】**黄忠转身持刀“下场门”下。曹众将“下场门”追下。

〔**【急急风】**曹捋髯望山下。焦炳“下场门”上亮相，急走面对“上场门”。四蜀兵“上场门”上，焦炳拨“倒脱靴”，四蜀兵归“小边”“一条鞭”站立，赵云“上场门”上和焦炳架住。**【急急风】**切住。

赵 云 蜀军何在？

焦 炳 斩尽杀绝了。

赵 云 看枪。

〔（**八大仓**）赵云打焦炳落马，赵云跳过焦炳**【四击头】**“大边”亮相，“下场门”下。四蜀兵“抽心”跳过焦炳“下场门”下。**【急急风】**切住，焦炳起来。

焦 炳 追呀！（**【纽丝】**“上场门”追下）

曹 操 呸！

〔西皮散板〕

（过门同前） 3 3 3 3 4 5 3 3 （6̣ 1 2 3 - ）
老 贼 侥 幸 出 圈 套， （仓）
（右手指外）

6̣ 2̣ 1 2 1 ∨ 2 3 1 （ 7̣ 6̣ 2 1 - ）
叫 他 插 翅 怎 能 逃。 （仓）
（摊右掌）

2 2 3 2 ∨ 3 ³6̣ 1 2 3 （ 7̣ 6̣ 1 2 - ）
孤 在 山 头 传 令 号 哇， （仓）
（右手摇令旗）

3 2 3 ³2 1 1 2 ∨ 2 ⁵3 ∨ 3 2 3 2 1 6̣ 1 - ‖
休 要 放 走 老 尔 曹。
（撒旗示左右） （旗指外）

〔**【冲头】**曹晃旗后持旗山头观望。

〔黄忠内唱。

〔西皮导板〕

【大锣导板头】（过门同前） 5 3 6 5 5 6 5 5 4 6 5
我 越 杀 越 勇

4 . 5 3 (2 1 2 3) 5 2 - 3 3 5 3 5 - |
（顷 仓）精 神 好，
（黄忠上）

〖黄忠边唱边上至台中，（**八大仓**）勒马，**【三锣】**接**【急急风】**曹众将上，黄忠拨“倒脱靴”，领起来用刀架住曹众将兵器推至“后一字”，接**【紧锤】**。

〔西皮快板〕

黄 忠 （过门同前） 1 | 2 | 0 1 | 1 2 | 3 | 1 2 | 1（62 |
怎 奈 曹 兵 似 涌 潮。

1）1 | 0 2 | 1 2 | 3（12 | 3）3 | 3 1 | 2（61 | 2）1 |
我 在 帐 中 不 服 老， 藐

1 2 | 1 | 2 | 3 | 1 2 | 1 | 1 | 2 5 |
视 曹 兵 似 枯 蒿。 黄 忠

3 5 | 3 1 | 2 サ（ 6. 1 2 ）5 3 3 2 3 2 3 - |
今 日 落 圈 套，
（托髯口） （抖髯）

〖赵云、四蜀兵上。

〔西皮散板〕

赵 云 **【双楗大锣凤点头】**（过门同前） 6 2 1 3 2 1 2 1 6 1 0 ‖
大 鹏 飞 腾 下 九 霄。

〖赵云替黄忠架住曹众将，四蜀兵围在黄忠后。

黄 忠 四将军。（用手做斩杀式）杀呀！

〖**【急急风】**四蜀兵扶拥黄忠下。赵云挑开、开打，打五将下。赵云留徐晃打“快枪”，（**八大仓**）亮住，**【急急风】**徐晃败下。续上王平开打“五腰封”，王败下。续上曹洪打“大刀枪”，败下。续上许褚开打，续张郃上,再续上杜袭开打,赵云领起来“蛇脱皮”“拨倒脱靴”，剩曹将许褚抽“抢背”亮相。赵云耍“枪下场”**【四击头】**亮住。**【急急风】**赵云“下场门”下。**【冲头】**

〖三个**【撕边一锣】**曹操望“下场门”回望“上场门”再看前台中间神色茫然，令旗失落山下，摊双掌。

曹 操 哎呀！（抖右袖）

〔西皮散板〕

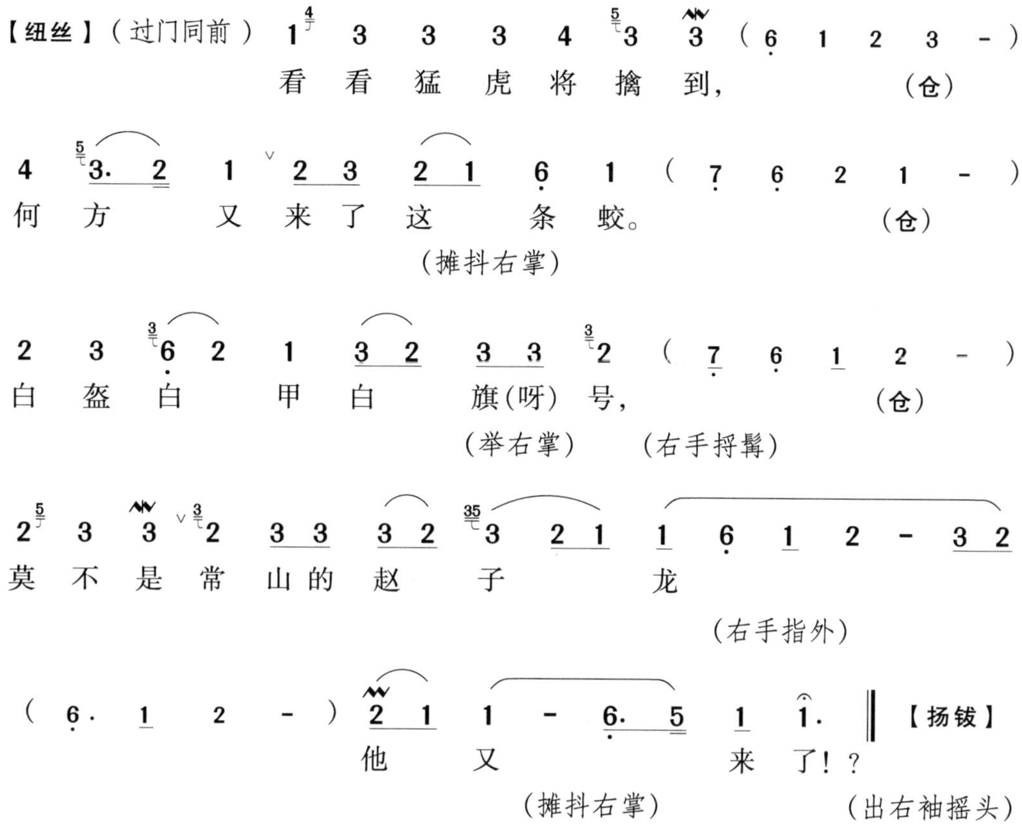

〔**【大锣原场】**张郃领许褚、徐晃、王平、曹洪、杜袭“上场门”上。张郃、徐晃、王平举半枪，曹洪提刀，许褚、杜袭举双刀至台口一横排，面向曹操躬身禀报。

六 将 启魏王，黄忠被赵云救走。

曹 操 这厮威风尚存，紧紧追赶！

众 啊！

〔**【急急风】**龙套、六将归正，曹操下山至中台口。龙套二旗带马，曹上马。龙套“插门”“下场门”下，六将随“插门”下。曹操台口加鞭亮住。

〔奏唢呐曲牌<尾声·合头>接**【急急风】**曹向里举鞭“下场门”下。

—— 剧 终

陈庆增 整理

卖　马

谭富英演出本

20世纪初，北京城内，大街小巷，到处在唱“店主东”。所谓“店主东”，即是京剧大师谭鑫培名作《卖马》中的第一句唱“店主东带过了黄骠马”。“店主东”到处在唱，可见《卖马》在当时流行曲的排行榜上是名列前茅的了。

《卖马》说的是隋朝末年，山东历城的差役秦琼押解十八名罪犯至潞州天堂县，因途中一名罪犯病死，交差时难以取得当地官府的回文，因此滞留该地。其间，秦琼贫病交加，屡遭客店主人的索催、奚落。无奈，秦琼忍痛出卖所乘黄骠马。卖马时，遇慕名已久的好汉单雄信。谁料此时单雄信的兄长遇难，急切间单雄信骑走黄骠马。身无分文的秦琼只好再卖兵器双锏。卖锏时，遇绿林好汉王伯当、谢映登。秦琼得此二人资助，取回官府回文，终得束装还乡。

《卖马》的情节很简单，但却是寓繁于简，在小故事中铺陈大的社会背景。隋朝末年，上自炀帝，下到小吏，骄奢靡费，纲纪荡然，无法生存的人们只有造反一条出路。“响马”一词，是历代对打家劫舍的强人的称呼，而对隋末绿林应用最多，以至有《响马传》的小说、戏曲，专门演义隋末起义故事。“响马”而有了“传”，足证大成气候。《卖马》一小段戏中，“江洋大盗”、“绿林好汉”、“响马”等词不绝于耳，可见当时社会状况之一斑。

可叹的是，当时的官吏一方面对平头百姓横征暴敛，贼民如虎；另一方面又为保护自身，对响马委曲求全，畏盗亦如虎。《卖马》中，秦琼为交差，对天堂县好言哀告，苦苦陈情，祈求得到回文，竟至一年没有结果。而王伯当凭自己的一张名片送到官府，官府竟立即将秦琼押解案销票了结。王伯当、谢映登是何等样人，竟有如此神通？戏里没有多表，书中说得明白：王、谢等二人乃是出了名的响马。官府非但不敢得罪，反要结好于他们。正是这些看似细节的设置，让人们看到了隋末动荡不安，民乱蜂起的社会状态。

《卖马》在艺术上有很高的成就。人们谈论谭派，注意力往往在《失·空·斩》、《定军山》、《问樵闹府·打棍出箱》一类剧幅较大的作品上。其实，《卖马》虽是小戏，但集谭派的唱、念、做、舞于一处。剧中的秦琼，是顶天立地的好汉，却处于贫病交困的窘态，是仗义疏财的英雄，却身边没有一文钱；是解押强盗的公差，却屡屡与响马打交道竟至得响马之助，出脱困境……这种种内在与外形、表面与实际的矛盾集于一身，对演员把握、塑造人物来说，无疑是一大难题。而谭鑫培之所以把《卖马》演成谭派名作，除去他后天的功力之外，微瘦的身材，清癯的面容，清亮的歌喉，蕴藉的台风等，为勾勒病中的秦琼奠定了先天的基础。不妨试想，如果以伟岸高大的身躯，广额丰颐的扮相，高亢激越的嗓音来唱《卖马》，不另辟蹊径，大概是要事倍而功半的了。

《卖马》中的唱段不是太多，但几乎段段是精品。出场时的〈哭相思〉“好汉英雄困天堂，不知何日回故乡”，深沉哀婉，悲切凄凉。由于这两句唱词是全剧点题之笔，又是没有伴奏的吟唱，因此素来为顾曲者看重，甚至有人以此衡量演员功力。下面的〔西皮慢板〕“店主东带过了黄骠马”则一唱三叹，让人感喟唏嘘，每歌必得肥彩；“但不知此马落在谁家”一句更是苍凉沉郁，让人产生声泪俱下的共鸣。“耍锏”时大段〔流水板〕，或赶板垛字，或要板闪唱，节奏跌宕闪烁，旋律跳踉多变，显示了谭派最负盛名的在快节奏中行腔自如、吐字清晰的高难技法，是谭派〔流水板〕中极具特点的力作。

《卖马》成为谭氏杰作之后，宗谭的也多演出《卖马》以示正宗。谭鑫培后，二代的王又宸、余叔岩，三代的谭富英、杨宝森等演出《卖马》，颇受好评。近世识家以为：谭富英用悲凉取胜，杨宝森以苍凉见长。

赵晓东

人物行当

秦　琼	老生	谢映登	武生
单雄信	净	店　家	丑
王老好	丑	院　子	杂
王伯当	武小生	四家丁	杂

服装扮相

秦　琼　本色脸。青硬罗帽、茨菰叶、黑三，青箭衣、黄大带，青彩裤，厚底靴。

单雄信　勾绿碎脸。绿硬罗帽、红扎、耳毛子、英雄花，绿开氅、红褶子，红彩裤，厚底靴。

王老好　勾丑脸。白毡帽、白五嘴，老斗衣、青大带，青彩裤，白大袜、方口皂鞋。

王伯当　俊扮。将巾，白箭衣、白花褶子，粉彩裤，厚底靴。

谢映登　俊扮。将巾，蓝箭衣、蓝花褶子，红彩裤，厚底靴。（按老扮相，王伯当、谢映登二人均戴大板巾、茨菰叶）

店　家　丑脸。蓝毡帽、黑八字髯，大袖衣、小腰包，青彩裤，大袜、方口皂鞋。

院　子　丑脸。青软罗帽，青褶子、大带、青彩裤，大袜、皂鞋。

四家丁　俊扮。青软罗帽，青布褶子，青彩裤，薄底靴。

道具

马　鞭	三根	桌　子	一张
双　锏	一副	椅　子	三把
折　扇	一把	酒　具	一份
大折扇	一把	公　文	一份
红桌围椅帔	一份		

| 卖　马 |

第一场

「场上设一桌一椅。**【撤锣】**

「王老好内白：“啊哈——”**【小锣五击】**持折扇“上场门”上至台口。

念〔数板〕

王老好　0　0　X X　X X　X　X X　X　X X　X　X X　X X

不 赊（多多多 一个多 多）不 欠 不 算 店，赊 了 去 不 见 面。我 在 前 街

X　X X　X X　X　X X　X X　X　X X　0 X　X　X X

走，他 在 后 街 转。二 人 见 了 面，我 就 提 钱，他 说

X X　X X　X· X　X X　0 X　X 0 X　X X　0 X　X ‖

腰 里 不 方 便，是 改 日 再 见，是 改 日 再 见。

（**【小锣二击】**转身坐下）

（念）孟尝君子店，千里客来投。①（扎）

在下，王老好。就在这天堂潞州开了一座招商客店，买卖倒是不错。只因打山东来了个好汉秦琼，住在我这店里头，日子也不少啦，连他吃带他的牲口吃，我有点垫办不起啦！这会儿呀也没什么事，不免把他请出来，跟他要俩钱儿先垫办着花，也是好的呀！就是这个主意。（向“上场门”示意）我说伙计们，二爷起来没有哇？要是起来啦，请他到前边儿来。——有请二爷！

「秦琼内白：“嗯哼！”**【小锣帽子头】**秦琼出场，**【小锣单点归位】**走至台口。

吟唱 <哭相思>

秦　琼　サ3　5　6　5　6　53　2　3　-（多 多）6̣　1　23　1

好 汉 英 雄 困 天 堂，不 知 何 日

6̣　23　1 21　6̣　2　3· 5　1 2　1 21　6̣　- ‖

回 故 乡。

---

① 这是京剧中店家上场常用的对句台词。孟尝，即孟尝君，姓田名文，战国时齐国贵族。以善养士著称，门下食客多至数千人。所以店家愿意打他的旗号，以祈顾客盈门。念对句时“君”字从下读，即“孟尝　君子店”，若读成“孟尝君　子店”就不通了。又本剧中第四场的店家上场时，也念这两句台词，显然雷同了。不如换成“高挂一盏灯，安歇四方人”，可免去重复。

〔秦琼转身向里，王老好起身相迎。

王老好　二爷，您起来啦？您请。（秦归“小座”）二爷请坐。（王站右侧）

秦　琼　店主东！

王老好　二爷。

秦　琼　将你二爷请了出来，吃酒哇，还是用饭呢？

王老好　呵！这倒不错，（向外背供）出来他就“扣着食”呐。——嗳我说二爷，这个酒哇我给您烫上啦，饭也给您做着呐。把您请出来跟您有两句话说。

秦　琼　好，有话讲在当面。

王老好　那么我可就说啦。我说二爷，您来到我这个店里呀，日子也不少啦，连您吃带您的牲口吃，我有点垫办不了啦。您是有银子还是有钱拿出点儿来，给您垫办着花也是好的呀！

秦　琼　店主东。

王老好　二爷。

秦　琼　我进店的时节也曾对你讲过了哇。

王老好　您跟我说什么来着？

秦　琼　只因我押解一十八名江洋大盗来到天堂潞州挂号。只因天气炎热损伤了一名，因此蔡大老爷不予我批票回文，故尔困苦在此。请你耐等那蔡大老爷与我发下批票回文，我再还你的店饭钱。

王老好　我说二爷，我一跟您要钱呐，您就说等蔡大老爷的批票回文，比方这么说罢，他要是一个月不给您哪？

秦　琼　你就等上一月。

王老好　个月期程的容易等，那么说他要是一年不给您哪？

秦　琼　（不耐烦地）你何妨再等他一年。

王老好　一年半载的也容易等，比方那么说他要是一辈子不给您哪？

秦　琼　（有点动气）一辈子？那你就等他一辈子吧！

王老好　那……我还等得上吗？我说二爷，这话可不是这么说，人吃五谷杂粮，保不其生点灾儿病儿的，您瞧您这个病病歪歪的，病的这个相，万一要是得病死在我这个店里头让我可怎么办呢？（**大大……大台**）（秦慢慢抬头看店家）您要是死在我这个店里头让我可怎么办呢？

秦　琼　我若死在这店中啊！

王老好　我可怎么办呢？

秦　琼　店主东，哈哈哈哈（**大……大台**）

王老好　怎么着您呐？

秦　琼　你要发财了。

王老好　（背供向外）嗳这小子吃错药啦。哎呀他说死在我这店里头我就发财啦，真格的，我这财怎么个发法儿哪？有了，趁火往下问。（转身向秦）我说二爷，您说您死在我这店里头我就发财了，真格的这个财可怎么发法儿哪？

秦　琼　店主东。

王老好　唉，二爷。

秦　琼　我若当真死在你这店中，你大大的买上一口棺木。

卖　马

王老好　行，只要我发财。

秦　琼　将我装殓起来，高处埋葬，做一个碑牌。

王老好　行，只要能发财。

秦　琼　写上，山东好汉秦琼之墓。

王老好　行，发财就行。

秦　琼　请上高僧、高道超度与我。（打量王老好）

王老好　哎，瞧什么呀？

秦　琼　店主东，你就不要这样的打扮了哇？

王老好　哟！我不这样打扮，那我穿什么呀？

秦　琼　你要头戴麻冠、身穿重孝、腰系麻带、手持哭丧棒与我摔上丧盆子，你大大的请上份子，岂不是大大的发财了哇，哈哈哈哈。

王老好　嗳我说二爷，照您这么一说我不成了您的儿子了吗？

秦　琼　哎呀，不敢、不敢，不敢当啊，不敢当！

王老好　瞧，我还巴结不上，嘀有得（音 deī）！这是转着弯的骂我呀。嘿，好哇，我说二爷，这个要钱你是没有，还告诉你说，你身上也没穿着树叶，今儿个你没钱我要扒你——！

秦　琼　怎么你要剥我？

王老好　唉，说扒就扒，甭咬言咂字的。（伸右手被秦扭着）嗳嗳嗳慢着慢着你撒开呗。（秦往外一推）嘿，你瞧面黄肌瘦的劲头还不小哇。哎！要钱没有，打，我又不是个儿，这怎么办呢？有了，他们山东人最脸热，上外头我给他喊叫，臊他的脸皮，他一害臊就能给钱啦。嗳我说二爷，要钱呢你是没有，讲打我又不是个儿，没什么别的，我要到外头给你喊叫臊你的皮——

秦　琼　怎么？店主东要羞我的脸？

王老好　对啦，寒碜寒碜你。

秦　琼　任你去喊叫。

王老好　对啦，反正你豁出去啦。（上步出门向外）我说街坊、邻舍，山东来了个好汉秦琼住在我这个店里头，天天蒙吃蒙喝……（秦琼起身捂王的嘴）**【小锣一击】**嗯嗯嗯（推开秦的手）我说你要堵死我是怎么着？（秦离开）

秦　琼　店主东不要喊叫，我有“拆会”。

王老好　什吗？该钱不还你还要拆毁？

秦　琼　拆会之会呀。

王老好　成，有主意，那咱们里头说不好吗，来里头说。（进门，秦仍坐“小座”）您坐着，二爷有什么主意？您说吧。

秦　琼　啊店主东，那槽头之上现有一骑黄骠马，你拿到大街之上去卖，卖来银钱也好还你。

王老好　就您那匹马呀，插个蜡头儿成了马灯啦，谁要哇？

秦　琼　呃！你不懂呃，货卖与识家。

王老好　对，货卖与识家。

秦　琼　店主东——

王老好　唉，二爷。

秦　琼　与我牵——马——

王老好 是啦。

〔【**慢长锤**】王老好出门至"上场门"侧幕拉马，秦琼起身出门。

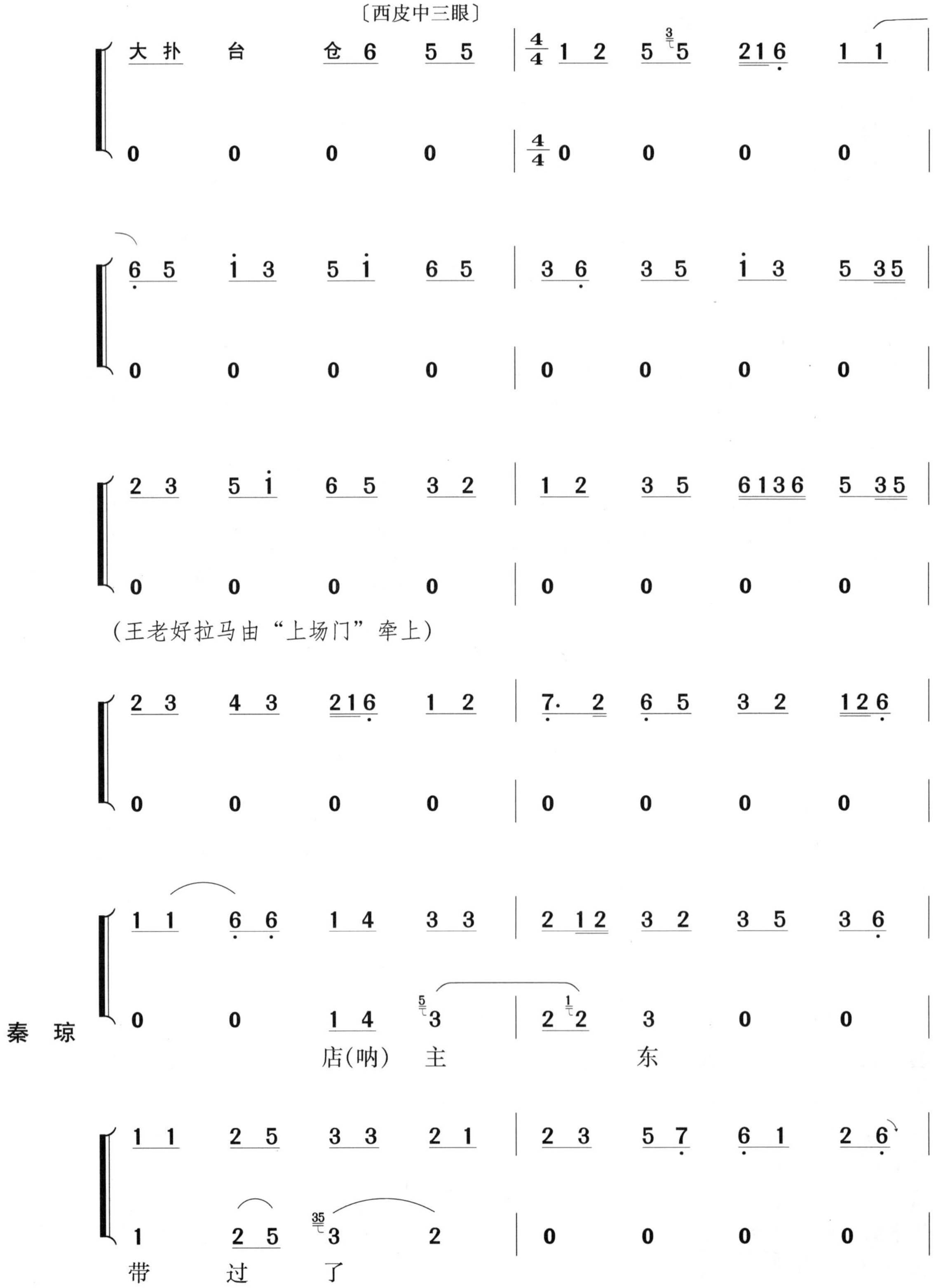

卖　马

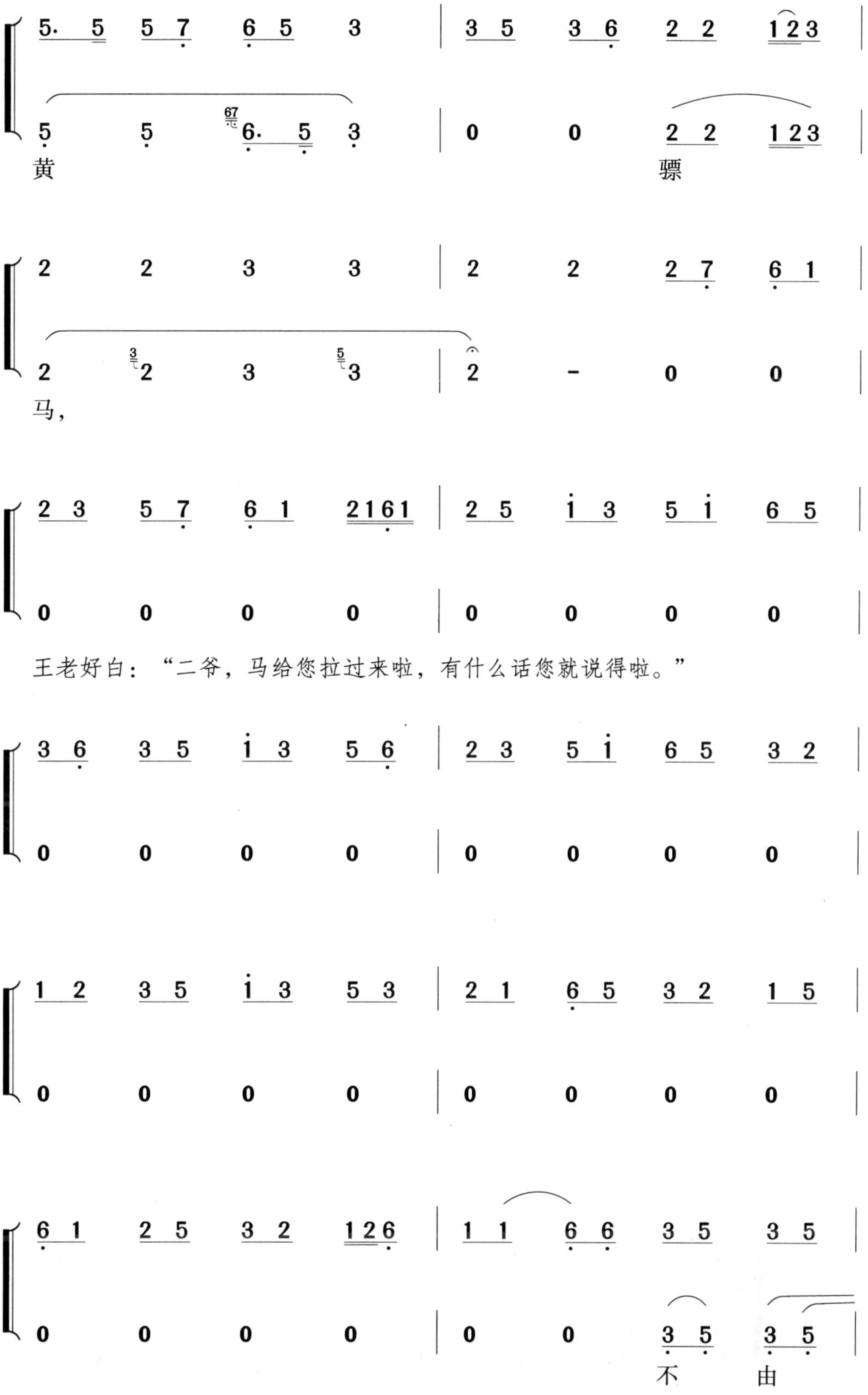

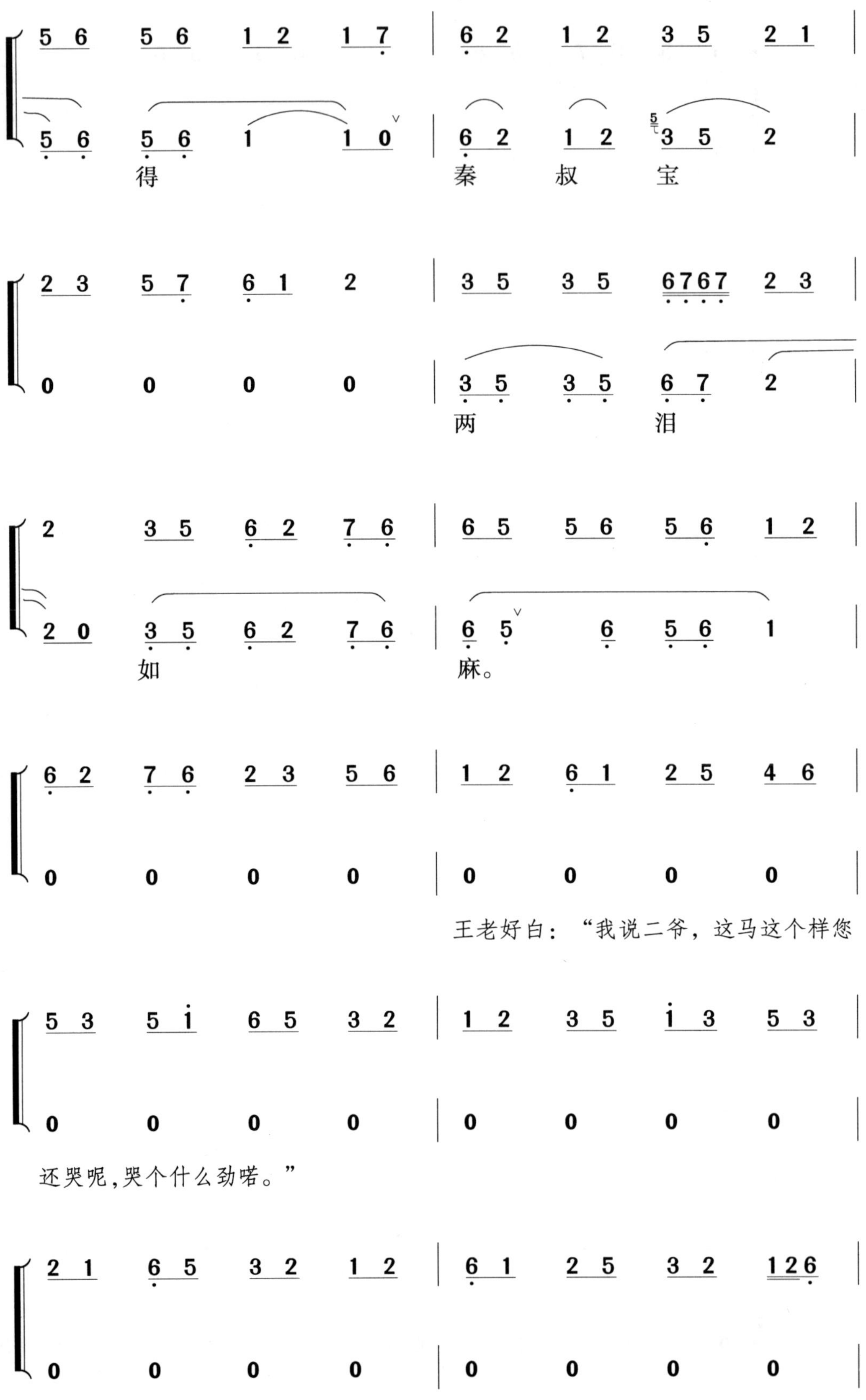
得 秦 叔 宝
两 泪
如 麻。
王老好白：“我说二爷，这马这个样您
还哭呢，哭个什么劲喏。”

卖 马

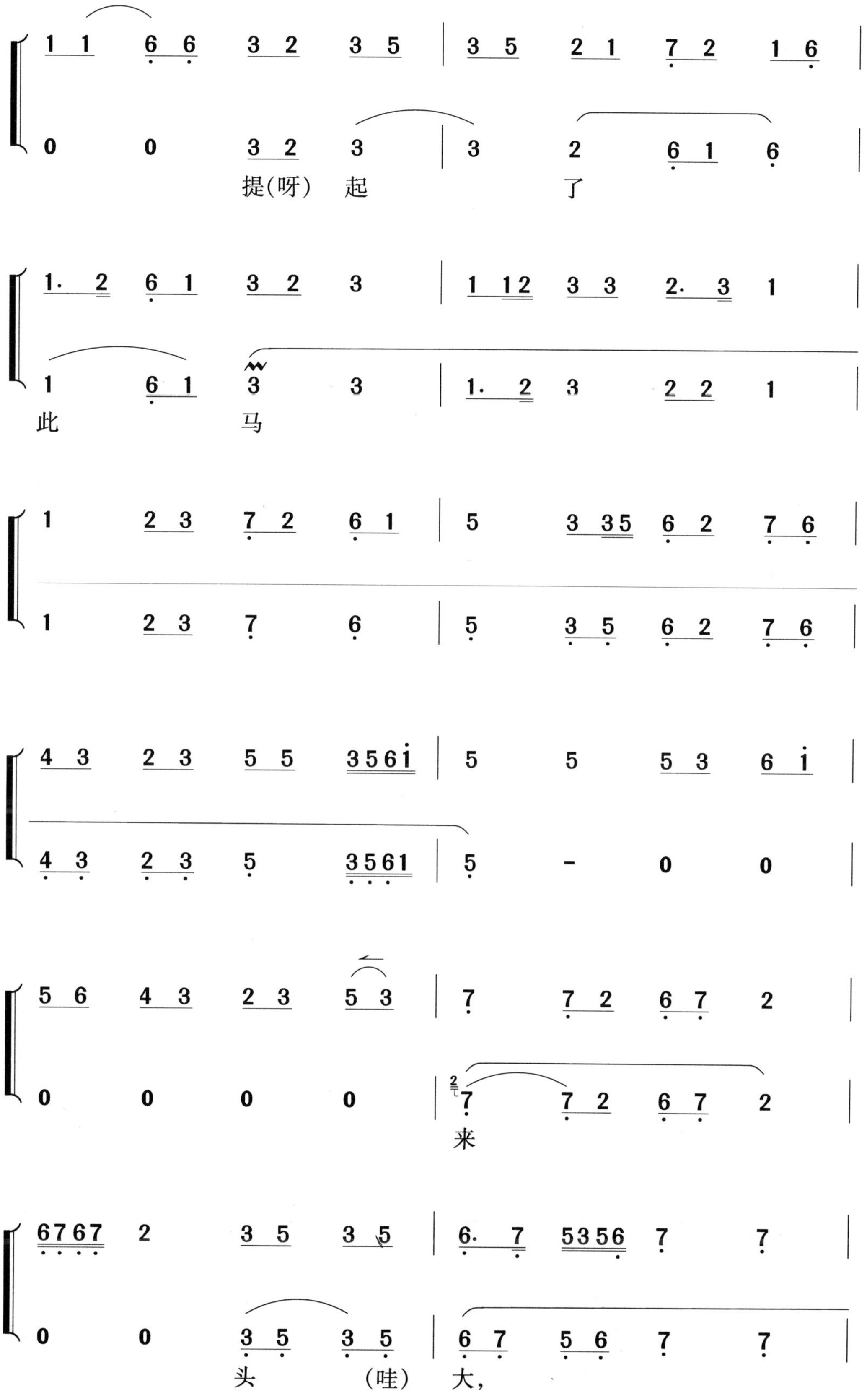

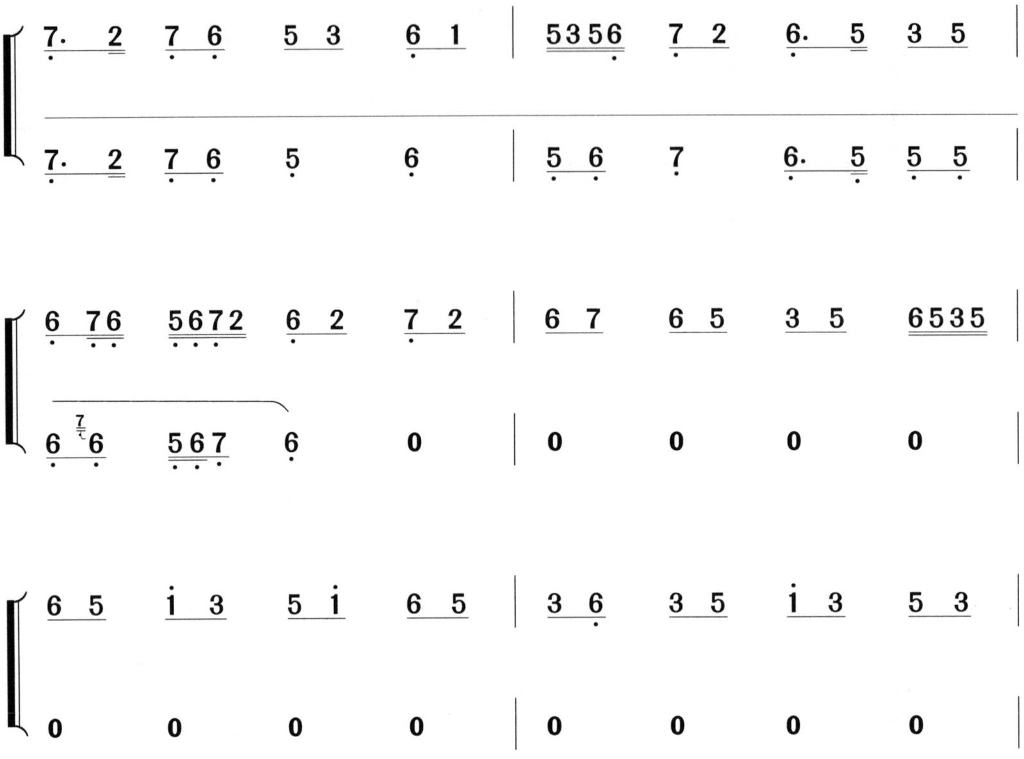

王老好白:“我说二爷您呐,说这个马有来头,有什么来头?您说说我也听听。”

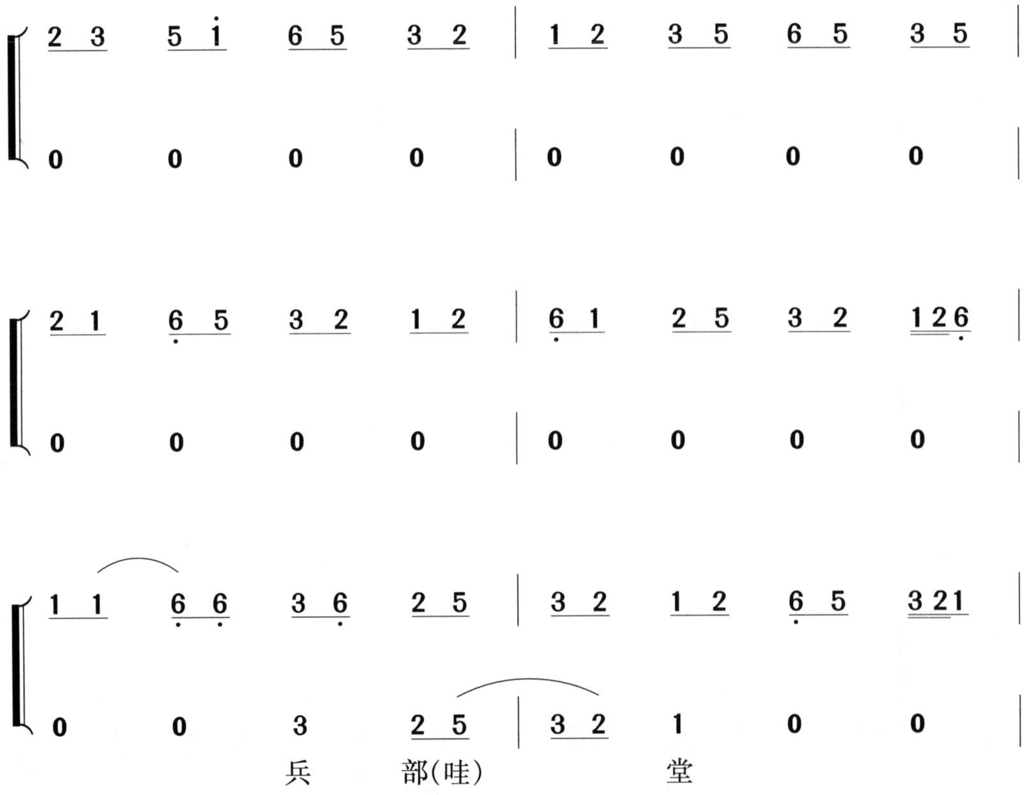

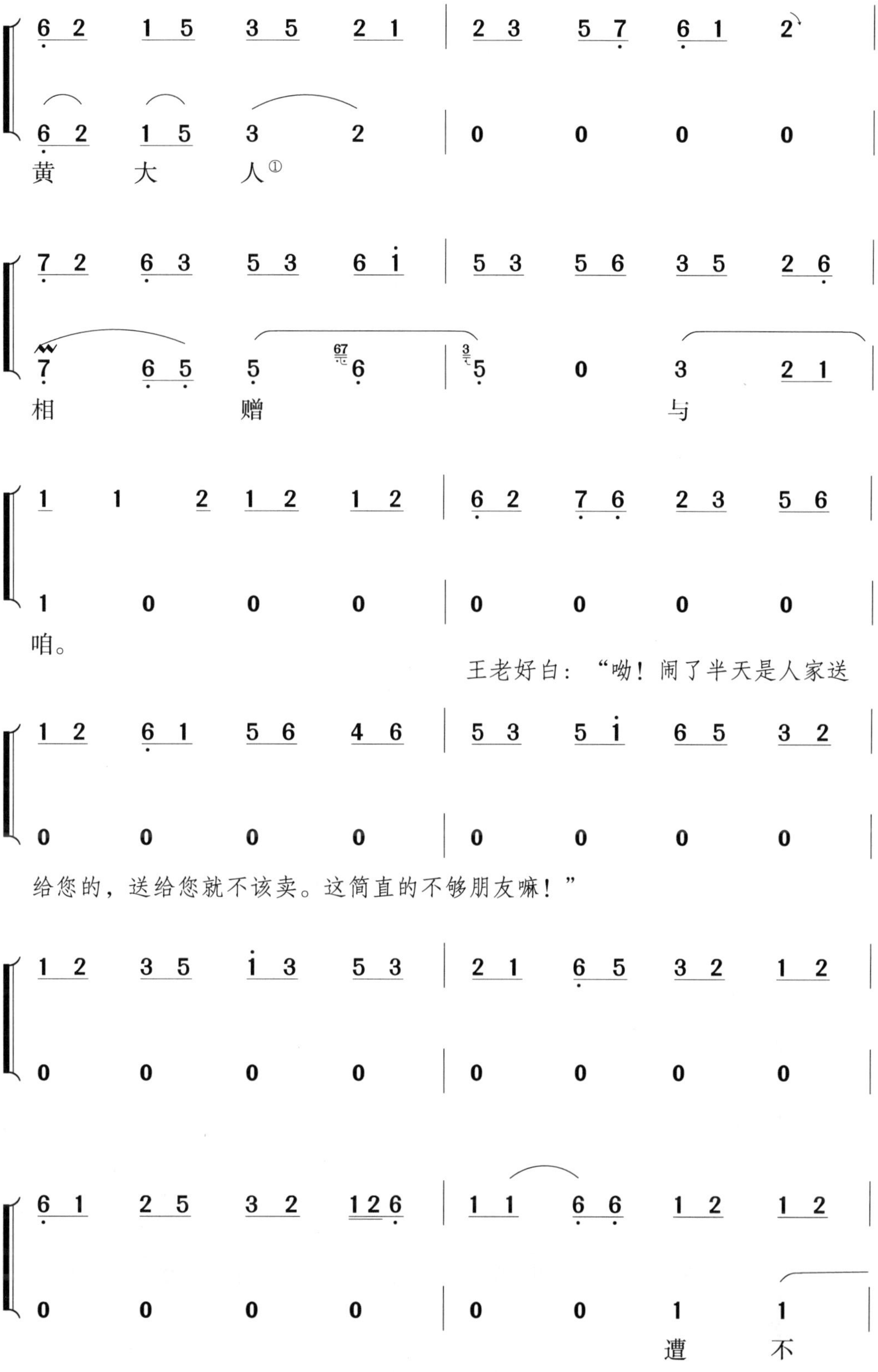

① 据《说唐演义全传》，赠秦琼马的是一位复姓“皇甫”的大人。简称“黄大人”欠妥。

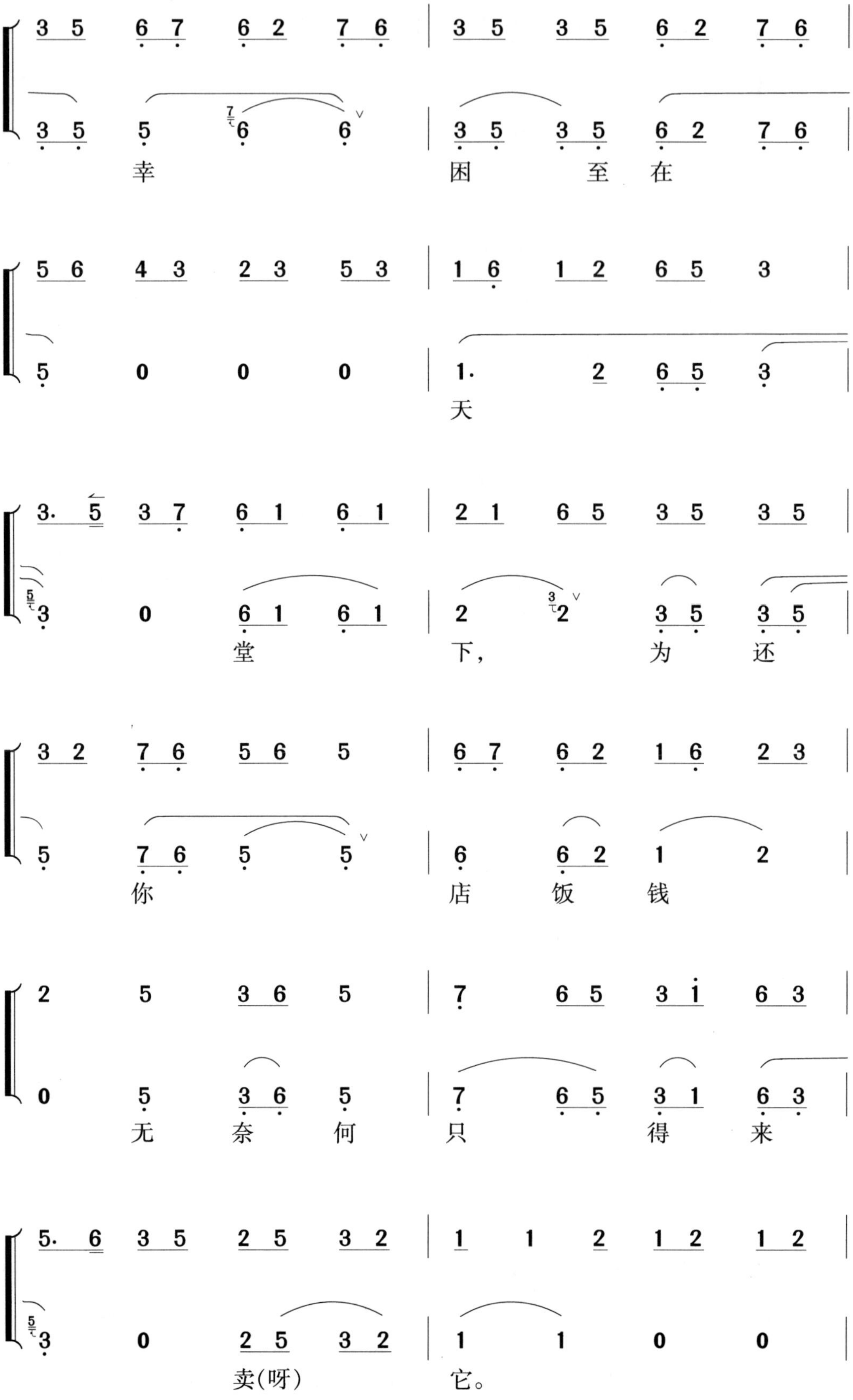
幸 困 至 在
天
堂 下， 为 还
你 店 饭 钱
无 奈 何 只 得 来
卖(呀) 它。

卖 马

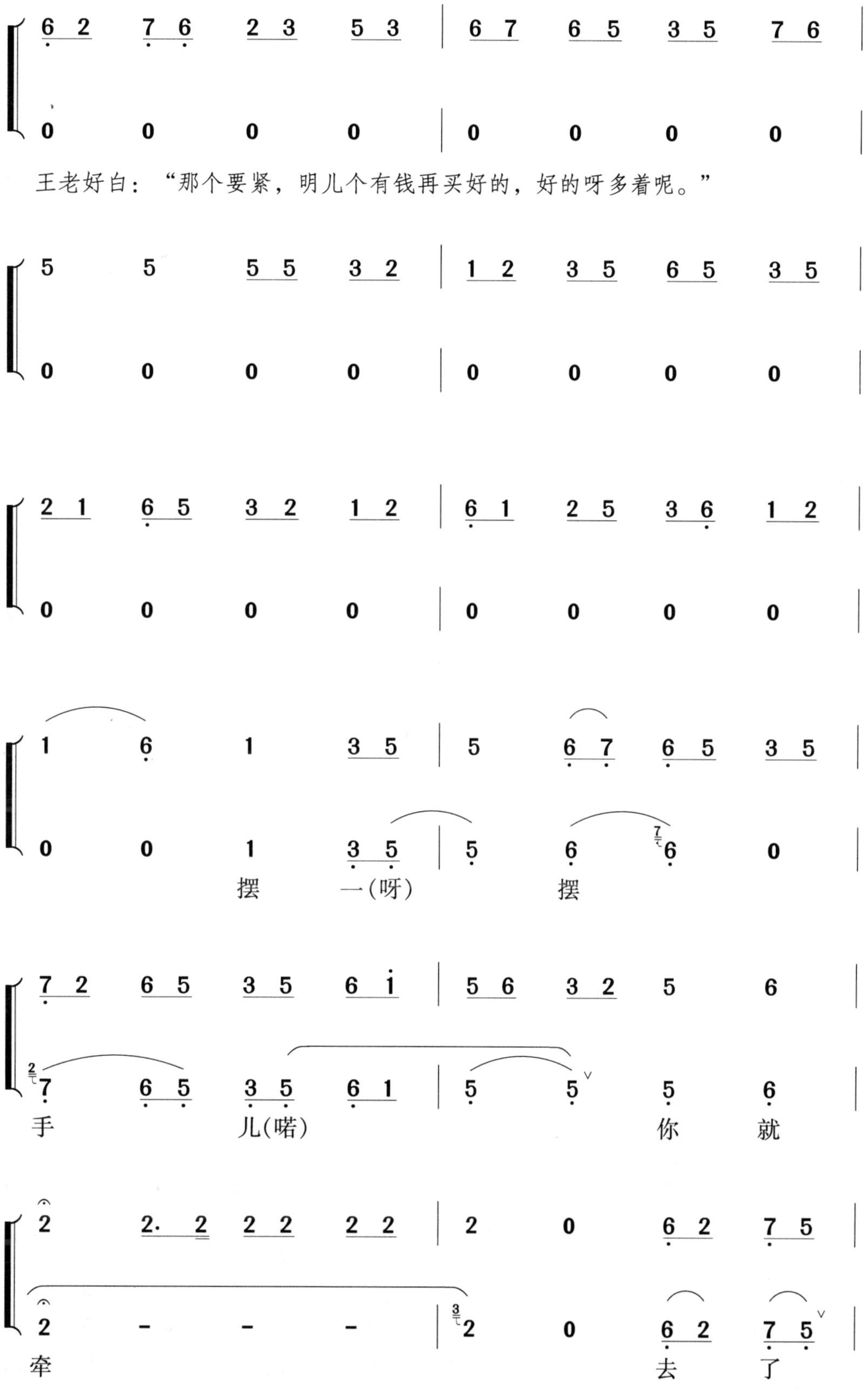

サ 6 7 5 6 7 7 6 5 6 -
罢，

〔【长锤】王老好白："二爷，那么我就拉走啦。"王老好拉马由"下场门"下，秦琼跟至"下场门"望着王老好感叹。【长锤】切住。〔亮弦〕（3 5 7 6）

〔摇板〕

秦　琼【闪锤】（6 6 5 5 5 3 6 5 5 3 2 1 1 6 5 5 5）

（秦琼转身进店）

6 2 1 3 2 1 2 2 5 6 2 7 6 5 1
但 不 知 此 马 落 在 谁 家？

〔【抽头】秦琼伤感地走向"下场门"下。

第二场

〔【快长锤】四家丁、小院子上"站门"，单雄信左手撑开氅，右手持大折扇出场至"九龙口"。

〔西皮摇板〕

单雄信（6 6 5 5 5 3 6 5 5 3 2 1 1

6 5 5 5）3 3 3 2 2 3 3 4 3
豪 杰 生 来 威 名（呐）大，

〔【闪锤】单雄信至台中央。

（过门同前）3 3 1 2 2 1 6 1（3 2 1 6 2
结 交 绿 林 好 汉 家。

1 2 6 5 5 5）3 3 3 2 2 4 3 3
闲 来 无 事 游 玩 耍，

卖马

〔【快长锤】四家丁“往里归”，单雄信左转身中场半圆场；同时，王老好牵马由“上场门”上，绕台口走至“大边”与单雄信相对一望，即由“下场门”下。

【闪锤】（过门同前） 3 3 1 2 2 3 1 （35 21
抬 头 只 见 黄 骠 马。

62 1 1） 3 3 32 2 2 2 3 2
人 来 与 爷 忙 赶 下，

〔【快长锤】四家丁、小院子领起先下。

单雄信 （过门同前） 2 3 21 2 1 25 3 2 21 1 – ‖
不 知 此 马 是 谁 家？

〔【抽头】单雄信左转身“下场门”急下。

第三场

〔场上，堂桌右放两把椅子上架双锏。堂桌，左右摆八字椅。
〔【快长锤】秦琼上场至“九龙口”，锣切住。（ 7 2 1 ）

〔西皮摇板〕

秦 琼 【闪锤】（ 6 6 5 55 36 55 32 11 65 55 ） 1
（走向台中） 店

3 3 3 32 4 3 （3 3） 1 32 1 2 3
主 东 卖 黄 骠 不 见 回 转，

（3 34） 1 21 1 1 13 2 6 76 6 6 1 ‖
倒 叫 我 秦 叔 宝 两 眼 望 穿。

〔【大锣长尖】王老好牵马上，秦琼出店门。

王老好 我说二爷，马是给您拉回来啦，一根马毛也不短。买主在后头呢，你们当面讲，没我事。（将马拴在“大边”下，秦琼回身进向内）

〔【急急风】四家丁“挖门”进店站两边，【长尖】【归位】单雄信上进店站“小边”，注视黄骠马。秦琼转身面外，突然望见有人。

单雄信 （念）此马是黄骠，抬头仔细瞧。【小锣二击】

浑身是金色，四蹄无杂毛。【小锣三击】
綦似南山豹，亚赛呀【撕边一击】浪里蛟。【叫头】
好马呀！（顷仓）
好（哇）马！（嘟～～～仓）

秦　琼　啊！壮士连夸数声好马，莫非有爱马之意么？
单雄信　好马人人皆爱，只是膘头瘦了些。
秦　琼　草料不佳。
单雄信　噢，也是有的。
秦　琼　进店叙话。
单雄信　请。【大锣原场】（进店，单雄信坐“大边”椅，秦琼坐“小边”椅）听兄台讲话不像此地人氏？
秦　琼　本不是此地人氏。
单雄信　哪里人氏？
秦　琼　山东历城县人氏。
单雄信　哦！山东历城县，某有一好友，兄台可知？
秦　琼　有名便知，无名的不晓哇。
单雄信　提起此人大大的有名。
秦　琼　但不知是哪一家呢？
单雄信　姓秦名琼字叔宝。
秦　琼　你问的是秦叔宝？哎，此人落魄得紧呐！
单雄信　兄台说哪里话来，人有贫富，兄台但讲何妨。
秦　琼　但讲无妨？呃……在下就是秦琼。
单雄信　【撕边一击】（惊喜）哦！你就是秦二哥？
秦　琼　不敢不敢。
单雄信　秦二爷？
秦　琼　越发的不敢。
单雄信　快快请来上座【大锣原场】（将秦让至“大边”座）
秦　琼　听兄台讲话也不像此地人氏？
单雄信　本不是此处人氏。
秦　琼　贵处哪里？
单雄信　河南渑池县二贤庄人氏。
秦　琼　哦！河南渑池县二贤庄人氏。我那里也有一家好友，兄台可知？
单雄信　呃，有名便知，无名的不晓。
秦　琼　提起此人也是大大的有名。
单雄信　但不知是哪一家？
秦　琼　姓单名通字雄信。
单雄信　小弟不才就是雄信呐。
秦　琼　【撕边一击】哦，你就是单员外？
单雄信　不敢不敢。
秦　琼　单二爷，请来上座。【大锣原场】（将单让至“大边”落座）

卖　马

单雄信　二哥为何这等模样？

秦　琼　哎，再不要提起。只因我押解一十八名江洋…… （**多罗． 0 台 0**）（语急止）

单雄信　呃好汉兄弟。（打断秦欲说出的词语）

秦　琼　是啊，好汉兄弟。来到这天堂潞州挂号，只因天气炎热损伤了一名，因此蔡大老爷不予我批票回文故尔困苦在此。

单雄信　这有何难，明日小弟差人，要太师府速发批票回文，送二哥回返历城就是。

秦　琼　有劳贤弟。

单雄信　啊，二哥，前者伯母寿诞之期，小弟送去礼物，二哥可曾收下？

秦　琼　礼物甚多，不知从哪条道路而行？

单雄信　打从那黑……【**大锣冲头**】（左手撕髯，右手向前方一指，与此同时小院子急速上场进店门）

秦　琼　呃，见着了，见着了。

小院子　（进门站台左面向里）启禀二员外，大事不好啦！【**大锣一击**】

单雄信　何事惊慌？

小院子　只因大员外路过临潼山，不想被唐李渊一箭射死啦！

单雄信　不好了！

「奏唢呐曲牌<急三枪>单雄信震惊，对兄长被箭射死而感到意外和悲痛。

秦　琼　啊贤弟，天气炎热，就该搬尸回还。

单雄信　本当前去搬尸，怎奈跨下无有坐骑呀。

小院子　您看这儿不是有匹马吗？（向左台角指着黄骠马）

单雄信　呸！秦二爷的马某家焉能乘骑？

秦　琼　乘肥马，衣轻裘，与朋友共之而无憾呐！[①]

单雄信　如此说来小弟乘骑得的么？

秦　琼　又待何妨啊！

单雄信　好。带马伺候！

秦　琼　带马，带马。

「曲牌<急三枪>小院子带黄骠马，单雄信急速上马，四家丁“下场门”下。【**冲头**】至“下场门”转身。【**叫头**】

单雄信　二哥！小弟此去多者半月，少者十日与二哥送回这黄骠马。（**八大仓**）（向秦琼拱手拜别）

「【**冲头**】单雄信急下场，王老好暗上。

秦　琼　（向单背影而望）呃不妨不妨！贤弟慢走，愚兄不远送了。哈哈哈……（转回身随着进店门自语）哎呀呀，人人道俺秦琼无有朋友，适才单二员外不是我的好朋友吗？嗯，可称得是好朋友！（吟念）

王老好　嘿嘿，好桐油。（学秦琼语调）

秦　琼　好朋友，什么好桐油。

王老好　好朋友，谁是您的好朋友？

秦　琼　方才那位单二员外。

---

① 此句原文出自《论语·公冶长》篇中“子路曰：‘愿车马，衣轻裘，与朋友共，敝之而无憾’”。

王老好 什么单二员外，我告诉你吧，可我们这天堂潞州连三岁的小孩儿都知道他是响马[①]头子，你的马叫他给拐跑啦！

〔行弦〕

（大大大大 乙大大 | 仓 大.）1 62 | 1 3 2162 ‖: 1 1 62 | 1 3 2162 |

（秦琼一惊） （出门向“下场门”望去）

1 1 62 | 1 3 2162 :‖ 1 1 62 | 1 3 2172 | 1 - ‖

秦琼白：“就是他？” （0 大大 乙大 乙 仓 0）

王老好 不是他还是我吗？还瞧什么，都去远啦！

〔西皮摇板〕

秦　琼 【闪锤】（6 6 5 55 36 55 32 11

（秦琼右转身面向外）

65 55）1 32 12 2 3 3 4 3 -

秦 琼 做 事 大 不 该，

王老好 您倒是瞧准了呀，看走眼了吧？

〔西皮摇板〕

秦　琼 【闪锤】（过门同前）1 21 1 62 1 2 2 1 1 3 21 6 61

（走至台中）把 响 马 当 做 好 兄 台。

（仓 大. 1 62 ‖: 1 3 2162 | 1 1 62 :‖ 1 3 2172 | 1 -）‖

王老好 哪有这样的好朋友哇？

〔西皮摇板〕

秦　琼 【凤点头】（6 6 5 55 36 55 32 1）6 3 21

我 拉 住

1 6 3 3 23 21 65 5 （65 35 6i 5）

了 店 家

① 旧时结伙拦路抢劫的强盗。这些人乘骑的马身上系铃，或抢劫时先放出响箭，故称响马。

卖　马

2　2　2　4　3　3　2　^{3}2　-　|（【一锣】切住，揪住王老好）
撒　个　赖（呀），

王老好　哎哎，你先等等，你你揪着我干什么呀？
秦　琼　我告你去。
王老好　那……你告我什么呀？
秦　琼　我的马拴在你的店中，被响马拐骗去了。（手拉店家）走走走！
王老好　哎哎，你你你先等等，我问问你，你的马是拴在我这店里头，是溜了缰（“缰”字读“刚”）跑啦？
秦　琼　不是。
王老好　挖窟窿叫人给盗去啦？
秦　琼　也不是的。
王老好　还是的，你的马送给你的好朋友，死乞白赖揪着我干什么呀？（甩开秦琼）你别不害臊啦！【大锣一击】

〔亮弦〕
（6.　1　3　2）

〔摇板〕
秦　琼　【闪锤】（过门同前）3　^{5}3 2　1　1　2　1　2　^{5}3 2　3　5
如　此　说　我　和　你　（呀）

2　^{5}3　1　2.　^{3}2　6　1　2　1 0　‖（将王老好推倒）
（扎　扎　仓）
就　两　丢　开。
（揪住王老好）　（推、拉、推三下）

王老好　嗳哟我的妈呀！真是的，动手动脚的，可真摔着我啦。（边说边站起来）好哇！两丢开？（转向秦琼）两丢开、两丢开，你还得拿钱来，拿钱来！
秦　琼　啊，还是要钱？
王老好　多新鲜呐，不要钱怎么着。
秦　琼　要钱无有哇！
王老好　哟喝，要钱没有，还告诉你说，“照方抓一剂”，我还去喊叫去。
秦　琼　好好，任你去喊叫！
王老好　喊！（随着出门）反正你是豁出去啦。我说街坊邻舍，来了个秦琼蒙吃蒙喝，一要钱他就（被秦琼捂住嘴）……【小锣一击】这……我说你又来啦是怎么着！
秦　琼　啊店家我还有“拆会”。
王老好　怎么着，你还有主意？好好，来来来咱们屋里说去。（二人进门）二爷您还有什么主意您就说吧。

秦　琼　啊店主东，我那里还有一对装金双锏，你拿到大街去卖，卖了银钱也好还你。

王老好　就是您那对家伙呀？当火筷子又沉，当通条又短，谁要哇那个？

秦　琼　你哪里懂啊，货卖与识家。

王老好　对，货卖与识家，我给您拿去。

秦　琼　好，快去取来。

王老好　（走向锏架子欲拿双锏）哟喝！还真沉，拿不动这个。二爷。

秦　琼　啊。

王老好　它拿我不动。

秦　琼　你拿它不动吧？

王老好　对，我拿它不动。

秦　琼　闪开了！（大大大大　乙大大　仓）（反复三锣，“左右两整”用右手抓起双锏）

〔西皮摇板〕

【闪锤】（6　6　5　5 5　3 6　5 5　3 2　1 1　6 5　5 5）3　3
（双锏交左手，站台中右手拉“山膀”）　家　住

4　3　3　3　1　2　3　3　（5　3 2　1 2　3 7　6 5　5 5）
山　东　　历　城　　县，
王老好白：“不错，那是好地方。”

3　2　2 1　1　2　2　4　3　3　2 1　1　1　1.　2
叔　宝　名　儿　　　天　　　　下

3　3.　5　2　2 1　1（3　2 1　6 2　1 1　6 5　5 5　3 6
　　　传　　（呐），
王老好白：“都知道有您这么个人。”

5 5）2　1 2　2　1　3　1　2　2　2　2　2 1　1　2
我　本　　是　顶　天　立　地　男　儿　　　汉。

〔行弦〕

$\frac{2}{4}$（仓大.　2161 | 2 3　2161 ‖: 2　2161 | 2 3　2161 :‖）

王老好白：“噢，您是好汉，拿钱来，好汉拿、拿钱来。”

秦　琼　【闪锤】（过门同前）6　3 6　5　5　6　6　3　3.　5
好　　　汉　　无　　钱

6 ⁶⁷6 6 5 （6 5 3 5 6 i 5） 5 5 6
到 处

6 2 7 6 5 5. 6 1 （3 2 1 6 2 1 1 6 5
难，

王老好白："那没钱就别充好汉了。"

5 5 3 6 5 5） 1 6 3. 6 5 1 1 3. 5
无 奈 何 出 门（呐）

稍慢 〔行弦〕

6 ⁷6 5 5 6 1 3 2 0 （2/4 仓 大． 2161 |
我 就 （哇） 卖、

2 3 2161 |: 2 2161 | 2 3 2161 :||）（上左脚欲出门又撤回）

〔〔行弦〕中王老好夹白："走走（回头看秦琼）哎，怎么又停下来啦。哎，我说二爷，二爷，咱们卖什么吆喝什么呀。"

〔行弦〕

秦　琼　6 1 2 – （仓大．）2161 | 2 3 2161 | 2 2161 | 2 3 2161 | 2 – ||
我 卖

（右手扶护着双锏欲出门又撤回身）

王老好　走走，嗳怎么又回去啦。这是什么买卖生意呀！我说二爷，卖什么得吆喝什么呀！

秦　琼　哎呀！

【闪锤】（过门同前）1 ⁵3 3 2 0 1 1 2 ³2 4 ⁶3 ⁵3 ³2 –
我 就 卖 锏 （呐）。

（右手略靠近右耳旁做叫卖声姿势）

〔**【快长锤】**秦琼、王老好出门再转身。王伯当、谢映登骑马由"上场门"出场走外边，秦琼、王老好走里边，形成"推磨"至上场"小边"，王、谢至"下场门"回身勒马与秦琼打照面即加鞭下场。**【长锤】**切住。（i i – ）

〔快板〕

秦　琼　**【紧锤】** 1/4（3 5 | 6 i | 5 5 | 3 2 | 1 1 | 6 5 | 5 5）| 6 2 |
两

（快步走至台口）

1	2（1	2）1	0 2	2	3	1（6̣2	1）1
匹	马	跑	得	似	飞	花，	叫

0 2	1 2	3（5）	6̣ 1	1	2	6̣ 3	3
声	店	家	快	来	吧，	还	你

2	6̣ 1	6̣	0	1	1 6̣	1 0 ‖【长丝头】（下场）
店		钱		就	是	他。

（乙大 乙台 仓 仓 仓）

（指向“下场门”方向）

王老好 唉！谁替他还钱哪？在哪儿哪，哪一位？（回头看）吆！跑啦，追呀！

〔【冲头】王急追下。

第四场

〔【大锣水底鱼】王伯当、谢映登骑马“上场门”上，至台口勒马停住。

王伯当
谢映登 （同）俺，【撕边一锣】

王伯当 王伯当。

谢映登 谢映登。【大锣住头】

王伯当 大哥请了。

谢映登 请了。

王伯当 你我弟兄行至此处，口燥得紧，看前面有座店房，沽饮几杯，大哥意下如何？

谢映登 就依贤弟，请。【水底鱼】（圆场至“上场门”台口，下马）店家。

〔店家内白：“啊哈。”【小锣五击头】“下场门”上场。

店　家 高挂一盏灯，安歇四方人。（出门）二位是住店的吗？

王伯当
谢映登 （同）可有清净的所在？

店　家 有哇，二位请进。

王伯当 将马带过去。

店　家 是啦，您交给我。

〔【大锣原场】二人进店，八字椅落坐，店家将马拴至“下场门”台口。

店　家 二位客官用些什么？

王伯当
谢映登 （同）好酒取来。

店　家 是啦。（向“下场门”喊）伙计们，好酒一壶哇。（取酒）二位客官酒到，您还用些什么？

王伯当
谢映登 （同）唤你再来，不唤你去吧。（店家下）

〔秦琼夹着双锏慢步上场至右台口，王老好随后，站在一旁。

秦　琼　卖锏。

王老好　卖脸。

秦　琼　（吟唱）

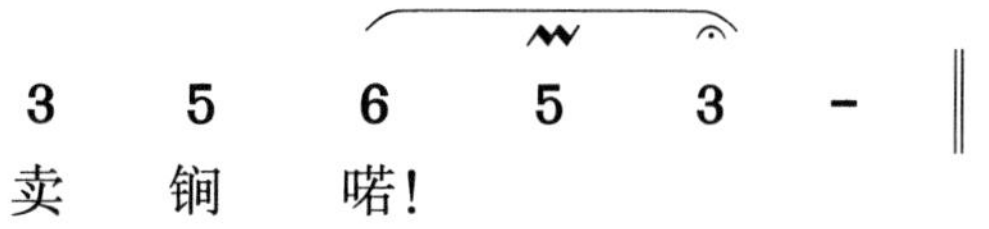

王老好　（学唱）

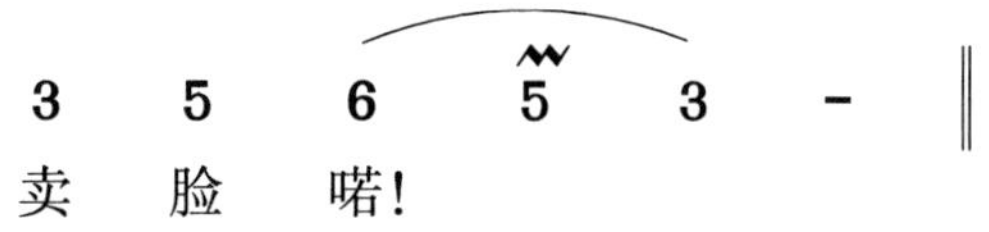

秦　琼　卖锏。什么卖脸？

王老好　什么卖锏？我说二爷，咱们出了店房从前街走到后巷，后巷绕到了前街，不用说买主，就连“打落（lào）”的都没有，这不是卖脸吗？

秦　琼　卖锏受听。

王老好　卖脸受听。

秦　琼　卖锏。

王老好　卖脸，卖脸，卖脸，就卖脸。

＜哭相思＞

秦　琼

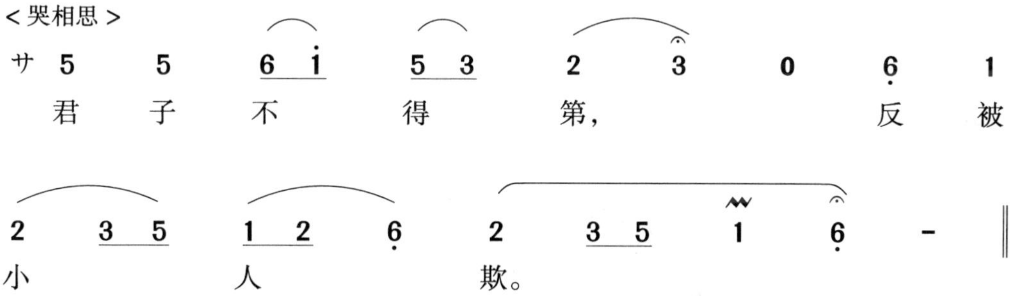

王老好　（仿唱）

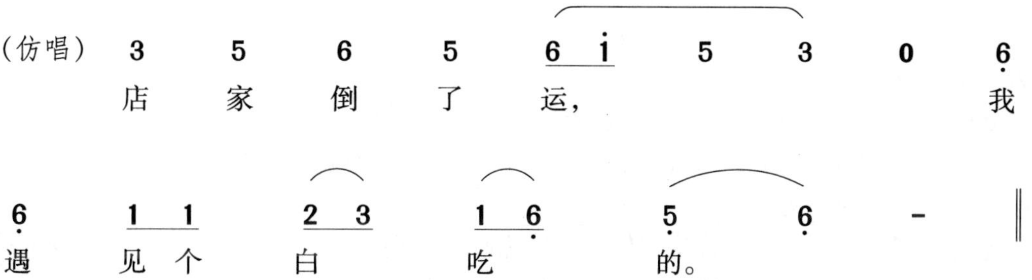

秦　琼　哪个白吃你的呀，啊？

王老好　什么，你不白吃？不白吃拿钱来，还钱，还钱！

秦　琼　店主东。

王老好　干吗？
秦　琼　看那旁有两匹战马。
王老好　干吗，要偷人家的是怎么着？
秦　琼　不是的，方才在中途路上遇见那二位客官，他们不是好人呐。
王老好　不是好人，是什么呀！
秦　琼　他们是响马，强盗。
王老好　噢噢。
秦　琼　在里面饮酒，你去到里面问问他们要锏不要锏？
王老好　这……问人这个干什么呀？
秦　琼　呃，问问看呐。
王老好　得得得，问问看。哎，没法子，问问去。（上前看店门）呵，这店还是我们亲家开的呢。唉，我说亲家。
店　家　（“下场门”上）唉，谁叫亲家呐，（出门见王）哟，亲家，老没见啦，你倒好哇？
王老好　好，好，你好哇？
店　家　我说你到我这儿干什么来啦？
王老好　我问问你，你店里头来了二位客官吃酒吗？
店　家　没错，是啊。
王老好　去问问去，要锏不要。
店　家　人家喝酒，要碱干什么呀？
王老好　什么呀，是兵刃锏。
店　家　噢，要卖这兵刃锏，我问问去。可是这么着，要是卖好喽，咱们可得二八账啊。
王老好　有我的就有你的。
店　家　那就得啦，你在这等着，我给你问问去。（进门）我说二位客官，外边有人问您要锏不要？
王伯当　敢是兵刃之锏？
店　家　不错，正是。
王伯当　你将卖锏之人唤来，当面言价。
店　家　哎，是是。（出门）
王老好　怎么着啦，我说亲家。
店　家　哎，客人说啦，要到是要，叫卖锏人进去当面言价。
王老好　当面言价，这也甭二八账啦吧。
店　家　没你的，也没我的啦。得，叫他进来吧。（进店站在一旁）
王老好　（回身看秦琼，秦无力的扶着锏闭眼似睡状站在一边）嘿，这到不错，这么热闹他倒着啦？二爷，二爷醒醒。嗨！二爷。（秦惊醒，遂把锏倒在地上）二爷怎么啦？
秦　琼　砸了我的脚了。
王老好　嘿，真有你的，往这边倒会砸着你啦。我说二爷，人家传出话来啦，要哇倒是要，叫您进去当面言价。（随说着把锏拾起欲交秦琼）您去吧。
秦　琼　店主东，你不是拿它不动吗？
王老好　干啦，我忘了它沉了。（扔在地下，秦琼随着拾起）我说二爷您自己进去吧。
秦　琼　走走走。（拉着王老好）

卖　马

王老好　您揪着我干吗呀。
秦　琼　卖锏去呀。
王老好　卖锏您去您的，揪着我干什么呀，我回去给您做饭去。
秦　琼　卖了锏一同回去，走走走。
王老好　别别别，得了，（甩开秦琼的手）死乞白赖揪着我干什么呀？
秦　琼　我怕你跑了哇。
王老好　嘿，这倒新鲜，你该我的，怎么会怕我跑了？
秦　琼　你若跑了，我吃哪个去呀？
王老好　得了，你别不害臊啦！
　　　　　〔**【冲头】**王老好下。秦琼进店，站在“大边”向王、谢看。
秦　琼　请了。
王伯当
谢映登　（同）请了。**【大锣一击】**啊，壮士，你这锏可是卖的？
秦　琼　正是卖的。
王伯当　放在桌案之上。
秦　琼　有些个沉重呃。
王伯当　无妨事。
秦　琼　好。（放在桌上）**【一锣】**
店　家　嘿，别把我桌子砸坏了。
王伯当　不妨事，砸碎了桌儿我二人偿还。
店　家　噢，您二位赔呀？（向后面喊）我说伙计们！把咱们那些旧桌子抬出来。
王伯当
谢映登　（同）哎，只赔这一张。
店　家　噢，就这一张，那甭拿啦。
王伯当　啊壮士，你卖锏可会要？
秦　琼　略知一二。
王伯当　要来我等观看。**【撕边一锣】**（秦琼摸腹双手松下，表示无力）想是腹中饥饿。店家，带他下面用饭。
店　家　是啦。（向秦琼）唉，走哇。
秦　琼　哪里去？
店　家　吃饭去。
秦　琼　啊！**【大锣一击】**
店　家　怎么啦？
秦　琼　吃饭呐，好！走！
店　家　这都饿急啦。
　　　　　〔**【冲头】**店家、秦琼一同由“下场门”下。
王伯当　啊，大哥，我看此人好像秦二哥模样，少时等他到来问个明白便了！

〔西皮摇板〕

【闪锤】（6̣　6̣　5　5 5　3 6　5 5　3 2　1 1　6̣ 5　5 5）

3 6　5　5 7　6　6　5 7　6 （6 5　3 5　6 5　3 2　1）
站　立 店　房 把 话　讲，

i　5　5　6　5　i　5　6　5 （5　6 5　3 6　5）
尊　声　大　哥　听　端　　详。

3 6　5　5 7　6　7　6　3　5　6 （6 5　3 5　6 5
看　他 好　像 秦 琼　　样，

3 2　1 2）　3 6　5　5　6　5　5　6　6　5 ‖
等　他 到 来 问　端　详。

店　家　【小锣长丝头】（由“下场门”上）回禀二位客官，您那位朋友吃的可真不少哇。

王伯当　用了多少？

店　家　好！吃了三斤大饼，两笼屉包子，还饶了我四碗粥。

王伯当　记在我二人账上。

店　家　已然写上了。

王伯当　快唤他前来。

店　家　是啦。（出门）哎，我叫他什么呀，他姓什么叫什么呀？有啦，他吃的多，我呀就叫他饭桶！饭桶吃饱啦没有，快出来嗳！

　　〔【冲头】秦琼由“下场门”上，进门站“大边”。

秦　琼　谢过二位酒饭。

王伯当　可曾用好？

秦　琼　哎，无非是充饥而已呀！

王伯当　耍来我看。

秦　琼　【撕边一击】（巡视四周）此地窄小。

王伯当　店家，哪里宽绰？

店　家　请到后院。

王伯当　带路。【大锣水底鱼】（秦琼拿起双锏三人出门“一翻两翻”，王、谢八字椅坐下）耍来我等观看。

秦　琼　献丑了！

〔西皮摇板〕

【闪锤】（6　6　5　5 5　3 6　5 5　3 2　1 1　6 5　5 5）1　1
站

卖 马

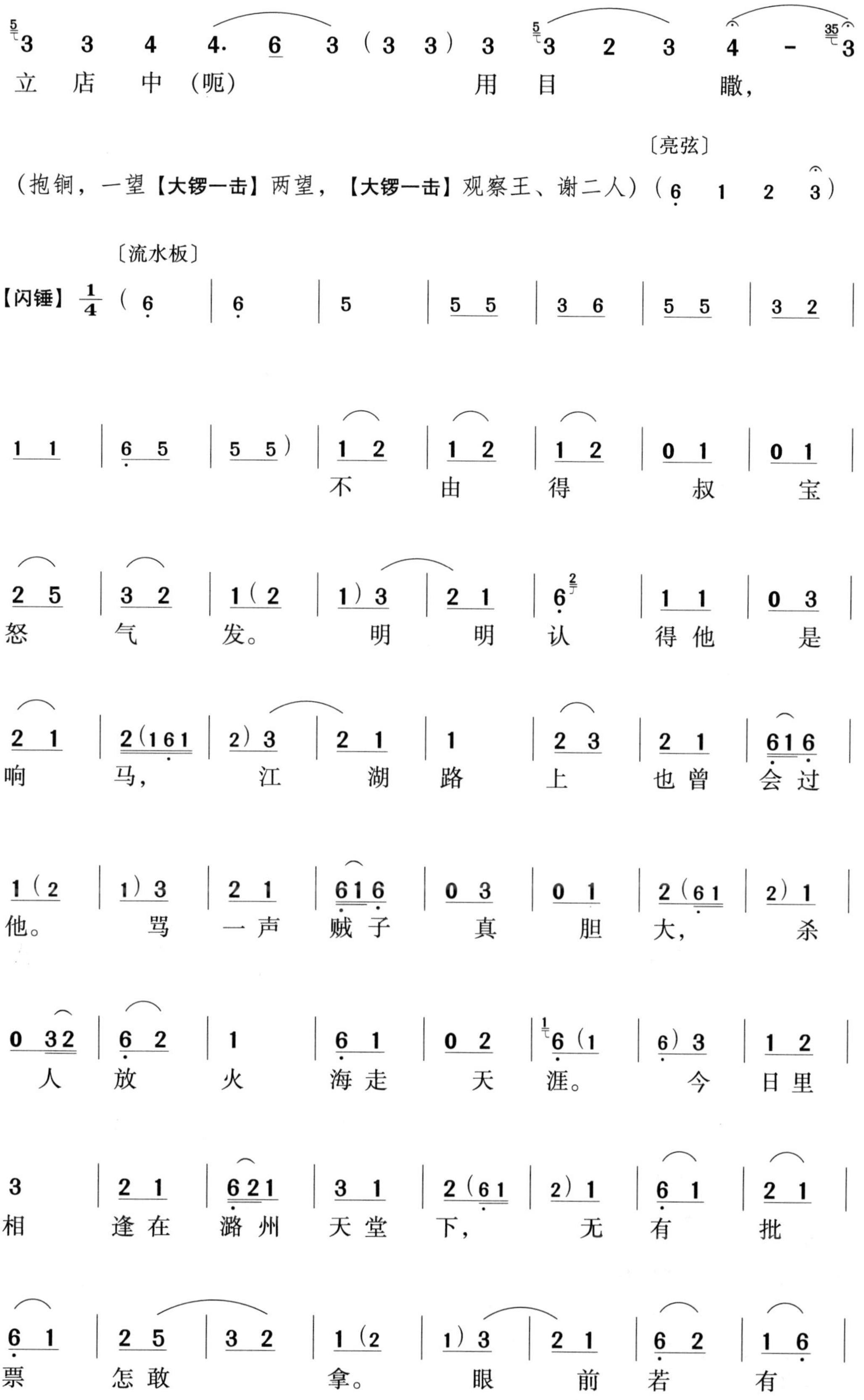

立 店 中（呃） 用 目 瞰，
〔亮弦〕
（抱锏，一望【大锣一击】两望，【大锣一击】观察王、谢二人）
〔流水板〕
【闪锤】
不 由 得 叔 宝
怒 气 发。明 明 认 得 他 是
响 马，江 湖 路 上 也 曾 会 过
他。骂 一 声 贼 子 真 胆 大，杀
人 放 火 海 走 天 涯。今 日 里
相 逢 在 潞 州 天 堂 下，无 有 批
票 怎 敢 拿。眼 前 若 有

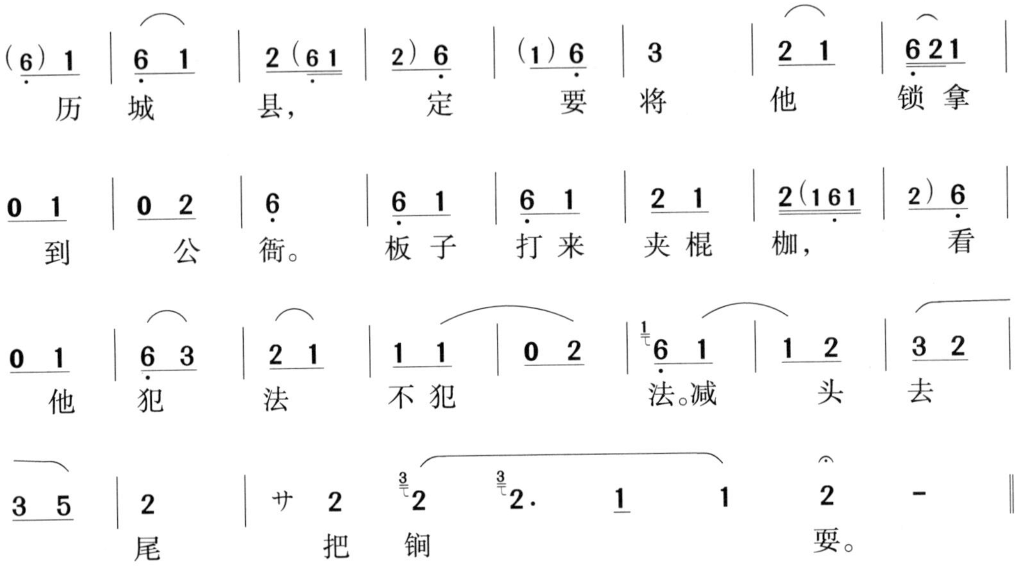

〔【阴锣】抱锏从台中央走至“小边”接近“九龙口”，斜向“大边”台口分开双锏，由上划下、跨右腿、踢左腿、趋步向前，“正云手”转身。靠近“大边”台口亮住。双锏向右一绕，右手锏绕到左臂时跨左腿踢右腿趋步往里走奔“小边”，同时“反云手”向右转半身，“正云手”向左再转回来同时往左边甩髯口向外亮住。（左高右低）向外上右脚，迈左腿同时“反云手”转身右手一盖、左手一盖，举高形成左高右低式，在“小边”台口亮住。双锏向左一绕、两绕，跨右腿踢左腿斜着往里走奔“大边”，抬左腿走“正云手”，转半个身，反云手再转回来向左甩髯口左低右高亮相。向正前方砍“大刀花”转一个身随向“大边”台口挪步，同时向左一绕、两绕，右锏横胸左锏上举亮住。抬左腿“缠头裹脑”左转身至“大边”台口外侧，面朝里向左一绕、两绕。【马腿】抬左腿直向“小边”砍“大刀花”三个。再“回花”退回来，再向前砍“大刀花”至“小边”时右手翻腕把锏头朝里，左手锏搭在右膀上退三步。（先退左腿）再上两步（先迈左腿）同时把左锏绕在右腋下边推右锏。抬左腿，变脸“大刀花”直奔“大边”（与前边推锏动作一样）然后向右转一个身至堂桌前，向里击锏。【急急风】“大刀花”向外走再“回花”至原位置，奔“小边”台口方向走一个“小蹦子”上右腿、右锏打地，【急急风】切住。

〔【撕边】撤右腿、从左臂下扔右锏、左手锏交在右手、左手接锏，（八大大仓）【四击头】右手涮锏，向左转身，“双刀花”向外甩髯口亮相。

〔【扫头】合锏，抱在左手，左转身，在“小边”上两步与王、谢拱手。【原场】王、谢将秦琼让至中间坐“小座”，王伯当、谢映登分左右坐两边跨椅。

王伯当 听壮士讲话不像此地人氏？

秦　琼 本不是此处人氏。

王伯当 哪里人氏？

秦　琼 山东历城县人氏。

王伯当 （与谢映登对眼光示意）我有一好友你可认得？

秦　琼 有名的便知，无名的不晓哇。

王伯当 提起此人大大的有名。

秦　琼　但不知是哪一家？
王伯当　姓秦名琼字叔宝。
秦　琼　噢，你问的是秦叔宝么？（声音稍提高，速度略慢）
王伯当　正是。
秦　琼　哎！此人落魄得紧呐！
王伯当　人有穷富，但讲何妨。
秦　琼　在下便是秦叔宝。
王伯当　原来是秦二哥，失敬了！
秦　琼　岂敢、岂敢，请问二位上姓？
王伯当　在下王伯当。（二人先后站起来）
谢映登　在下谢映登。
秦　琼　（站起来）原来是自家兄弟，失敬了！快快请坐。**【大锣五击头】**（三人均又坐下）
王伯当　请问二哥为何这等模样？
秦　琼　哎！只因我押解一十八名江……
王伯当　好汉弟兄。
秦　琼　噢，是是是好汉弟兄。——来在天堂潞州挂号，天气炎热，中途损伤一名，蔡大老爷不予批票回文，故尔困苦在此。
王伯当　这有何难，店家。
店　家　有。（店家一直站在后外侧，没有下场）
王伯当　拿我名帖，晓喻那蔡大老爷，叫他速发回文。
店　家　是啦。**【小锣五击头】**（由“下场门”下）
王伯当　啊二哥，前者伯母寿诞之期，小弟送去礼物，二哥可曾收到？
秦　琼　礼物甚多，不知从哪条道路而行？
王伯当　打从那黑……（左手横向一指）

「**【小锣长丝头】**店家由“上场门”上，手拿批票回文。

店　家　批票回文在此。（交王后即下场）
王伯当　二哥这是批票回文，还有散碎银两，二哥收下。（随手交给秦琼）
秦　琼　这就不必了。（做推辞状）
王伯当　二哥莫非嫌轻？
秦　琼　呃……愧领了。

「**【闪锤】**秦接过回文、银两揣入衣内，三人站起，谢映登站过“小边”把秦琼请至中间。秦至桌前拿锏，回身上步面朝外。

〔西皮摇板〕

（6̣ 6̣ 5 5 5 3 6 5 5 3 2 1 1 6̣ 5 5 5）3
心

3 3 2 ⁵3 1 - 1. 6̣⁵ 3 2 3 （3 2 1 2 3 7̣
中 恼 恨 单 雄 信，

王伯当白：“为了何事？”

6 5　5 5　3 6　5 5）1　3　2 1　6 2　1　2　3 3
不该　骗　我　马

2 1　1　3　2　2　1（3　2 1　6 2　1 1　6 5　5 5）
能　行①　（呐）。

1　2　1　3　2　3　2 1　1　2（3　2 1　6 1　2）
有　朝　犯（呐）在　秦　琼　手，

3　2　2　2　3　2　2　2 1　6 1　2　6　1
我　打　一（呀）锏　来　我　要

1　1　3　3　2　2　1.　2　1　6 0　6　1
问　（呐）　一　声。

〔亮弦〕

（大大大大　乙大大　仓 0）（7　2　-　1　-）

王伯当白：“看在小弟份上。”

〔摇板〕

秦　琼　【闪锤】（过门同前）1 2　1　2　2　3 2　2　2　1
二　贤　弟　只　管　（呐）把　响

3　3　2　2.　1　1　2
（呃）　马　来　放，

〔【快长锤】秦琼出门奔“下场门”转回身面外；王、谢随秦出门，二人均站立“上场门”台口。锣鼓切住。

王伯当　若是放出祸来呢？

〔散板〕

秦　琼　【双楗凤点头】サ（6　6　6 5　5　3　2　6 2　1）1　2
放　出

① 指能行善跑的马。这是戏曲唱词中为了合辙押韵而常用的水词。

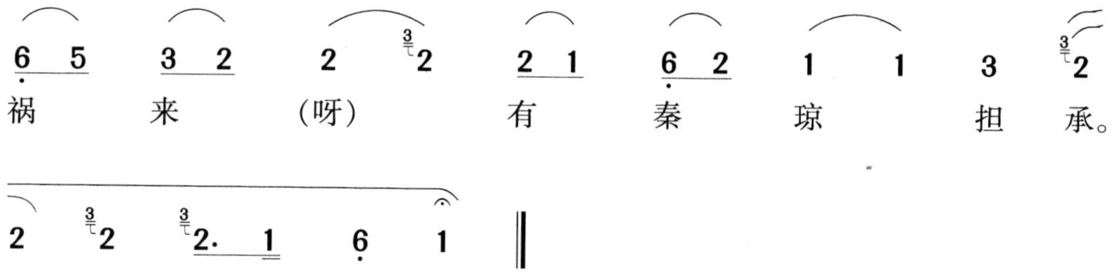

〔（八大仓）秦琼向二人抱拳。【冲头】下。

王伯当 谢映登 （二人进店门）店家，酒钱放在桌案之上，我等去也。

〔【扫头】王、谢二人拉马，出店上马下<尾声>。

—— 剧 终

哈鸿儒 整理

南阳关

谭富英演出本

《南阳关》是清道光二十年（1840年）余三胜进京搭春台班演出带来的剧目，是徽汉合流形成京剧时期的产物。在很长一段时间内，《南阳关》、《太平桥》、《汜水关》、《凤鸣关》、《武昭关》这五出扎白靠的武老生剧目是锻炼青年演员的开锣戏，俗称“五块白”。谭鑫培的同庆班某年冬日在中和戏园演出，待谭鑫培登场时，天色很晚了，王瑶卿、金秀山等主要演员已离开戏园，谭与管事的商量，临时贴演《南阳关》，汪金林的韩擒虎，李寿山的宇文成都，李大黑的伍保，演出轰动，不久又在文明园演了一场。此后，谭派老生纷纷效法，《南阳关》也就成了靠把老生的一出名剧。

《南阳关》故事源于《说唐》第十五回至二十回。杨广子淫父妃，杀兄弑父，篡得皇位，史称隋炀帝。他命文帝老臣伍建章写诏告知天下，伍建章金殿大骂杨广，被敲牙割舌而亡，并被抄斩全家。家将伍保逃出，报告给镇守南阳的建章之子伍云召。炀帝怕伍云召反叛，派大将韩擒虎率兵将捉拿伍云召。韩擒虎围攻南阳，却不敌伍云召，高悬免战牌。宇文成都押粮随后到来，伍云召自知武艺不敌宇文成都，准备别妻突围。伍妻自尽而亡。突围中伍保战死，伍云召怀抱幼子路遇好友朱灿。朱灿假扮庙中神像周仓吓退宇文成都。伍云召将幼子托付朱灿代为抚养，自己投奔雄阔海。

与《战太平》、《定军山》、《阳平关》、《伐东吴》、《武昭关》等谭派靠把老生戏相比，《南阳关》唱念做打都有突出的亮点。这是全面显现演员功力的一出戏。

《南阳关》唱段繁多，〔西皮〕到底，是典型汉调的延续。唱腔囊括了〔西皮〕腔的所有板式，〔散板〕多，吃功力。它虽然是一出武戏、老戏，可一些唱腔时至今日仍令人感到非常新颖，与众不同。“城楼”一段是全剧的核心唱段，它是由〔导板〕、〔回龙〕、〔三眼〕、〔原板〕、〔二六〕、〔快板〕、〔散板〕组成。〔西皮〕成套唱腔中带〔回龙〕的唱段非常罕见。此剧中〔导板〕、〔回龙〕二句唱是刻画伍云召内心悲愤情感的一个总括。“谗臣当道”用高亢的“二起楼”唱腔突出伍云召之“愤”，〔回龙〕腔则渲染了伍云召内心之“悲”。“手扶着垛口往下瞧”是〔西皮三眼〕中第三句或第五句程式化的唱腔，表现伍云召此时此刻悲怆的内心状态非常贴切。描述完敌军阵势之后开始与韩擒虎对话，控诉炀帝的暴行，唱腔转成口语化较强的〔二六板〕和〔快板〕。〔二六板〕“也受那一刀”与〔快板〕“到如今就该气消了”的唱腔衔接非常紧促，表现其情绪激动达到最强烈的状态，表达出全家人被暴君杀害的痛苦心情。

伍云召在第一次出场时穿白蟒，戴纱帽，虽然是文职的扮相，而一举一动都显露出武将的身份。升帐时提袍端带，大步快速登场亮相，整冠抖袖幅度较大。当伍云召报仇反隋得到将士们的响应时，他做了一系列身段，包括耍令旗和涮袍等，边式漂亮。

与韩擒虎和宇文成都的几次开打，突出了谭富英的武功优势。不论是与韩擒虎的枪对枪，还是与宇文成都的枪对镋，打得都非常急速，火爆，出手很快，打得很稳。韩擒虎败下耍大枪花浑圆稳健。所有的开打时间都不算长，但足以使人眼花缭乱，非常过瘾。

念的方面，相对于唱做打比重小一些，但有相当难度。南阳关升帐，伍云召的引子、定场诗、自报家门都有与众不同的特点。伍云召念的是虎头引子，是大引子的一种，突出的是“勇”冠三军，同时还带有得子显现出来的喜悦。定场诗虽然也是七字句，但是三四字的句读，念出韵味比四三字句读的难度要大。

既然《南阳关》这么出色，为什么时至今日成了一出冷戏了呢？根本在于缺乏领军人物的提倡。以四大须生为例，马、奚二家形成自己的流派后，武老生戏很少演出了。杨宝森早年常演，但晚年身体状况限制了他。虽然他最后还演《珠帘寨》这样工架吃重的戏，但《南阳关》对他来说，实属力不从心了。谭富英晚年偶尔上演该剧，但他有《定军山》、《战太平》等众多的拿手戏，再加上演新戏，《南阳关》明显受到了冷落。当今老生演员大多都有好的武功底子，又兼备一条好嗓子，多向文武兼备方向发展。希望领军的演员能排演这出戏，使它重新活跃在京剧舞台上。

哈鸿儒

人物行当

伍云召	老生	宇文成都	净
伍　保	净	四白龙套	杂
伍　妻	旦	四红龙套	杂
朱　灿	净	四蓝龙套	杂
韩擒虎	老生	四兵丁	杂
尚师徒	老生	二军士	杂
麻叔谋	净		

服装扮相

伍云召　俊扮。第三场：忠纱、黑三，白色绣三蓝团龙蟒、苫肩、玉带，黑彩裤，厚底靴；第五场：白麻冠（也可不戴）、白绸条、甩发、面牌，白色绣蓝硬靠、黑靠绸；第八场：白素箭衣、黑团龙马褂、靠牌子、黑大带；第九场加穿白氅。

伍　保　揉黑脸。黑绒硬罗帽、黑耳毛子、茨菰叶、牵巾，黑素箭衣、小袖、紫大带，黑彩裤，薄底靴。

伍　妻　俊扮。梳大头、线尾子、水钻头面、素草花、白绸条，黑帔、褶子、领花、白素裙子，彩裤，彩鞋。

朱　灿　勾黑蝴蝶脸。黑软罗帽、草帽圈、黑扎、黑耳毛子，黑褶子、黑素箭衣、绦子、紫大带，黑彩裤，厚底靴。（后换黑倒缨盔、黑软靠）

韩擒虎　俊扮。帅盔（或金踏镫）、黄绸条、白三，红硬靠、靠绸、斜红蟒、苫肩、玉带，红彩裤，厚底靴。

尚师徒　俊扮。扎巾盔、黑三，红（或绿）硬靠、苫肩、靠绸，红彩裤，厚底靴。

麻叔谋　勾白三块瓦。扎巾盔、黑满，黑硬靠、苫肩、靠绸，黑彩裤，厚底靴。

宇文成都　勾黄三块瓦。紫金冠、流苏、翎子、狐尾、黑满，黄硬靠、红靠绸、斜紫蟒、苫肩、玉带，黑彩裤，厚底靴。

四白龙套　俊扮。白大（或小）板巾，白龙套衣，黑彩裤，薄底靴。

四红龙套　俊扮。红大（或小）板巾，红龙套衣，红彩裤，薄底靴。

四蓝龙套　俊扮。蓝大（或小）板巾，蓝龙套衣，黑彩裤，薄底靴。

四兵丁　俊扮。黑包头、小额子、小红绒球，灰色抱衣抱裤、黑（或红）坎肩、蓝小大带，薄底靴。

二军士　俊扮。绿兵丁盔，黄团花兵丁衣、黄团花兵丁裤、带改良下甲的扣板、带甲的护袖，薄底靴。

道具

红色绣金团花桌围	一份
深色绣金团花桌围	一份
深色绣金团花大帐	一份
浅色绣花椅披	两份
椅　子	五把
白标枪旗	四个
蓝标枪旗	四个
花带枪	四杆
黑圆锤	一个
马　鞭	四根
官　印	一方
喜　神	一个
山　头	一座
红色绣金团花椅披	两份
深色绣金团花椅披	一份
浅色绣花桌围	一份
桌　子	两张
开门刀	四把
红标枪旗	四个
白带枪	四杆
金　杆	一杆
青龙刀	一把
文房四宝	一份
令　旗	一面
南阳关城头	一座

第一场

〔【冲头】幕启。场上置正场桌、“小座”。红色绣金团花桌围、椅披。

〔【大锣原场】四红龙套执标枪旗，尚师徒、麻叔谋右手托枪左手提下甲“上场门”上，“站门”。

〔【四击头】韩擒虎穿斜蟒、扎硬靠，右手提袍左手端带“上场门”上，左手抓袖，右手端带一亮。【一锤锣】进至“九龙口”，抖左袖，提袖，整冠，捋髯，右手将左袖口提给左手抓住，再右手端带进至正场台口，抖左袖，将左袖上折起遮面。【归位】

<点绛唇>

韩擒虎 サ6 5 4 3 5 2 －（台 大台）2 2 1 2 7 2 6 1
今奉 王命， 统领 雄兵，

5 －（台 另 台）5 3 2 －（台 大台）1 2 3 5 6 5 －
扫南阳， 将广 兵 精，

（台 另 台）（6 5 6 i 5 －）2 2 1 1 6 1 5 － ‖
（白）要把 云召 擒。

（外折左水袖抬左臂，右手剑指外指）

〔【一锤锣】韩擒虎抖左袖、提袖，左转身，归“小座”。【归位】四红龙套、尚师徒、麻叔谋归里。

韩擒虎 （诗）今奉圣命出朝堂，
带领人马灭南阳。（台 大台）
老夫将勇兵马壮，
捉拿云召小儿郎！【住头】

老夫，【报名一锣】韩擒虎。【住头】奉了新主之命，带领人马去至南阳关，捉拿伍云召进京问罪。二位先行！

尚师徒 麻叔谋 （同）元帅！

韩擒虎 人马可曾齐备！

尚师徒 麻叔谋 （同）俱已齐备。

韩擒虎 兵发南阳！

尚师徒
麻叔谋 （同）兵发南阳！

〔**【一锤锣】**四红龙套至前场站两边，一红龙套带马至正场台口。韩擒虎离座至正场与尚师徒、麻叔谋成“横一字”，上马。

〔唢呐吹奏曲牌<小朱奴儿>。四红龙套、尚师徒、麻叔谋“插门”“下场门”下，韩擒虎上步，打马。唢呐曲牌止。**【一锤锣】**韩擒虎左转身，举鞭，打马，“下场门”下。闭二幕。

第二场

〔**【缓锣】**伍保在“小边”侧幕内白：“马来！”

〔**【撕边】**伍保持马鞭“小边”侧幕上，至“小边”台口（**崩登仓**）举鞭亮相。**【大锣水底鱼】**打马半个“反圆场”至正扬斜鞭亮住。

伍　保 俺，**【报名一锣】**伍保。（**仓台**）（垂鞭）只因夫人产生公子，某奉了老爷之命去往京中报喜。杨广篡位，太老爷不从，全家被斩，太老爷被敲牙割舌而亡。不免回去报与老爷知道。就此马上加鞭。**【撕边】**（**崩登仓**）（抡鞭打右靴底，戳右脚，成横鞭亮相）

〔**【冲头】**伍保打马“大边”侧幕下。

第三场

〔**【冲头】**开二幕。场上置正场桌、“大座”、大帐。深色绣金团花桌围椅披、大帐。桌上放文房四宝、官印、令旗。

〔四白龙套、四兵丁“上场门”幕内喊堂威：“哦——！”

〔唢呐吹奏曲牌<水龙吟>。四白龙套执门刀，四兵丁右手托枪，左手提大带“上场门”上，“站门”。唢呐曲牌止。

〔**【四击头】**伍云召右手提袍，左手端带“上场门”上，亮住。**【一锤锣】**进至“九龙口”，抖双袖，提袖，整冠，捋髯。端带提袍进至正场。**【归位】**抖右袖，提袖，端带。

〔虎头引子〕

伍云召 サ 0 0（台 大台）3 2 - ³2 3 3 - **【大锣帽子头】**
威 风 飘 荡，
（右手撒开） （抖右袖，提袖）

3²³ - 1 1 ²1 -（大 大）1 2 3. 5 1 2 2
统 雄（呃）师， 镇 守 南
（右手剑指前指）

2 2 1 - 6 6 6 6 5. 6 5 6 - ‖
(呐) 阳。

〔【冲头】伍云召双抖双袖，提袖。唢呐吹奏曲牌<水龙吟·合头>，伍云召右手捋髯，一望，二望，右转身，归“大座”。唢呐曲牌止。

伍云召 （诗）领人马东征西挡，
每年间杀砍战场。（台 大台）
食君禄何曾安享？
与祖先廊庙争光。【住头】

〔四白龙套、四兵丁归“里八字”站左右。

伍云召 【撕边】（抖左袖，右手捏住左袖口上折左袖）本帅，【一锣】伍云召。【住头】（抖左袖，提袖）我父伍建章，（拱双手）大隋文帝驾前为臣。蒙圣恩，本帅身受南阳关总镇。只因前者夫人产生一子，也曾命家将伍保进京报喜，二来在爹娘台前（拱双手）问安。本帅这几日夜梦颠倒，不知为了何事。站堂军！

众 啊！【大锣一击】

伍云召 伺候了！

众 啊！

〔伍保“上场门”幕内白：“走哇！”

〔【大锣快水底鱼】伍保“上场门”上，右手“山膀”一亮进至“小边”，“报门”。

伍 保 报，（仓）伍保告进。

〔【冲头】伍保“挖门”进，站“大边”，面里，躬身拱手。

伍 保 参见少老爷！

伍云召 伍保回来了！

伍 保 回来了。大事不好了！

伍云召 （一惊）啊？【撕边一击】何事惊慌？

伍 保 （面向前）只因杨广篡位，（右手做杀状）将太老爷敲牙割舌而亡。

伍云召 （崩登仓）（站起，抖左手指伍保）怎么讲？

伍 保 敲牙割舌而亡！

伍云召 哎呀！（崩登仓）（抖双袖，“气椅”）

〔【冲头】伍保到桌左侧面向里，抬左臂遮挡。

伍 保 少老爷醒来！

〔西皮导板〕

【大锣导板头】 サ（6 - 6 5 - - i 3 2 - 6 2 1 -）

伍云召 3 3 3 - 5 3 2 1. 2 3 - - 3. 2 1 (7 6
听 报 道 不 由 人

2 1 - ）3 2 2 - - 1. 2 #4 - - ∨ 4 3 -
魂 魄 掉 （哇），

伍　保　（回原位，拱手躬身）少老爷醒来！

「【冲头】伍云召双手拭泪，摊双掌，站起，左手撩袍离座至正场。

伍云召　（折右袖）【叫头】（翻回右袖，拱手）母亲，爹爹，（抖右袖，提袖，哭）爹娘啊！（拭泪）

〔西皮散板〕

【快纽丝】サ（7 6 6 5 i 3 2 1 6 2 1 - ）6 2 1 3 2 3
点 点 珠 泪

7 6 5 6 1（7 6 2 1.）6 3 2 1 1 6 ∨ 6 1 2
往 下 抛，（仓）含 悲 忍 泪 问 伍 保：

伍云召　伍保！

伍　保　在。

〔西皮散板〕

伍云召　【大锣凤点头】（过门同前）1. 3 2 2 1 2 2 ∨ 1 - - 2 2 1 - ‖
犯（呐）罪 情 由 为 哪 条？

伍　保　少老爷！

〔西皮散板〕

【大锣凤点头】（过门同前）2 3 1 2 3 3 2 -（6. 1 2）
宇 文 化 及 行 奸 巧，（仓）

2 1 2 3 1 2 3 1 -（7 6 2 1.）2 1 2 1 2
太 老 爷 金 殿 骂 当 朝。（仓）韩 擒 虎 领 兵

3 3 2（6. 1 2）2 2 1. 3 2 1 6 1 1 1 ‖
前 来 到，（仓）捉 拿 老（哇）爷 转 还（呐）朝。

伍云召　（右手抓袖，左手前指）好贼子！

〔西皮散板〕①

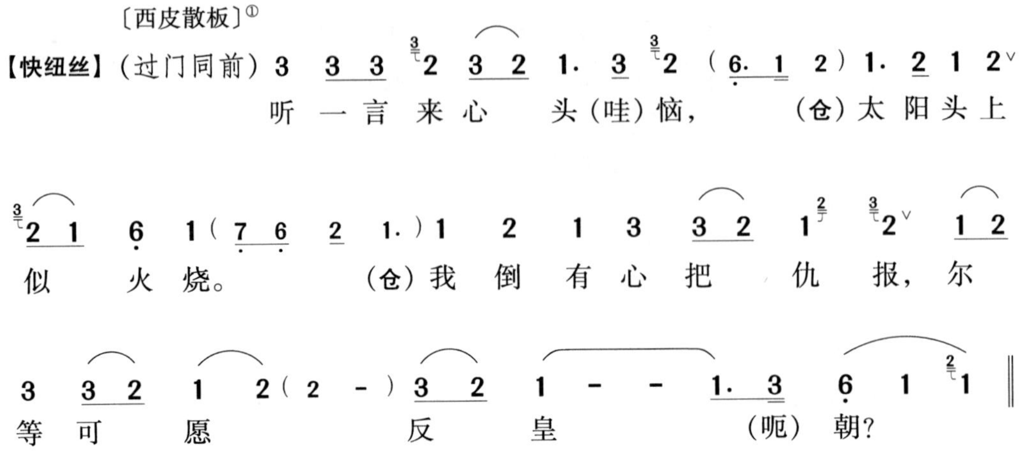

〔【快纽丝】四龙套、四兵丁合扇面向里跪。伍保"大边"跪。

众 我等情愿。

〔伍云召让起众人，众回原位。伍云召转身从桌案上拿令旗。

---

① 此段也可唱成六句：

〔西皮散板〕

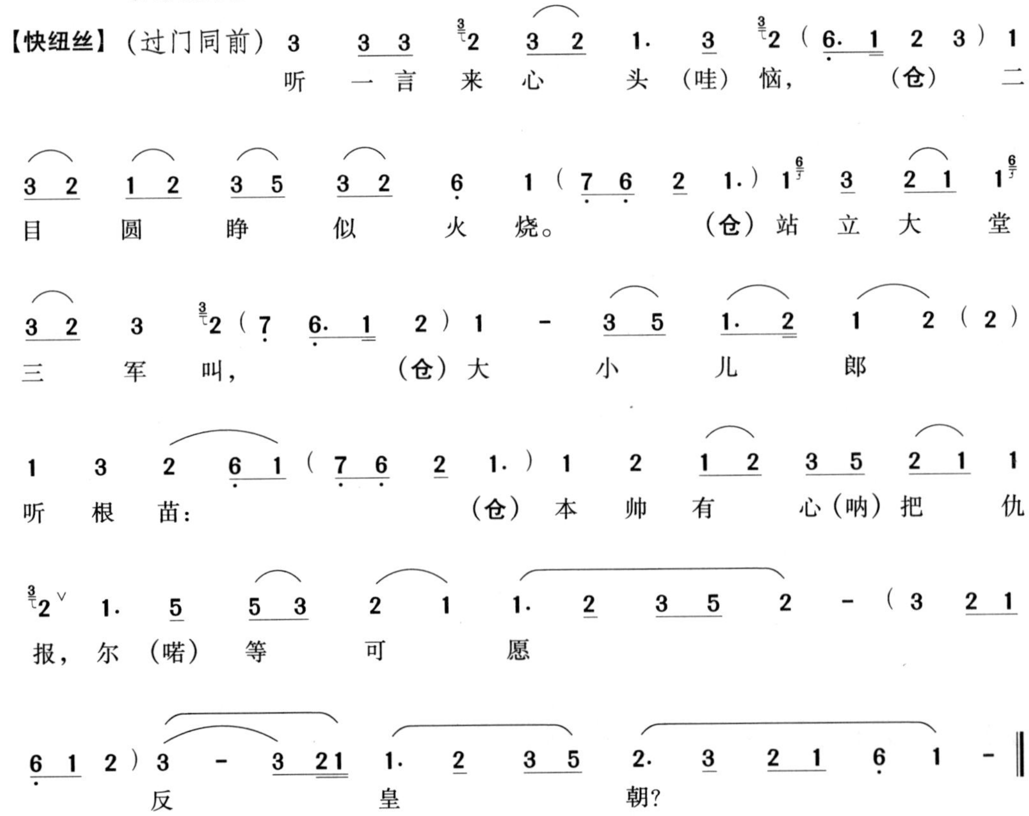

〔西皮散板〕

伍云召　（过门同前）1 2 1 1. 2 3 - ⁵3 2 1（7 6.1 2 -）3 3 2. 3 4 ⁵3 ⁵3. 2 3 -

伍保与爷　（顷　仓）放号　炮，（哇）

（右手举起令旗）　（要令旗，将令旗交给伍保）

〔【快纽丝】伍保右手举令旗，四白龙套、四兵丁转至“小边”站两排，伍保随至“小边”。伍云召双手涮袍，至“大边”，抖双袖，提袖，右转身，面向前，右手端带，左手撩袍。

〔西皮散板〕①

（过门同前）1 - 2 1 3 6³ 2 1 1 2 3⁵ 2 -

南　阳　关　杀　一　个

（右手前指）　（右手做杀状）

³2（2 -）1 - 3 2 ³2 ³2 1 6 1 - ‖

浪　（呃）　里　蛟！

（抖动双手往里边撒开）

〔【夺头】伍云召右手撩袍，垫步，跨左腿，右转身面向里，同时，双手向右涮袍；骗右腿，再一个右转身涮袍，面向前，双手提袍亮相。【快冲头】伍云召“下场门”下，伍保随下，四兵丁、四白龙套“骨牌对儿”随下。

〔闭二幕。撤桌、椅、大帐。

第四场

〔【快冲头】开二幕。空场。

〔韩擒虎内唱。

〔西皮导板〕

【大锣导板头】　（过门同前）3 3 4⁵ ⁵3（2 1. 2 3 -）

南　阳　关　前

2 5 3 3 - - 2 3 2 3 - -

放　号　炮，

---

① 这一句传统唱“嘎调”：

2 - 3 2 1. 2 3 ⁵3 i - 5 3 2 6 - 1

南　阳　关　杀　一　个

2 3 ³2. 2 1 6 1. 3 ²3 2 0 1 - 6 1 6 1 - ‖

浪　（呃）　里　蛟！

〔【慢长锤】四红龙套执标枪旗，尚师徒、麻叔谋右手托枪，左手提下甲，“上场门”上，“站门”。韩擒虎骑马“上场门”上，举鞭一亮，进至正场，打马，勒鞭。

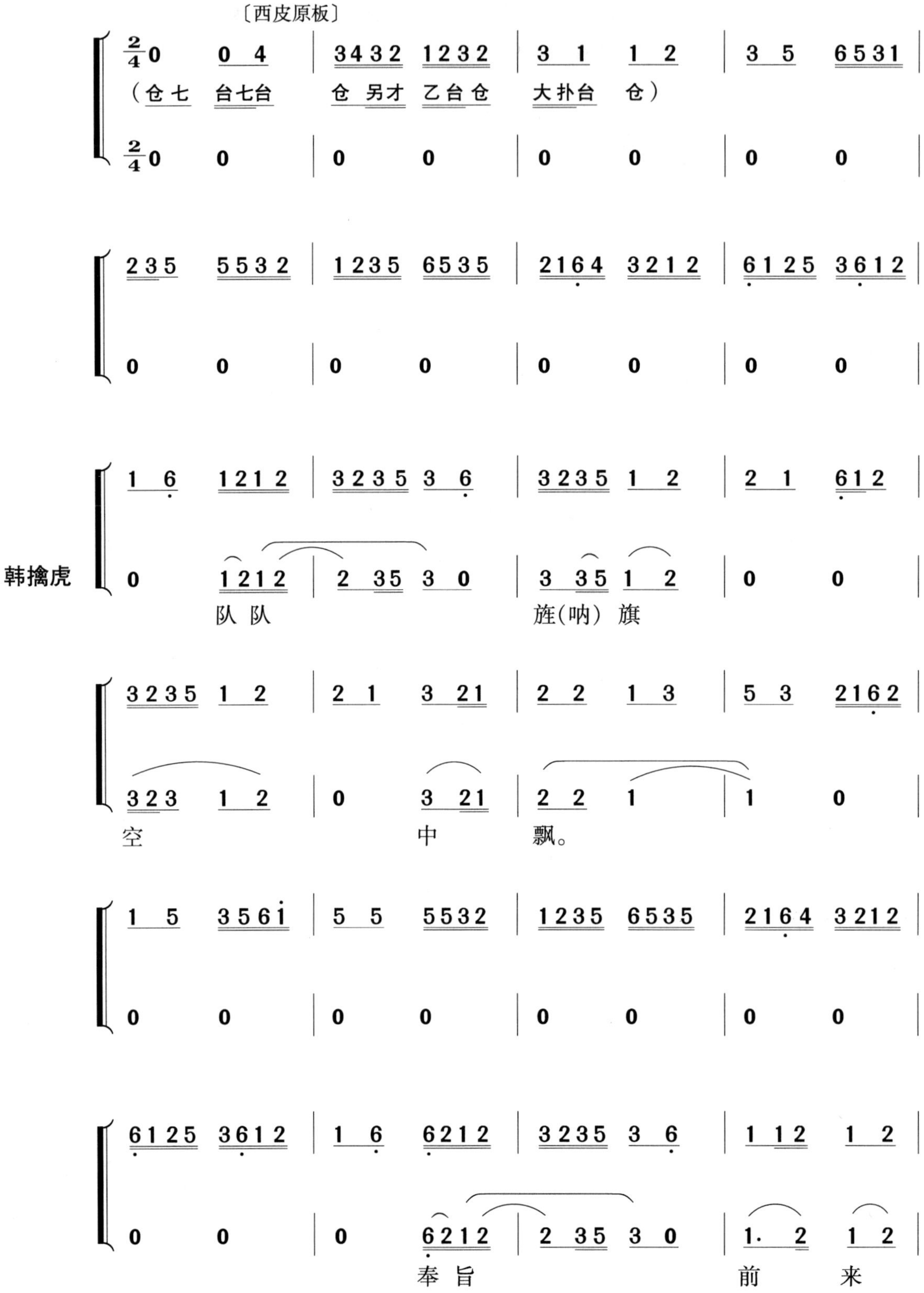

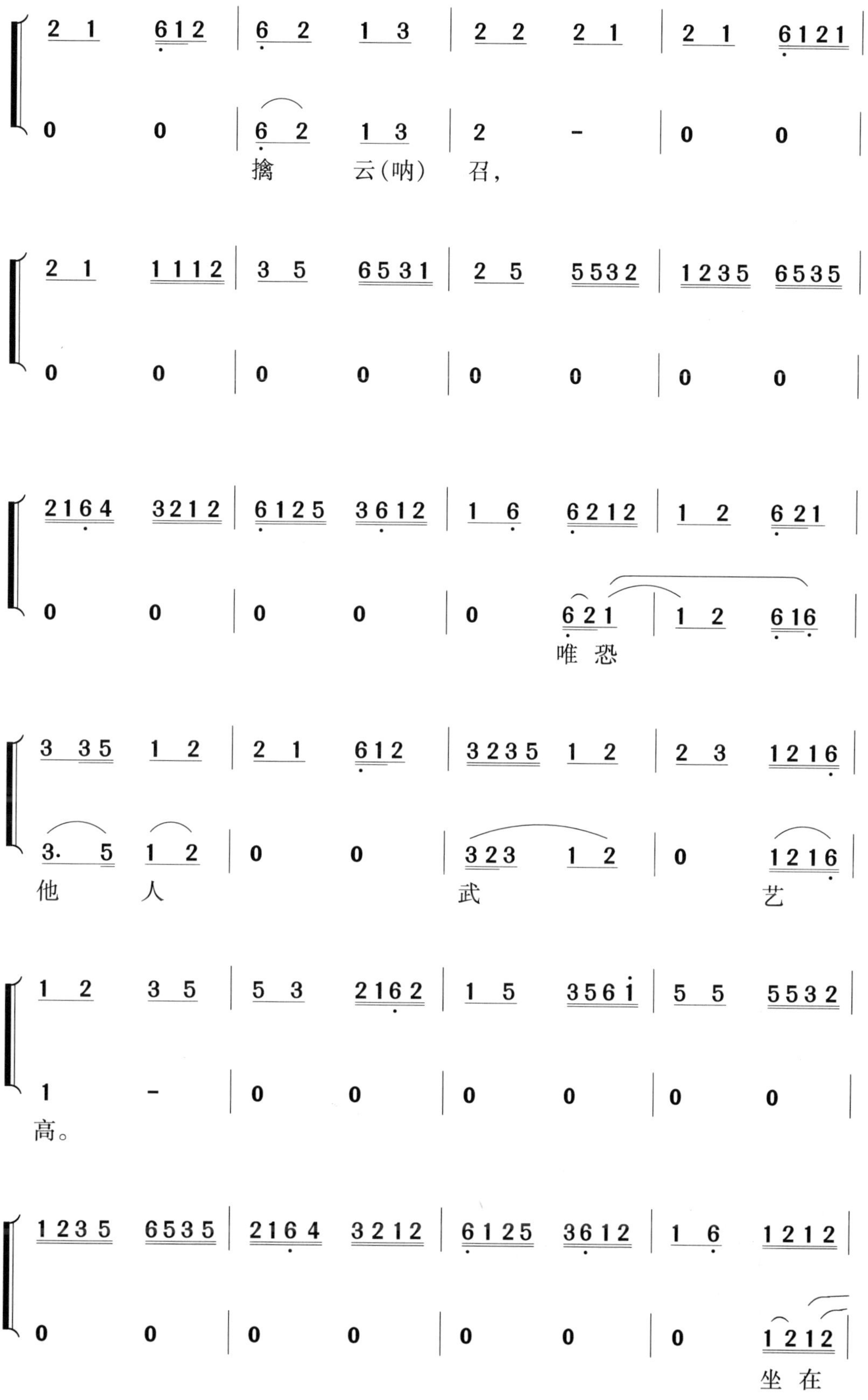
擒 云(呐) 召，
唯 恐
他 人 武 艺
高。
坐 在

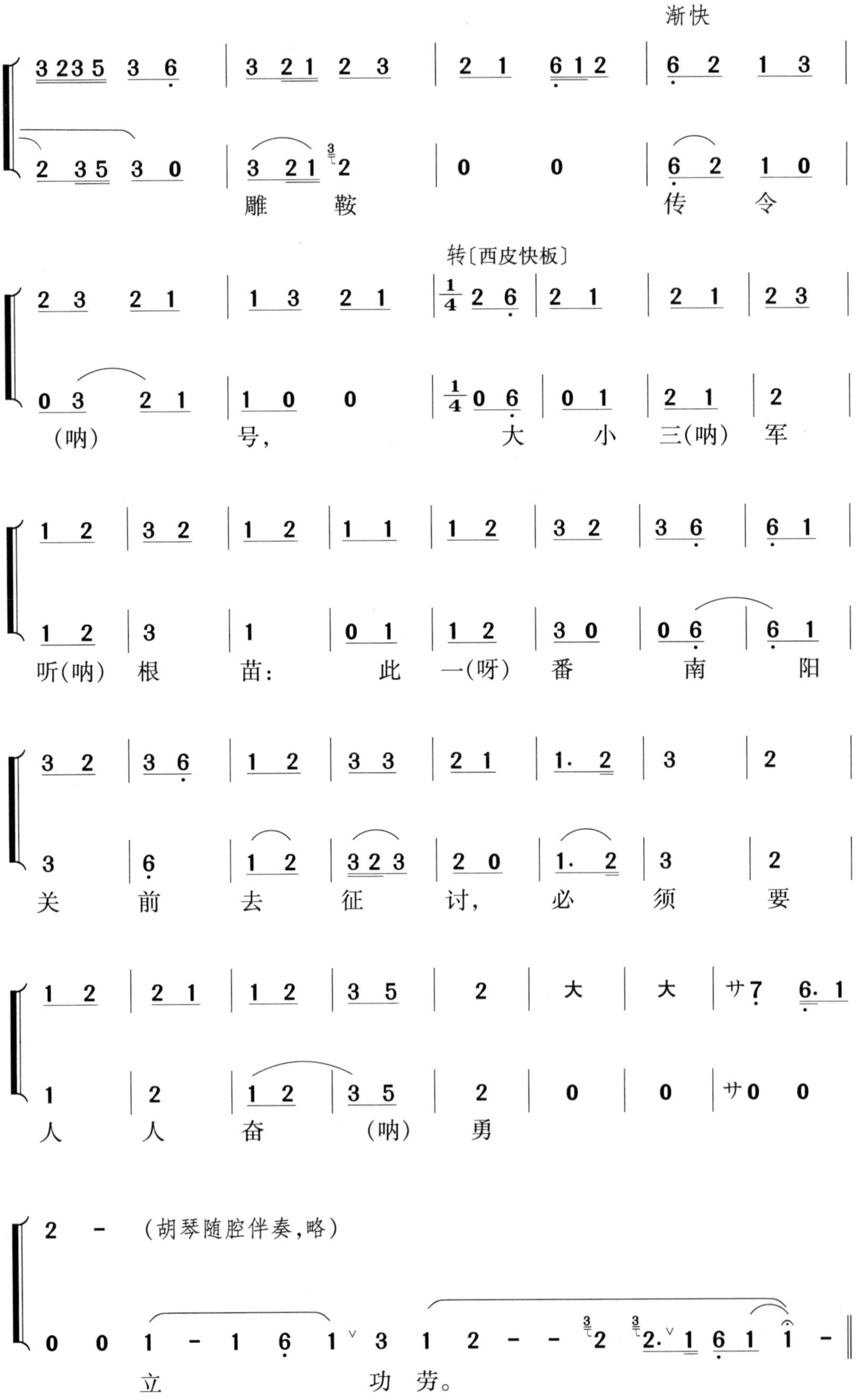
渐快
雕 鞍 传 令
转〔西皮快板〕
(呐) 号, 大 小 三(呐) 军
听(呐) 根 苗: 此 一(呀) 番 南 阳
关 前 去 征 讨, 必 须 要
人 人 奋 (呐) 勇
(胡琴随腔伴奏,略)
立 功 劳。

尚师徒
麻叔谋 （同时拱手）元帅！

〔西皮摇板〕

尚师徒 【闪锤】

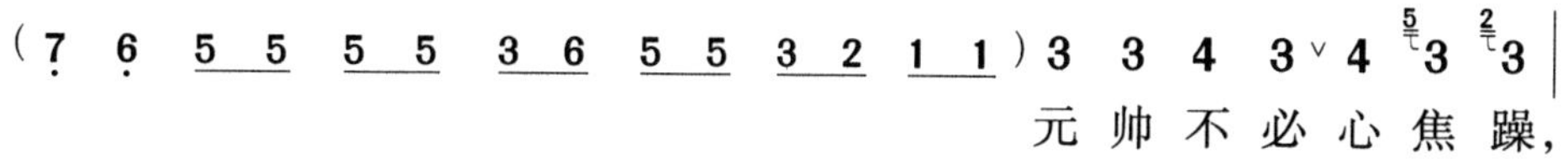

麻叔谋

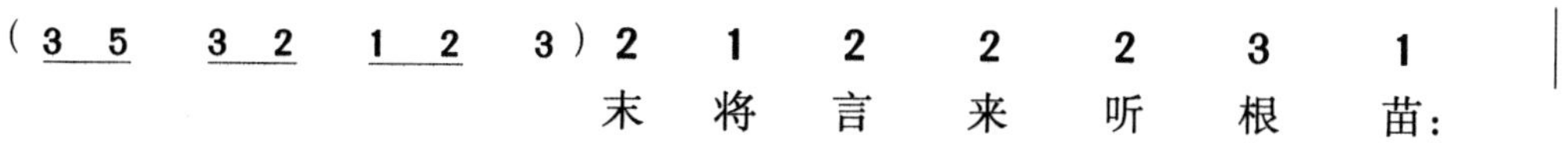

尚师徒

麻叔谋

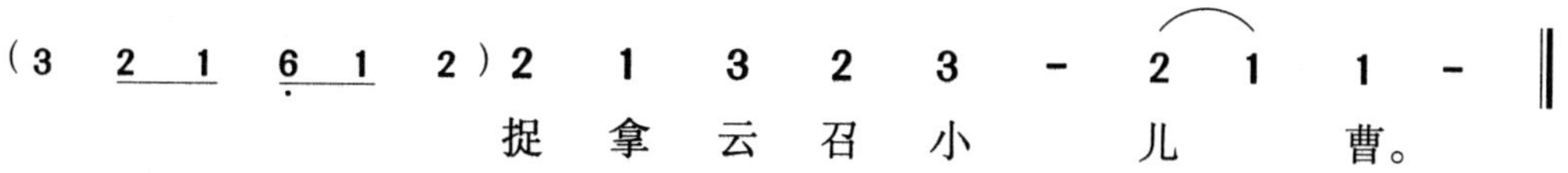

韩擒虎 （仓）（横鞭，上步，两望，垂鞭）好哇！

〔西皮摇板〕

【闪锤】（过门同前）

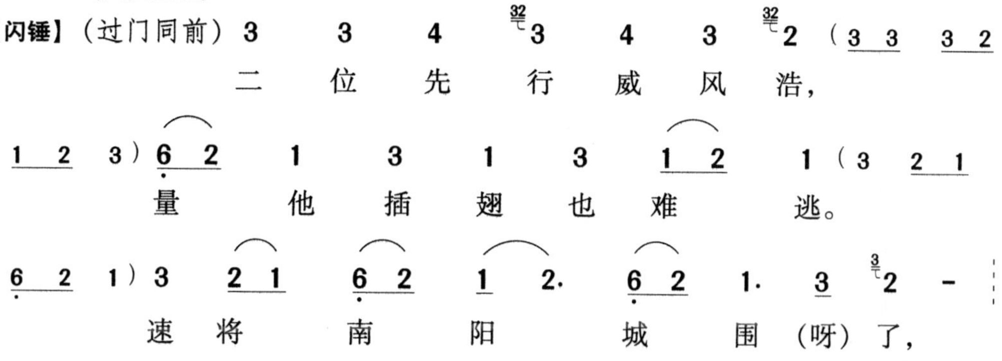

〔【急急风】（加堂鼓）四红龙套、尚师徒、麻叔谋二边抄下。【冲头】韩擒虎举鞭，上步，打马，左转身走向“大边”，勒鞭，右转身，横鞭，面向前。

〔西皮摇板〕

【闪锤】（过门同前）

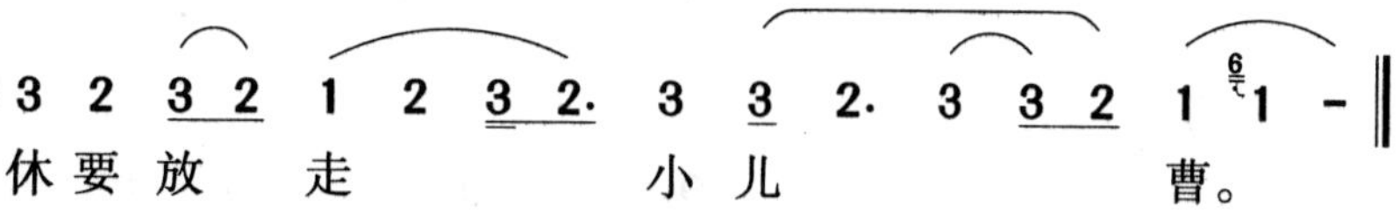

〔【急急风】（加堂鼓）韩擒虎打马，左转身，举鞭“下场门”下。闭二幕。

第五场

〔【急急风】（加堂鼓）开二幕。在“下场门”台口置南阳关城楼。

〔伍云召“下场门”幕内唱。

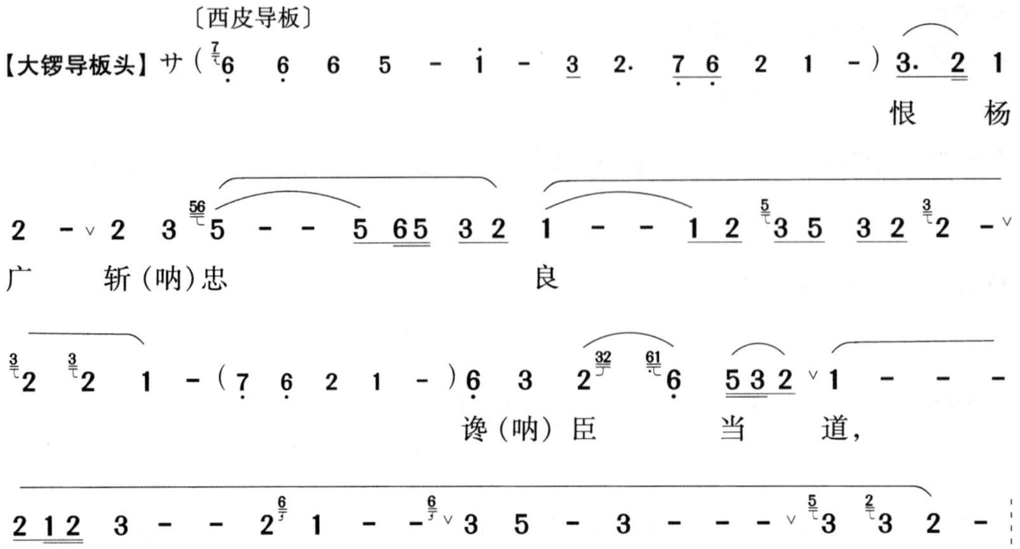

〔【急急风】（加堂鼓）四红龙套执标枪旗、尚师徒、麻叔谋举枪，“上场门”上，“站门”；韩擒虎举枪随上至正场，【四击头】跨左腿，踢右腿，枪交左手，一个迎面花成斜垂背枪式，右手挑髯，搂髯，右弓箭步亮相。同时伍云召、伍保登城，伍云召右手挑髯，“山膀”，观看城下。【撕边】韩擒虎左手执枪贴腰式站“大边”里首。

伍云召 （哭）唉，爹娘啊！（拭泪）

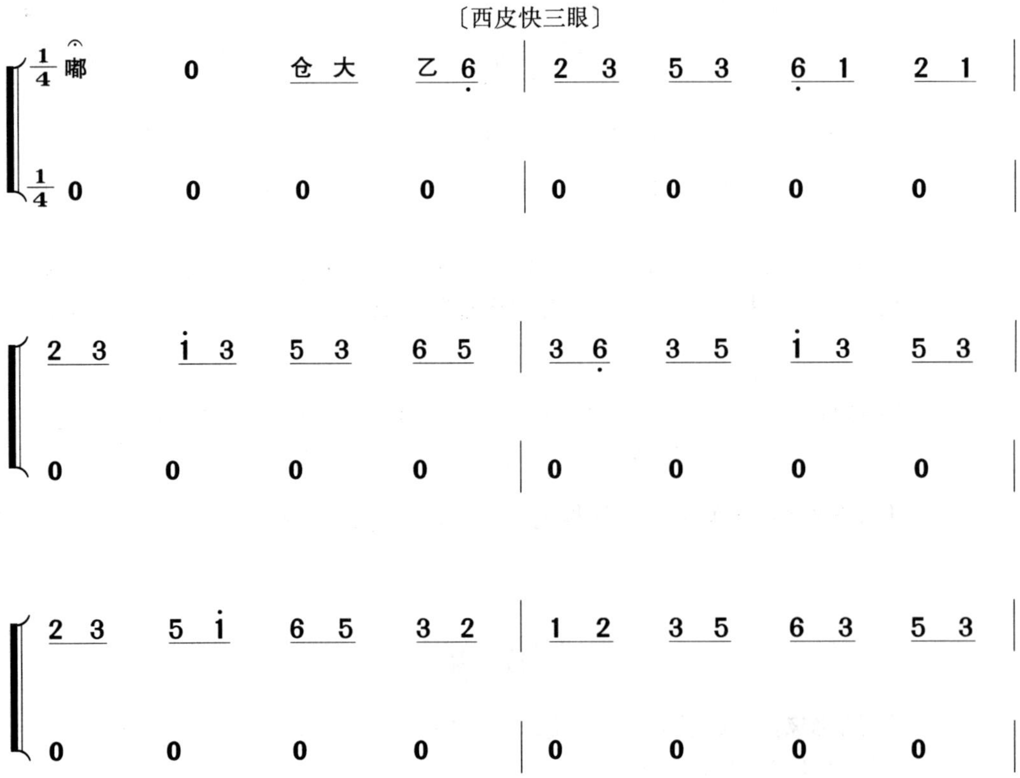

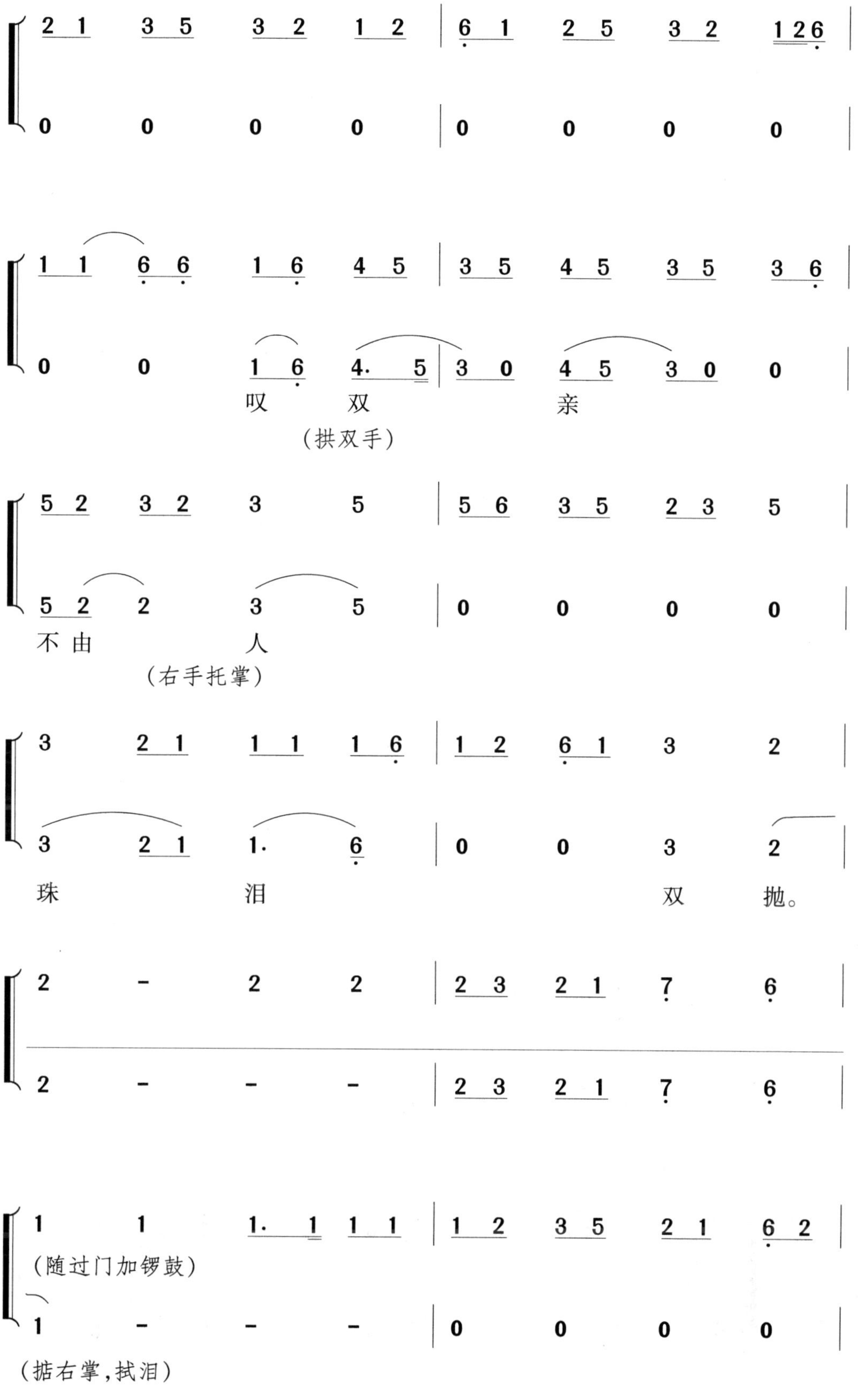
叹 双 亲
（拱双手）
不由 人
（右手托掌）
珠 泪 双 抛。
（随过门加锣鼓）
（掂右掌，拭泪）

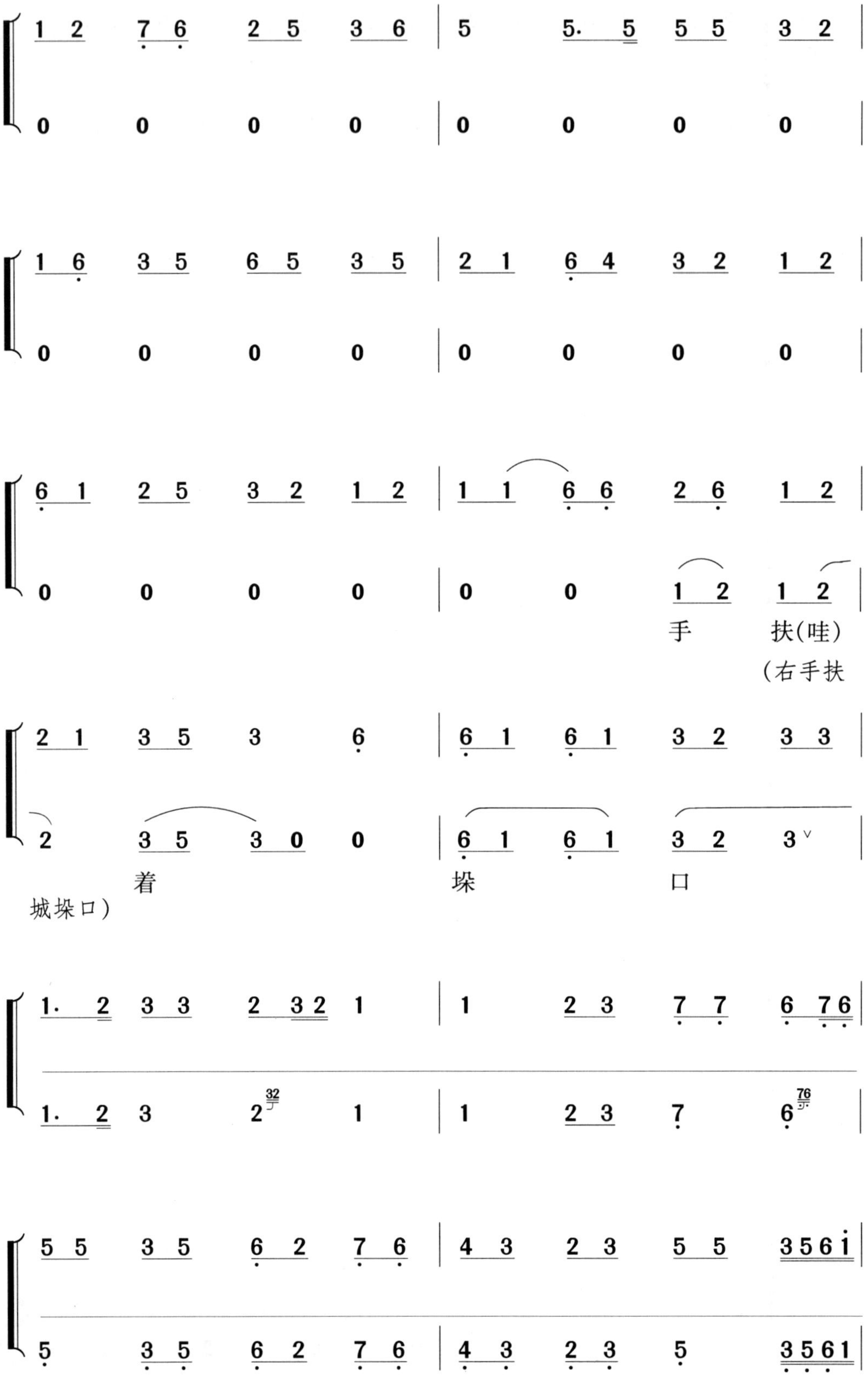
手 扶(哇)
(右手扶
着 垛 口
城垛口)

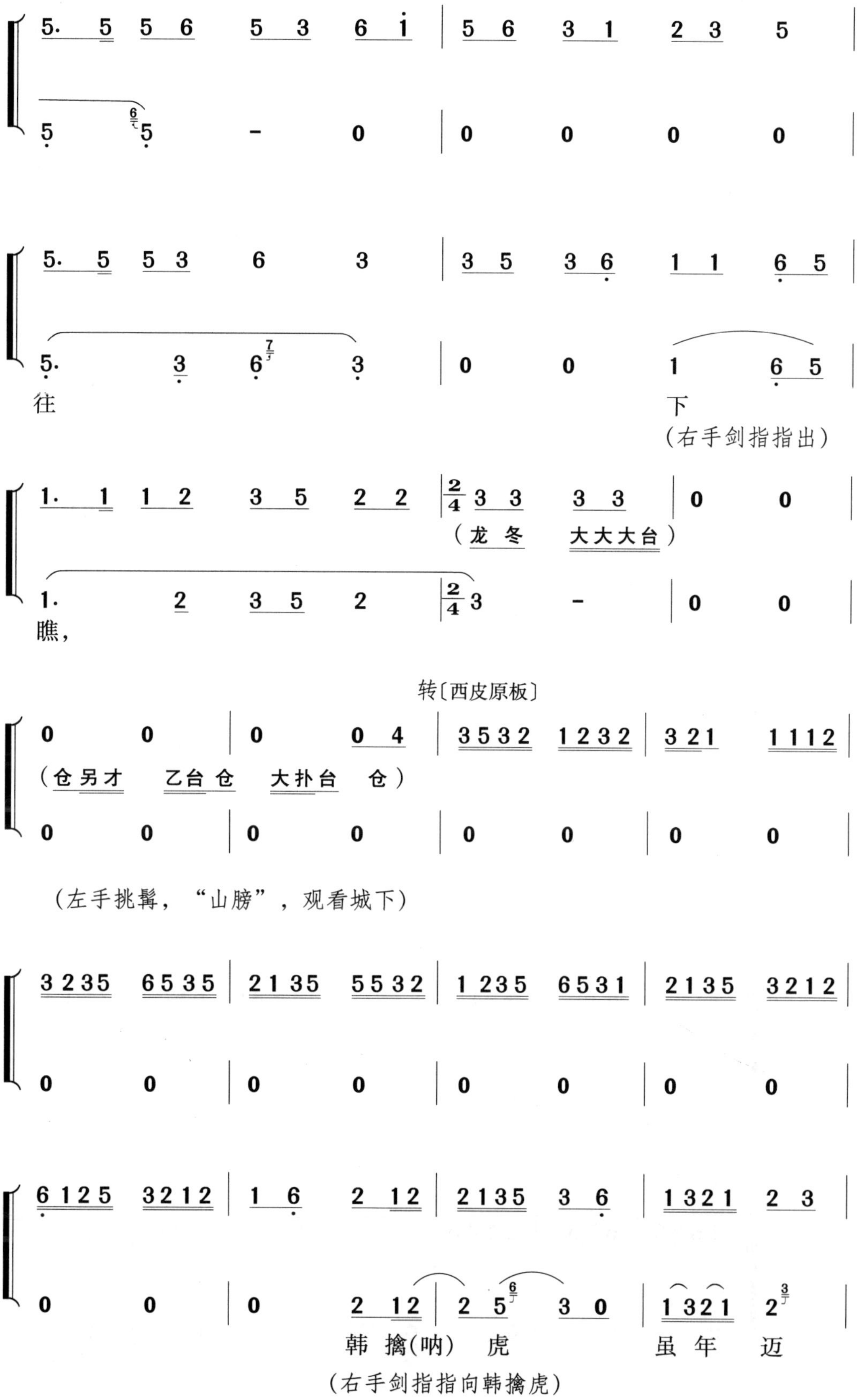
往
下
(右手剑指指出)
(龙 冬 大大大台)
瞧,
转〔西皮原板〕
(仓另才 乙台仓 大扑台 仓)
(左手挑髯,“山膀”,观看城下)
韩 擒(呐) 虎
虽 年 迈
(右手剑指指向韩擒虎)

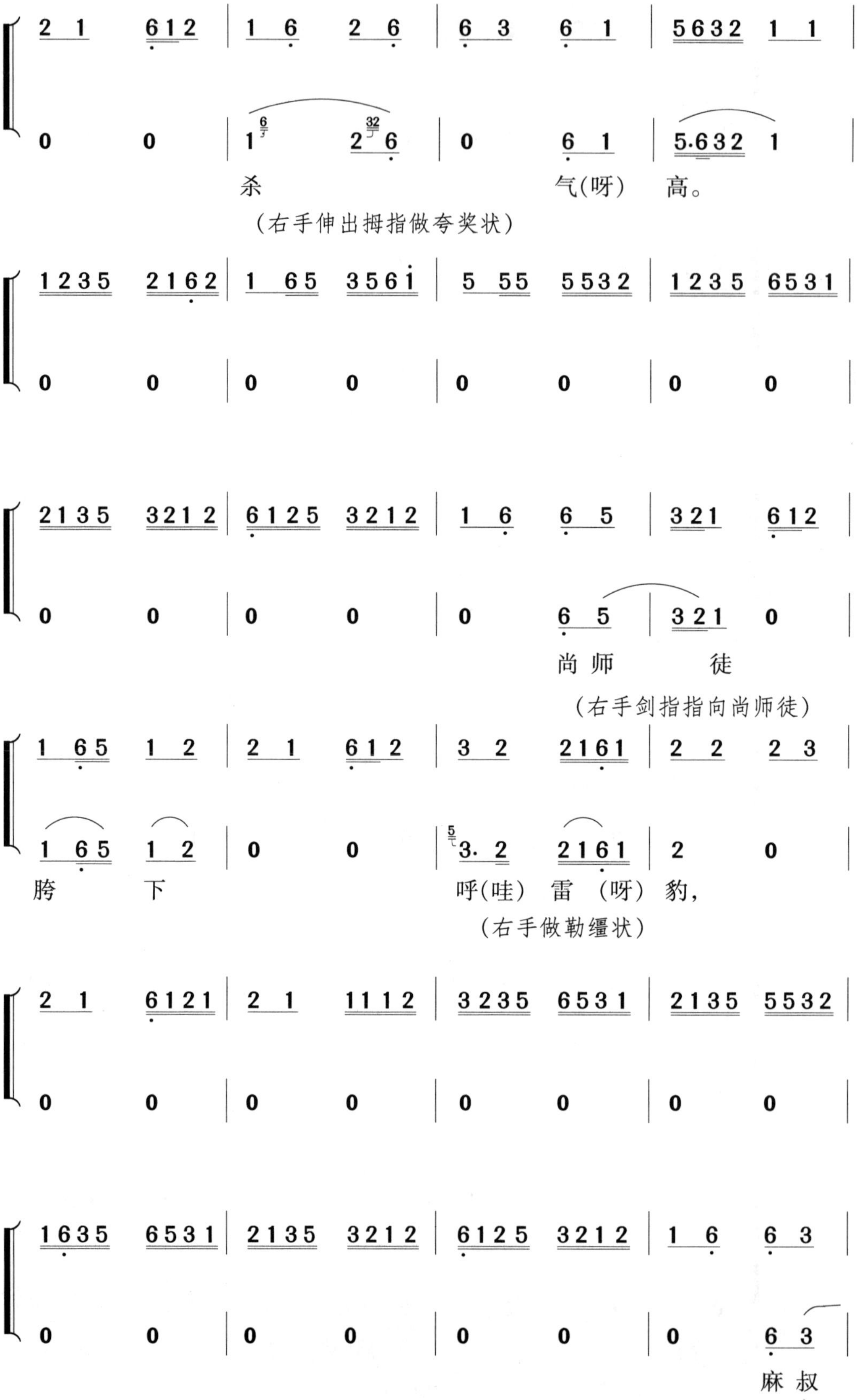
杀 气(呀) 高。
(右手伸出拇指做夸奖状)
尚师 徒
(右手剑指指向尚师徒)
胯 下 呼(哇) 雷 (呀) 豹,
(右手做勒缰状)
麻叔

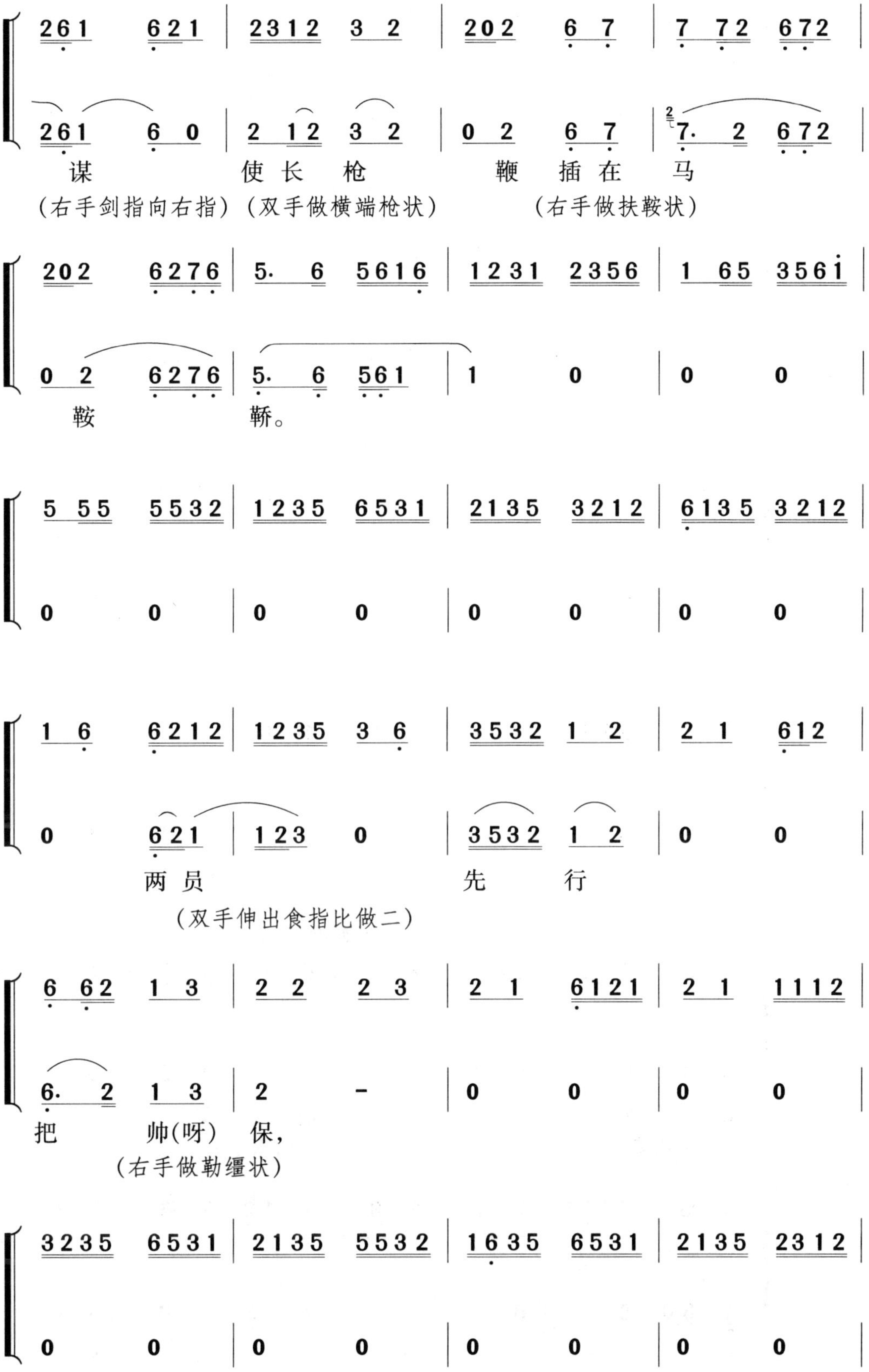
谋 使长枪 鞭插在马
（右手剑指向右指）（双手做横端枪状） （右手做扶鞍状）
鞍 韂。
两员 先 行
（双手伸出食指比做二）
把 帅(呀) 保，
（右手做勒缰状）

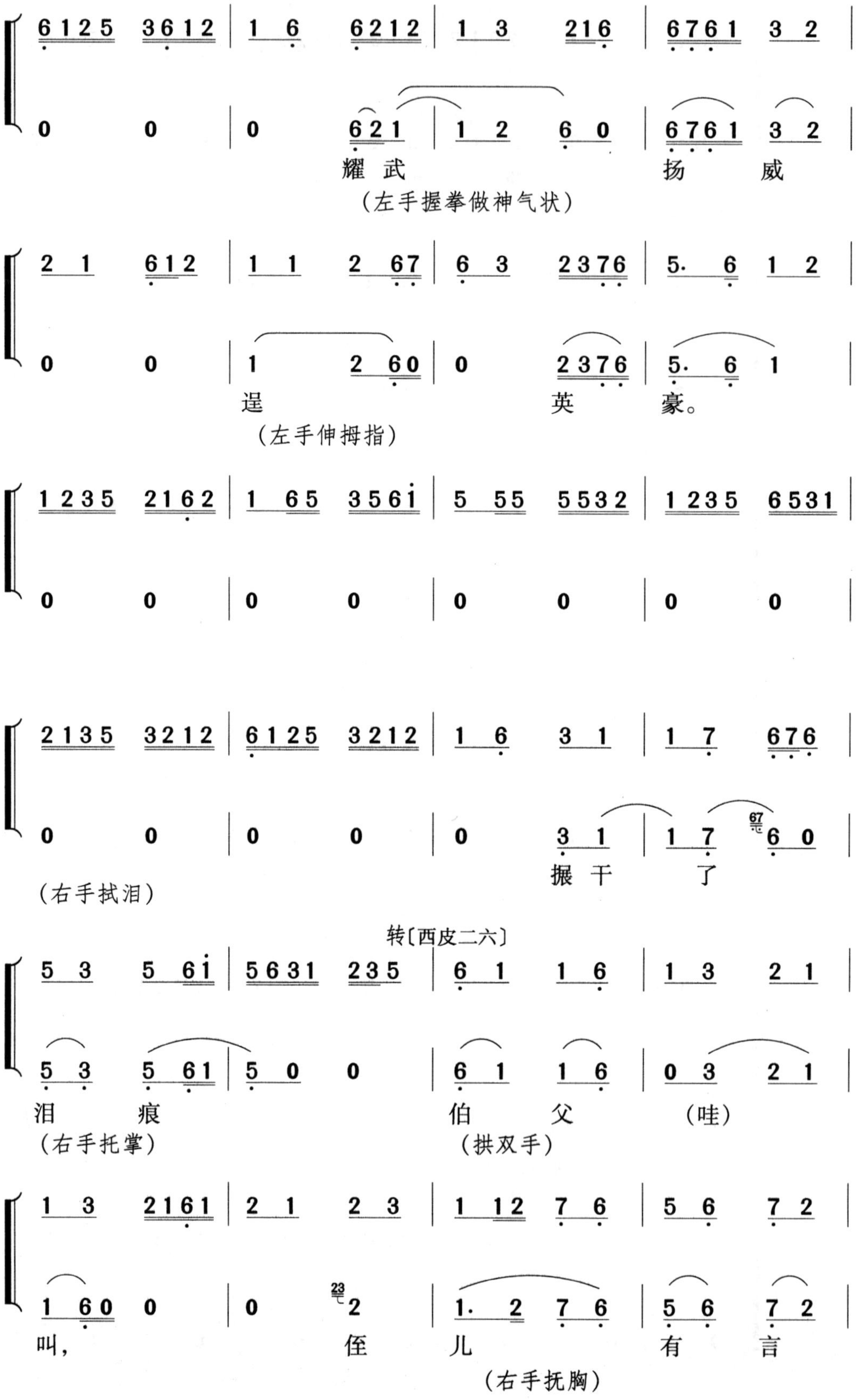
耀武 扬威
（左手握拳做神气状）
逞 英 豪。
（左手伸拇指）
（右手拭泪）
振干了
转〔西皮二六〕
泪痕 伯父 （哇）
（右手托掌）
（拱双手）
叫，侄儿 有言
（右手抚胸）

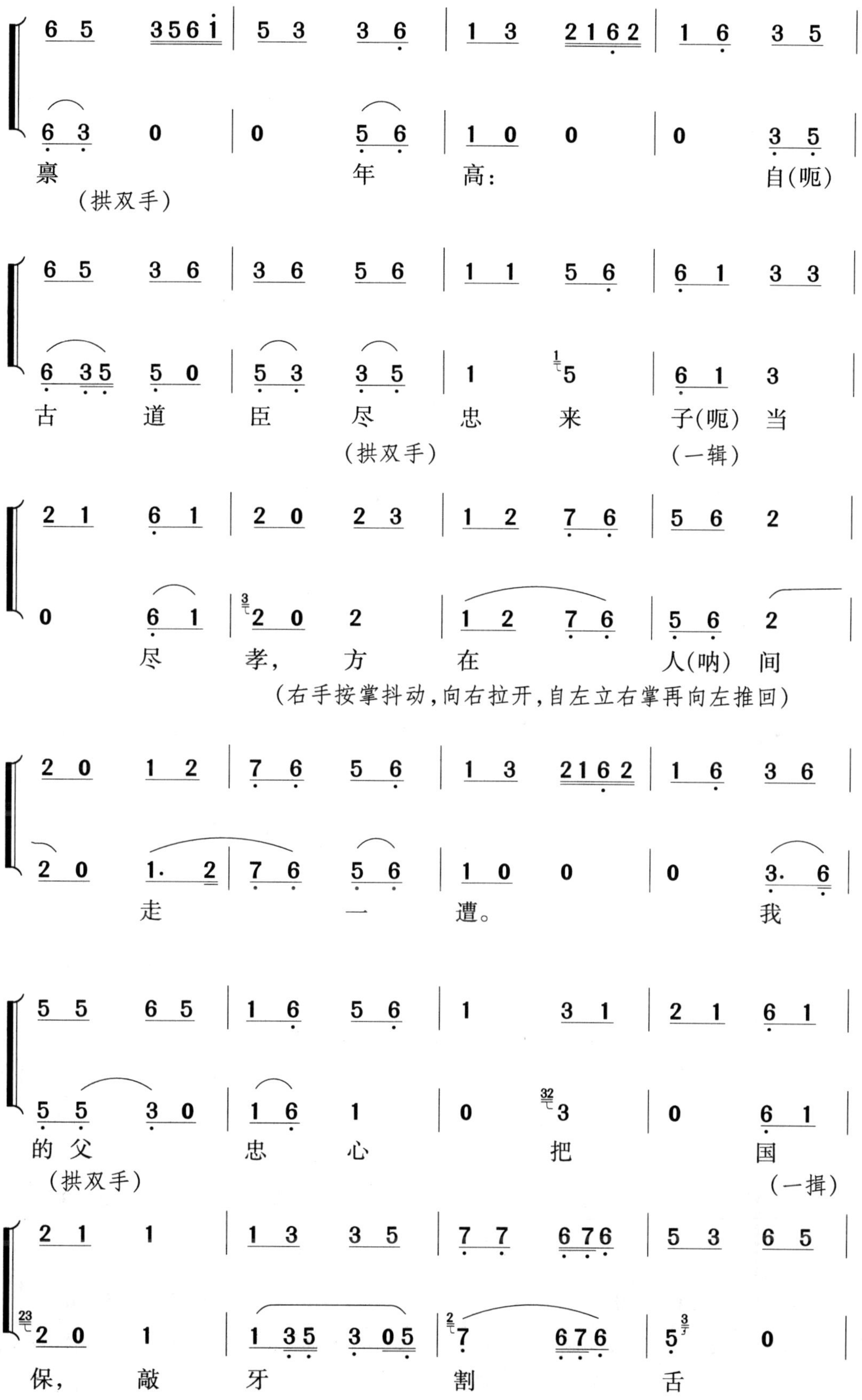

禀 年 高： 自(呃)
(拱双手)
古 道 臣 尽 忠 来 子(呃) 当
(拱双手) (一揖)
尽 孝， 方 在 人(呐) 间
(右手按掌抖动，向右拉开，自左立右掌再向左推回)
走 一 遭。 我
的 父 忠 心 把 国
(拱双手) (一揖)
保， 敲 牙 割 舌

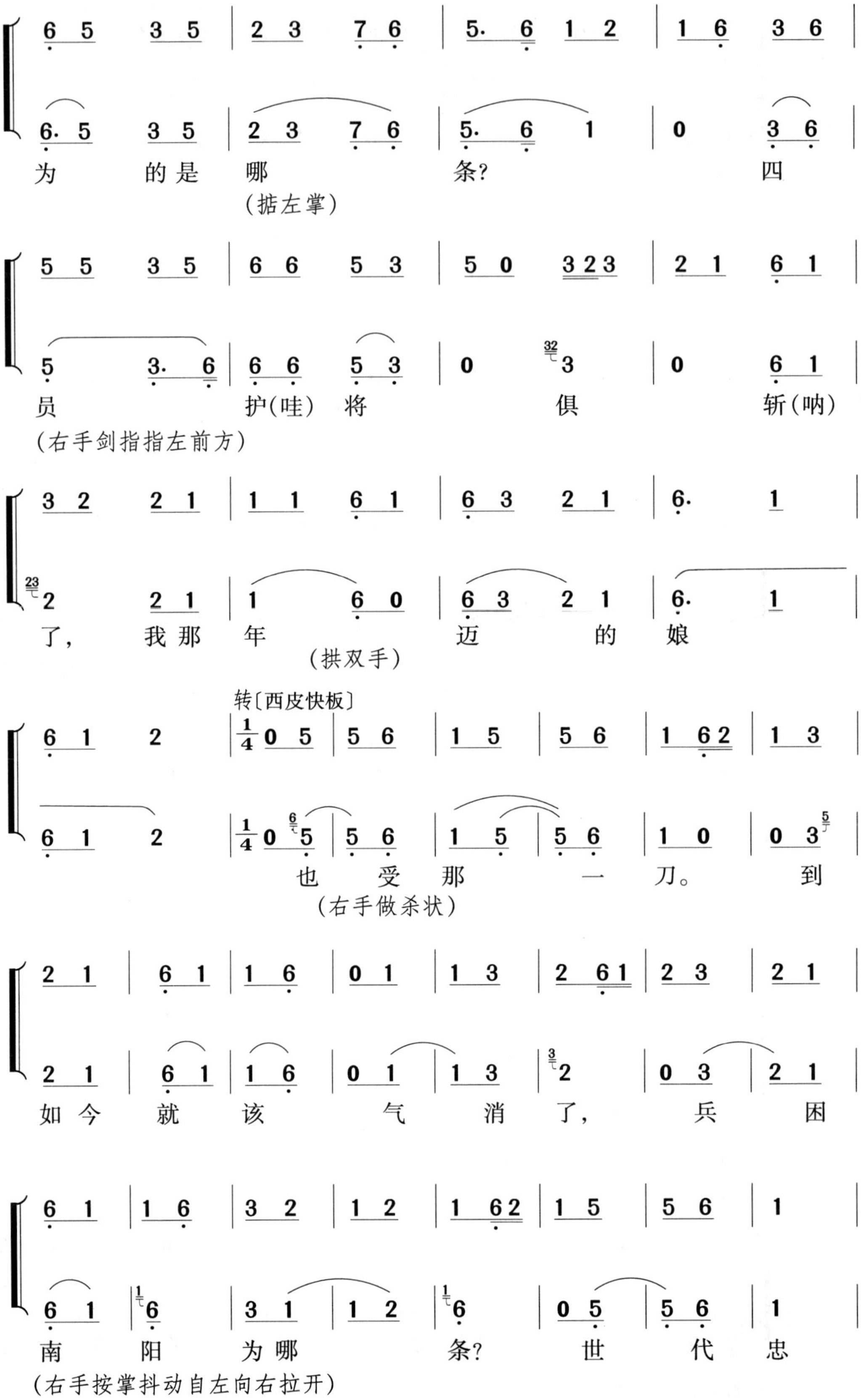
为 的是 哪 条？ 四
（掂左掌）
员 护（哇） 将 俱 斩（呐）
（右手剑指指左前方）
了， 我那 年 迈 的 娘
（拱双手）
转〔西皮快板〕
也 受 那 一 刀。 到
（右手做杀状）
如今 就 该 气 消 了， 兵 困
南 阳 为哪 条？ 世 代 忠
（右手按掌抖动自左向右拉开）

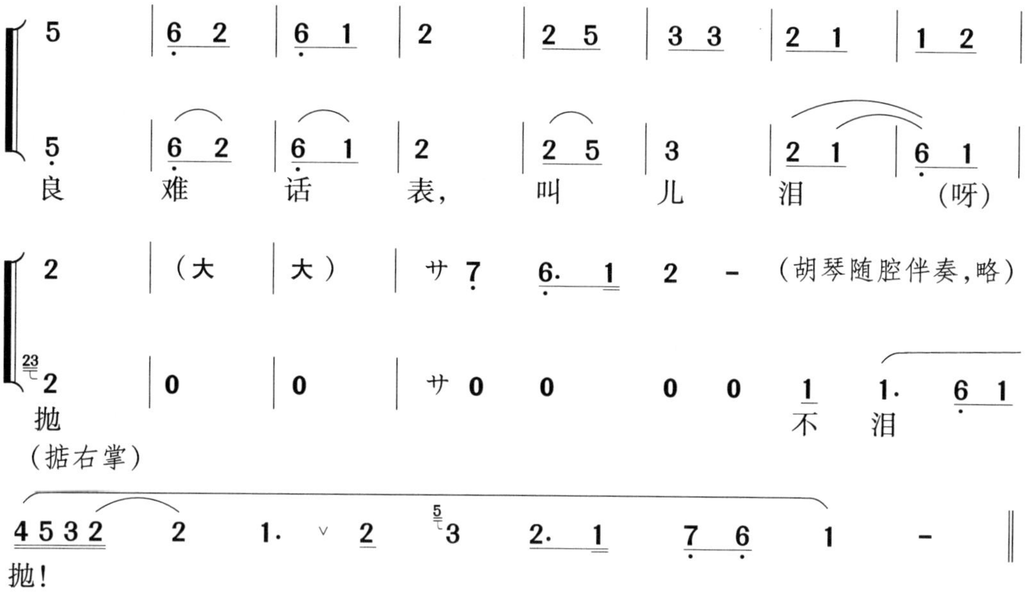

〔【闪锤】韩擒虎拉“山膀”，左手持枪贴腰式亮住。

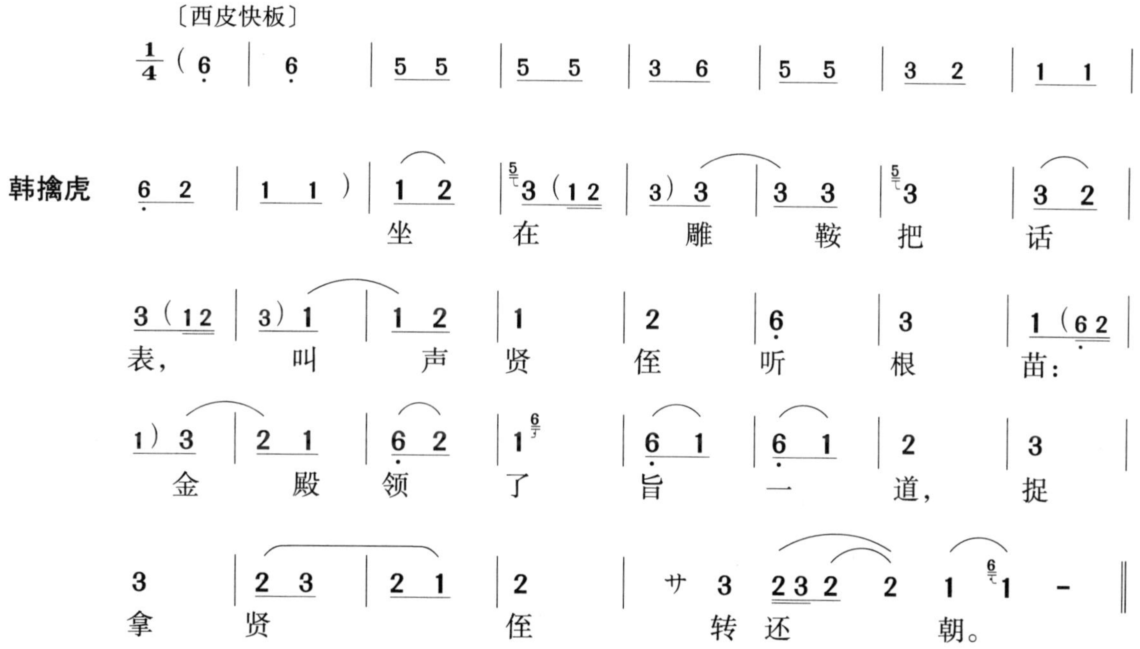

〔【闪锤】伍云召拉“山膀”，整袖，右手扶城垛口。

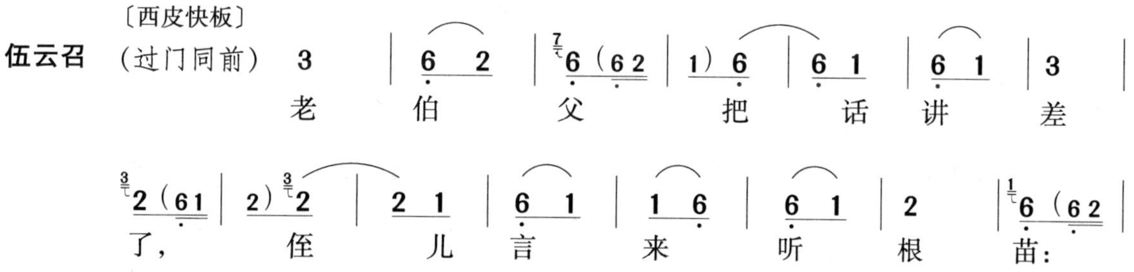

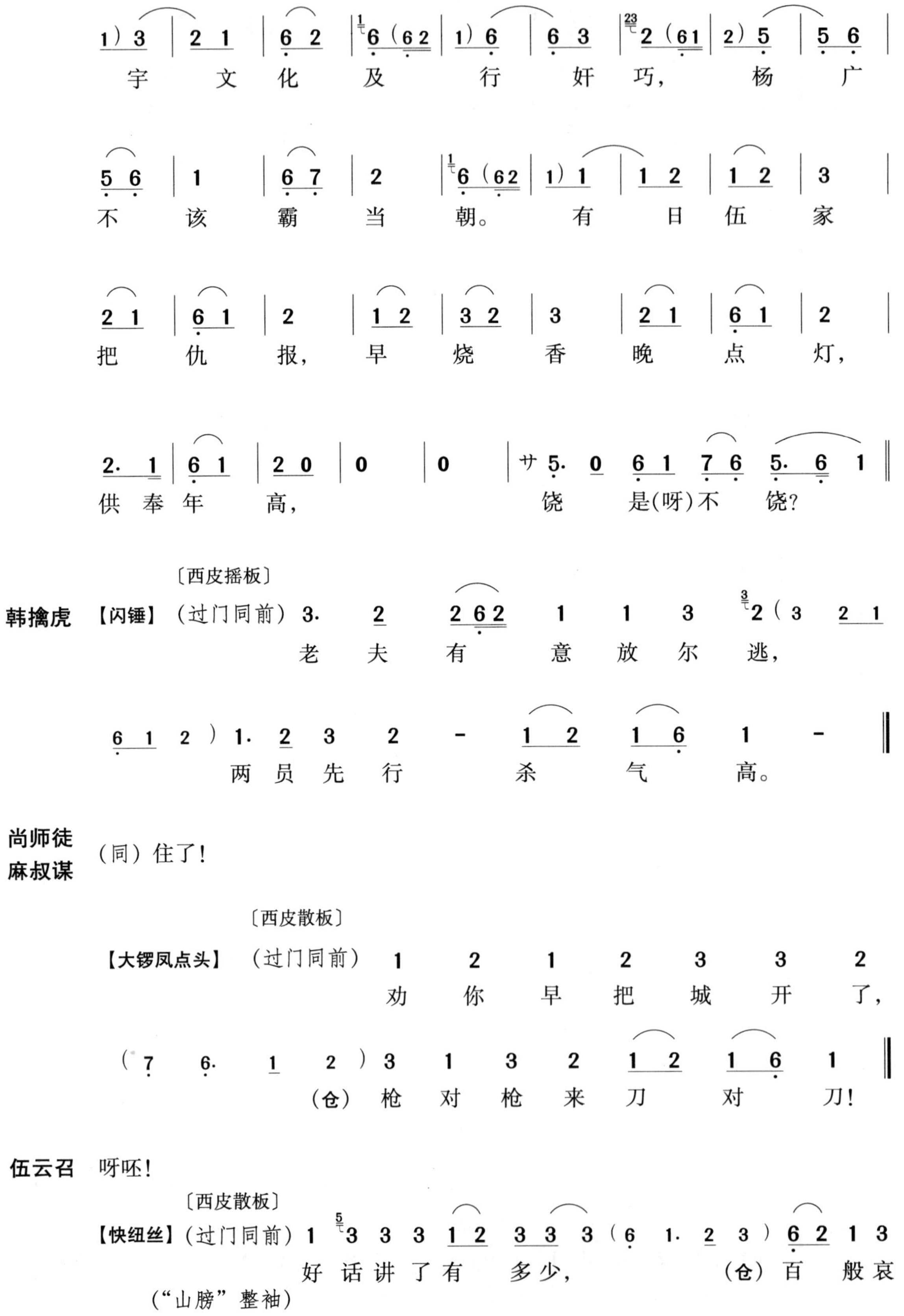
宇 文 化 及 行 奸 巧, 杨 广
不 该 霸 当 朝。 有 日 伍 家
把 仇 报, 早 烧 香 晚 点 灯,
供 奉 年 高, 饶 是(呀)不 饶?
〔西皮摇板〕
韩擒虎 【闪锤】(过门同前)
老 夫 有 意 放 尔 逃,
两 员 先 行 杀 气 高。
尚师徒
麻叔谋 (同)住了!
〔西皮散板〕
【大锣凤点头】(过门同前)
劝 你 早 把 城 开 了,
(仓) 枪 对 枪 来 刀 对 刀!
伍云召 呀呸!
〔西皮散板〕
【快纽丝】(过门同前)
好 话 讲 了 有 多 少, (仓) 百 般 哀
(“山膀”整袖)

2 1 1 3 2 1 1（7 6 2 1 －）3. 2 2 1 1 1 2 3 2 －①‖
告不肯　饶。　　（仓）　伍 保 与 爷 城　开 了！

〔【扫头】伍保、伍云召下城；韩擒虎站“小边”，尚师徒、麻叔谋站韩擒虎后边两侧；四红龙套站“小边一条鞭”。

〔【急急风】（加堂鼓）开城门。四白龙套执标枪旗、四兵丁举枪、伍保举单锤，冲上，会阵，与四红龙套、尚师徒、麻叔谋“二龙出水”下。伍云召持枪冲出城，与韩擒虎见面开打。“一扯”、“二扯”，“一合”、“二合”、“幺二三”，兜，二人右转身，反搭二人左转身，“轴肘”，二人右转身换位，反搭，二人再右转身，伍云召盖，打韩擒虎封腰，韩擒虎接封腰，左转身，伍云召打上下，【四击头】伍云召斜拧式亮相。韩擒虎左手斜拖枪，跨抬右腿，一亮，“下场门”败下。【急急风】（加堂鼓）伍云召戳枪，要三个背花，要三个迎面花，跨左腿接枪，跨右腿接枪，右手拉枪自下往右在面前划一大圈，抡枪至后腰跨右腿接背枪，右手将枪拉回，逆时针在面前抡三圈，将枪抡至左侧腰间弹回抱枪右转身【四击头】跨左腿，骗右腿，蹉步，左手勒缰，右手举枪右弓箭步亮相。【急急风】（加堂鼓）左手挑髯，勒缰，收右腿，“下场门”追下。闭二幕。

第六场

〔【上天梯】（加堂鼓）伍保持锤“小边”侧幕上，“小边”小圆场一周，右手握锤，左手提袍，右脚戳步一亮。左转身，反圆场，至“大边”，左转身。尚师徒、麻叔谋持枪“小边”侧幕上，杀过合，与伍保开打。二将接伍保腰封，“小边”侧幕败下。【四击头】伍保右手握锤，左“山膀”，右脚戳步，亮相。【急急风】（加堂鼓）伍保“小边”侧幕追下。

第七场

〔【急急风】转【冲头】宇文成都“小边”侧幕，内白：“催军！”

〔唢呐吹奏曲牌〈风入松〉头、二段。四蓝龙套举标枪旗“骨牌对儿”“小边”侧

---

① 此句也可以按如下来唱：

1. 3 3 3 － 2 353 2 2 1 －（7 6 2 1 －）
伍　保 与 爷

1 2 － 3 3 － 5 35 35 5 5 －‖
城　　开 了！

幕上，至中场分开，“站门”。宇文成都斜蟒骑马“小边”侧幕上，举鞭一亮。至正场。打马，勒鞭。曲牌止。

宇文成都 某，【撕边一锣】天保大将军宇文成都。【住头】（垂鞭）奉了新主之命，催押粮草,南阳关前听用。军士们!

众 有。（仓）

宇文成都 催军!

众 啊!

〔唢呐吹奏曲牌<风入松·合头>。四蓝龙套“插门”“大边”侧幕下，曲牌止。【一锤锣】宇文成都举鞭左转身，打马，“大边”侧幕下。

第八场

〔【大锣原场】开二幕。场上置正场桌、八字椅。红色绣金团花桌围椅披。

〔【乱锤】四红龙套拖着标枪旗“上场门”败上，“站门”。尚师徒、麻叔谋、韩擒虎拖枪“上场门”败上，下马，尚师徒、麻叔谋持枪贴腰式站两边，韩擒虎将马交“小边”一龙套，站正场。

韩擒虎 【大锣叫头】且住！伍云召杀法厉害，免战高悬！【撕边】

〔“上场门”幕内白：“宇文将军到！”

尚师徒
麻叔谋 （同禀报）宇文将军到!【大锣一击】

韩擒虎 （拱手）有请!

尚师徒
麻叔谋 （同）有请宇文将军!

〔唢呐吹奏曲牌<小傍妆台>。四红龙套、尚师徒、麻叔谋归里。韩擒虎出迎，站“大边”。四蓝龙套持标枪旗“上场门”上，站台右“一条鞭”。宇文成都骑马“上场门”上，至“小边”与韩擒虎见面。

韩擒虎
宇文成都 （同时拱手）将军!

〔宇文成都转身下马，将马鞭交蓝龙套。韩擒虎、宇文成都互让，“挖门”，宇文成都坐“大边椅”，韩擒虎坐“小边椅”。四蓝龙套随进门，站红龙套外侧两边。曲牌止。

韩擒虎 不知侄儿驾到，未曾远迎，当面恕罪。

宇文成都 岂敢！侄儿来得鲁莽，伯父海涵。

韩擒虎 催押粮草怎么样了?

宇文成都 粮草催齐，请伯父查点。

韩擒虎 侄儿之功也!

宇文成都 【撕边一击】（一望，问韩擒虎）为何免战高悬?

韩擒虎 伍云召杀法厉害，故而免战高悬。

宇文成都 待侄儿会他一会。

〔韩擒虎、宇文成都离座。

韩擒虎　须要小心。

宇文成都　伯父请至后面。

〔**【冲头】**尚师徒、麻叔谋、四红龙套两边分下。韩擒虎“上场门”下。四蓝龙套至前场站两边。宇文成都归正场。

宇文成都　众将官！**【撕边】**

众　有。（仓）

宇文成都　（抱锐式）看镋！

〔起堂鼓。**【急急风】**（加堂鼓）宇文成都“下场门”下，脱蟒。二军士扛金杆镋“上场门”上，至正场台口。宇文成都扎硬靠“下场门”上，抚马，推鞍，持镋上马。二军士“下场门”下。四蓝龙套“插门”“下场门”下。宇文成都左手捋髯，掏翎子，左转身“下场门”下。转**【冲头】**闭二幕。

第九场

〔**【大锣原场】**开二幕。场上置正场桌、八字椅。素色绣花桌围椅披。伍云召、伍妻抱喜神“上场门”上至正场。

伍云召　（念）父母冤仇恨，

伍　妻　（念）时刻挂在心。

〔**【快冲头】**伍云召坐“大边椅”，伍妻坐“小边椅”。伍保“上场门”上，进门，站“大边”。

伍　保　（拱手禀报）启老爷：宇文成都讨战。**【撕边】**

伍云召　啊？（仓）哎呀，不、不、不、不好了！

〔伍云召、伍妻离座。

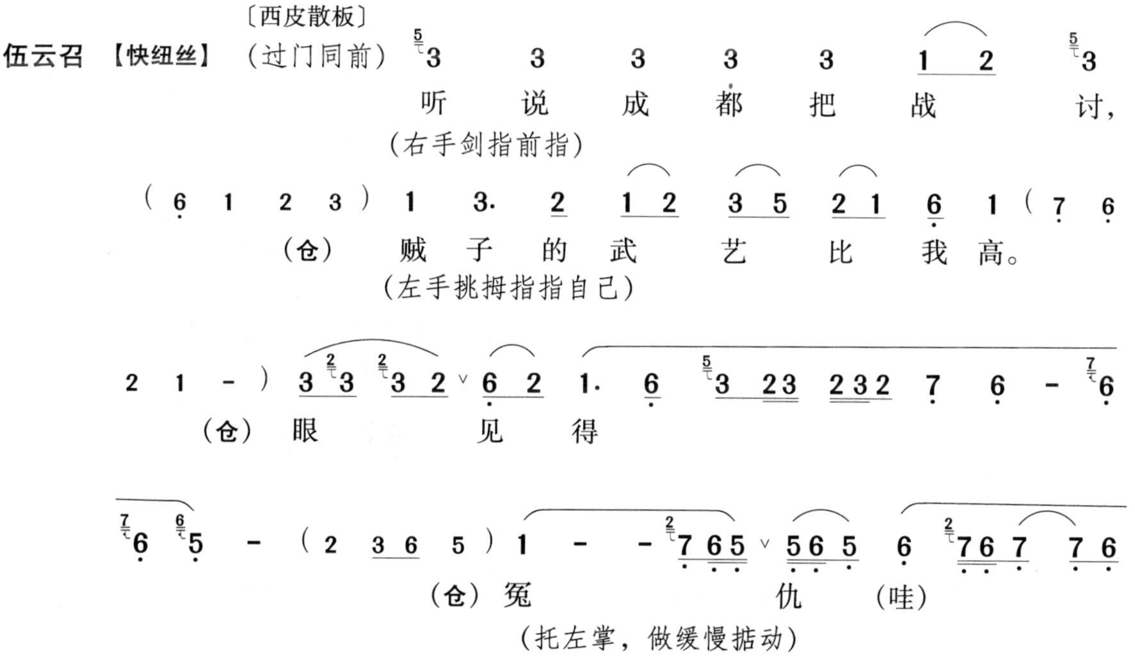

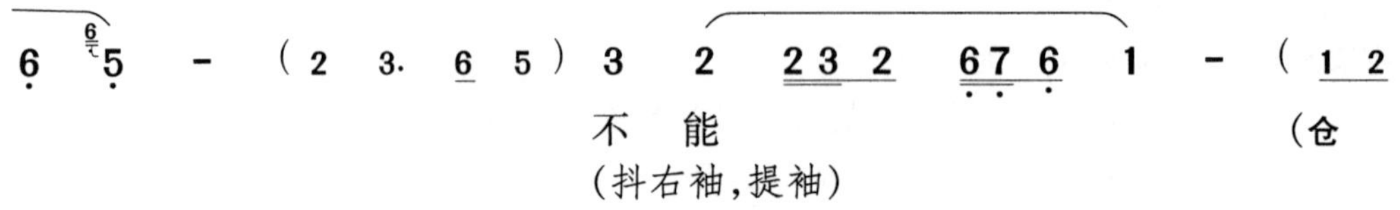

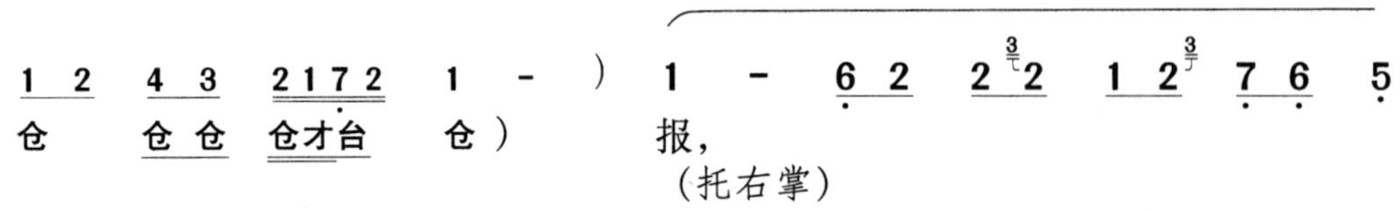

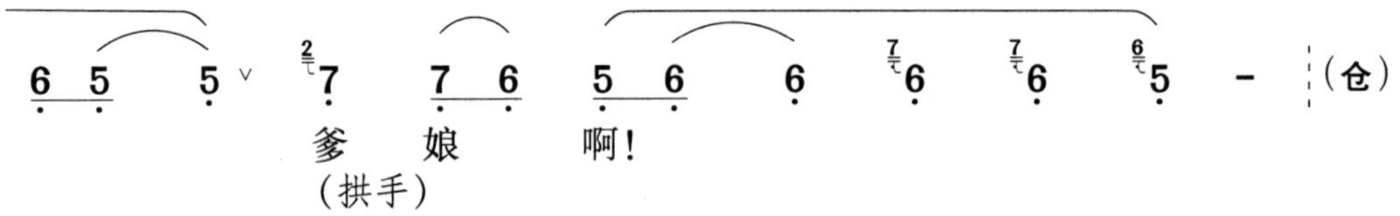

伍云召 带马!

伍　保 啊!

〔【**纽丝**】伍保"上场门"取枪牵马至正场,托枪勒缰带马。伍云召"下场门"下。伍妻至正场向"下场门"观望,回身然后站"小边"。伍云召脱去开氅,穿着箭衣复上,至正场,出门,伍妻随之出门,站"小边"相送。伍云召抚马推鞍上马,成拧枪式亮住,伍保"下场门"下。伍云召举枪向"下场门"上步,右转身,枪交左手旁背枪,面向前右手拉"山膀"。右手勒缰,左手持枪成贴腰式。

〔西皮散板〕

伍云召

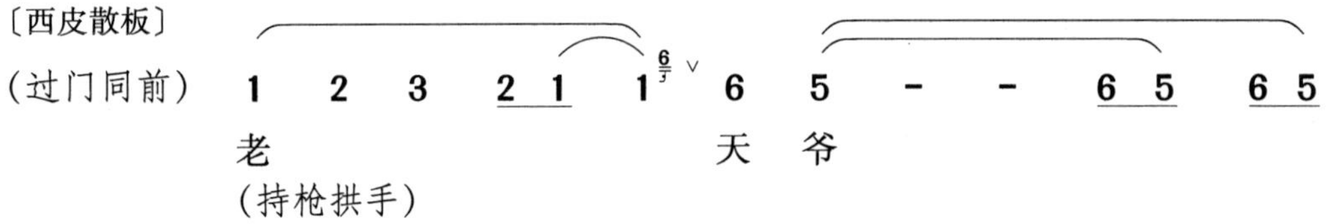

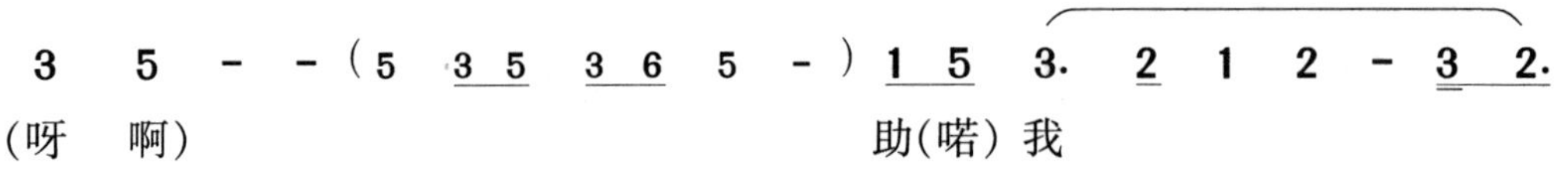

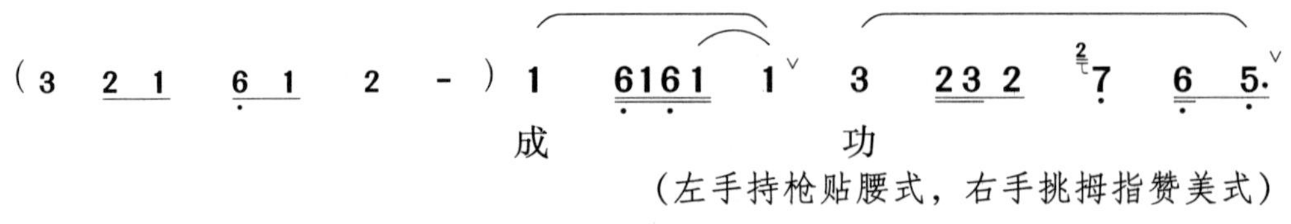

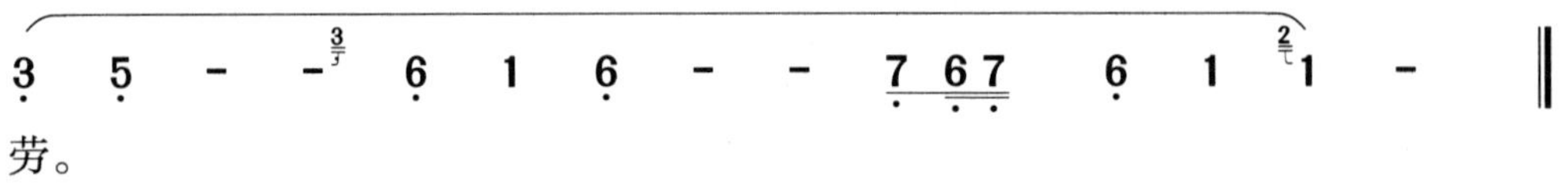

〔(**崩登仓**)伍云召双手持枪成拧枪式亮相。【**纽丝**】伍云召"下场门"下。伍妻至正场,望门,右转身面向前。

〔西皮散板〕

伍　妻　（过门同前）i 5 7 7 5· 6 5 6 3 5 ⁷6（3 5
怀 抱 娇 儿 暗 祝 告，

6 －）3 3 6 5³ i ⁷6（6 －）5 ⁶⁷6 5 3 5 3 ᵛ 5 － ‖
（仓） 愿 老 爷 得 胜 退 强 豪。

〔【一锤锣】伍妻右转身“下场门”下。闭二幕。

第十场

〔【急急风】（加堂鼓）四蓝龙套执标枪旗、宇文成都持镋，“上场门”上。四白龙套持标枪旗、伍保持单锤、伍云召持枪，“下场门”“二龙出水”上。四蓝龙套归“上场门”台口，四白龙套归“下场门”台口，伍保站四白龙套前。宇文成都、伍云召，“一合”、“二合”，磕开。伍云召右手勒缰，左手持枪贴腰式站“大边”；宇文成都持镋护腰式站“小边”。

〔西皮散板〕

宇文成都　【快纽丝】（过门同前）3 3 3 2 ³2（2 －）2· 3 ⁵3. 1 2
南 阳 关 前 放（呃）号（哇）炮，

〔（崩登仓）宇文成都打伍云召封头。

伍　保　呔！（上步挡住伍云召，举锤挑开金镋）

〔伍保横锤护腰式亮相，宇文成都持镋护腰一亮，各回原位。

〔西皮散板〕

宇文成都　【凤点头】（过门同前）3 3 1 2 2 3 1（7 6 2 1）2 2 1 2
云 召 小 儿 听 根 苗。（仓）今 日 某 家

3 2 3 2（7 6· 1 2）1· 2 3 2· 1 ⁷6 1 1
兴 兵 到，（仓） 就 该 降 顺 在 马 鞍 鞒。

伍云召　（横枪护腰式）呸！

〔西皮散板〕

【凤点头】（过门同前）⁵3 3 1 2 3 1 2 3 3（6 1· 2 3 －）
你 父 不 该 行 奸 巧，（仓）

宇文成都　1· 2 1 2 2 3 1（7 6 2 1 －）‖
你 父 不 该 骂 当 朝。（仓）

伍云召 1 3　2　3 2　1　2　1.　3　2（2　2　－）‖【扫头】
哪　有　闲　言　对　尔（喏）表！

〔伍云召、宇文成都要迎面花"一合"、"二合"，搭，兜，转身面向里，分站两边，招手。四蓝龙套、四白龙套、伍保"钻烟筒"下。

〔**【急急风】**（加堂鼓）伍云召、宇文成都开打。"一扯"，杀过合，"幺二三"，"轴肘"，反搭，转身，换位，宇文成都在伍云召身后打封头，转身反搭，宇文成都打封腰，伍保"下场门"上用锤挑开镋，伍云召右转身"下场门"败下。伍保后退，（**崩登仓**）顺时针抡锤一周，高抬左腿，横握锤护腰式亮住。**【急急风】**（加堂鼓）伍保左转身随伍云召败下。宇文成都右手提镋，挥左手，四蓝龙套"上场门"上，过场追下。宇文成都右手提镋左手提下甲，半个反圆场至"正场"。左手往右斜上方推镋，交镋至右手，一个掖花，转身面向"下场门"**【四击头】**接一个掖花，右转身一周，镋交至左手，蹉步，左手斜提面向"小边"台口骑马蹲裆式亮相。**【急急风】**（加堂鼓）右转身背镋式"下场门"追下。闭二幕。

第十一场

〔**【缓锣】**开二幕。场上置正场桌，"小座"。素色绣花桌围椅披。

〔**【纽丝】**伍妻抱喜神"上场门"上，至"小边"。

〔西皮散板〕

伍　妻（过门同前）　i　i　3 6　5　5　6 5　3 5　6　－（6 5　3　3 5　6）
老　爷　此　去　未　回　转，

3.　6　5　5　3　5　6　6　5　3　3　5　－ ‖
怎　不　叫　人　挂　心　间。

〔**【快冲头】**伍妻进门归"小座"。伍保后腰别着单锤"上场门"上，站"小边"。伍云召右手提枪，左手提下甲"上场门"上至"九龙口"举枪一亮，进至正场跨左腿，垫步，左手挑髯斜端枪一亮。伍妻迎出。**【回头】**伍云召与伍妻见面。

伍　妻　老爷！

〔**【原场】**伍云召退步至"小边"左转身下马，将马交伍保，**【乱锤】**左转身与伍妻相扶，推磨，进门，伍云召昏坐"小座"。伍妻站"小边"，伍保随进门站"大边"。

伍　妻
伍　保　（同时抬臂遮挡）老爷醒来！

〔西皮导板〕

【大锣导板头】サ（7　6　6　5　－　3 1　2　7　6　2　1　－）

南阳关

伍云召　3 ⁵3 3 1 4 ⁵3 3 3 1 2 3 ⁵3. 2 3 –

这 一 阵 只 杀 得 昏 迷 了（哇 啊）！

（搓手，揉眼，甩发后甩）看枪！（站起做端枪刺伍保状）

伍　保　小人在此！

伍云召　（摊双掌）哎呀！

〔西皮散板〕

【纽丝】（过门同前）3 3 ³2 1 2 3⁵ 2 ³2 3. 2 1 6 1 –

三 魂 渺 渺 七 魄 销，

（拉“山膀”）（掳左掌）

〔哭头〕

（7 6 2 1）6 3 3 1 1 0 2 3 ²3 2 – 3 2 1 6

（仓）望 夫 人（呐）

（右转身面向伍妻，作揖）

（7 6 1 2 –）7 7. 5 6 ⁷6 ⁶5 –（5 3 6 5 –）

（仓）早 早（哇）（顷 仓）

（按右掌）

3 ²³2. 1 2 –（1 1 1 1 2 1 7 2 1 –）

分 别（仓 仓 仓 仓 仓 才 台 仓）

（右手挑鬓，跺双脚）

1⁶ 2 3 2 7. 6 5 – 7 ⁶⁷6. 5 6 ⁷6 ⁷6 ⁶5 –

了 夫 人（呐）！

（举右手，捻指）（拱双手）（拭泪）

【纽丝】（过门同前）6. 3 2 2 1 ²³2 – 6 2 1⁵ 6 7 6 1 –

放（呃）我 父 子 命 两 条。

（转身面向“小边”拭泪）

〔西皮散板〕

伍　妻　【纽丝】（过门同前）i i –⁶ 3 6 5 – 7 ⁷6 3 5

一 见 老 爷 珠 泪（呀）

⁷6 –（5 3 5 6 –）3 6 5 5 i 3 5 6 6 5

掉，（仓）怎 不 叫 人 心

5. 3 5 - (2 3 6 5 -) i i - 3 6
内 焦， (仓) 娇 儿 付

5 - 6 6 5. 6 i - (1 1 1 1 2172 1 -)
与 伍 保 (仓 仓 仓 仓 仓才台 仓)

i 2 - 7. 6 5. 7 6 5 6 6 5 - ‖
抱。

〖【扫头】伍妻将喜神交与伍保，右转身撞头而亡，“下场门”下。伍保忙至“小边”拦阻不及，见伍妻身亡转至“大边”禀报。

伍　保　夫人自尽哪！

〖【撕边一击】伍云召右转身，挑甩发向“小边”一望，惊。(八大仓) 左手提下甲，(八大仓) 右手提下甲，(八大仓　八大仓) 旋转甩发，(嘟……八大仓) 挑甩发，蹉步至“小边”台口单腿跪。伍保抱喜神跪伍云召外侧。闭二幕。

伍云召　哎呀……！

〔西皮散板〕

【快纽丝】(过门同前) 6 6 6 5 5 3. 6 5 (5 3 6
一 见 夫 人 命 丧 (呃) 了，
(拭泪)

5 -) 1. 2 1 2 1. 2 4 4 - 4 5
怎 不 叫 人 泪 (呀) 双 抛。

3 2 1 - 2 7. 6 6 - 6 6 5 -
(按演唱节奏掂动右掌) (拭泪)

〔西皮散板〕

【纽丝】(过门同前) 1 2 2 3 3 2 1. 2 3 2 - ‖
伍 保 忙 把 尸 掩 了！
(伍云召、伍保站起)

伍　保　啊！

〖【九锤半·阴锣】开二幕。空场。伍云召再望妻子尸体，拭泪，从伍保手中接过喜神，转身至“下场门”内将喜神束于怀内。伍保做掩埋伍妻状，埋毕，出门至“小边”侧幕端枪牵马至正场，带马。

伍　保　请爷上马！

〔【冲头】伍云召双手提下甲“下场门”上至“大边”，（锣鼓切住）放下甲一亮。（嘟儿仓）整左袖，（嘟儿仓）整右袖，（嘟八大仓）束紧怀内婴儿。右转身一周至正场，【急急风】推鞍上马。伍保“下场门”下。

〔【上天梯】（加堂鼓）宇文成都持镋“上场门”上，漫头，伍云召躲过，左转身，磕镋，宇文成都削头，伍保“下场门”急上，举锤磕镋，伍云召右转身“下场门”败下。伍保、宇文成都“一扯”、“二扯”，“一合”、“二合”，兜，镋豁开锤，伍保、宇文成都分别往里转身一周，宇文成都抽伍保抢背，杀死伍保，伍保“下场门”滚下。宇文成都耍迎面花，【四击头】右手提镋斜垂式，左手掏翎子亮相，【急急风】（加堂鼓）追下。

第十二场

〔【急急风】（加堂鼓）转【冲头】开二幕。后场正中设置山头。锣鼓切住。

〔朱灿“上场门”幕内白：“走！”

〔【水底鱼】朱灿左手将褶子敞开“上场门”上，至正场亮住。

朱　灿　朱灿。

〔【鼓架子】朱灿一惊。往“小边”上步，朝“上场门”一望。【冲头】回到正场原位。

朱　灿　【叫头】且住！那旁人声呐喊，待俺登高一望。

〔【九锤半·阴锣】朱灿右转身上山头瞭望。伍云召持枪，提左下甲“上场门”上，“九龙口”举枪一亮。上一步跨右腿成左弓箭步，一望二望。收腿成左丁字步提左下甲举枪一亮。跨抬左腿进三步，垫步，收枪成护腰式，同时跨右腿，踢左腿，垫步，左转身一周半，面向里，同时枪交至左手斜提式，右“山膀”，左弓右弓，一望二望。收右腿，向里进三步，向右垫步，右转身面向前，成右丁字步，同时枪交至右手，斜垂提枪，一望二望。收右腿，向里进三步，将枪交右手，向右垫步，右转身面向前成右丁字步，提斜垂枪，一望二望。左手提下甲，右手举枪垫步，向前进三步，举左臂翻掌成反托掌，右手将枪戳地，跨右腿踢枪，一个提枪花，同时右腿向右横跨一步，垫步；上步，跨左腿右转身一周，枪交至左手，面向“上场门”，左手成背枪式，右掌前按，左弓右弓，一望二望。收左腿，枪交右手，向里垫步，左转身成左丁字步，左手提下甲，右手举枪一亮。【急急风】（加堂鼓）向“小边”台口进三步，右手提枪成左丁字步，上右步跨抬左腿“下场门”下。四蓝龙套“骨牌对儿”“上场门”上，过场追下。宇文成都斜提镋“上场门”上，过场追下。锣鼓切住。

〔【冲头】朱灿双手敞开褶子下山至正场，面向“下场门”折右袖，望门。锣鼓切住。右转身，面向前。

朱　灿　看，前面败的是伍云召，后面追赶宇文成都。我想一人怕了一人也就是了，【撕边】为何苦苦地追赶？【叫头】且住！想那伍云召与某素日交好，此事焉能不管！待某赶上，打个抱不平。

〔【撕边一击】朱灿看看自己一无所有，泄气。

朱　灿　嘿，（仓）无有盔铠兵刃也是枉然呐！【撕边】（往“下场门”一望）咦！（仓）看那旁有一关帝庙，曾于房宇外见一周仓的盔铠与那青龙偃月刀，待我借来一用，假扮周仓，嘿，吓一吓他们这些王八日的！

〔【阴锣】朱灿“下场门”下，换倒缨盔、黑靠，持青龙刀再上，左手竖刀式，站“大边”台口。

〔【冲头】伍云召“上场门”上，右手举马鞭，左手横端枪右丁字步“九龙口”亮相。跨抬左腿和“小边”台口进三步，垫步，右腿跨抬上一步，抡马鞭，反握鞭，左腿跟着向前迈一步，横提枪，身体前倾，甩发滑至身前，向后甩，抡马鞭，正握鞭上举，高抬右腿，（锣鼓切住）一亮。【水底鱼】顺势落右腿，垫步，云手，右转身一周，成右手举鞭，左手横端枪，左丁字步一亮；跨抬左腿上步，垫步，右腿向左跨一步，右手打马，右脚一颠，左腿向左跟上一步，见到朱灿，横提枪勒马，撤回左腿，拱手。朱灿持刀还礼，挥手让伍云召躲藏，左手持刀贴腰式站立。（八大仓）伍云召跨抬右腿，左手斜托枪，抡鞭打马，左脚一颠，（八大仓）抡鞭打马，左脚一颠，（八大仓）抡鞭打马，左脚一颠；【撕边】右腿落地，高抬左腿，左跨一步，右腿右跨，颠左脚，（崩登仓）左脚左迈一步，向右转身，面向前，收右腿成右丁字步，左手持枪贴腰，右手垂鞭勒缰亮相。

〔【急急风】（加堂鼓）伍云召抬右手遮面，低头走到“大边”，下马，拴马。“下场门”暗下。宇文成都左手掏翎子，右手提镋“上场门”上，“九龙口”一亮。四蓝龙套随上，站“小边一条鞭”。宇文成都往“下场门”瞭望至正场，朱灿双手持刀至正场与宇文成都架住。

宇文成都　何人挡住某家去路？

朱　灿　吾神周仓在此呀！

宇文成都　（惊骇）哎呀！

〔【乱锤】宇文成都挥手，四蓝龙套“上场门”窝下，宇文成都慌张地随下。伍云召抱喜神“下场门”上。

〔朱灿跑到“小边”向“上场门”瞭望，见宇文成都已走远，将青龙刀放在地上，转向伍云召互相招手，唢呐吹奏曲牌<急三枪>推磨一周，伍云召欲跪，朱灿扶起。

朱　灿　仁兄为何这等模样？

伍云召　贤弟有所不知，只因杨广篡位，将我二老爹娘俱已敲牙割舌而亡。愚兄有心去到雄阔海那里搬兵求救，怎奈娇儿无人抚养。

朱　灿　将此子交与小弟与你抚养成人，日后也好与你伍家报仇。

伍云召　好，如此贤弟请上，受愚兄一拜。

朱　灿　小弟也有一拜。

〔【闪锤】伍云召看看怀中的喜神，拍一拍，决心交给朱灿。拱手，上步，将喜神交给朱灿。退回原位，拉“山膀”，整袖，右手捋髯。

〔西皮流水〕

1/4 （7̣ | 6̣ | 5 5 | 5 5 | 3 6 | 5 5 | 3 2 | 1 1 |

南 阳 关

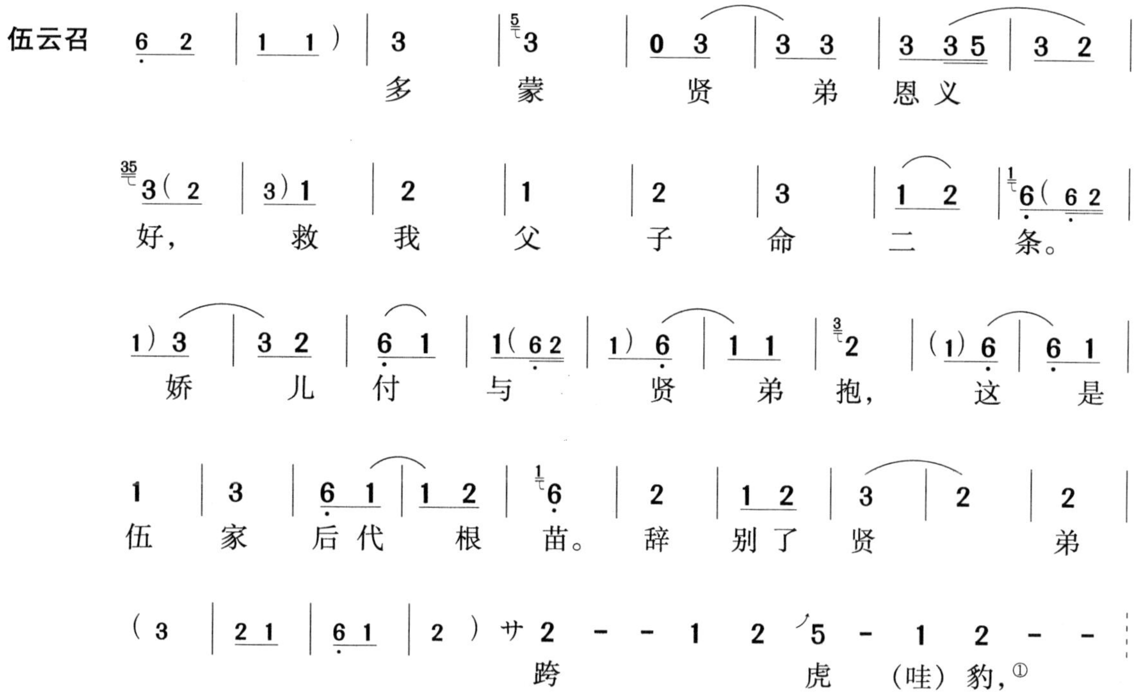

① 这段唱谭富英有所改动。传统唱法是：

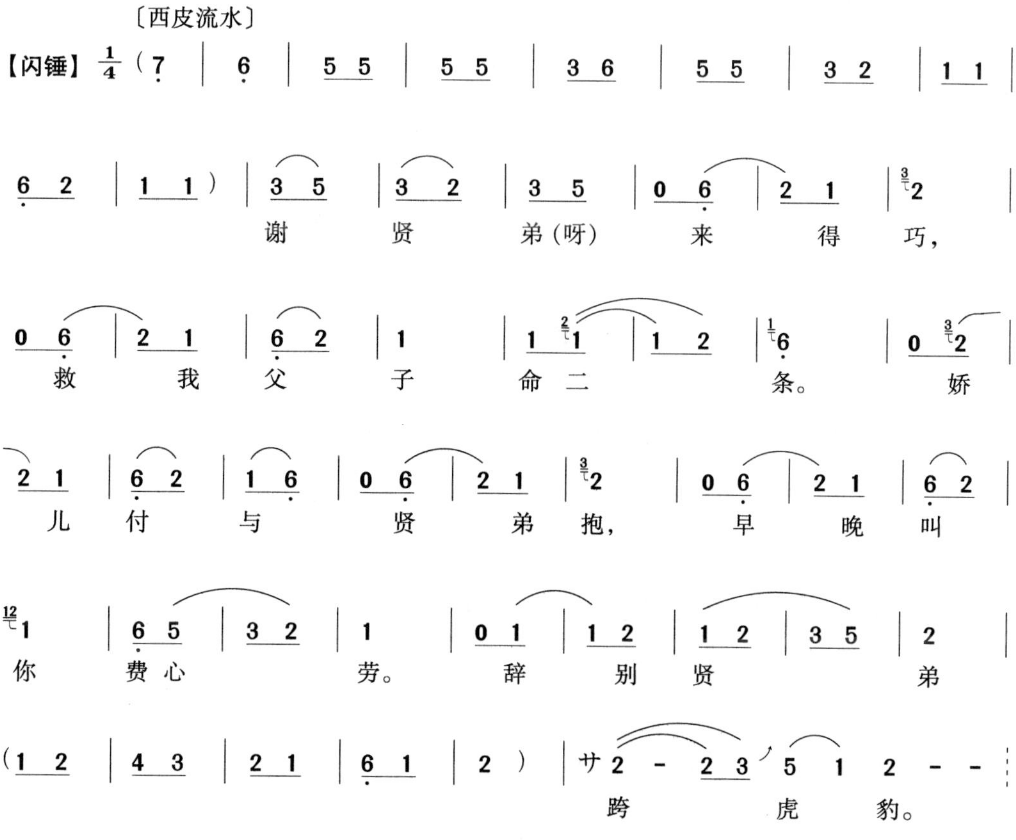

〔【快长锤】伍云召至“大边”解缰绳，拉马回正场，上马。锣鼓切住。右手举鞭，左手横托鞭面向“大边”一亮。【快长锤】进至“大边”。锣鼓切住。勒缰一亮。【大锣凤点头】右转身，左手执枪贴腰式，右手抡鞭一周，上步，握鞭前指。

〔西皮摇板〕

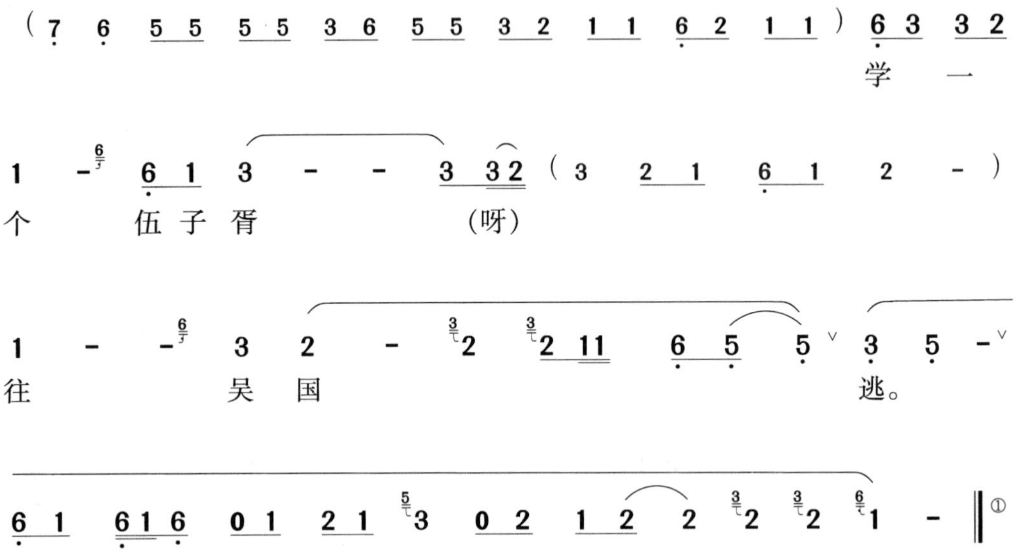

①

〔【夺头】伍云召跨抬左腿右手由后向前打马，左手执枪一个迎面花，甩发滑至身前向后甩，一亮。【快冲头】“云手”，右转身面向朱灿。

伍云召 【叫头】贤弟！

朱　灿 兄长！（挥手）上马去吧！

伍云召 罢！（拭泪）

〔（八大仓）伍云召右手垂鞭，左手执枪贴腰式，面向前，一亮。打马举鞭，左手横托枪，左转身，面向“下场门”，跨抬左腿，一亮。【冲头】伍云召“下场门”下。朱灿抱喜神至正场往“下场门”瞭望，右转身面向前。

---

① 这段唱谭富英有所改动。传统唱法是：

〔西皮摇板〕

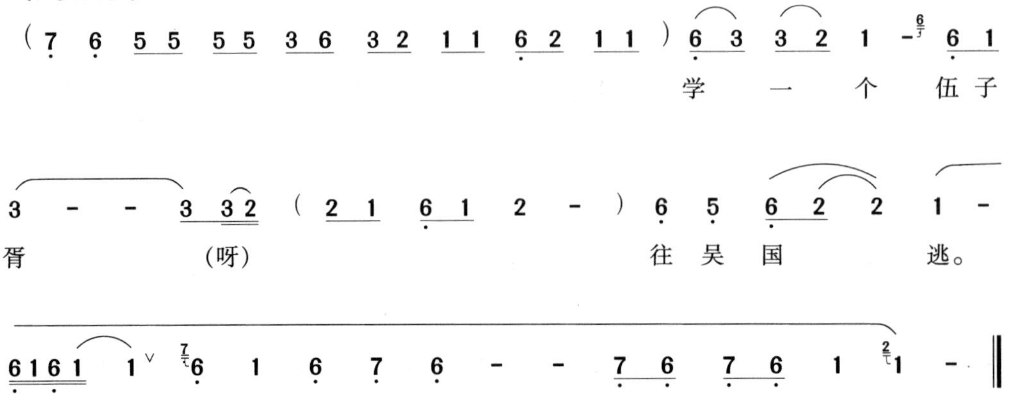

朱 灿 还了周仓的盔铠呀！（拿起青龙刀）

〔**【撕边】**唢呐吹奏婴儿啼哭效果。

朱 灿 哎，哎！（**仓**）儿呀！（京白）不要哭，爸爸带你买糕干去！

〔唢呐吹奏曲牌<尾声·合头>，朱灿提青龙刀，抱喜神“下场门”下。**【原场】**幕落。

—— 剧 终

赵景勃　万凤姝　**整理**　　　　万如泉　**记谱**

琼林宴

根据谭富英、慈少泉 1955 年演出本整理

京剧形成时期，在昆曲的基础上形成了《琼林宴》一剧。故事出自《三侠五义》第二十二至二十四回及明《琼林宴》传奇，又名《问樵闹府·打棍出箱》。它是一出唱、念、做都很吃重的谭派老生名剧。

宋朝时，湖广书生范仲禹进京应试。考试完毕，携妻陆氏及子范金哥去探望岳父，途中遇虎与妻儿失散。寻找半月未见踪迹，过度的焦虑，致使他精神恍惚。偶遇山中樵夫，得知其子被打虎壮士救出，其妻被告老还乡的太师葛登云抢去。范仲禹奔至葛府寻妻，葛登云却矢口否认，又假意款待，用酒将其灌醉，留宿葛府书房。葛登云密派家奴葛虎深夜去杀害范仲禹，葛虎为煞神所杀。葛登云反诬范仲禹杀人，命家丁用乱棍将其打死，装入箱中，抛至荒郊。此时，范仲禹已中状元，衙役奉命四处寻找，盘费用尽，仍不见其下落。二人乃拦路抢劫，劫得葛府所抬之箱。范仲禹虽死而复活，但人已疯，戏谑衙役而去。

《琼林宴》是一出整体性非常强的剧目，需要主角、配角配合默契，缺一不可。当年给谭鑫培配演樵夫和衙役的王长林及配演煞神的钱金福都有精彩的表演，红花绿叶，相得益彰。

《琼林宴》中的唱腔和音乐处理也特殊别致，既表达了剧情词意，烘托了意境，贴切地体现出人物的感情，又给人以新鲜动听、身临其境的感觉，不落俗套。“我本是一穷儒”一段〔二黄原板〕，起伏婉转，千折百回，凄凉悲切，其中的两句腔唱出了一对交颈而游的鸳鸯被巨浪冲散的意境。至今，〔二黄原板〕唱腔还没有与它雷同的唱段。这出戏中的“书房”、“出箱”两折，唱腔主要板式〔四平调〕更具特色，其一，在〔四平调〕中加有“哭头”的附加句，极好地表达了人物情绪的发展；其二，在“出箱”一场中，每个段落都用曲牌〈八岔〉作为背景音乐，结合二衙役的调侃和范仲禹的疯癫身段，貌似欢快，其实更深刻地反衬出主人公的凄惨和酸楚；其三，唱腔节奏中的切分手法，有助于体现人物神情不定的恍惚状态。

这出戏繁难的身段很多，如“闹府”前赶路时的踢鞋落在头上的身段，“书房”中被打昏后的“摔僵尸”和把甩发从身后甩至脸前并不散乱的身段，“出箱”时的挺“铁板桥”的表演等。这些绝不是卖弄技巧，而是与剧情发展和人物情绪紧紧相扣，或生动地表现范神志不清、精神恍惚的疯癫神态，或真实地体现出范仲禹万分惊恐的状态，或烘托其遭际的阴森氛围。

《琼林宴》采用了各种艺术手法来刻画人物、渲染气氛，综合了多种艺术手段，典型地展现出京剧的综合性艺术的特点。

这出谭派名剧流传至今已近百年，继谭鑫培之后，余叔岩演此剧最享盛名，言菊朋、贯大元也常演出。马连良在20世纪20年代末曾增益首尾，总名《范仲禹》或《黑驴告状》。其后，谭富英、王少楼、杨宝森、奚啸伯乃至谭元寿等老生名家均擅演。各家虽细节上有所改动，但总体上说，均未摆脱老谭之窠臼。

哈鸿儒

人物行当

樵　夫	丑	煞　神	净
范仲禹	老生	大　差（姜樊）	丑
葛登云	净	小　差（黄豹）	丑
葛　虎	丑	四家丁	杂
家　院	老生		

服装扮相

樵　夫　勾老丑脸。白发髻、白鬓发、草帽圈、黄绸条、白五嘴，白色大袖、小白腰包、白腰巾子，青彩裤、绑腿带，白布袜、草鞋。

范仲禹　俊扮。青高方巾、黑三（后换黑棕网、甩发），青素褶子、绦子，散腿青彩裤，白布袜、福字履。

葛登云　勾水白脸。蓝员外巾、黪鬓发、黪满，蓝员外帔、古铜素褶子，红彩裤，厚底靴。

葛　虎　勾丑脸。青软罗帽，青箭衣、大带，青彩裤，薄底靴。

家　院　俊扮。青硬罗帽、黑满，青褶子、大带，青彩裤，厚底靴。

煞　神　勾煞神脸。蓬头、额子、翎子、狐尾、黑扎、黑耳毛子，黑软靠（垫膀子、屁股）、红靠绸、绦子，红彩裤，厚底靴。

大　差　勾丑脸。梢子帽、白四喜，蓝布箭衣、大带，青彩裤，白布大袜、皂鞋。

小　差　丑扮。梢子帽、黑八字，蓝布箭衣、大带，青彩裤，白布大袜、皂鞋。

四家丁　俊扮。青罗帽，青布褶子，青彩裤，薄底靴。

道具

桌　子	两张	椅　子	两把
斧　子	一把	酒　具	一份
酒　斗	两个	单　刀	一把
布提灯	一盏	蜡　台	一个
堂　板	两根	藤　根	两根
铜　钱	一串	银　子	一锭
绣　鞋	一双	蜡　烛	一个

公　文	一份	**古　书**	一本
砚　台	一方	**红色床帐**	一份
大衣箱	一个	**红桌围椅披**	一份

第一场

〖【缓锣】葛登云内白："嗯哼！"

〖【大锣原场】葛登云从"上场门"上，至"九龙口"，双手抖袖、提袖，整冠，双手理髯。走至前台口。【大锣归位】

葛登云　（引子）官居首相，【小锣二击】

年高迈，（多多）

1　2　3　2　2　2　3　3　2　－　‖

告　职　还　　　　　　　　乡。

（【大锣原场】左手抖袖，右手抖袖，左转身，坐"小座"。【大锣归位】）

（诗）昔年居首相，

威权压朝堂。

只因年高迈，（右手托髯）

告职回故乡。（右手指出）

〖【大锣住头】四家丁分两边上，一家院侍立"大边"。

葛登云　老夫，（嘟仓）（双手捧髯）葛登云。【大锣住头】在宋室为臣，只因年纪高迈，告职还乡，倒也逍遥自在。看今日天气晴和，不免带领家丁到郊外射猎一番。家院！

家　院　有。

葛登云　带马伺候！（【闪锤】起身、右抖袖、提袖）

〔西皮摇板〕

（6　6　5　55　36　55　32　11　65　55）3

官

3　32　2　21　3　2　－（35　21　61　21　65

居　首　　相　掌　　朝　班，

（右手按掌）

55）1　2　1　2　25　3　2　1　－（3　21　62

告　职　还　乡　乐　　安　　然。

（右手摊掌）

1 1　6 5　5 5）3　3　3 2　2　2 1　1 3　2　-

家　院　带　过　马　走　战，

（右手指出）

〔【快长锤】家院前台口带马，葛登云出门，上马。四家丁“插门”从“下场门”下，家院随下。葛登云举鞭朝右台口方向走两步，左转身举鞭走至左台口，右转身，右手横握鞭站定。

〔西皮摇板〕

葛登云　（过门同前）3　3　3 21　2　3 5　21 6　1　-‖

郊　外　射　猎　走　一　番。

（马鞭向前指出）

（【大锣打下】左转身打马，从“下场门”下）

第二场

〔【撤锣】樵夫内白：“嗯哼！”

〔【小锣单上场】樵夫从“上场门”上，至“九龙口”抖右袖，走至台中。【小锣归位】

樵　夫　（诗）人在桥上走，（双手向左指）

水在桥下流。（双手向右指）

老汉无别干，（双手摊掌）

砍柴度春秋。（左手向左指出）

老汉，云樵。在这南山之上，砍柴度日。看今日天气晴和，不免唤了伙计们一同砍柴。（面向“上场门”方向走两步）喂！（扬起右袖）伙计们！

〔内应：“做什么？”

樵　夫　你我可到南山吹柴。

〔内应：“你去我们不去。”

樵　夫　为何不去？（双手摊掌）

〔内应：“南山有猛虎，我们不敢去。”

樵　夫　腰掖板斧（左手拍腰掖的斧子），怕它何来？（双手摊掌）

〔内应：“我们不去，你是走尽头路的。”

樵　夫　呀呸！【小锣一击】你们才是走尽头路的（右手指“上场门”）！你们不去，待我一人走，（左手翻折水袖）走！（右手翻折水袖）

琼林宴

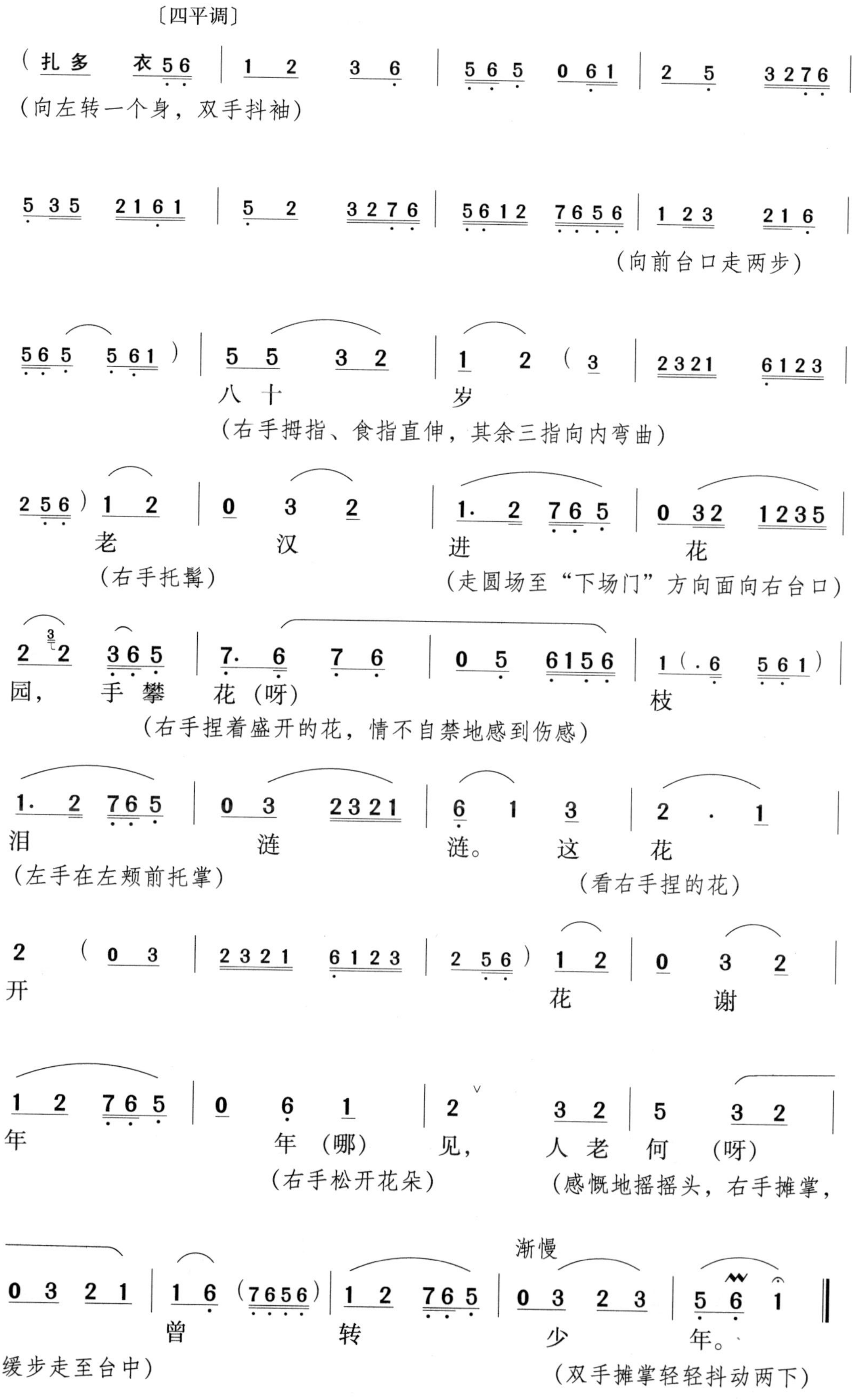
〔四平调〕
扎 多 衣
（向左转一个身，双手抖袖）
（向前台口走两步）
八 十 岁
（右手拇指、食指直伸，其余三指向内弯曲）
老 汉 进 花
（右手托髯）
（走圆场至“下场门”方向面向右台口）
园， 手 攀 花（呀） 枝
（右手捏着盛开的花，情不自禁地感到伤感）
泪 涟 涟。 这 花
（左手在左颊前托掌）
（看右手捏的花）
开 花 谢
年 年（哪） 见， 人 老 何 （呀）
（右手松开花朵）
（感慨地摇摇头，右手摊掌，
渐慢
曾 转 少 年。
缓步走至台中）
（双手摊掌轻轻抖动两下）

（【小锣一击】往"下场门"一望）来此已是南山，待我用起功来呀！（八大仓）（右手从左腰间抽出板斧，向下缓斧举斧、左手向左指亮住相）

〔范仲禹内白："走哇！"

〔【纽丝】樵夫走向"下场门"的方向砍柴。

〔【撕边】范仲禹神色呆滞，从"上场门"上场，三倒步至"九龙口"站住。【纽丝】缓缓向前走去，走至偏台中稍右的方向愣住。【纽丝】切住。

〔亮弦〕（サ 6 5 6 3 6 5 5）

〔【大锣双楗凤点头】范仲禹右手抖袖。

〔二黄散板〕

サ（6 5 5 - 3 2 2 - 3 3 2. 1 6 - 6 ⁶5 -）

（右手提起水袖，拭泪）

范仲禹 5 - 6565 ⁵3 2 1 | 6 1 2 1 2 ⁵3. 2

山　　前

（右手食指单指前方，左手拉右袖口）

¹2 - - 2 3 - 2 - 1 2¹⁶（6 5 7 6 -）

7 - ²7 6 5 7 - 6. 5 3 5 6 1 1212

山　后　我　俱

（左手赞美指，指尖向左额头上方后指）　（双手托髯）

6 ¹6 1 1 6 5 6 1 - - - 3 2 - -

找　到，

3232 5 ⁶⁷6 5. 6 ⁷6 1 - 【大锣双楗凤点头】

（右手抖袖后拭泪，左手将

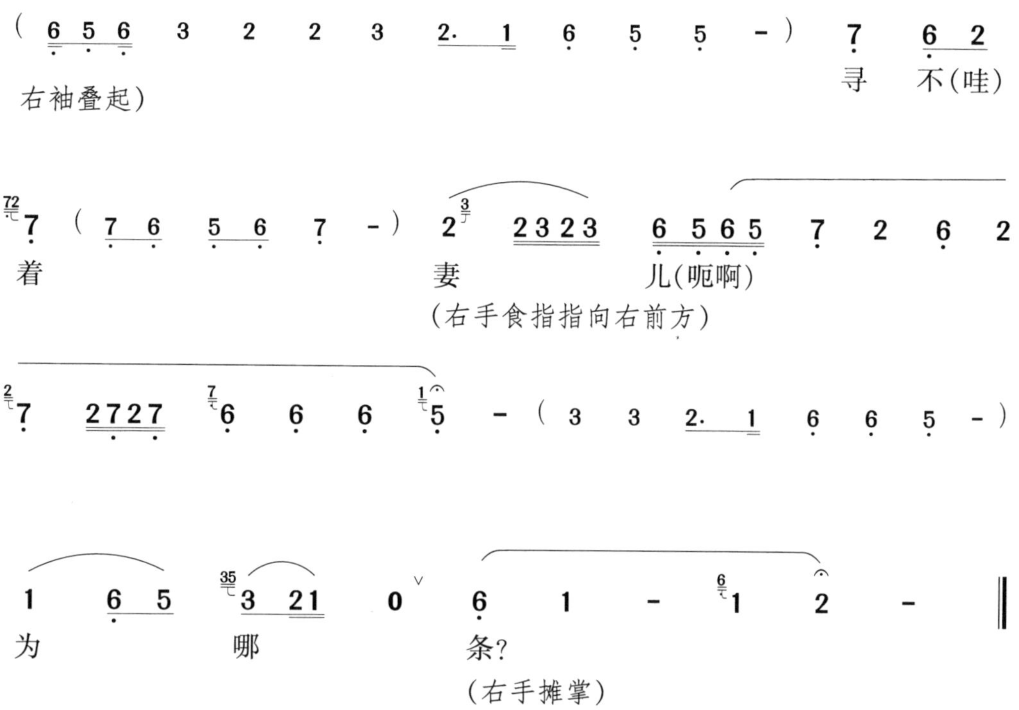

【大锣住头】（右手拭泪）卑人，府学生员范仲禹（**台 扎 0** ）（右手抖袖），带领妻室孩儿进京赴试，考场三场已毕。是我（右手抚胸）中途将妻室孩儿失落（双手摊掌），是我连日寻找（右手按掌），并无踪影（连连摇头），真是叫我哪里去寻（茫然望着前方），哎！（伤感地摇头）哪里去（呀）找……（双手摊掌）**【小锣一击】**（右手拭泪。劳累的樵夫咳嗽两声。范听见咳嗽声抬头观看：樵夫正在捶腰，后又抡斧砍柴）那旁有一樵夫砍柴（右手指樵夫），待我问来。喂！（扬左袖）樵哥请了，你在此砍柴，可曾看见我的儿呀？（樵夫专心砍柴没答话）**【小锣一击】**原来是个聋子呀！有了，待我吓他一吓！（右手向左指。**【撕边一击】**左手提衣襟，屈右膝迈左步，**【撕边一击】**屈左膝，迈右步，**【撕边一击】**屈右膝，迈左步）（**八大仓**）（双手抓袖，去搂樵夫腰，口中喊："唔——！"樵夫大吃一惊，以为猛虎下山）

樵　夫　（大喊）看斧！**【撕边】**

「**【冲头】**樵夫猛然向左回身，板斧向下砍去。范一见此状，急用左手去挡樵夫右手，二人往里"一盖、两盖"，往外"一盖、两盖"。樵夫在"大边"，范仲禹在"小边"。**【撕边】**（**八**）樵夫用板斧"漫"范仲禹，范仲禹低头。（**大**）范仲禹右手向上撑袖，樵夫右手向里缓斧。（**仓**）范仲禹左手向下甩袖垂袖、左脚半戳步亮住相；樵夫右手横握斧、左手指范亮住相。**【撕边一击】**范仲禹被吓得浑身颤抖，樵夫此时看清是人。

樵　夫　（呵斥地）呀呸！（**嘟仓**）我在此砍柴，我当南山之上下来一只猛虎，我这一斧！**【撕边一击】**（用斧"漫"范头。范低头，右手向上撑袖，左手垂袖，左戳步，看樵夫亮相）何人偿你的命哪？（左手摊掌，随即将板斧扔在地下）

范仲禹　哎呀樵哥呀！

〔【撕边】范向前走一步，樵夫后退一步双手一挡【一击】。

樵　夫　靠远些讲话。

范仲禹　樵哥请过来（招左手），我有话问你呀？

樵　夫　有何话问我呢？（双手摊掌）

范仲禹　你在此砍柴，可看见我的儿子呀？

樵　夫　（摆右手）哎！老汉在此砍柴，哪晓得你的什么儿子呀！喏，喏，喏，你的儿子是个高子（双脚跟踮起，双手举过头顶），是个矮子（双腿下蹲，双手下落在胸前平按），是个胖子（双臂微屈，掌心向内在身体两侧呈圆状），喏喏喏，还是个瘦子呢（双腿并拢屈膝，双臂交叉搭在大腿上部）？【小锣一击】（原姿态看范，范看樵夫）

范仲禹　樵哥有所不知，此乃是前半月的事（右手单指向外指出）。

樵　夫　噢，乃是前半月的事呀……【撕边一击】（捋髯想，忽然想起）相公！有的呀！（举起右手）

范仲禹　有的？（惊喜地向左甩髯，双拳架在胸前）【撕边一击】

樵　夫　有的！（肯定的说，向右甩髯，双拳架在胸前）

范仲禹　有的？（原姿势不动）

樵　夫　有的！（原姿势不动）

〔【大锣原场】范仲禹“呵呵”地笑。二人笑“哈哈哈……”同时向里翻，归到后台口，背向观众，原姿势不动，二人相视。

范仲禹　有的？

樵　夫　有的！

范仲禹　有的？【撕边一击】

樵　夫　有的！

〔【冲头】二人同时向外翻，归到前台口，二人“八字”站。

范仲禹　有在哪里呀？（双手摊掌）

樵　夫　相公听了：（双手拱请式）【小锣二击】前半月，【小锣三击】（樵夫双手指向“下场门”方向，范仲禹也随着双手指“下场门”）大路旁边，【小锣二击】（樵夫双手铺掌，范仲禹配合双手铺掌）有一小小孩童，【小锣三击】（樵夫右手、左手分别向上撑袖，范仲禹配合走撑袖动作）是这样（二人同时双手抓袖）哭（台）（樵夫右手拭泪，范仲禹右手拭泪，二人同时别左步）哭（台）（樵夫左手拭泪，范仲禹左手拭泪，二人同时别右步）啼啼。（另另台）（樵夫右手拭泪，范仲禹右手拭泪，二人同时别左步）南山之上【小锣二击】（樵夫向“下场门”指，范随之）下来一只猛虎，【小锣三击】（二人并排双举拳，分别跨抬左、右腿）将这小顽童，（二人左右“合扇”指出）呀唔一口——【冲头】（二人“合扇”转身，转一小圆场，二人稍斜线站，范背右台口，樵夫背对“下场门”）(八大台）吞（仓）入(仓）口（顷）内。（仓）

〔二人在锣经中，左腿绷抬、屈、抬三番，配合双腿动作双手平托出、收回、平托出三番。

〔【大锣叫头】范仲禹双折水袖拱请式。

范仲禹　哎呀樵哥！【大锣五击】（二人归台中“八字”站）在那前半月，【小锣三击】（范向右台口方向双指出，樵夫随之）大路旁边，【小锣二击】（二人双铺掌）有一个小小孩童,【小锣三击】(二人“合扇”动作，分别向上左右双撑袖）是这样（大衣.）（二人同时双抓袖）哭哭啼啼。【小锣二击】（二人同时做三拭泪、三跨腿动作）南山之上，【小锣三击】（二人同时向右台口指出）下来一只猛虎，【小锣二击】（二人双举拳，二人分别跨抬左、右腿）将这小顽童，（二人“合扇”左右指出）啊唔一口（右手翻折成举袖）【冲头】（二人同时向里翻，走一小圆场后，二人稍走斜线，范面向左台口、樵夫背对左台口）（八大台）吞（仓）入（仓）口（顷）内。（仓）

〔在锣经中，二人左腿绷抬、屈、抬三番，双手配合双腿动作，平托出、收回、平托出三番。

〔【撕边一击】范悲痛哭泣。

范仲禹 哎呀儿呀……（拭泪）

樵　夫 相公！相公！（嘟仓）不要啼哭，你的儿子么，哦喝，他还有救哇！

〔【撕边】（八大仓）二人同时甩髯、双手抱肩、戳步亮住相。

范仲禹 有救？【撕边】（看樵夫）

樵　夫 有救！（仓）（看范点头）

范仲禹 有救哇？

樵　夫 有救哇！

范仲禹
樵　夫 （同笑）哦哈哈哈……

〔【大锣原场】二人原姿态不动，同时向外翻归后台口，背向观众。

范仲禹 有救哇？【撕边】

樵　夫 有救哇！（仓）

范仲禹
樵　夫 （同笑）哦哈哈哈……

〔【冲头】二人自里向外翻，归到前台口，二人“八字”站。

范仲禹 救在哪里？（双手摊掌）

樵　夫 相公听了（双手拱请式），【小锣三击】我们这里，【小锣二击】（双手指“下场门”，范随之）有一打虎的壮士，【小锣三击】（樵夫伸右掌，范伸左拳）名叫陆荣，【小锣二击】（樵夫双手赞美指，范效之）观见猛虎口衔婴孩，【小锣三击】(二人“合扇”指出）赶上前去，是这样：（大衣.）三（台）（举右拳，左手拍右手腕，范效之）拳（台）（右拳不动，以左手拍右手背，范效之）两足（另另台）（右手落，右腿蜷右手拍右脚面，绷抬左腿，右手拍左脚面后双腿迅速下蹲，范效之）将虎打走，【小锣二击】（二人同时双袖扬起）将这小孩童，就背呀：【冲头】（二人双手双背做背人状，二人“合扇”往外走一小圆场归原位）（八大台）背（仓）回(仓)（左甩髯）家（顷）去。（仓）（左甩髯亮住，范甩髯是右、左、右三番后亮住）

〔【撕边】【大锣叫头】范双折袖拱请式。

范仲禹 哎呀樵哥呀！【大锣五击】（二人归台中“八字”站）你们这里，【小锣二击】（双手向右指，樵夫效之）有一打虎的壮士，【小锣三击】（伸左拳，樵夫伸右拳）名叫陆荣，【小锣二击】（二人双手赞美指）观见猛虎口衔婴孩，【小锣三击】（二人同时“合扇”指出）赶上前去，是这样三拳两足（台台另另台）（重复前面的动作）将虎打走，【小锣二击】（二人同时向上扬双袖）将这小孩童，就背呀——（二人做背人动作。【冲头】二人“合扇”向里翻走一小圆场归原位）（八大台）背（仓）回（仓）（左甩髯）家（顷）去。（仓）（三甩髯，先向右甩，三跨腿，先跨右腿，亮住，樵夫走相反动作亮住）【撕边一击】想我的儿子不曾死？

樵　夫　不曾死！（摆双手）

范仲禹　哎呀，这就好了（双掌心相击）啊，樵哥（双手拱请式），辛苦你了。

樵　夫　哪个辛苦哇！（摇头）

范仲禹　有累你了！（施礼）

樵　夫　不曾有累呀！（忙摆手）

范仲禹　我要走了哇！

樵　夫　你走吧！

范仲禹　我要去了哇！

樵　夫　你去吧！

范仲禹　哎！我要走了哇——

樵　夫　哎！你走吧！

〔【撕边】（八大仓）范仲禹由里向外翻走一小圈圆场，右抖袖，亮住。一想。

范仲禹　哎呀！【大锣五击】他既然晓得我的儿子（右手抚胸），必然晓得儿子他的娘啊！【撕边一击】哎，我要仔细问一问儿子他的娘啊！【撕边一击】（点头）【小锣一击】（看樵夫还在砍柴）他在那里砍柴样子呀！（右手指樵夫）哎樵哥（扬左袖），你既然晓得我儿子的下落，必然晓得儿子他的娘啊！【小锣一击】（樵夫砍柴不答话，范见如此，右手指樵夫）又不曾听见。【小锣一击】（想）再吓他一吓！

〔【撕边一击】范左手提衣襟，迈右腿，【撕边一击】迈左步，【撕边一击】迈右步，（八大大仓）双手抓袖，去搂樵夫腰，樵夫大惊。

樵　夫　（大喊）看斧！

〔【撕边】樵夫向左转去，右手持斧向下砍去。【冲头】范见砍过来，用手挡樵夫右臂，二人往里“一盖、两盖”，往外“一盖、两盖”。【撕边】（八）樵夫斧“漫”范头。（答）范右手向上撑袖；樵夫右手向里缓斧。（仓）范左手向下垂袖、左戳步亮住相；樵夫右手举斧，左指范，亮住相。【撕边一击】樵夫看清还是范站在那里。

樵　夫　呀呸！【撕边一击】（甩髯呵斥）你为何去而复转哪？

范仲禹　【撕边一击】（恢复常态）啊樵哥，你既然晓得我的儿子，必然晓得儿子他的娘啊！

樵　夫　哎，我只晓得你的儿子（右手指范），哪里晓得什么你的儿子什么他的娘啊！（摇头）

范仲禹　不是的，也是那前半月的事呀！（右手指）

樵　夫　噢，也是前半月的事……（想）哦喝，又有的呀！

范仲禹　【撕边一击】（惊喜）有的？（左手拉右袖，右手食指直伸向下划圈）

樵　夫　有的！（右手拉左袖，左手食指直伸向下划圈）

范仲禹　啊——（看樵夫）【撕边】

樵 夫 啊——（看范）（**仓**）

范仲禹
樵 夫 （同笑）啊呵，哈哈哈……

〔【**大锣原场**】二人同时“合扇”向外翻归到后台口，背后向观众。

范仲禹 有的？（右手食指直伸向下划圈）

樵 夫 有的！（左手食指直伸向下划圈）

范仲禹
樵 夫 （二人互视，同笑）啊哈哈哈……

〔【**冲头**】二人同时“合扇”从后台口归到台前口，二人“八字”站。

范仲禹 有在哪里呀？（右手摊掌）

樵 夫 相公听了（双手拱请式），【**小锣三击**】在这前半月，【**小锣二击**】（樵夫双手向“下场门”指，范效之）大路旁边，【**小锣三击**】（二人同时双铺掌）有一女娘行、【**小锣二击**】（左手背后，右手捏鼻扭动身体仿女子走两步，同时范效之）行在那里是这样（**大衣．**）哭（**台**）哭（**台**）啼啼。（**另另台**）（二人抓袖走三拭泪、三别步动作）我们这里，【**小锣三击**】（双手指向“下场门”，范效之）有一告老的太师，【**小锣二击**】（二人同时双手捋髯）带领家下人等，【**小锣三击**】（双手按掌往前走两步，范效之）游山观景，【**小锣二击**】（双手斜托掌，范效之）见这娘行道旁啼哭，掌起面来一觑呀——（左手向上翻折水袖成举袖）【**冲头**】（樵夫从台中经前台口绕一圆场至左台口背向观众，范仲禹从台中向左转身往“上场门”方向绕一圆场，二人亦一反一正领走小圆场。范仲禹至“九龙口”，面向左台口站住；樵夫背朝左台口站住，二人面对面）有几分姿色，（**嘟 仓仓 顷 仓**）（二人左手背袖，右手翻折水袖位于胸前。在锣经中，二人同时走，平摆袖三番，左脚不动，右脚尖点地左、右、左移动三下）吩咐家下人等，就抢啊——【**冲头**】（二人双手背袖，“二龙出水”绕一圆场后归原位）抢（**八大台**）回（**仓**）家（**仓**）去。（**顷仓**）（二人同时双背袖，走“合扇”动作的三甩髯）

〔【**撕边**】【**大锣叫头**】范仲禹抖右袖又向上翻折，双手拱请式。

范仲禹 哎呀樵哥啊！【**大锣五击**】（二人归台中“八字”站）你们这里，【**小锣二击**】（二人同时双手向右台口方向指）有个告老的太师，【**小锣三击**】（二人同时双手捋髯）带领家下人等，【**小锣二击**】（双手举掌，二人同样动作）游山观景，【**小锣三击**】（二人同时双手向里翻腕或“合扇”斜托掌式）见那娘行道旁啼哭，掌起面来一觑呀——（右手翻折水袖成举袖）【**冲头**】（范仲禹从台中经前台口往右台口绕一小圆场，背向右台口；樵夫从台中向后台口绕一小圆场，背向“下场门”。二人还是一反一正领走圆场，二人面对面站）有几分姿色，（**嘟仓仓顷仓**）（二人左手背袖，右手翻折水袖位于胸前。在锣经中，二人同时走，平摆袖三番，左脚不动，右脚尖点地左、右、左移动三下）吩咐家下人等，就抢啊——【**冲头**】（二人向里“挖门”走一圆场，二人归到台中）抢回家去。（**八大 台 仓仓 顷 仓**）（二人同时双手背袖，走“合扇”动作的三甩髯）【**撕边一击**】听樵哥之言，我那妻室孩儿均有了下落了。均有下落了，好哇！待我谢天谢地（拱手施礼）。呵呵呵……

樵 夫 哎呀且住，想那葛老太师乃是酒色之徒（平抬右手，左手向外指出），白天饮酒，到了晚上么……（右手指出）

〔【撕边】范仲禹左手抓樵夫右手腕。

范仲禹 啊！（仓）坏了哇！（右手指樵夫，看樵夫）

樵　夫 不曾哪！（忙摆左手）

范仲禹 坏了哇！（右手点指樵夫）【撕边】

樵　夫 不曾哪！（摇头摆左手）【一击】

〔【大锣原场】二人“二龙出水”往外翻，归到后台口，背向观众。

范仲禹 （右手又抓樵夫左手腕）坏了哇！（左手点指樵夫）

樵　夫 （忙摆右手，摇头）不曾啊！

范仲禹 坏了！坏了哇！【撕边一击】

樵　夫 不曾！不曾哪！

〔【冲头】二人从后台口往外翻，归到台中。

范仲禹 那老贼姓甚名谁？（右手指出）

樵　夫 他姓葛……【撕边一击】（倒吸口气，摇摇头忙摆手）哎呀讲不得！讲不得。

范仲禹 怎么讲不得？（双手摊掌）

樵　夫 有人讲出他的名和姓（右手指出），齐眉一刀（右手做刀砍状），还要充军。

范仲禹 这叫什么罪过呀？

樵　夫 这叫死不饶人！

〔【撕边】【大锣叫头】范仲禹右手翻折水袖拱请式。

范仲禹 樵哥，请抬头观看，你看这山前山后，就是你我，（空匡）（双手折袖扶樵夫双臂）但讲何妨！（双手摊掌）

〔【撕边一击】樵夫右拳击左掌、跺右脚，下决心。

樵　夫 如此，你附耳上来。（右手召唤范过来）

范仲禹 叫什么？（凑近两步侧头听）

樵　夫 他叫（轻声地）葛登云。（右手放在嘴边）（台）

范仲禹 啊？（没听见，着急）

樵　夫 （轻声）葛登云。（凑近耳边）

范仲禹 你要高声些呀！

樵　夫 你不曾听见！

范仲禹 到那厢去讲啊！（右手赞美指向后指）

樵　夫 哎哎到那厢去讲！（左手向后指）

〔【大锣原场】二人“二龙出水”，翻至后台口，背向观众。

范仲禹 他叫什么？

樵　夫 葛登云！

范仲禹 啊！

樵　夫 哎呀你是个聋子呀！

范仲禹 你是个哑子！【撕边】

樵　夫 你是个聋子呀——（八大仓）

〔【冲头】二人从后台往外翻，走圆场至台中。

范仲禹 樵哥，他他他倒叫什么？（右手指出）

樵　夫 他叫葛登云！（左手向前指出）

「（八大仓）【撕边一击】范仲禹气急地右抖袖，左抖袖。

范仲禹　那老贼现在哪里？（右手摊掌）

樵　夫　哎呀！【大锣五击】（双手抖袖，下决心帮助范）一不做，二不休，（摆右手）打蛇不死反成仇。相公，你随我来呀！

「【大锣水底鱼】樵夫右手拉范左手，领走圆场一圈，归台中。樵在“大边”，范在“小边”。

樵　夫　就在前面，（仓切仓）（樵夫左手绕袖后向上撑袖吸抬左腿；范仲禹右手反绕袖放在胸前，后掖右腿半盘卧式）黑漆门楼，（仓切仓）（樵夫左手绕袖位于胸前，后掖左腿半盘卧式；范仲禹右手向上撑袖，吸抬右腿）八字粉墙，（仓切仓）（重复第一句念白的动作）金字牌匾，（仓切仓）（重复第二句念白动作）两竖大旗杆，（仓切仓）（重复第一句念白动作）那就是葛府。（左手向后指）

「【冲头】范仲禹与樵夫互换位置，归到“大边”。右手拉樵夫左手。

范仲禹　就在前面，（仓切仓）（重复樵夫第一句念白的动作）黑漆门楼，（仓切仓）（重复樵夫第二句念白的动作）八字粉墙，（仓切仓）（重复樵夫第一句念白的动作）金字牌匾，（仓切仓）（重复樵夫第二句念白的动作）两竖大旗杆，（仓切仓）（重复樵夫第一句念白的动作）那就是葛府！（左手指出向后）

「【冲头】二人往里“一盖、两盖”，往外“一盖、两盖”。【撕边一击】范仲禹扬右袖【撕边一击】扬左袖。【撕边】双水袖翻折起。（八大仓）向左甩髯，双手折袖拱请式。【冲头】从“下场门”下。

樵　夫　哎呀呀！（台）在此砍柴好好的，不想来了一个疯汉打扰，这是哪里说起呀！（台）哎呀且住，到了那里，太师若问那何人得见，我岂不又与樵夫们惹下祸来？（双手摊掌）（想）待我唤他转来！喂！（左扬袖）喂！（右扬袖）喂！（左扬袖）相公转来！

「范仲禹内应：“去远了哇！”

樵　夫　看见了你，回来吧！（招左手）

「范仲禹从“下场门”上。范站“大边”，樵站“小边”。

范仲禹　我走的好好的，唤我转来做甚哪？（右手摊掌）

樵　夫　到了那里，太师若问，你何言讲啊？（双手叉腰，望着范）

范仲禹　太师若问，我还难为了你吗？（右手拍樵夫左肩）

樵　夫　怎样言讲啊？（右手摊掌）

范仲禹　我就说山中樵夫讲的啊？

樵　夫　啊啊啊！【小锣一击】（用右手推开范在自己肩上的手）你把话还我吧！（双手摊掌）

范仲禹　哎，这话出如风，怎样还你？（双手摊掌）

樵　夫　是呀！话出如风，怎样还我？（右手抚胸）到了那里，太师若问何人得见，你就说亲眼得见。（左手指范）

「【撕边】【大锣叫头】范仲禹双手拱请式。

范仲禹　樵哥，那老贼不问便罢，他问将下来，我就说，亲——【冲头】（右手翻折水袖，往外翻，走圆场至“九龙口”；樵夫右手翻折往里翻，走圆场至左台口）眼——【冲头】（范仲禹从“九龙口”左手翻折水袖，反走圆场归原位；樵夫左手翻折水袖，走正圆场归原位）亲眼得见！（扬右袖）【撕边一击】亲眼得见！（扬左袖）

（八大仓）（双手翻折水袖成拱请式，向左甩髯，抬右腿亮相）【冲头】（从“下场门”下）

〔樵夫向“下场门”一望。【小锣一击】

樵　夫　（转回身，摇摇头）哎哟，（台）看他此去（右手向左指），我不免也逃走了吧！正是：（扎）双手分开（双铺掌）生（右抖袖）死路，（左抖袖）翻身（“正云手”左转身）【小锣一击】跳出是（右扬袖【小锣一击】）非（左扬袖【小锣一击】）墙。（双手抓袖【小锣一击】）哈哈哈……（感到了与人为善的欣慰）

〔【小锣打下】樵夫左转身，双手背袖，随身锣经的节奏，樵夫甩开双手快步从“下场门”下。

第三场

〔【急急风】范仲禹从“上场门”上，三倒步至“九龙口”神色呆滞走至台中。【撕边一击】双手抖袖、背双袖。接胡琴＜哑笛＞ ‖: 6723 7623 :‖ 向后退步，左右连续甩髯。【撕边】向前走至台中。（八大台顷仓）向左甩髯，双手在胸前扣架拳，左戳步亮住相。

〔哭头〕

范仲禹

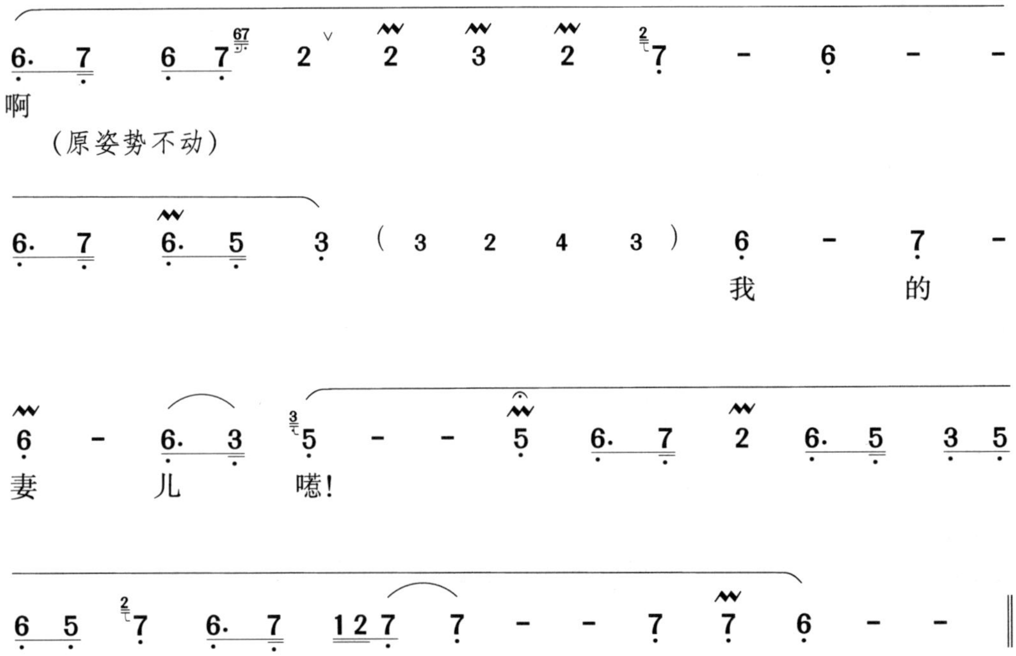

（【撕边八大仓】范仲禹抬左腿，鞋落在了高方巾上；右腿盘卧、左腿直伸坐在台中。愣神片刻，双手从帽子上将鞋拿下，穿上。猛想起找人之事）我有事呀！（仓）（站起）哎！（右手扬袖）【撕边一击】我有事呀！【快纽丝】（右手抖袖、提袖）

琼 林 宴

〔二黄散板〕

（6 5 3 2 2 3 2. 1 6 6 5 5 －）1 2

恨 贼

（左手提衣

3 1 2 2 2 16 3 2 1 1 － 1. 6 5

子 呀（呃） 把 我 的 牙 咬

襟，右手指出）

1 － 2. 1（6 5 6 7 6 1）1 2 1 2 3

断 （呐）， （仓） 霸 抢 民 妻

（缓步走半个小圆场，右手摊掌）

3 21 1 2 3 3 2（5 6 1 2）5 7 6 3

理 不 端（呐）（呃）。 （仓） 迈 开 大

（在前台口站定）

5 6 6 1 6 1 2 5 1 2 3 － 1

步 往 前 闯（哪 呃），

（右手撑袖，疾步圆场一圈，至右台口）

「（**八大**）双手抓袖。（**仓仓仓**）向台中上三步（先走左步），（**八大大仓**）向“下场门”方向走吊毛。**【乱锤】**站起。**【快纽丝】**右手抖袖，由里挖着走至右台口，定神观看。

〔二黄散板〕

（6 5 3 2 2 3 2. 1 6 7 6. 5 5）1 2

不 觉

1 2 3 2 3 5 － 2 2. 1 1 2 － ‖

来 到 贼 的 府 门 前。

（右手向左指）

（**【大锣住头】**向左转身，背向前台，仰面观看）

来此已是，黑漆门楼，（右手指后台口）八字粉墙，（右手点指）金字牌匾（右手划一字横指），喏喏喏（向右转身面向前台），还有两竖（左右一看）大（左手单

挑左小绺）旗（右手单挑右小绺）杆，（双手食指直伸，掌心朝外、坐腕食指立起，左腿跨抬起）**【小锣一击】**（点头确认了相府所在）呔！有人么？爬了出来！

〔家院内应："嗯哼！"**【小锣五击】**家院从"下场门"上。

家　院　府门深似海，不准外人来！（开门，出门）是做什么的？（看范）

范仲禹　呸！着打！

〔**【撕边一击】**范举右拳，家院挡。（**八大仓**）范举左拳，家院挡。**【撕边一击】**互看。

范仲禹　你是何人哪？（右手指）

家　院　我乃是他家下人。

〔**【小锣一击】**范定神仔细看家院，平抬左手，右手向左指。

范仲禹　哎呀，乃是他的家人，打错了！（右手摊掌）我来问你，葛登云老贼现在哪里？（右手指出）

家　院　现在书房。

范仲禹　将他与我（右手抚胸）牵了出来！（右手握拳做牵东西状）

家　院　请了出来！（双手拱请式）

范仲禹　牵了出来！

家　院　请了出来！

范仲禹　牵了出来！（怒向家院）呸！着打。**【撕边】**（**八大仓**）（右手举拳"漫"家院头，右拳直伸亮相）哼！快去！

家　院　有请太师爷！（躬身向"下场门"施礼）

〔**【小锣打上】**葛登云持扇从"下场门"上。

葛登云　昔为当朝首相，最爱美貌姣娘。何事？

家　院　疯汉打上府门来了。

葛登云　吩咐家丁们走上！

家　院　家丁们走上。

〔四家丁分两边上。

葛登云　待我仔细看来，疯汉在哪里？（出门）疯汉在哪里？

〔**【小锣一击】**葛登云站"大边"，家院旁侍。范仲禹上下打量葛登云，向家院招手，家院近前。

范仲禹　（指葛）这是你家太师爷么？

家　院　不错，见个礼儿。

范仲禹　好好好，见个礼儿。

〔范仲禹用左右水袖掸鞋，掸肩、双抖袖、提袖、整冠、理髯，右手食指直伸，从额头中间直划下来。朝近走两步。

范仲禹　啊，老太师，卑人有礼了！（欠身打拱）

葛登云　罢了。

范仲禹　老太师你可好哇？

葛登云　我好，（点头）你可好？

范仲禹　我哇，（右手托髯）也好哇！

葛登云　好便好。

范仲禹　太师爷，你好造化！（左手赞美指）

葛登云 嗯！（点头）

范仲禹 好福气！（右手赞美指）

葛登云 嗯，好福气。

范仲禹 （又凑近两步）你好长胡须呀！（双手托葛髯）

葛登云 嗯。

范仲禹 呸！着打！

「（八大大仓）打葛耳光。【冲头】伸右拳打葛，“大边”二家丁拦。【冲头】左转身再打葛，“小边”二家丁拦。【撕边】右手向外缓两圈，（八大大仓）右拳向葛直伸亮住相。

葛登云 嘟！（扇指范）【撕边一击】那一疯汉，你姓甚名谁？为了何事，打上老夫的府门来了？

「【撕边一击】范向葛怒视。

范仲禹 你问的是我哇？不才府学生员范仲禹，范大相公就是我呀！旁人的妻子是你霸占得的，（左手指葛）你范大相公（双手托髯）也是你强占的吗?还我妻子便罢，如若不然我就与你拼了！

「（嘟// 大大仓）范右手举拳打葛，葛急闪。（嘟// 大大仓）举拳又打，“大边”二家丁挡。（八大大仓）左转身举拳再打，“小边”二家丁挡。【撕边一击】左手握拳向葛示威，葛向后闪身。【撕边一击】右手握拳向葛示威，葛向后退。右举拳式亮住相。【冷锤】站起，双手向下抖袖。

葛登云 我来问你，此话是何人对你讲的？

范仲禹 就是那山中樵夫讲的！【小锣一击】（平抬左手，右手指出，住旁边走一步）哎呀樵哥哇，事到如今我也顾不得你了。（回身）你要问哪？就是那山中的樵哥对我讲的，（右手抚胸）还有假的吗？（边说边脱鞋）呸！着打！

「【撕边一击】范右手举鞋打葛，葛急闪。“大边”二家丁挡。【撕边一击】左转身举鞋又打，“小边”二家丁挡。【撕边】右手持鞋向外缓两圈。（八大大仓）跨右腿成半蹲骑马式，向右甩髯，右手持鞋直指葛亮住相。【冷锤】身站起，举鞋怒视葛。走向靠右台口的位置。用鞋当做扇子，右手来回扇动。

「【撕边一击】葛用扇抚髯思之。

葛登云 范相公有所不知，只因山中樵夫偷盗老夫的树木……

范仲禹 放屁！（瞪葛）

葛登云 是我将他送在有司衙门（右扇指出）责打四十大板。

范仲禹 放狗屁呀！

葛登云 他怀恨在心，在范相公面前搬弄是非。（范听此话向葛面前连连拍鞋两下，葛躲）也是有之。

范仲禹 臭味不可闻也！（用鞋做扇扇）

葛登云 想老夫身为当朝首相，岂无三妻四妾，焉能霸占别人的妻子。有道是傍耳之言，不可深信（摆左手）。范相公，你要再思呀再想。（右手推范左肩）

「【小锣一击】范用心听话，捋髯一想。

范仲禹 想他身为当朝告老太师，岂无三妻四妾（右手拇指、食指相捏，其余三指直伸），焉能霸占我的妻子不成？（双手摊掌）哎呀樵哥，我上了你的当了哇。（右手指

出）这是哪里说起，（双手摊掌，一想）向前赔个礼儿（右手向左指），也就罢了（点头）。啊……（近前两步）

〔【撕边一击】葛登云见状连步后退，双手摆动。

葛登云 怎么又来了！

范仲禹 （摇头）不打了！告辞！（施礼）（仓）

葛登云 哪里去！（一拦）

范仲禹 去到山前山后，寻找我那妻室孩儿呀！（拭泪）

〔【小锣一击】葛定神略思。

葛登云 今日天色已晚，暂在府中居住，明日差人替你寻找。

范仲禹 萍水相逢，怎好打扰？（双手摊掌）

葛登云 四海之内，皆为朋友。请到里面。（用右手持扇相让）

范仲禹 如此打扰了。（施礼）

〔奏京胡曲牌〈八岔〉。

（多 多 6 | $\frac{2}{4}$ 1 6 1 | 0 6 1 1 | 6 1 6 5 |

（葛向里让范，范仲禹进门，葛登云进门，家院随进。

3 2 3 | 0 6 561 | 5 6 4 3 | 231 2 |

四家丁“挖门”葛登云见众人进门）

0 5 3 3 | 2 3 2317 | 6723 7656 | 1 6 1 1 |

（衣 大 大 仓）

葛登云夹白：“关了大门。”

（四家丁关大门）

0 6 1· 1 | 6 1 6 5 | 3 2 3^{5} | 0 6 561 |

（范见大门已关，不由心中一怔。葛登云见范愣神，忙让座）

6 5 4 3 | 231 2 | 0 5 3 3 | 2 3 2317 |

（葛登云坐“小边”跨椅，范仲禹坐“大边”跨椅）

6723 7656 | 1 6 1 | 0 2 3 2 | 3· 6 7656 |

（四家丁喊威“唔——”范惊起，猛

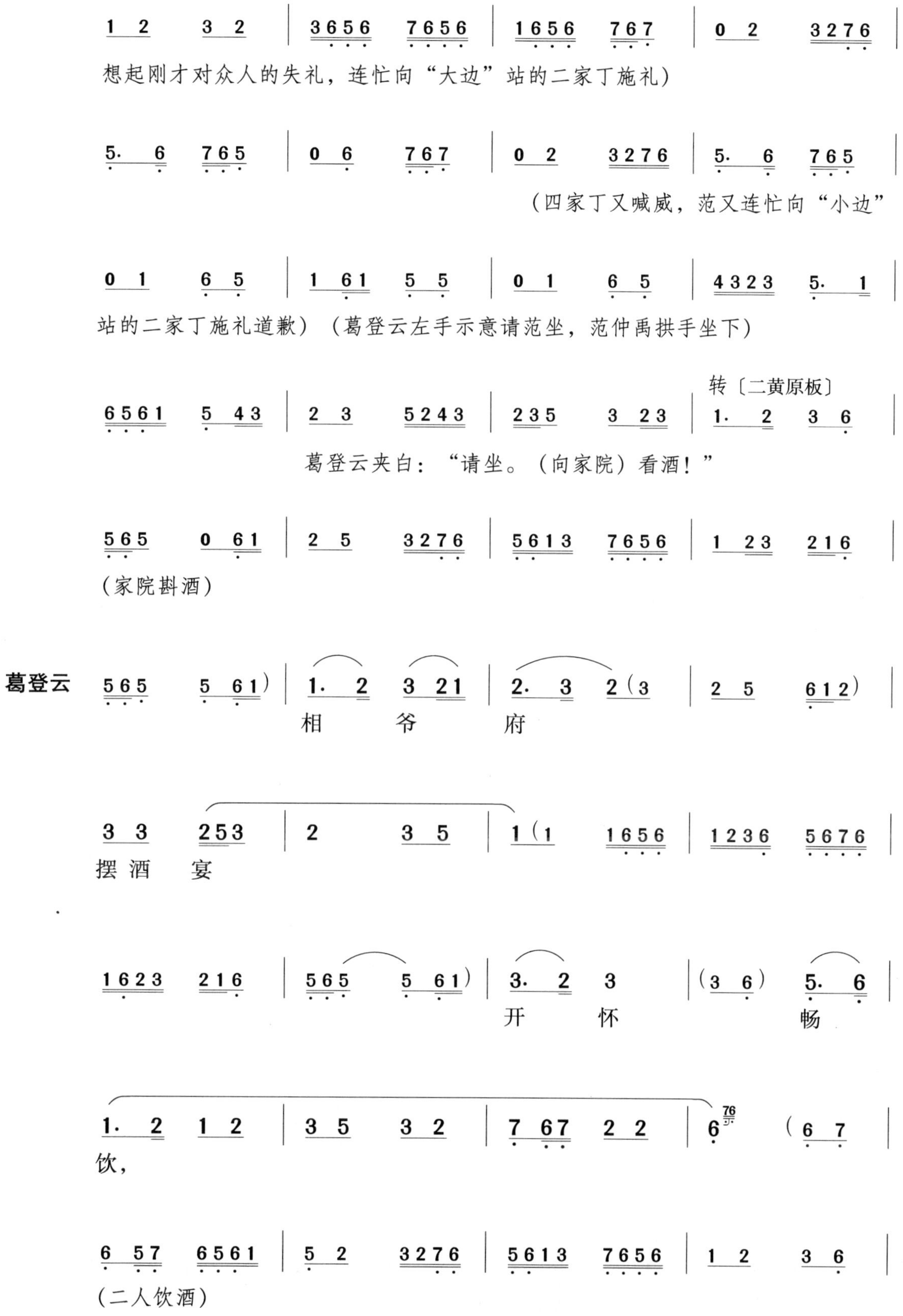
想起刚才对众人的失礼，连忙向“大边”站的二家丁施礼）
（四家丁又喊威，范又连忙向“小边”
站的二家丁施礼道歉）（葛登云左手示意请范坐，范仲禹拱手坐下）
转〔二黄原板〕
葛登云夹白：“请坐。（向家院）看酒！”
（家院斟酒）
葛登云
相 爷 府
摆 酒 宴
开 怀 畅
饮，
（二人饮酒）

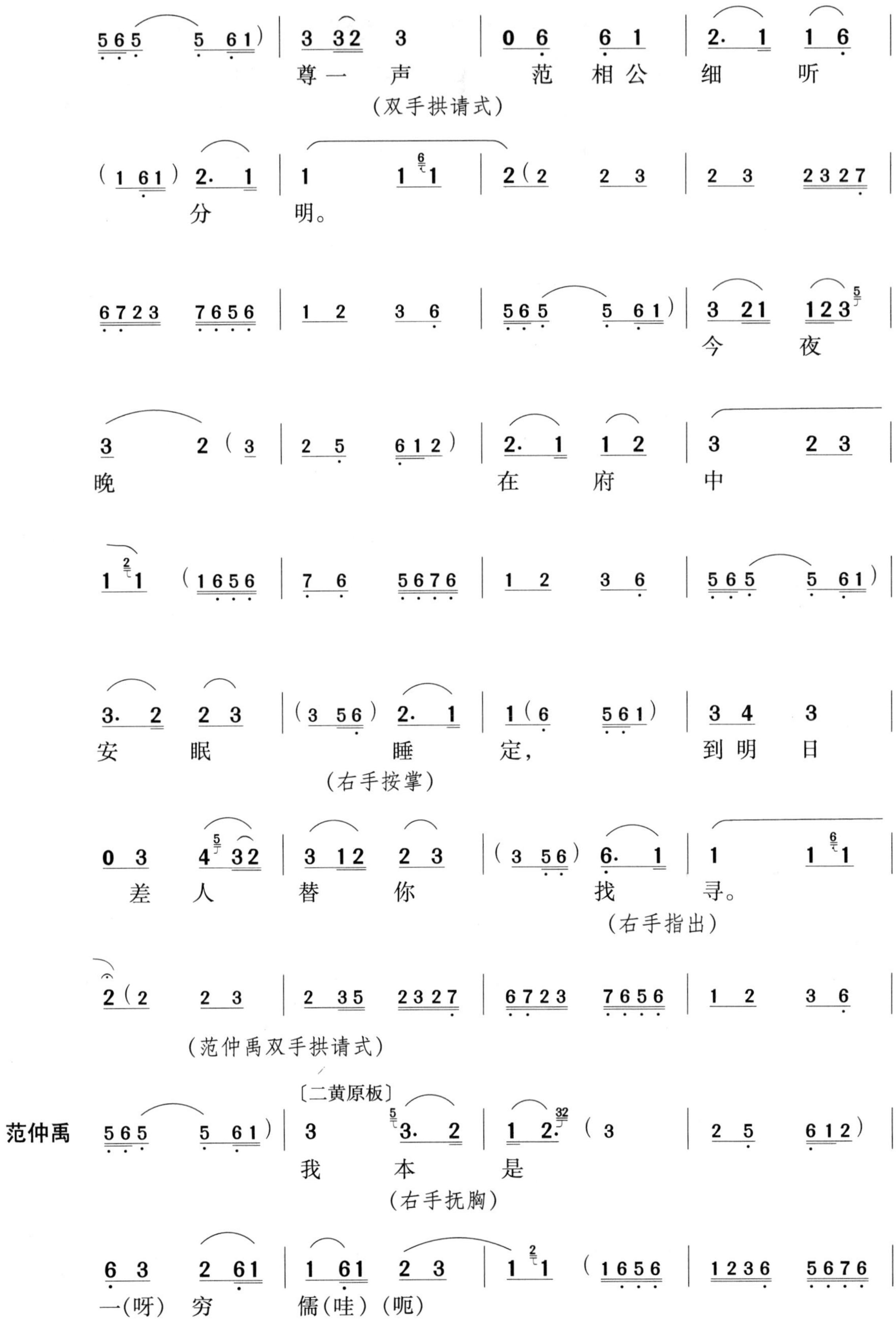
尊一声 范相公细听
（双手拱请式）
分明。
今夜
晚 在府中
安眠睡定，到明日
（右手按掌）
差人替你找寻。
（右手指出）
（范仲禹双手拱请式）
〔二黄原板〕
范仲禹
我本是
（右手抚胸）
一（呀）穷儒（哇）（呃）

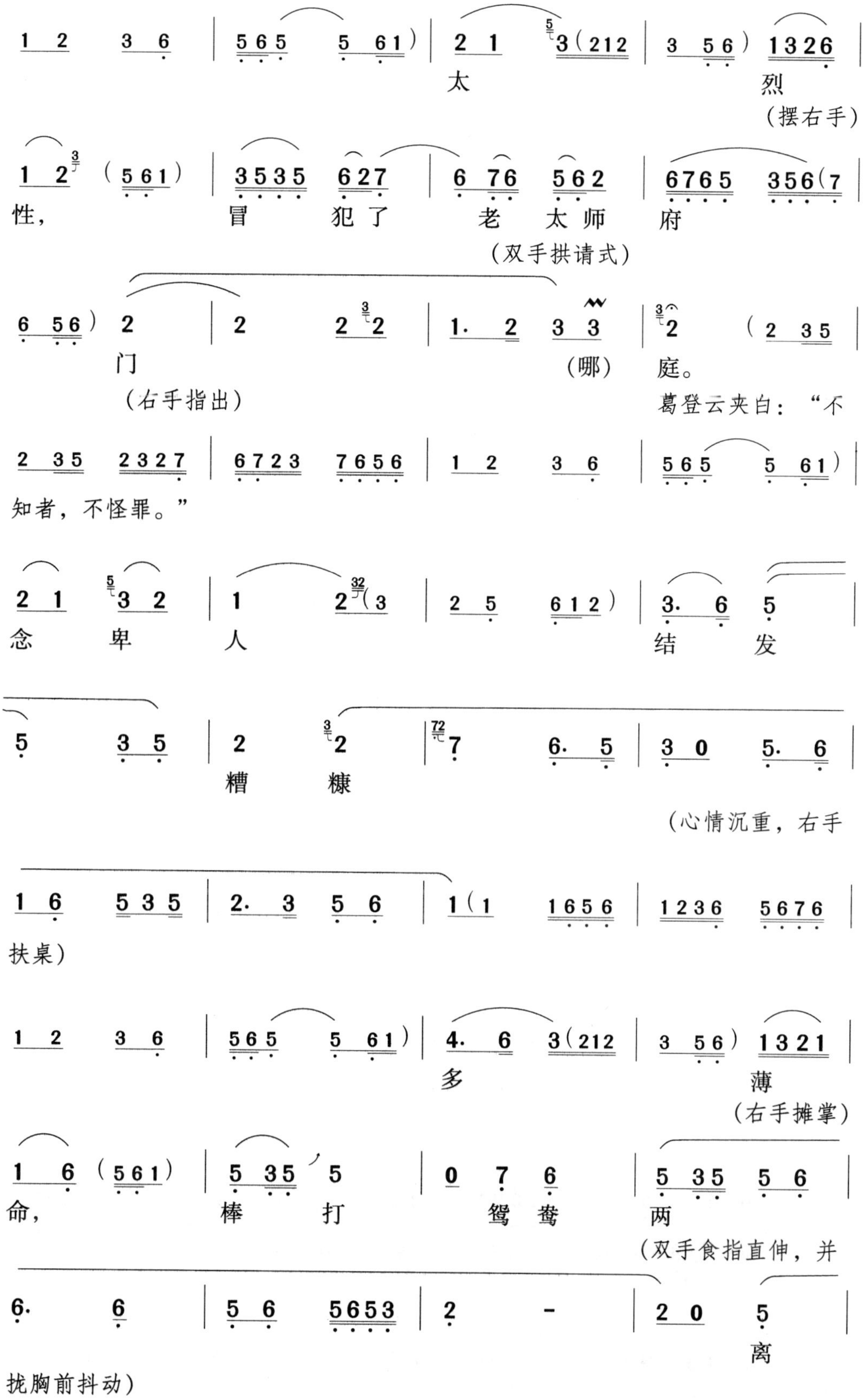
太 烈
（摆右手）
性，冒 犯了 老 太师 府
（双手拱请式）
门 （哪） 庭。
（右手指出）
葛登云夹白：“不知者，不怪罪。”
念 卑 人 结 发
糟 糠
（心情沉重，右手扶桌）
多 薄
（右手摊掌）
命，棒 打 鸳 鸯 两
（双手食指直伸，并拢胸前抖动）
离

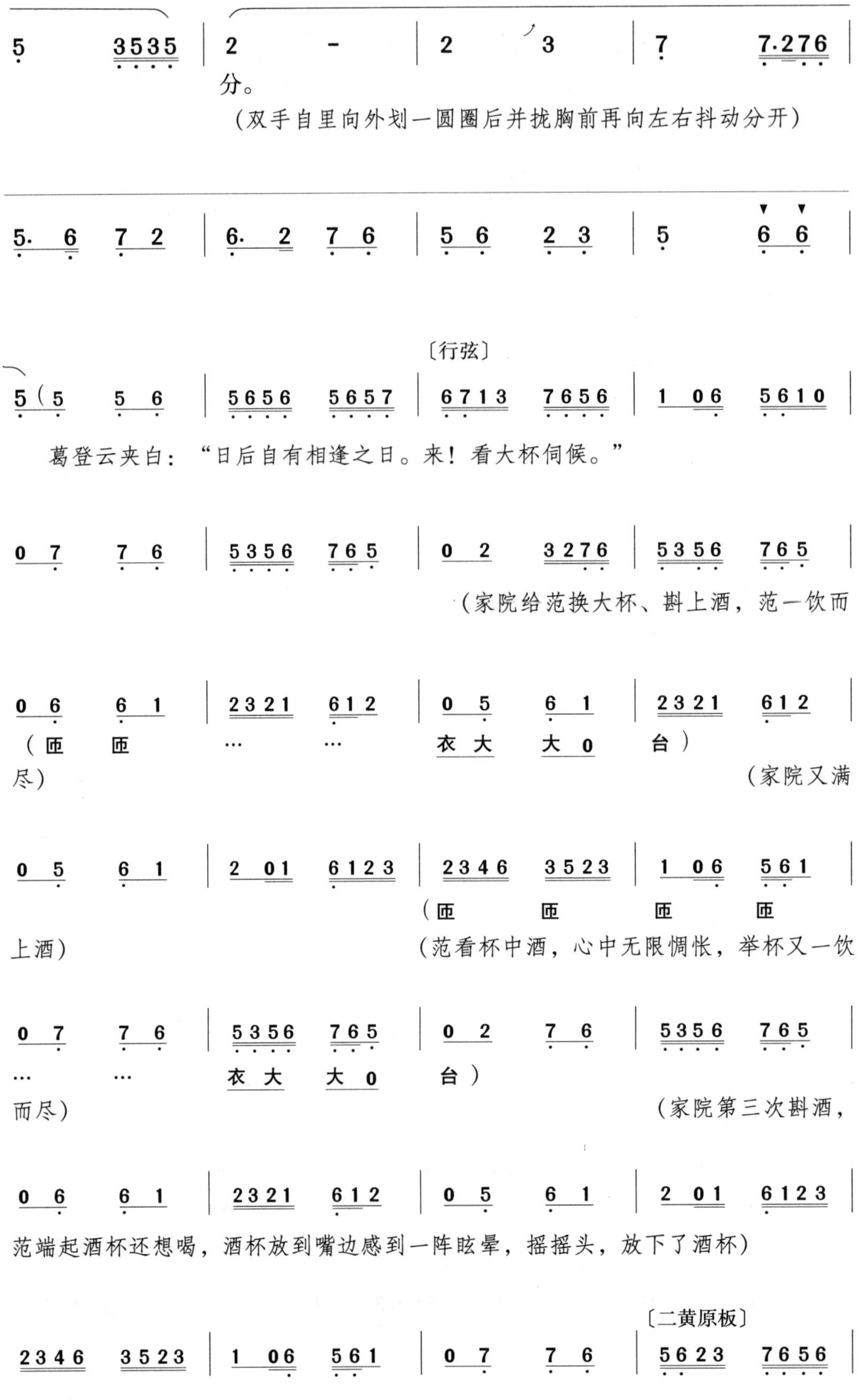
分。
（双手自里向外划一圆圈后并拢胸前再向左右抖动分开）
〔行弦〕
葛登云夹白："日后自有相逢之日。来！看大杯伺候。"
（家院给范换大杯、斟上酒，范一饮而
（匝 匝 … … 衣大 大0 台）
尽）
（家院又满
（匝 匝 匝 匝
上酒）
（范看杯中酒，心中无限惆怅，举杯又一饮
… … 衣大 大0 台）
而尽）
（家院第三次斟酒，
范端起酒杯还想喝，酒杯放到嘴边感到一阵眩晕，摇摇头，放下了酒杯）
〔二黄原板〕

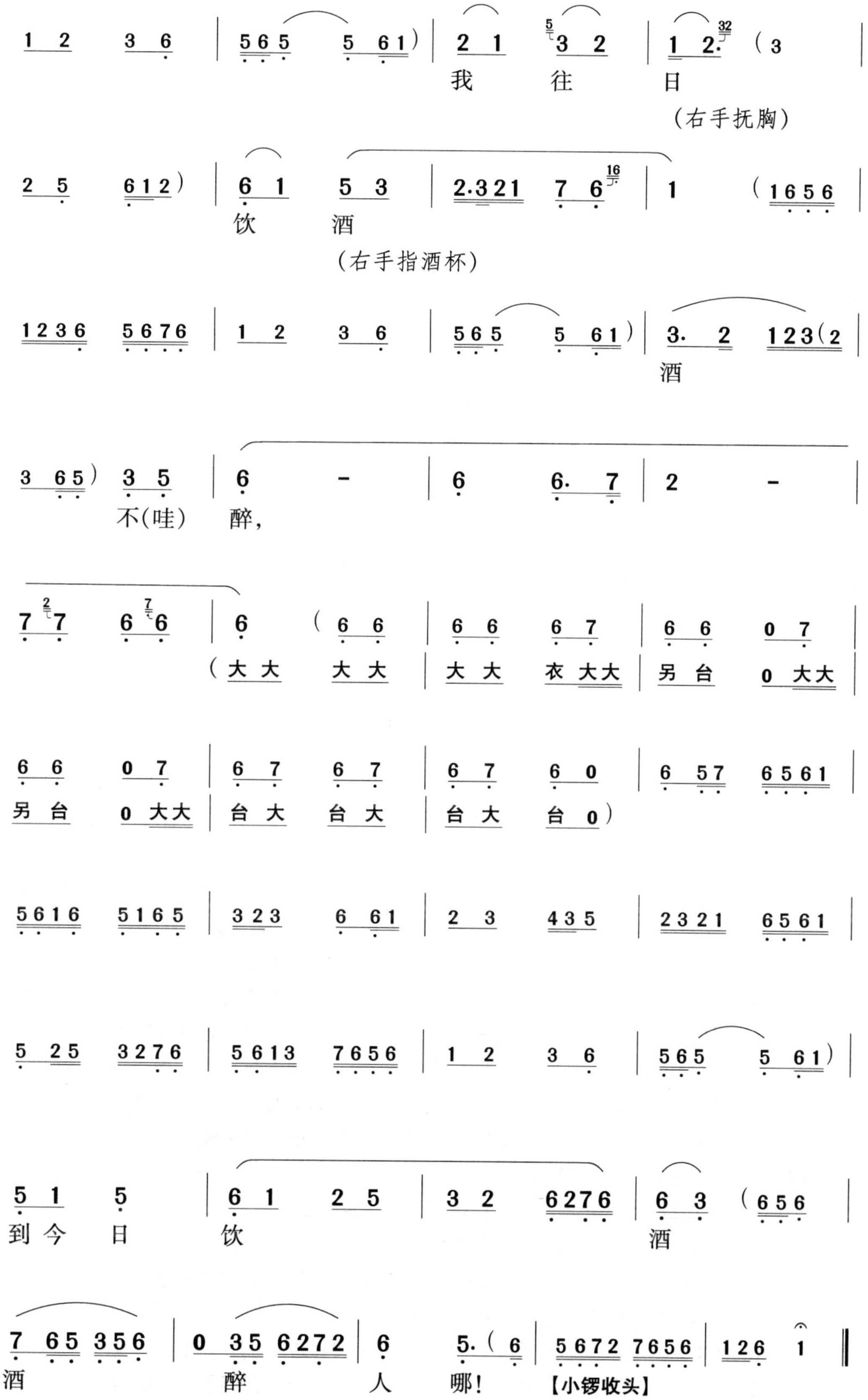
我 往 日
（右手抚胸）
饮 酒
（右手指酒杯）
酒
不（哇） 醉，
（大大 大大 | 大大 衣 大大 | 另 台 0 大大
另 台 0 大大 | 台 大 台 大 | 台 大 台 0）
到 今 日 饮 酒
酒 醉 人 哪！
【小锣收头】

〔【小锣长丝头】范吐酒后伏案。

葛登云 搀至书房。（挥左手）

〔【小锣打下】二家丁扶范仲禹从“下场门”下，众家丁随下。家院侍立葛旁。

葛登云 （向家院）葛虎来见！

家　院 葛虎来见！

〔葛虎内白：“来也！”【小锣五击】葛虎从“上场门”上，家院下。

葛　虎 （念）堂上一呼，阶下百诺。【小锣一击】（进门，站“小边”）
参见太师，有何吩咐？

葛登云 老夫待你如何？

葛　虎 恩重如山。（欠身拱手）

葛登云 赐你钢刀一把，（回身从桌上拿刀）今晚三更时分去至书房，将范仲禹杀来见我。（递刀）

葛　虎 遵命。（欲行）

葛登云 转来！有何为证？

葛　虎 钢刀见血为证。（一横刀）

葛登云 葛虎此去莫追悔，（摆右手）

葛　虎 准备钢刀见血归。（右手拿刀看，左手指刀）

〔【小锣原场】葛虎左手提刀从“上场门”下，葛登云从“下场门”下。

第四场

〔【冲头】煞神从“上场门”退步上，至“九龙口”。【大锣三击】煞神蹲裆骑马式面向“上场门”，双手掏翎向左、向右再向左三摆翎，【撕边】（八大仓）右转身面向前，（八大仓）亮左高右低“顺风旗”式，吐火。【大锣三击】煞神向左转身，面向“上场门”，蹲裆骑马式，双手向右，再左再向右三摆翎。【撕边】向左转身，（八大仓）亮右高左低“顺风旗”式，吐火。（八 大大大大 仓）双手持翎自外向里绕一圈在右后方双按翎，左腿戳步亮住。【大锣四击头】跨右腿、上踢左腿，左转身在前台口，双手掏翎，右高左低斜托翎，掖右步亮住相，吐火。【冲头】跑反圆场至“下场门”方向。【撕边一击】左斜托翎亮相。【撕边一击】左转身，右斜托翎亮相。【撕边】双手持翎右转身归到后台口，（八大仓）双手胸前按翎亮住相。【走马锣鼓】双手绕翎，双腿蹉步走至前台口。（八大仓）跨右腿，“反云手”，左高右低“顺风旗”，亮相。【冲头】走圆场一圈至台中。【大锣归位】双手“山膀”拉开。

煞　神 （诗）口似血盆牙似钉，
二目圆睁似铜铃。（右托掌）【小锣二击】
上天奉了玉帝旨，（双手拱请式）
葛府——【冲头】（左高右低“顺风旗”，走圆场一圈归台中）
搭救文曲星。（左手提甲，右手指出）

【大锣夺头】（双手“双山膀”拉开）我乃【撕边一击】（双手拱请式）煞神是也。【大锣住头】只因范仲禹有难（右手按掌），奉了玉帝敕旨（双手拱请式）前去搭救于

他，就此前往。（右手指出）

〔【撕边】双手掏翎。（八大仓）左高右低“顺风旗”亮相。【大锣水底鱼】走圆场一圈。【撕边】向右走“鹞子翻身”。（八大仓）右转身，左高右低“顺风旗”，跨抬左腿亮住相。三番【大锣一击】右腿单腿三跳步。【撕边】向左转身双手掏翎。（八大仓）右掖步，右高左低斜托翎亮相。【走马锣鼓】【冲头】煞神右转身从“下场门”下。

第五场

〔【撤锣】奏京胡曲牌二黄〈小开门〉。家院提灯从“上场门”上，推开书房门收拾书房。二家丁搀扶范仲禹从“上场门”上，搀范进门，扶范坐“内场座”，二家丁出门“上场门”下。家院出门，反锁门后，从“上场门”下。

〔起初更。范仲禹头枕右拳，左手扶桌。

范仲禹 啊，老太师，卑人酒已够了，不，不能奉陪了——【小锣一击】（双手拭目，举灯两边一望，放灯）呜呼呀！好一座洁净的书房。（大大大）咳！（台）悔不该误听樵夫之言，打上人家的府门，好一个老太师（右手赞美指），不见罪与我，反留我在书房安眠，真乃是难得呀，（右手赞美指，左手拉右袖）难得！（站起）

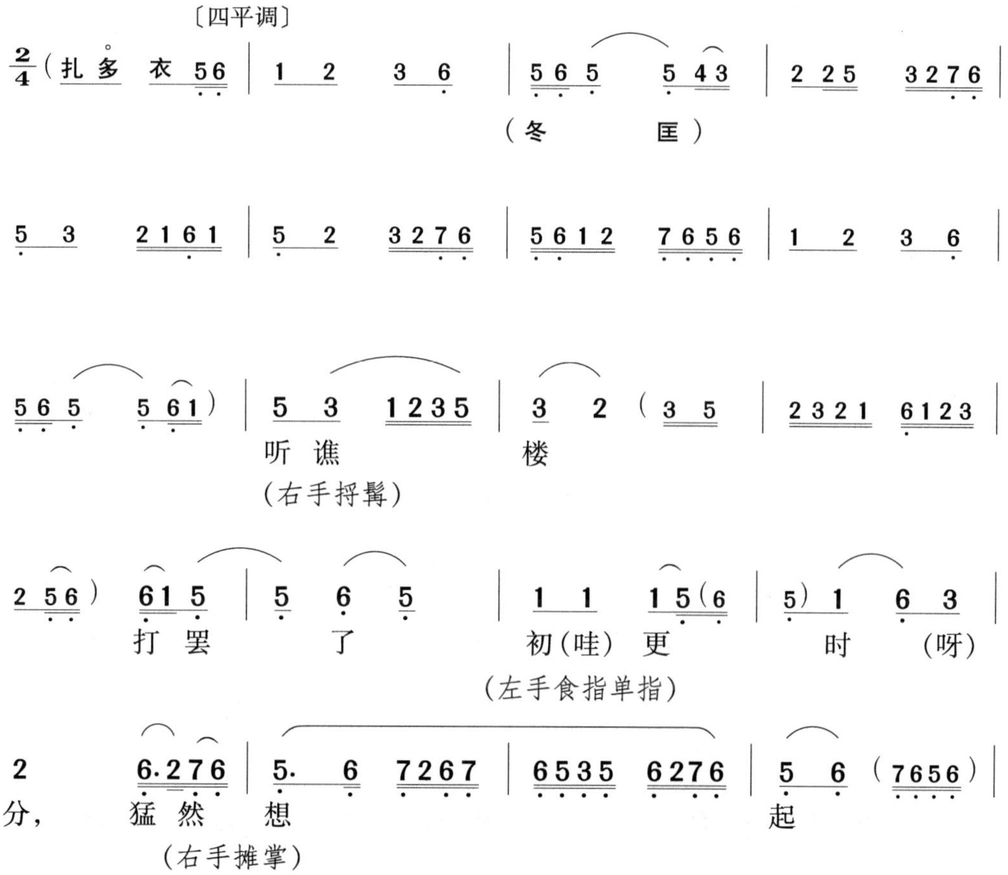

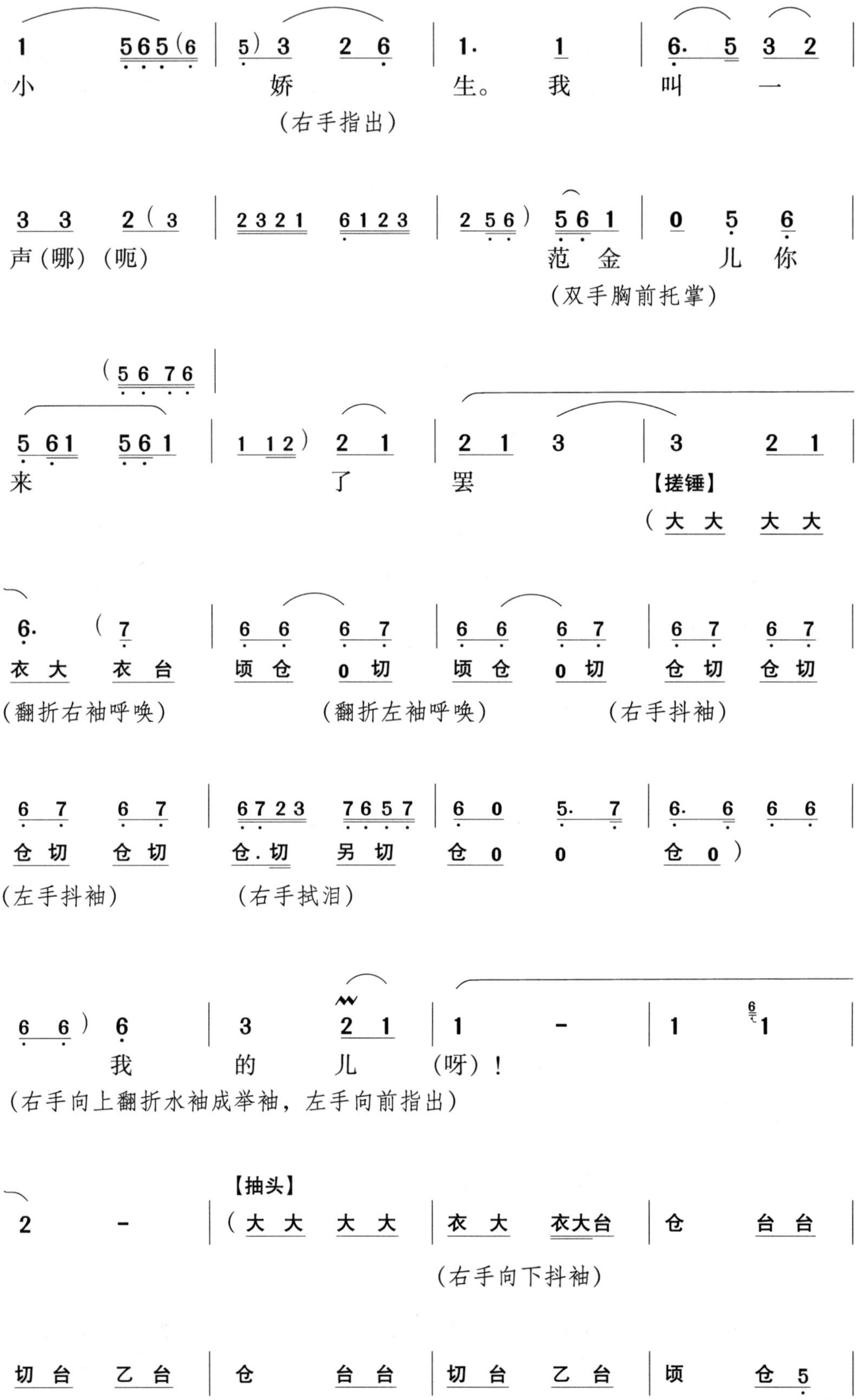
小 娇 生。我 叫 一
(右手指出)
声(哪)(呃) 范金 儿 你
(双手胸前托掌)
来 了 罢
【搓锤】
(大大 大大
衣大 衣台 顷仓 0切 顷仓 0切 仓切 仓切
(翻折右袖呼唤) (翻折左袖呼唤) (右手抖袖)
仓切 仓切 仓.切 另切 仓0 0 仓0)
(左手抖袖) (右手拭泪)
我 的 儿 (呀)!
(右手向上翻折水袖成举袖，左手向前指出)
【抽头】
(大大 大大 衣大 衣大台 仓 台台
(右手向下抖袖)
切台 乙台 仓 台台 切台 乙台 顷 仓

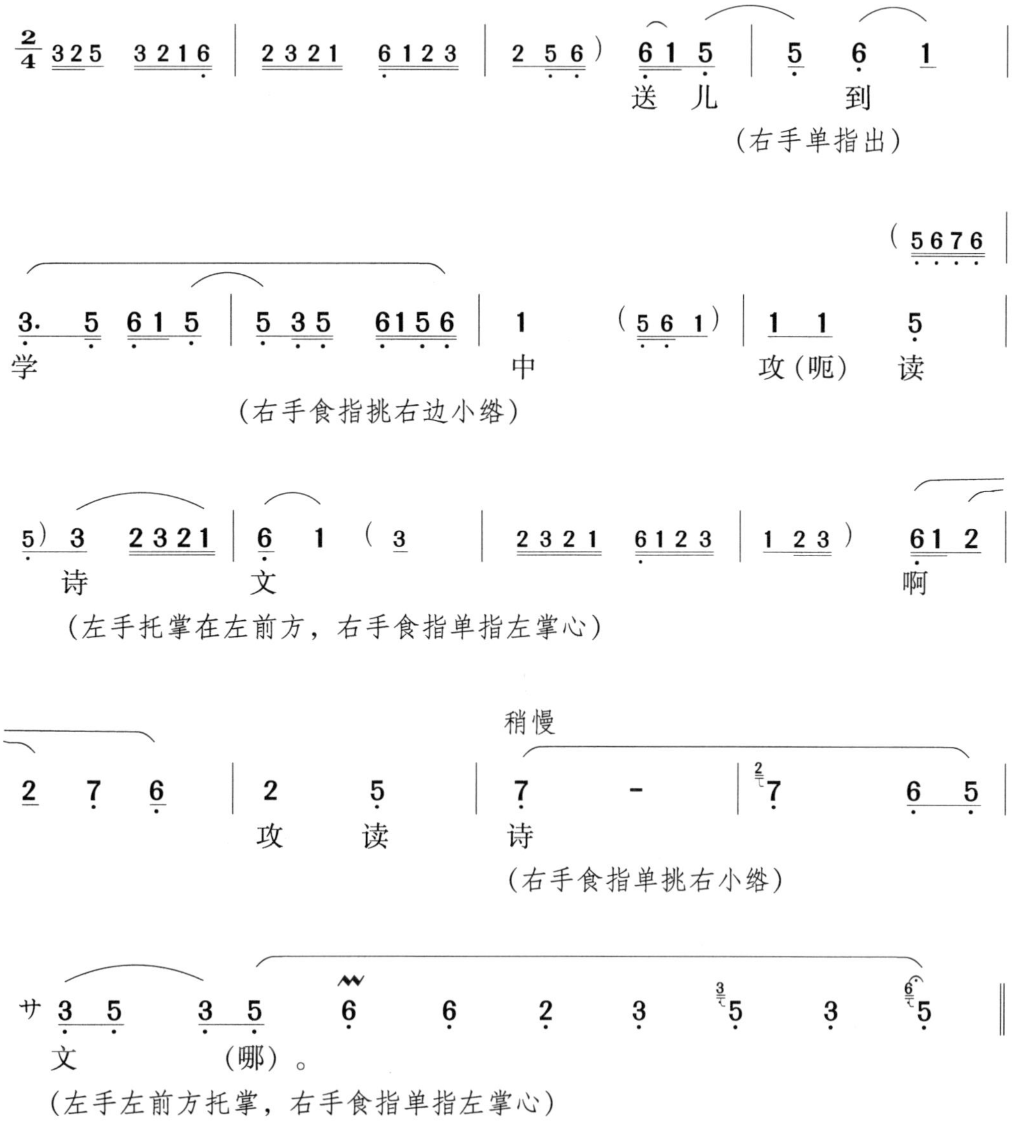

〔【阴锣】【撕边一击】煞神从右侧幕上，在右台口，右“山膀”亮相。【阴锣】右手提甲，左手向左指。右手拉开“山膀”，左手提甲走一小圆场。一看，进门，看范仲禹睡熟，走近“小边”桌前，双手捶桌“咚咚咚咚……”。（八大仓）煞神右转身双手掏翎亮住相。范仲禹惊醒站起，看见煞神，【撕边】双手自里向外翻袖。【乱锤】范双手向上翻折水袖，从“大边”“漫”煞神头走到“小边”。煞神低头从“小边”归到“大边”。【撕边】范左右张望，抬左腿，右腿单腿、双翻水袖退至台中。煞神从“大边”走到椅后。（八大仓）范仲禹左转身，面向后台口，右手撑袖，抬左腿，亮住相。【撕边一击】走至桌前，双手捂头。【撕边一击】归“内场座”，双手捂头。假作镇静咳嗽两声，站起左右观望。【撕边一击】坐下，双手抖袖。【撕边】煞神长身站椅后，掏翎亮相，蹲在椅后。

范仲禹 啊！（仓）这书房之中，为何阴风惨惨！（双手摊掌）莫非有鬼！

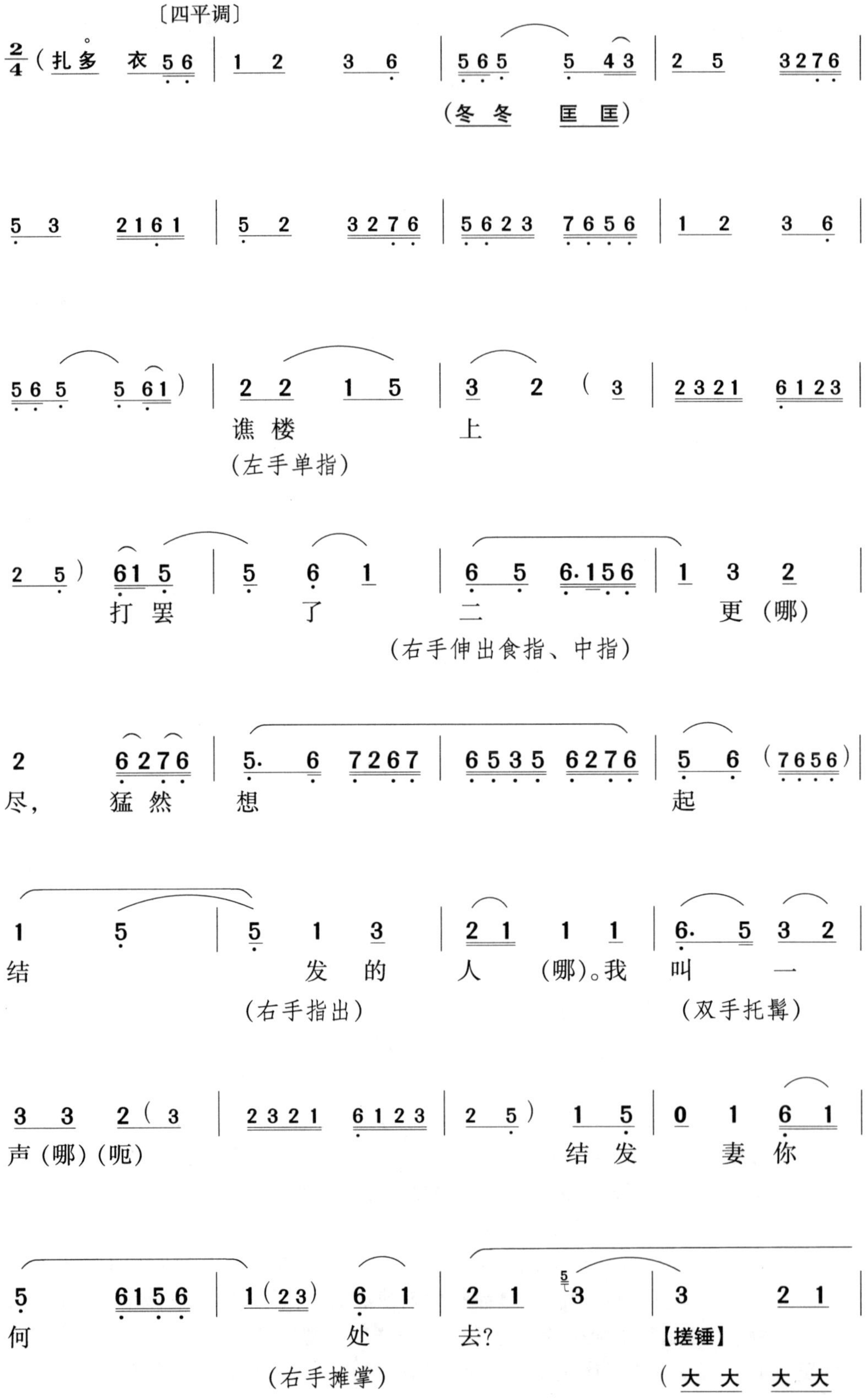
〔四平调〕
（扎多 衣
（冬 冬 匡 匡）
谯楼 上
（左手单指）
打罢 了 二 更（哪）
（右手伸出食指、中指）
尽，猛然 想 起
结 发的 人 （哪）。我 叫 一
（右手指出）
（双手托髯）
声（哪）（呃）
结发 妻你
何 处 去？
【搓锤】
（右手摊掌）
（大大 大大

琼林宴

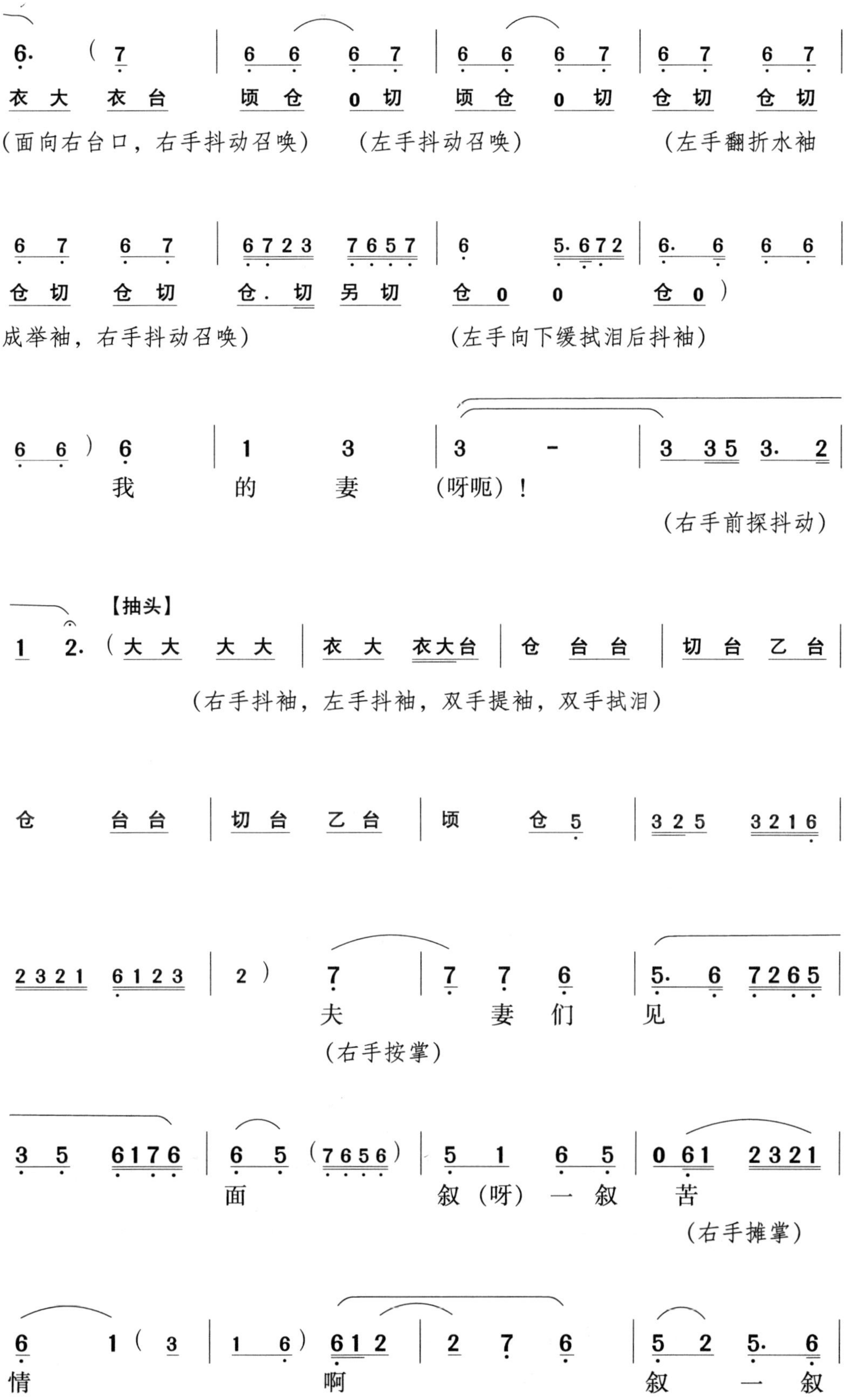

衣大 衣台 顷仓 0切 顷仓 0切 仓切 仓切
（面向右台口，右手抖动召唤） （左手抖动召唤） （左手翻折水袖
仓切 仓切 仓.切 另切 仓0 0 仓0）
成举袖，右手抖动召唤） （左手向下缓拭泪后抖袖）
我 的 妻 （呀呃）！
（右手前探抖动）
【抽头】
大大 大大 衣大 衣大台 仓 台台 切台 乙台
（右手抖袖，左手抖袖，双手提袖，双手拭泪）
仓 台台 切台 乙台 顷 仓
夫 妻们 见
（右手按掌）
面 叙（呀）一 叙 苦
（右手摊掌）
情 啊 叙 一 叙

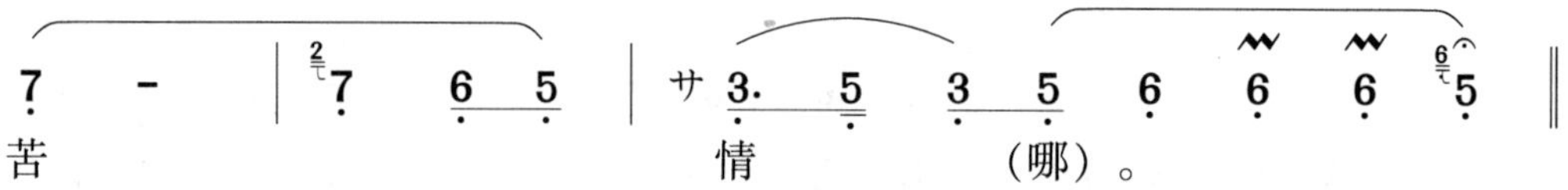

（右手摊掌抖动两下）

〔**【撕边一击】**范仲禹头枕左拳睡。煞神长身右“单山膀”亮相。**【阴锣】**煞神见范昏睡，将范帽子摘去。范未醒，又用双手捋范甩发。见范还不醒，用右手揪范甩发梢。**【乱锤】**范觉有人揪头发惊醒害怕，**【撕边】**双手向桌前垂袖。摇头同时双手双翻水袖两番。（**八大仓**）捂头坐下。**【撕边一击】**强作镇静站起。**【撕边一击】**煞神蹲，隐蔽。范双手翻折水袖双抖下，感到周围气氛恐怖，壮胆干咳了两声。**【撕边一击】**向左右一望。

范仲禹 啊！书房之中，阴风惨惨，鬼哭神嚎。（双目环视，定神）范仲禹啊范仲禹，只怕你难逃（**仓**）（右手翻折水袖）今晚！

〔四平调〕

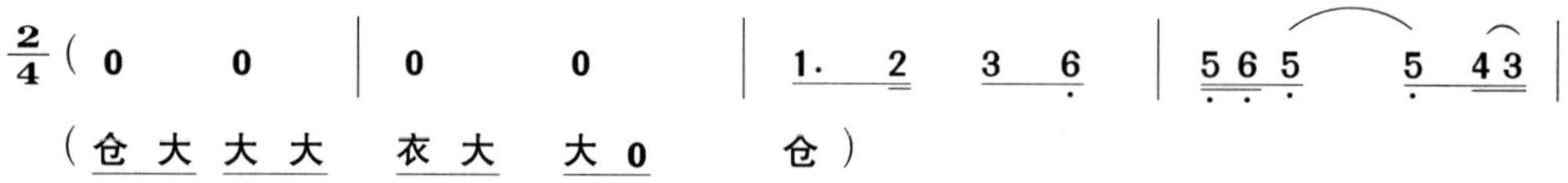

（双手捂头坐下，猛抬头想，定神亮住）

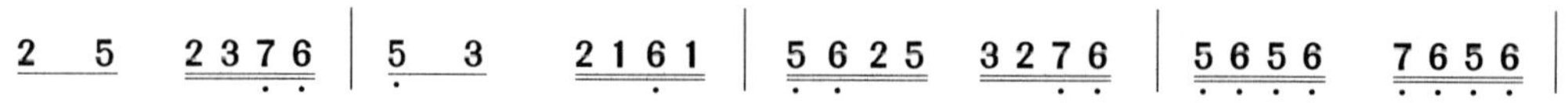

（双手拭泪）（起更：匡——匡——匡）

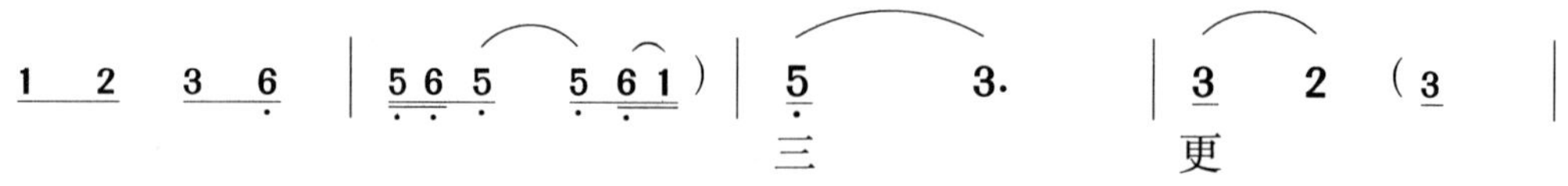

（双手抖袖）（右手拇指、食指

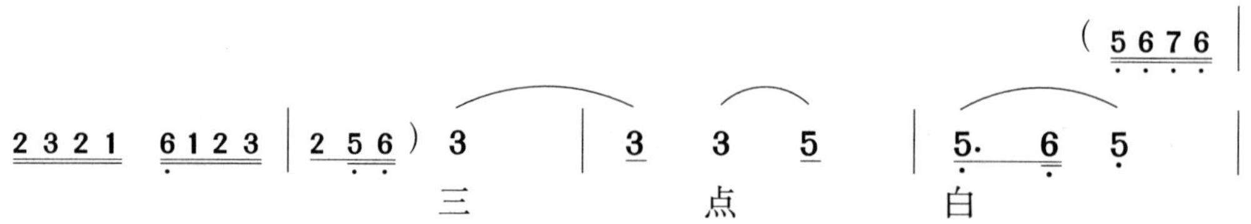

相捏，其余三指直伸）

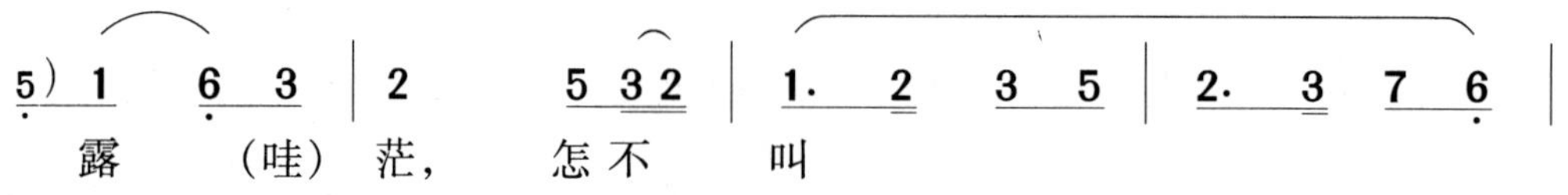

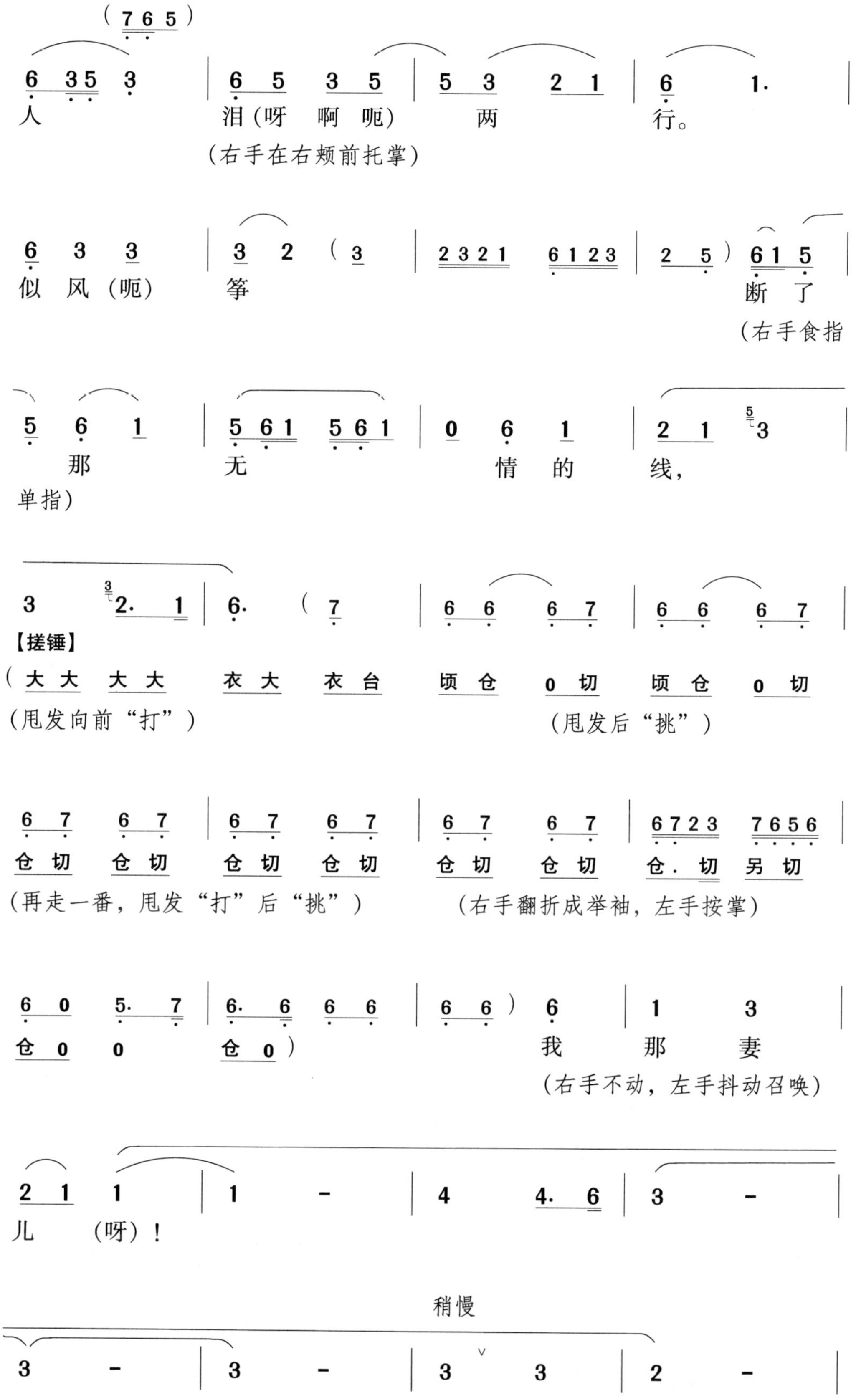
人
泪(呀 啊 呃)
两
行。
(右手在右颊前托掌)
似 风 (呃)
筝
断 了
(右手食指单指)
那
无
情 的 线,
【搓锤】
(大大 大大 衣大 衣台 顷仓 0切 顷仓 0切
(甩发向前“打”)
(甩发后“挑”)
仓切 仓切 仓切 仓切 仓切 仓切 仓.切 另切
(再走一番,甩发“打”后“挑”)
(右手翻折成举袖,左手按掌)
仓0 0 仓0)
我 那 妻
(右手不动,左手抖动召唤)
儿 (呀)!
稍慢

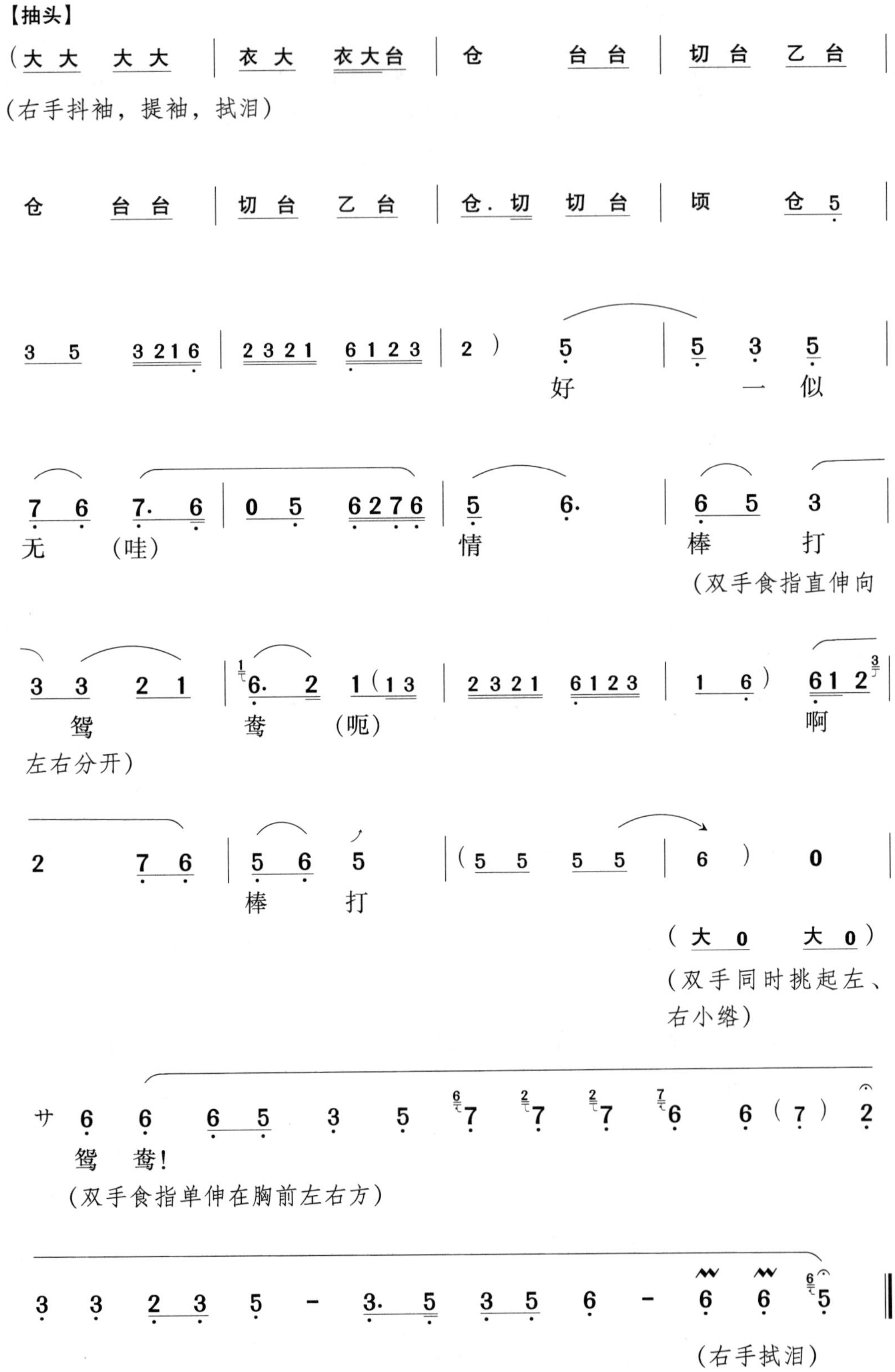

〔【撕边一击】范仲禹坐下。起四更。煞神下椅从“大边”绕出桌前。

〔【小锣一击】葛虎持刀从“上场门”上，煞神指葛。【小锣一击】葛虎推门，进门。煞神立于桌前，双手托髯。【小锣一击】葛虎左手指范，蹑步前行至桌前。【撕边】左手一摸煞神胡须，以为是范举刀便砍。煞神夺刀，葛虎左转身，（八大仓）煞神将葛虎杀死。【冲头】煞神走至靠“小边”的桌前，用刀拍桌子，“咚咚咚”三下。（八大仓）范拭目惊看，将甩发“挑”至背后。【乱锤】范仲禹双手双翻水袖，在“大边”向左、向右三倒步。【乱锤】双手翻折水袖“漫”煞神头走到“小边”，甩发前“打”后“挑”。二人“合扇”转身。范抓住煞神双手腕，二人“推磨”转一圈。【大锣三击】二人“合扇”跨左、右腿，上踢左、右腿。【大锣三击】二人“合扇”向右台口方向，跨右、左腿，上踢右、左腿。【大锣四击头】二人“合扇”转身，范仲禹连续两番上“盘”甩发。【撕边】煞神举刀，范仲禹双手向上撑袖，浑身战颤，身向后仰。（八大仓）范仲禹走“僵尸”落地。【冲头】煞神从“下场门”下。亮更。家院从“上场门”上，见葛虎已死，范倒地。急出门向“上场门”拱手。

家　院　有请太师爷！

〔葛登云从“上场门”上，四家丁随上。葛登云进门站“大边”看，四家丁“挖门”、“站门”。

葛登云　将疯汉唤醒！

〔【冲头】“小边”二家丁将范扶起。葛登云翻折右袖。

葛登云　嘟！（仓）胆大疯汉，我好意将你留在书房，你为何将我的家人杀死？

〔【撕边一击】范将甩发后“挑”。【撕边一击】右手前指。【撕边一击】双手齐抬比画高个子。【撕边】双手托髯。（八大仓）右手比刀砍状。【撕边】气极，（八大仓）打葛耳光。【大锣扑灯蛾】

范仲禹　好贼子呀！（右手指葛）【大锣抽头】

（念【扑灯蛾】）

　　贼子理不端，理不端，（左手点指，抖右袖）

〔【大锣抽头】范由“小边”步履踉跄走到“大边”，葛由“大边”到“小边”。

范仲禹　　强把娇妻占，娇妻占。（跺左脚，右手指）

〔【大锣抽头】范从“大边”又归到“小边”。葛又由“小边”归到“大边”。

范仲禹　　我（右手抚胸）今与你不分辩，

　　有司衙门去喊冤。【大锣收头】

葛登云　乱棍打死。

〔【乱锤】众家丁拿棍，范先挡“大边”再挡“小边”家丁打来的乱棍，向台中走。葛用砚台打范头，范不支倒地。

葛登云　拖至荒郊，用火焚化！

〔【冲头】四家丁抬范从“下场门”下，家院随下。葛登云一望。

葛登云　范仲禹呀范仲禹！（右手指出）【大锣五击】

这正是：

　　虎口拔牙自寻衅，

　　飞蛾投火自烧身。（右手点按三下）

〔【大锣打下】葛左转身，双背手从“下场门”下。

第六场

〔【小锣打上】大差、小差内白："啊哈！"

〔【小锣五击】大差、小差持棍从"上场门"上，归台中"八字"站，大差站"大边"。

大　差　中状元名扬天下，（右手撒掌）

小　差　赴琼林帽插金花。（右手指己帽）

大　差　包大人限期太紧，（左手持棍拱请式）

小　差　叫你我哪里寻他。（右手摊掌）

大　差　在下姜樊。

小　差　在下黄豹。

大　差　伙计请啦。

小　差　请啦。

大　差　咱们奉了包大人之命，寻找新科状元范仲禹。都找了半个多月啦，人也没找着，钱也花完啦（右手摊掌），也没有回去的盘川啦，眼看要挨饿了。（向小差）我说你有什么主意没有？

小　差　我倒有个主意。

大　差　你有什么主意呀？（右手摊掌）

小　差　你瞧这个没有？（背朝前，右手指背上背的文书）

大　差　这是文书。

小　差　（点头）还是的！咱们就吃它。

大　差　这怎么吃啊？（右手指文书）

小　差　你听我跟你说，咱们找个饭馆、酒肆一坐，什么好吃什么（右手按掌），什么好喝什么（右手比画喝酒），吃饱了喝足了（右手拍肚皮）抹嘴抬起脚一走。（扬右手）

大　差　哎，你先等等，人家不要钱啦？

小　差　要钱不要紧（摇头、右摆手），咱们给他看文书（转身右手指文书）。

大　差　噢！瞧文书就不要钱啦？

小　差　不要钱！人家扒衣裳。

大　差　这是说的什么话呀！

小　差　那你说怎么办？听你的。（右手指大差）

大　差　听我的？（右手抚胸）

小　差　听你的！（右手指大差）

大　差　伙计，咱们在这六扇门里头，都会这么"三脚毛"、"四门斗"的，（右手按掌）找个热闹的地方，画个圈儿（右手食指向下划圈），你在圈里头打把式卖艺（右手握拳），我（右手抚胸）在圈儿外头给你敛钱，敛着钱够吃饭的，你看好不好？

小　差　不行！不行！（右手拿棍左手指大差）好你个老奸巨滑，我（左手抚胸）在圈儿里头打把式卖艺，你在圈我外头给我敛钱，敛吧敛吧，把钱敛下来你溜了！（左指大差）找个地方足吃足喝，我还得挨饿。这个主意不怎么样（摇头、摆左手）。

大　差　依你怎么样？

小　差　依我？你瞧这是什么？（左手指右手中的棍）

大　差　这是棍儿呀！

小　差　（点头）咱们就吃它！

大　差　得了呗你！我吃豆腐还嫌硌牙哪！这玩艺儿（右手指小差手中的棍）吃不了。

小　差　不是这么吃法。

大　差　是哪么吃法？

小　差　咱们哥儿俩，找个密林子地方，往里一藏，等那南来的、北往的行商客旅，冷不防给他一杠子（举棍），有什么金银财宝，不都是咱们哥儿俩的了吗？

大　差　哎，我问问你，咱们是干什么的？（右指小差）

小　差　咱们是官人哪！（左手拍胸）

大　差　还是的，官差打扛子，知法犯法，不是罪加一等啊！

小　差　啾不冷子就这一回。（左手食指直伸）

大　差　啾不冷子就这一回。（下决心）好！走着！

「四家丁内喊："嗽——"

小　差　（望"上场门"一看）你瞧，来了。

「四家丁抬木箱从"上场门"上。大、小差举棍，起**【乱锤】**。众人见有人打劫，忙将箱子放在了后台口。二人举棍紧打，众家丁抱头鼠窜从"上场门"下。大、小差看箱子。

大　差　嗬！这只大箱子真不小哇！这是当铺搬家，顶盖儿肥呀！

小　差　来，打开打开！（欲向前）

大　差　（右手一拦）等等，干什么呀？你！

小　差　打开箱子拿东西。（左手指箱）

大　差　你先等等。打开箱子，你捡好的拿对不对？（右手指小差）

小　差　那还用说。（欲走，大差又拦）

大　差　不成不成，我得出主意，咱们把棍儿搁下，把箱子打开，倒背手儿摸（右手按掌），摸着好的也别喜欢，摸着不好的也别不高兴，咱们摸个福大福小，你瞧怎么样？（右手摊掌）

小　差　（左手指大差）瞧你这烦劲儿的！好，搁下棍（二人放棍），来，拿呀拿呀！

大　差　你先等等（又拦），就这么拿呀，咱们还得说个吉祥话儿呀！（双手按掌）

小　差　什么吉祥话儿呀？（双手摊掌）

大　差　你听着（右手指小差），开箱（右手按掌），

小　差　大吉！

大　差　万事，

小　差　亨通！（双扬手）

大　差　多摸，（左手掌心朝下平抬，右手从左小臂下伸出）

小　差　好东西！（右手食指一擦鼻子，指出）

「二人左右一看，互点头。开箱。

大　差
小　差　（同）咱们摸起来！

「奏京剧曲牌〈八岔〉。

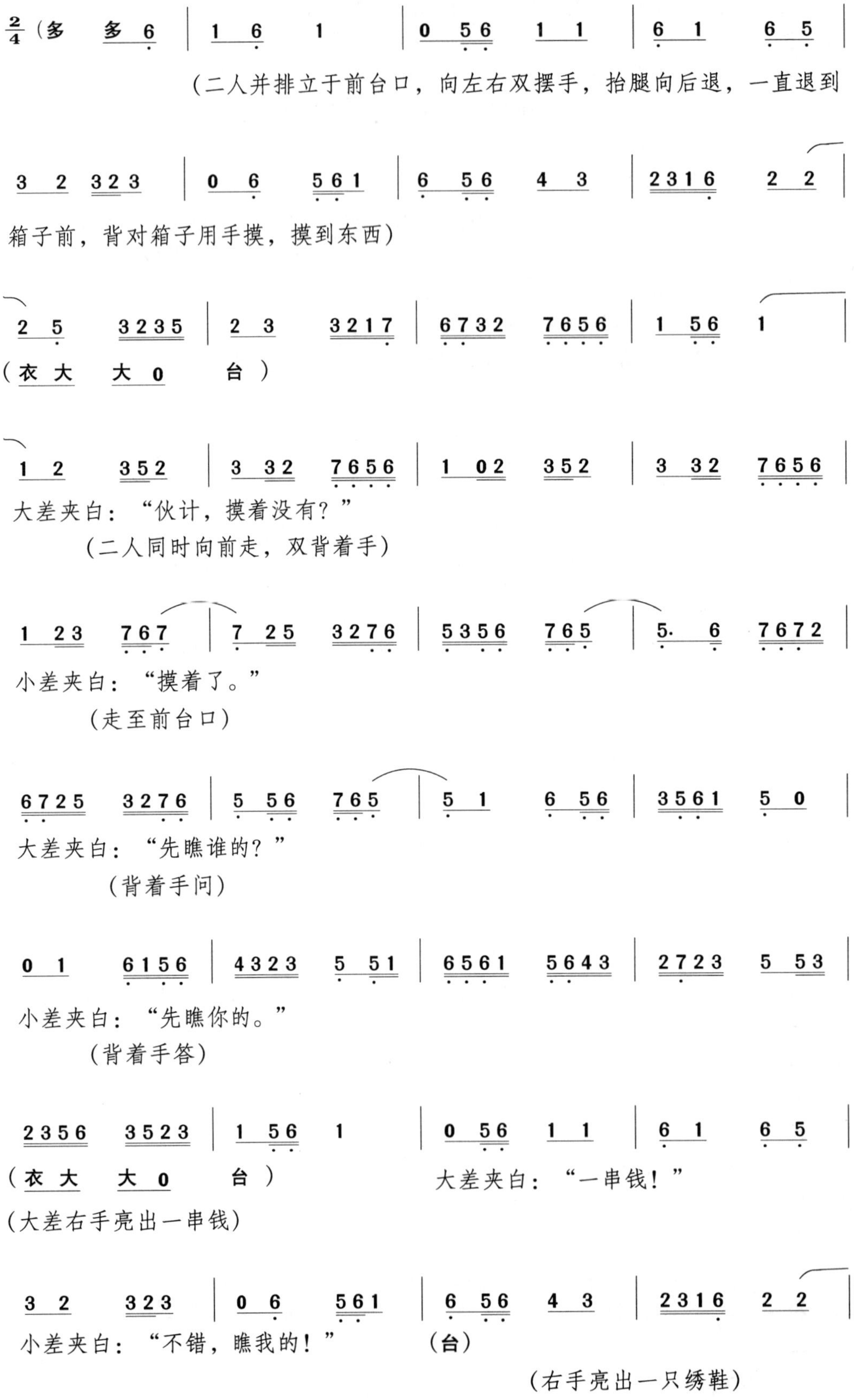
2/4（多 多
（二人并排立于前台口，向左右双摆手，抬腿向后退，一直退到
箱子前，背对箱子用手摸，摸到东西）
（衣 大 大 0 台 ）
大差夹白：“伙计，摸着没有？”
（二人同时向前走，双背着手）
小差夹白：“摸着了。”
（走至前台口）
大差夹白：“先瞧谁的？”
（背着手问）
小差夹白：“先瞧你的。”
（背着手答）
（衣 大 大 0 台 ）
大差夹白：“一串钱！”
（大差右手亮出一串钱）
小差夹白：“不错，瞧我的！”
（台）
（右手亮出一只绣鞋）

2 5 3235 | 2 3 3217 | 6723 7656 | 1 56 1 |

小差夹白："伙计，不成，地方不好，咱哥俩换换。"

（随手扔了鞋）

1 2 352 | 3 32 7656 | 1 02 352 | 3 32 7656 |

大差夹白："换什么地方呀！"

（把钱揣在了怀中）

1 23 767 | 7 25 3276 | 5356 765 | 5· 6 7672 |

小差夹白："不是好东西都在你那边吗？"

（指大差）

6725 3276 | 5 56 765 | 5 1 6 56 | 3561 5 0 |

大差夹白："行，行！咱俩换换。"

0 1 6156 | 4323 5 51 | 6561 5643 | 2723 5 53 |

（二人互换位置，面朝前，同时双手向前推，抬腿向后退，退到箱前。二人使劲

2356 3523 | 1 56 1 | 0 56 1 1 | 6 1 6 5 |

往里摸，都摸到东西。小差惊喜往前跑，右手往前一亮）

3 2 323 | 0 6 561 | 6 56 4 3 | 2316 2 2 |

（衣 大 大 0 台）

2 5 3235 | 2 3 2316 | 6723 7656 | 1 56 1 1 |

（台）

小差夹白："大元宝！"

1 2 352 | 3 32 7656 | 1 02 352 | 3 32 7656 |

大差夹白："我这个滑不出溜的，八成是金条！"

（往前走，边走边说，右手往前一亮是蜡烛）

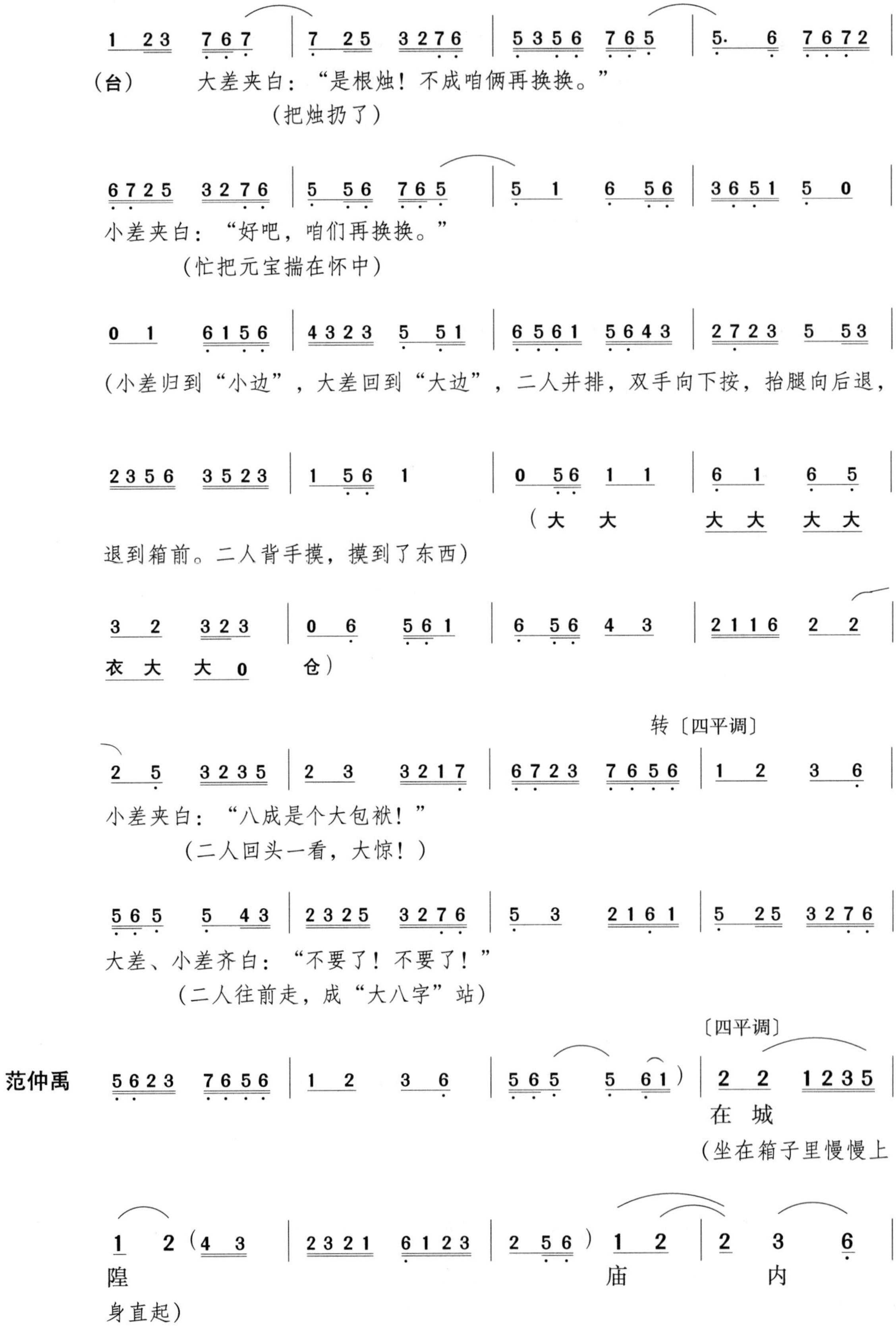
（台）
大差夹白：“是根烛！不成咱俩再换换。”
（把烛扔了）
小差夹白：“好吧，咱们再换换。”
（忙把元宝揣在怀中）
（小差归到“小边”，大差回到“大边”，二人并排，双手向下按，抬腿向后退，
（大 大 大 大 大 大
退到箱前。二人背手摸，摸到了东西）
衣 大 大 0 仓）
转〔四平调〕
小差夹白：“八成是个大包袱！”
（二人回头一看，大惊！）
大差、小差齐白：“不要了！不要了！”
（二人往前走，成“大八字”站）
〔四平调〕
范仲禹
在 城
（坐在箱子里慢慢上
隍
庙
内
身直起）

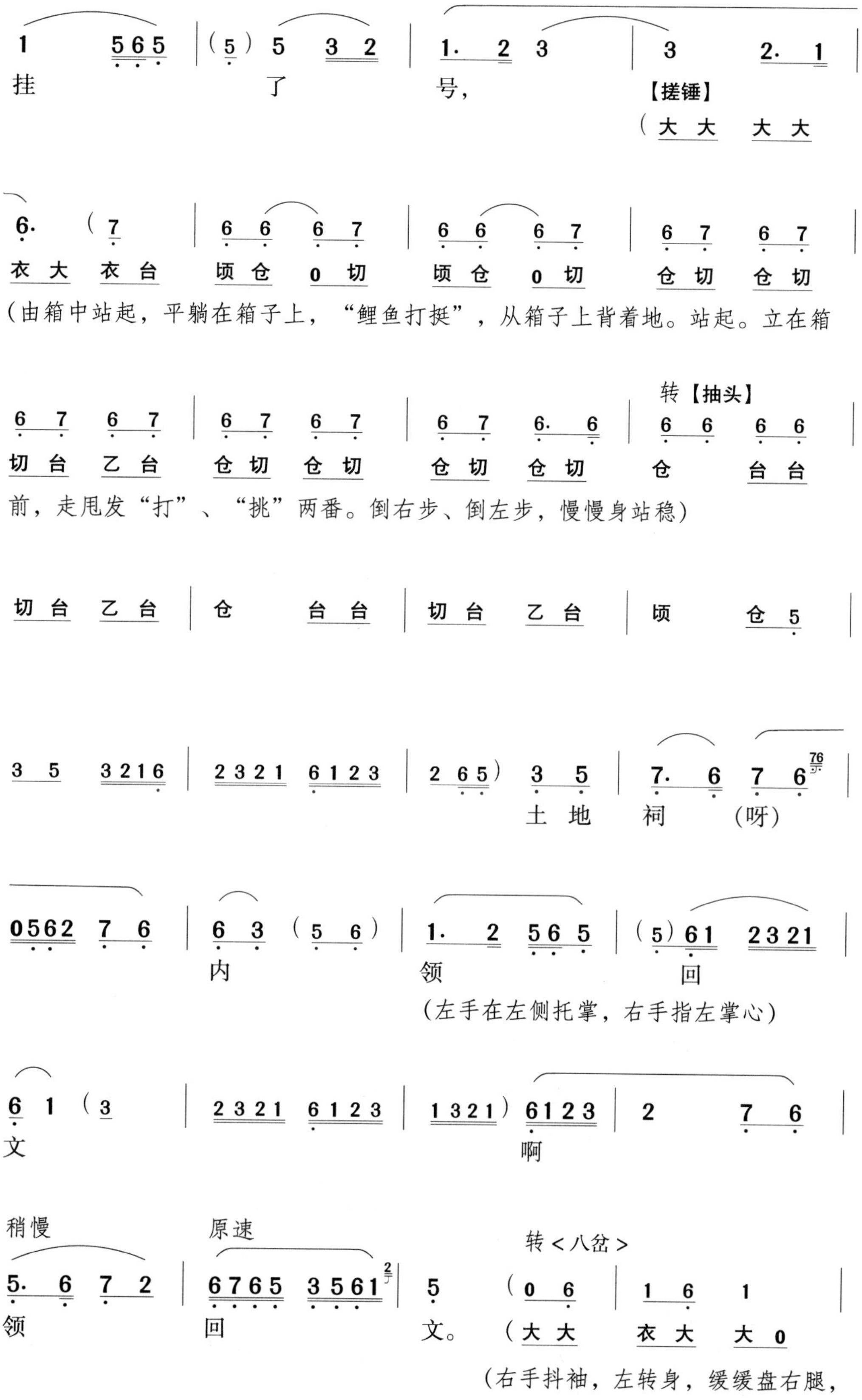
挂 了 号，
【搓锤】
（大 大 大 大
衣 大 衣 台 顷 仓 0 切 顷 仓 0 切 仓 切 仓 切
（由箱中站起，平躺在箱子上，“鲤鱼打挺”，从箱子上背着地。站起。立在箱
转【抽头】
切 台 乙 台 仓 切 仓 切 仓 切 仓 切 仓 台 台
前，走甩发“打”、“挑”两番。倒右步、倒左步，慢慢身站稳）
切 台 乙 台 仓 台 台 切 台 乙 台 顷 仓
土 地 祠 （呀）
内 领 回
（左手在左侧托掌，右手指左掌心）
文 啊
稍慢
原速
转＜八岔＞
领 回 文。（大 大 衣 大 大 0
（右手抖袖，左转身，缓缓盘右腿，

0 56 1 1 | 6 1 6 5 | 3 2 323 | 0 6 561 |

仓）

左腿直伸，坐在箱子盖上）

6 56 4 3 | 2316 2 2 | 2 5 3235 | 2 3 3217 |

6723 7656 | 1 56 1 | 1 2 352 | 3 32 7656 |

大差夹白：“伙计，你知道这是什么不知道？”

（二差人回头看范）（右手招呼小差，小差近前）

1 02 352 | 3 32 7656 | 1 23 767 | 7 25 3276 |

小差夹白：“这是什么呀？”

（双手摊掌）

5356 765 | 5 6 7672 | 6725 3276 | 5 56 7 65 |

大差夹白：“这是‘旱魃[①]’！”（台）

（右手指范）

5 1 6 56 | 3561 5 0 | 0 1 6156 | 4323 5 51 |

小差夹白：“旱魃？”

（摇摇头表示不明白）

6561 5643 | 2723 5 53 | 2356 3523 | 1 56 1 |

大差夹白：“我喂过这个，要是‘食儿’、‘水儿’勒喽，拿根棍一逗，鼻儿眼

（右手指范）

1 6 1 | 0 56 1 1 | 6 1 6 5 | 3 2 323 |

儿乱动，可有意思了！”

① 旱魃：传说中引起旱灾的一种怪物。在《神异经》中，对旱魃有如下的描述：“南方有人，长二三尺，袒身，而目在顶上，走行如风，名旦魃，所见之国大旱，赤地千里。”

0 6 561 | 6 56 4 3 | 2316 2 2 | 2 5 3235 |

小差夹白："是有个意思。"

（表示赞同地点点头）

2 3 2317 | 6723 7656 | 1 56 1 | 1 2 352 |

大差夹白："呀吠！"　　（衣 大 大 0 仓）

（大差拿棍拍地，走到箱子"大边"，用棍在范面前画圈）

3 32 7656 | 1 02 352 | 3 32 7656 | 1 23 767 |

7 25 3276 | 5356 765 | 5 6 7672 | 6725 3276 |

（范仲禹神情恍惚，忽见眼前有东西来回晃动，双手捋两小绺，盯住棍子，眼睛

5 56 765 | 5 1 6 56 | 3561 5 0 | 0 1 6156 |

随棍子转动，先向左转圈，再向右转圈）

【搓锤】

大大 大大 | 衣大 衣台 | 顷仓 0 切 | 顷仓 0 切 |

仓切 仓切 |: 仓切 仓切 :| 仓切 仓切 |: 仓切 仓切 :|

（范走下箱子左手拉住棍子，拖大差向"上场门"方向走三步，左手前推大差棍，大差倒退三步，范跟三步，范将甩发"打"、"挑"两番，归到台中）

仓. 切 乙切 | 顷 0 仓 | 1 6 1 | 0 56 1 1 |

（大大 大大 衣大 大 0

（范左手抓棍，右手指大差亮相）　（范左手松棍，走到大差面前）

6 1 6 5 | 3 2 323 | 0 6 561 | 6 56 4 3 |

仓）　（台）　范仲禹夹白："你骂了我了！"

（右手指大差）

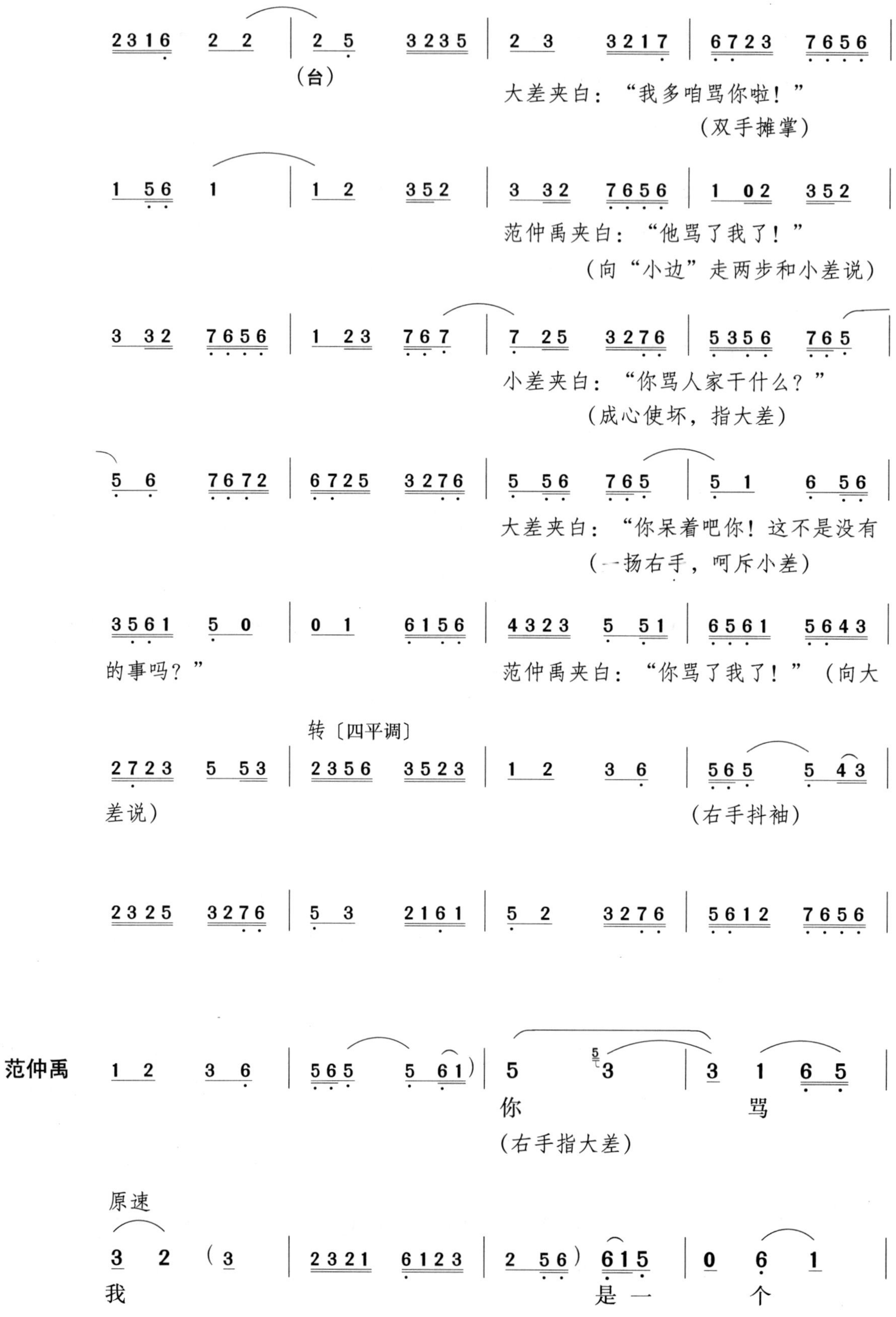
（台）
大差夹白：“我多咱骂你啦！”
（双手摊掌）
范仲禹夹白：“他骂了我了！”
（向“小边”走两步和小差说）
小差夹白：“你骂人家干什么？”
（成心使坏，指大差）
大差夹白：“你呆着吧你！这不是没有
（一扬右手，呵斥小差）
的事吗？”
范仲禹夹白：“你骂了我了！”（向大
差说）
转〔四平调〕
（右手抖袖）
范仲禹
你
骂
（右手指大差）
原速
我
是一
个

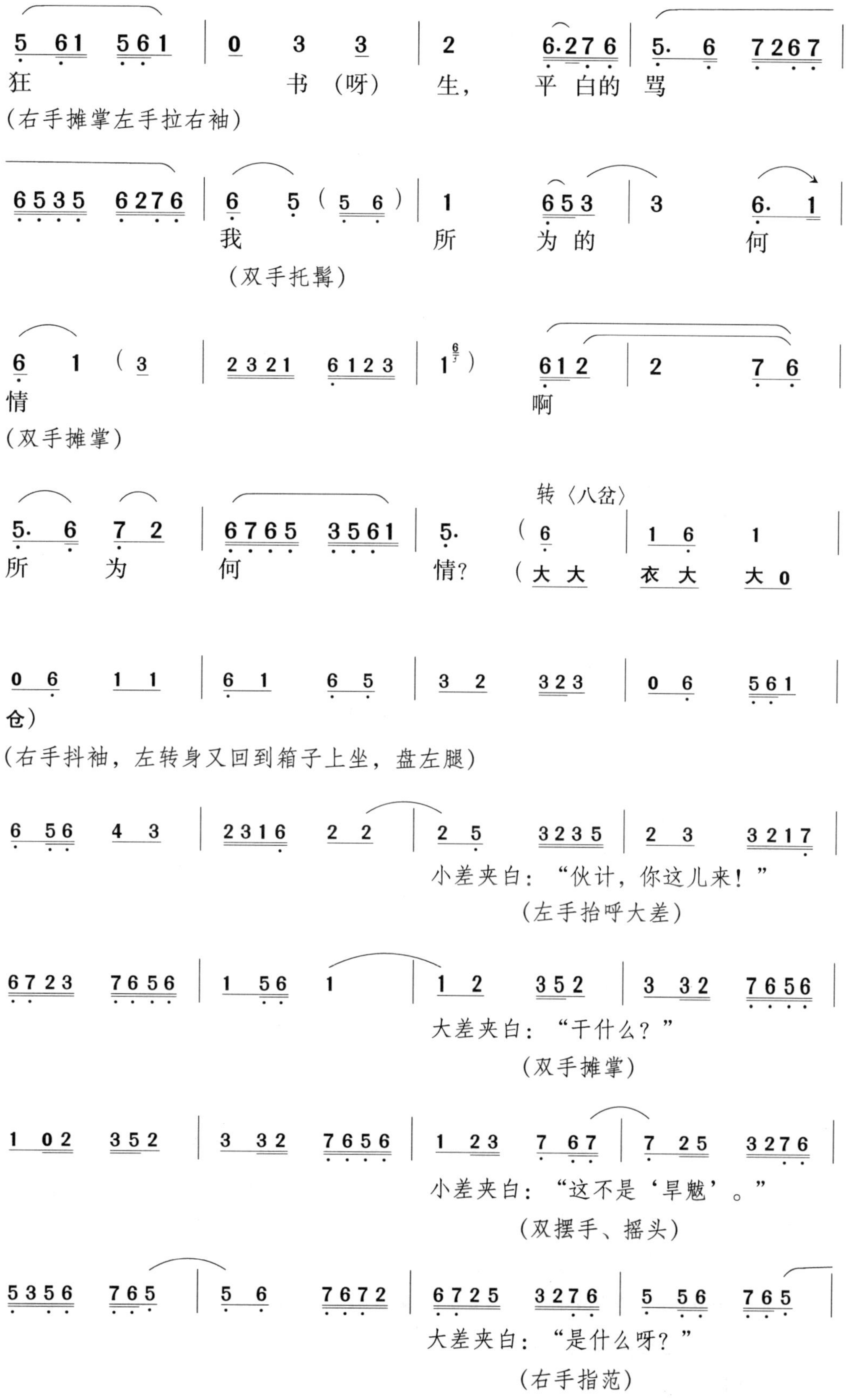
狂　书（呀）生，平白的骂
（右手摊掌左手拉右袖）
我　所　为的　何
（双手托髯）
情　啊
（双手摊掌）
转〈八岔〉
所　为　何　情？（大大　衣大　大0
仓）
（右手抖袖，左转身又回到箱子上坐，盘左腿）
小差夹白：“伙计，你这儿来！”
（左手抬呼大差）
大差夹白：“干什么？”
（双手摊掌）
小差夹白：“这不是‘旱魃’。”
（双摆手、摇头）
大差夹白：“是什么呀？”
（右手指范）

5 1 6 56 | 3561 5 0 | 0 1 6156 | 1323 5 51 |

小差夹白：“这是‘海怪’。”

（右手拿棍，左手指范）

6561 5643 | 2723 5 53 | 2356 3523 | 1 56 1 |

大差夹白：“什么是‘海怪’呀？”

（凑近一步）

0 56 1 1 | 6 1 6 5 | 3 2 323 | 0 6 561 |

小差夹白：“你听我和你说，这海水不

（一扬左手，右手拇指、食指相

6 56 4 3 | 2316 2 2 | 2 5 3235 | 2 3 3217 |

是有三潮吗？早潮把他给潮上来了，到了晚上落的时候，把它撂在了旱岸上啦，

捏，其余三指直伸）（左手按掌）（指范）

6723 7656 | 1 56 1 | 1 2 352 | 3 32 7656 |

天长日久，受了日精月华他可就成精啦！”

（左手点指范）

1 02 352 | 3 32 7656 | 1 23 767 | 7 25 3276 |

5356 765 | 5 6 7672 | 6725 3276 | 5 56 765 |

大差夹白：“是啊！”

（右手叉腰看小差）

5 1 6 56 | 3561 5 0 | 0 1 6156 | 4323 5 51 |

小差夹白：“这玩意儿我养活过，我拿

（左手拍胸）（右手抬起

6561 5643 | 2723 5 53 | 2356 3523 | 1 56 1 |

棍一逗他，蹄腿乱动，有意思着哪！”

棍儿）

琼林宴

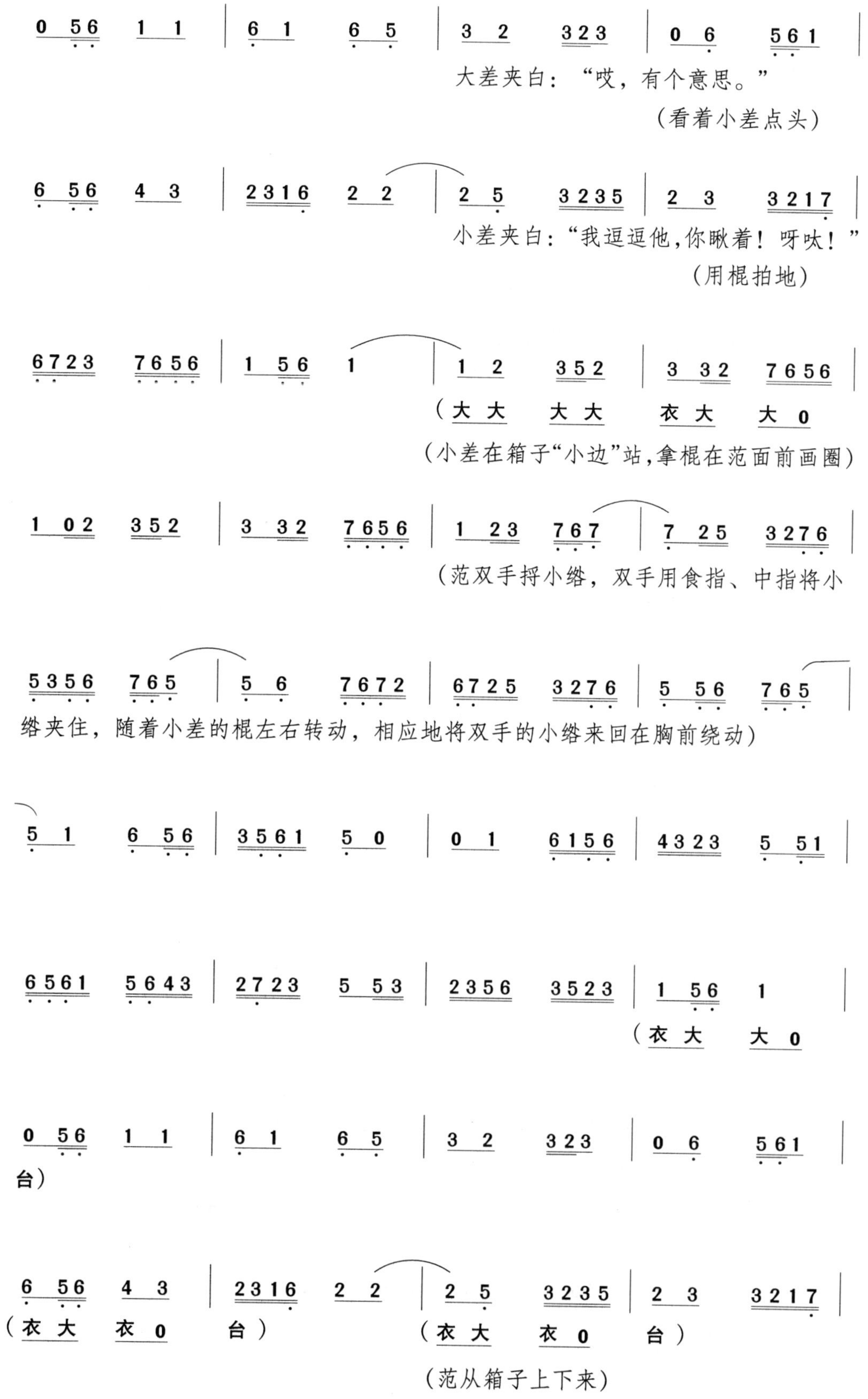

大差夹白："哎，有个意思。"
（看着小差点头）
小差夹白："我逗逗他，你瞅着！呀呔！"
（用棍拍地）
（大大 大大 衣大 大0
（小差在箱子"小边"站，拿棍在范面前画圈）
（范双手捋小绺，双手用食指、中指将小
绺夹住，随着小差的棍左右转动，相应地将双手的小绺来回在胸前绕动）
（衣大 大0
台）
（衣大 衣0 台）
（衣大 衣0 台）
（范从箱子上下来）

【搓锤】

大大 大大 | 衣大 衣台 | 顷仓 0切 | 顷仓 0切 |

(用右手抓住小差的棍子，拉小差往“下场门”方向走三步，右手向前推小差棍，

仓切 仓切 | 仓切 仓切 | 仓切 仓切 | 仓切 仓切 |

小差退走三步，范跟三步，上踢右腿、向后抬左腿，甩发随着腿的踢、抬走甩发

‖: 仓切 仓切 :‖: 仓切 仓切 :‖ 仓. 切 另切 | 顷0 仓6 |

“打”、“挑”动作。范归到台中，右手拿棍，左手指小差亮住相。松棍)

1 6 1 | 0 56 1 1 | 6 1 6 5 | 3 2 323 |

小差夹白：“伙计，怎么样？”

(范右手抖袖) (左手指范)

0 6 561 | 6 56 4 3 | 2316 2 2 | 2 5 3235 |

大差夹白：“有点意思！”

(点头)

6723 7656 | 1 56 1 | 1 2 352 | 3 32 7656 |

范仲禹夹白：“你打了我了！”

(右手抚胸) (向小差走去)

1 02 352 | 3 32 7656 | 1 23 767 | 7 25 3276 |

小差夹白：“谁打你啦？”

(一扬左手)

5356 765 | 5 6 7672 | 6725 3276 | 5 56 765 |

大差夹白：“怎么回事？怎么回事？”

(扬右手，招呼范，范回身看大差)

5 1 6 56 | 3561 5 0 | 0 1 6156 | 4323 5 51 |

范仲禹夹白：“他打了我了！”

(右手指小差，又抚胸)

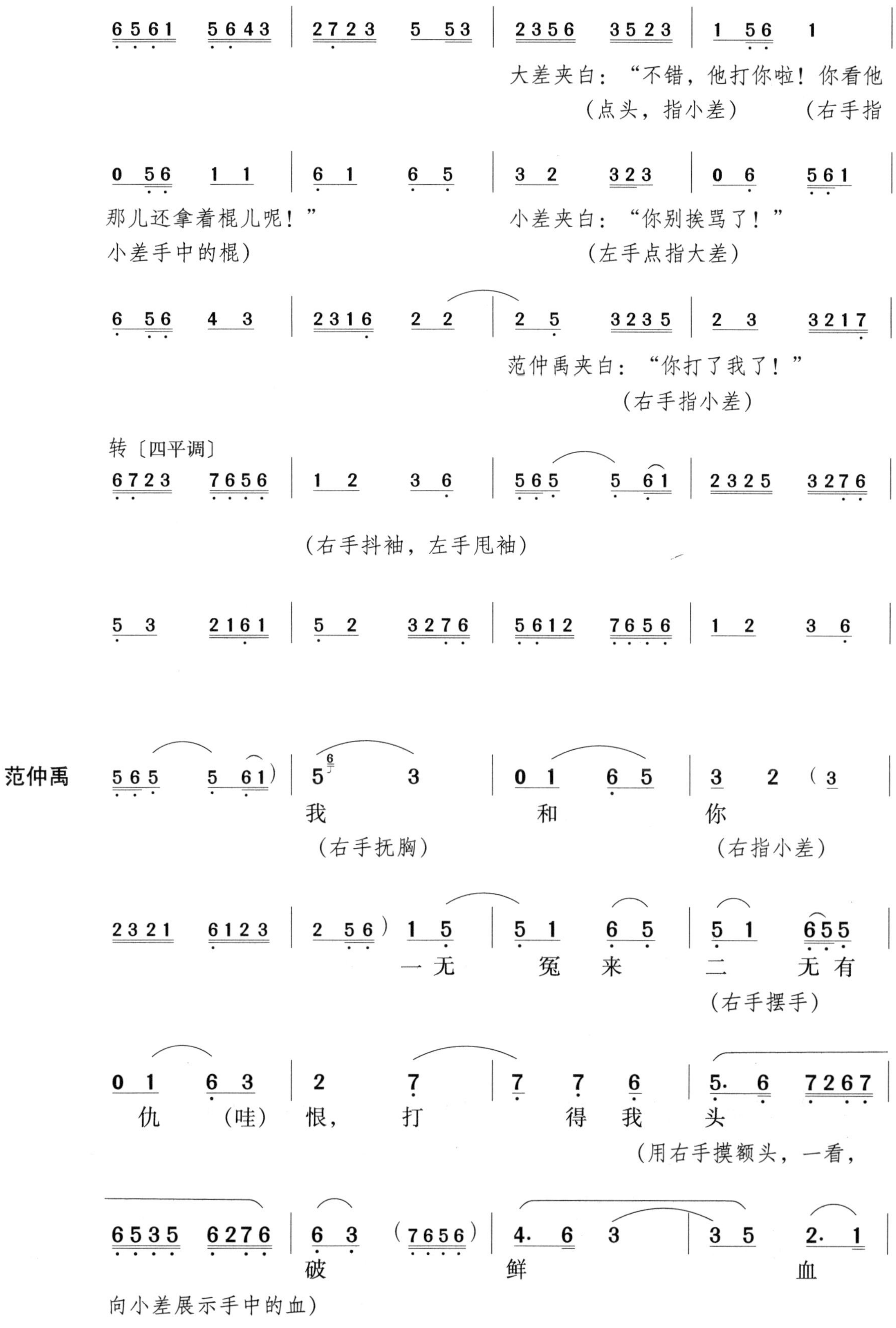
大差夹白：“不错，他打你啦！你看他
（点头，指小差）（右手指
那儿还拿着棍儿呢！”
小差手中的棍）
小差夹白：“你别挨骂了！”
（左手点指大差）
范仲禹夹白：“你打了我了！”
（右手指小差）
转〔四平调〕
（右手抖袖，左手甩袖）
范仲禹
我 和 你
（右手抚胸）
（右指小差）
一无 冤来 二 无有
（右手摆手）
仇 （哇） 恨， 打 得我 头
（用右手摸额头，一看，
破 鲜 血
向小差展示手中的血）

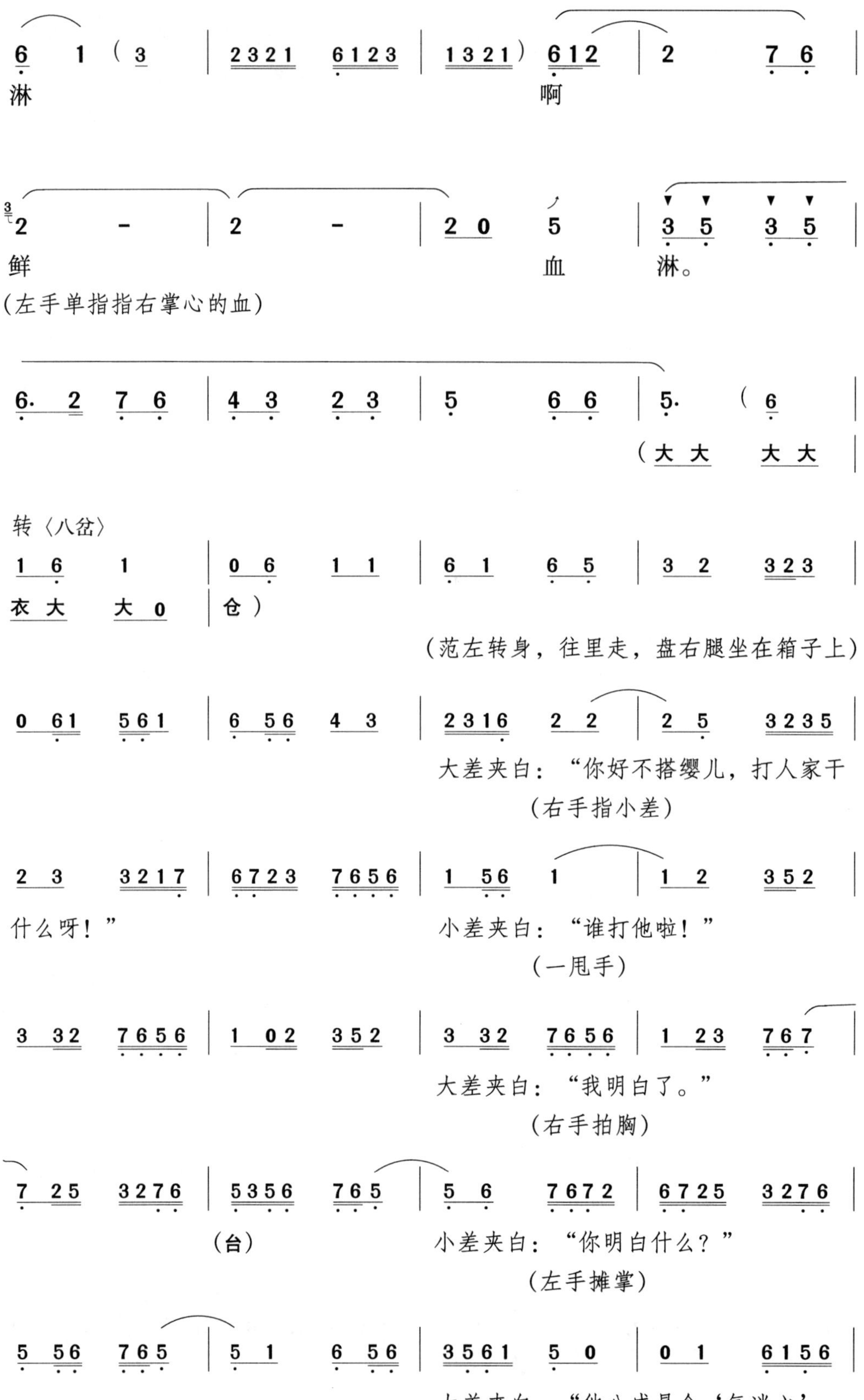
淋
啊
鲜
血
淋。
(左手单指指右掌心的血)
(大 大 大 大
转〈八岔〉
衣 大 大 0 仓)
(范左转身，往里走，盘右腿坐在箱子上)
大差夹白：“你好不搭缨儿，打人家干
(右手指小差)
什么呀！”
小差夹白：“谁打他啦！”
(一甩手)
大差夹白：“我明白了。”
(右手拍胸)
(台)
小差夹白：“你明白什么？”
(左手摊掌)
大差夹白：“他八成是个‘气迷心’，

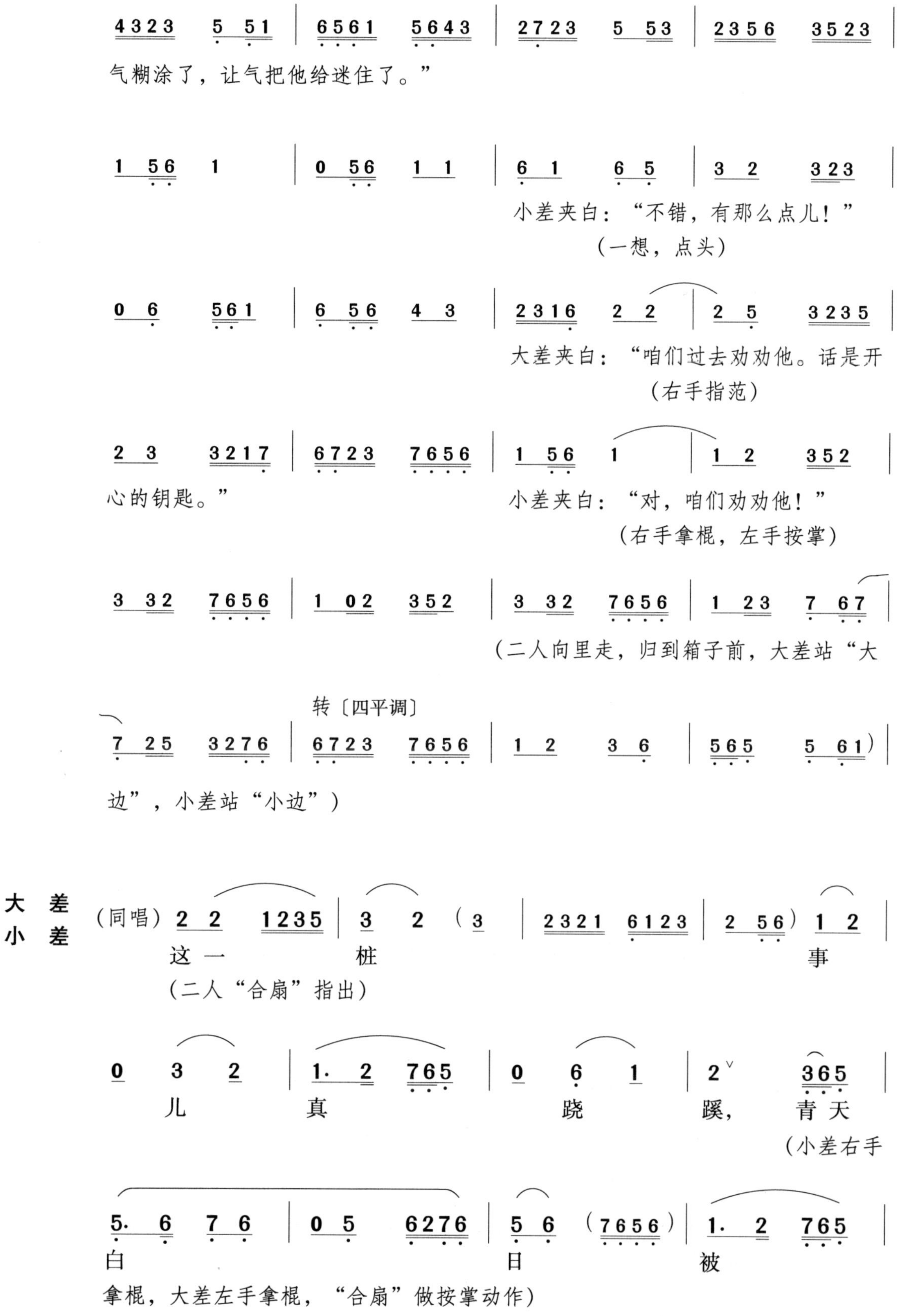
气糊涂了，让气把他给迷住了。”
小差夹白：“不错，有那么点儿！”
（一想，点头）
大差夹白：“咱们过去劝劝他。话是开
（右手指范）
心的钥匙。”
小差夹白：“对，咱们劝劝他！”
（右手拿棍，左手按掌）
（二人向里走，归到箱子前，大差站“大
转〔四平调〕
边”，小差站“小边”）
大差
小差
（同唱）
这一 桩 事
（二人“合扇”指出）
儿 真 跷 蹊，青天
（小差右手
白 日 被
拿棍，大差左手拿棍，“合扇”做按掌动作）

0 3 2321 | 6 1 (0 3 | 2321 6123 | 1321) 612 |
鬼 迷 啊

0 2 7 6 | 5 6 7 2 | 6765 3561 | 5 (0 6 |
被 鬼 迷。
(二人“合扇”指出)

转〈八岔〉

1 6 1 | 0 56 1 1 | 6 1 6 5 | 3 2 323 |
大差夹白：“伙计，咱们劝劝他。这一劝，明白了，他走他的，咱们干咱们的。你说是不是？”

0 6 561 | 6 56 4 3 | 2316 2 2 | 2 5 3235 |
小差夹白：“不错，是这么回事儿。”
(点头)（二人在台中讲话，范走下箱来）

【搓锤】

2 3 3217 | 6723 7656 | 1 56 1 | 大大 大大
(大大 大大 衣大 大 0 仓) 大差夹白：“哎呀妈呀！”
(范突然抱住了大差腰，大差惊)

衣大 衣台 | 顷仓 0 切 | 顷仓 0 切 | 仓切 仓切 |
(范搂大差腰，推大差在原地转了一个小圆圈，又拉大差腰左右侧走，双手推大

仓切 仓切 ‖: 仓切 仓切 :‖ 仓切 仓切 | 仓.切 另切 |
差。大差坐地下看范)

转〈八岔〉

顷 0 | 仓 0 6 | 1 6 1 | 0 56 1 1 |
大差夹白：“这是怎么了？”
(站起)

6 1 6 5 | 3 2 323 | 0 6 561 | 6 56 4 3 |
范仲禹夹白：“你是我的儿子呀！”
(右手指大差)

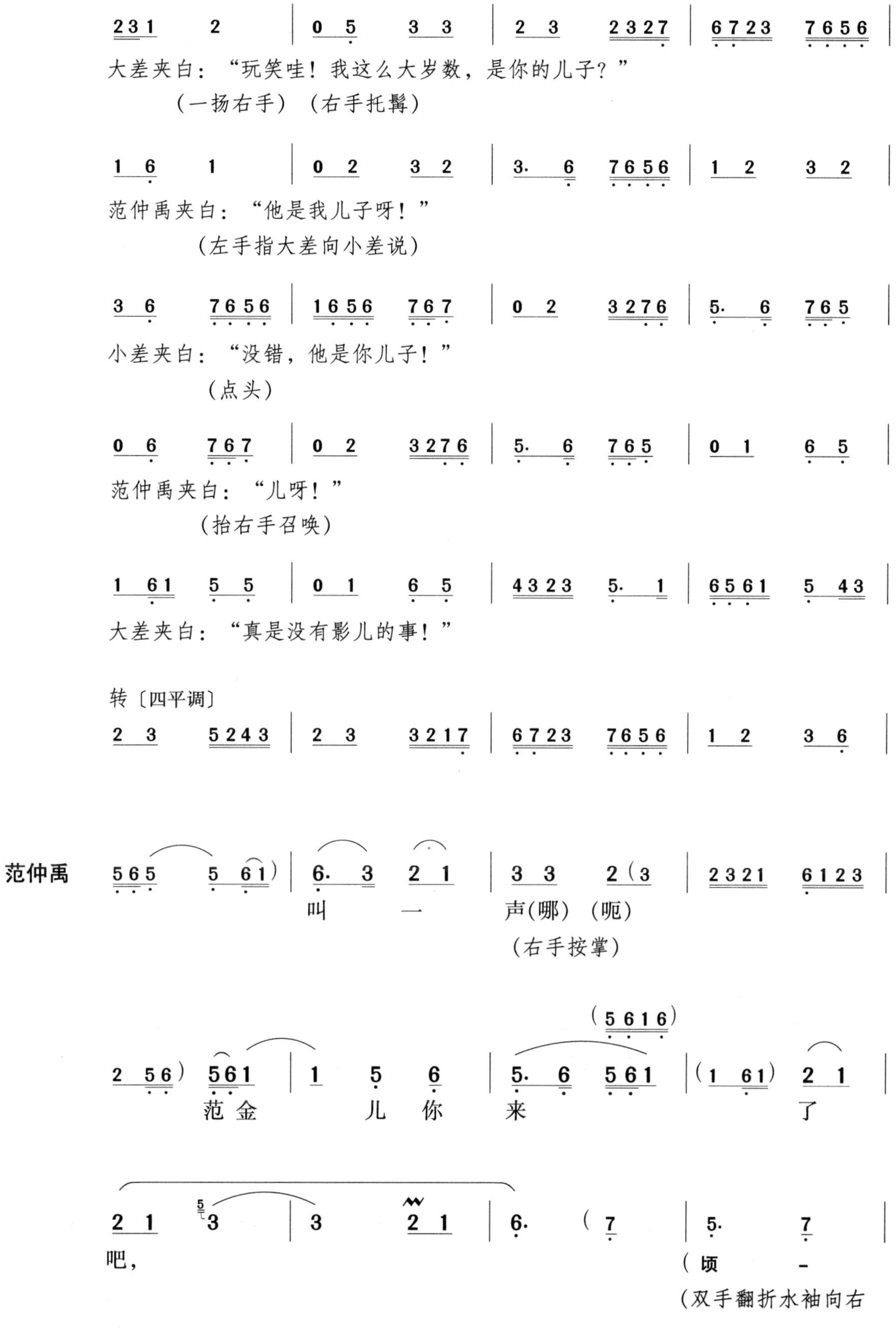
大差夹白："玩笑哇！我这么大岁数，是你的儿子？"
（一扬右手）（右手托髯）
范仲禹夹白："他是我儿子呀！"
（左手指大差向小差说）
小差夹白："没错，他是你儿子！"
（点头）
范仲禹夹白："儿呀！"
（抬右手召唤）
大差夹白："真是没有影儿的事！"
转〔四平调〕
范仲禹
叫 一 声(哪)（呃）
（右手按掌）
范 金 儿 你 来 了
吧，
（顷 –
（双手翻折水袖向右

6. 6 6 6 | 6 6) 6 3 | 2 1 | 6 1 |
仓 0) 我 的 儿 (呀)!
上斜托亮相)

【搓锤】
2 - | 大大 大大 | 衣大 衣台 | 顷台 0 切 |
(向大差扑去,“漫”大差。大差到“小边”,范到“大边”)

顷仓 0 切 | 仓切 仓切 | 仓切 仓切 | 衣大 衣台 |
(范由“大边”向台

顷仓 0 切 | 顷仓 0 切 | 仓切 仓切 | 仓切 仓切 |
中走,又扑过去“漫”大差头。大差归原来的“大边”。范在台中,小差在“小边”)

仓切 仓切 | 仓切 仓切 | 仓切 仓切 | 仓. 切 另 |

【平板夺头】
仓 0 仓) | (龙 冬 大大台 | 仓另切 切 切. | 顷 仓 5 |
(双手抖袖)

范仲禹
3 5 3216 | 2321 6123 | 2 5) 615 | 5 6 1 |
送儿 到
(右手指大差)

3 5 615(6 | 5) 35 6156 | 1.(6 561) | 1 1 5 (5676 |
学 中 攻(呃) 读
(左手托掌,右指

5) 3 2321 | 6 1 (3 | 2321 6123 | 1 6) 612 |
诗 文 啊
指向左掌心)

琼林宴

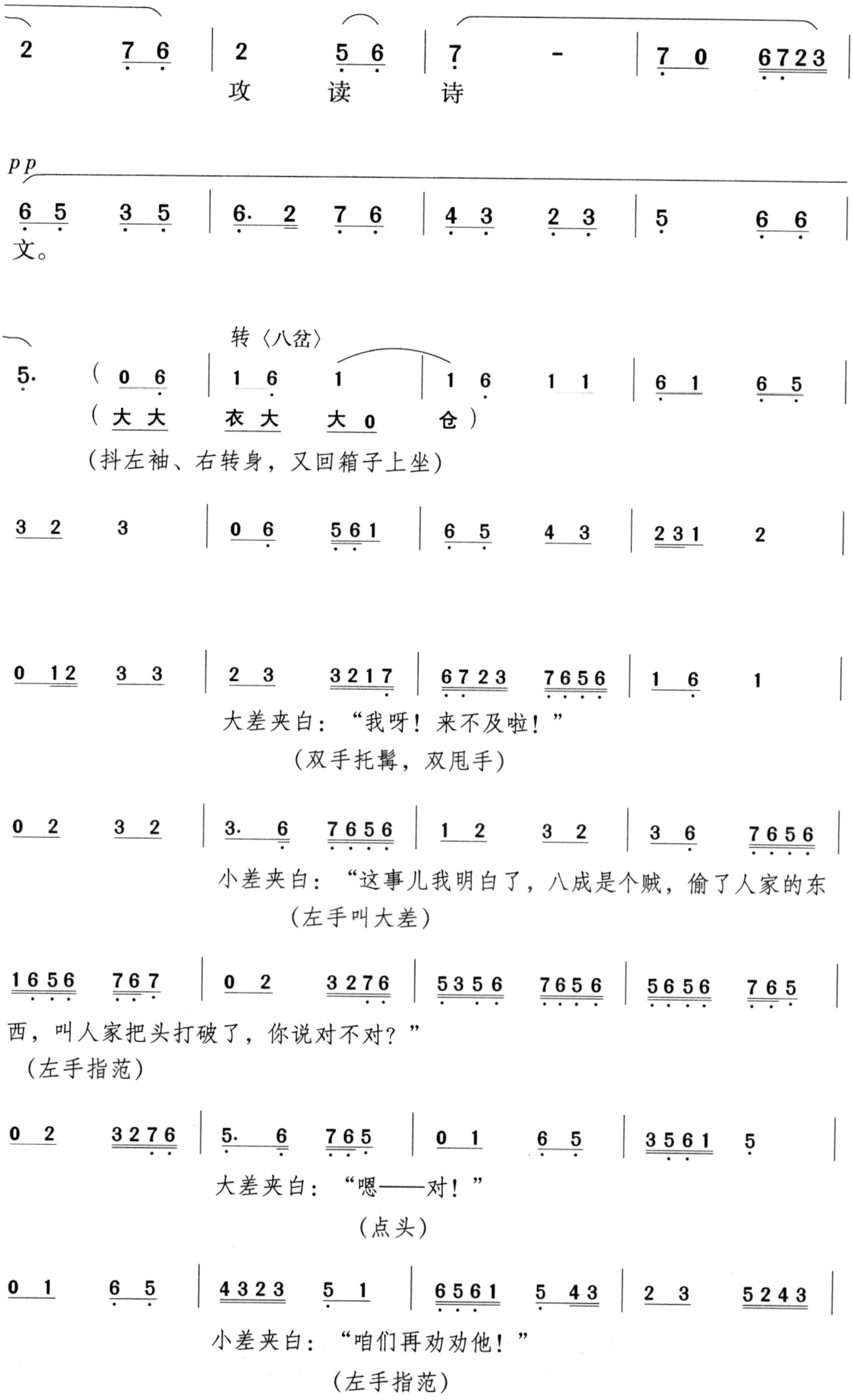
攻 读 诗
文。
转〈八岔〉
（大大 衣大 大0 仓）
（抖左袖、右转身，又回箱子上坐）
大差夹白：“我呀！来不及啦！”
（双手托髯，双甩手）
小差夹白：“这事儿我明白了，八成是个贼，偷了人家的东
（左手叫大差）
西，叫人家把头打破了，你说对不对？”
（左手指范）
大差夹白：“嗯——对！”
（点头）
小差夹白：“咱们再劝劝他！”
（左手指范）

转〔四平调〕

235 3 23 | 6723 7656 | 1 2 3 6 | 565 5 61) |

大差夹白："劝劝他！"

（右手指范）

大差
小差

（同唱）2 2 1235 | 3 2 (3 | 2321 6123 | 2 56) 1 2 |

是 何 人 将

0 3 2 | 1· 2 765 | 0 6 1 | 2 3656 |

你 的 头 打 破，快快

7· 6 7 6 | 0 5 6276 | 5 6 (7656) | 1· 2 765 |

寻 找 对

0 3 2321 | 6 1 (0 3 | 2321 6123 | 1321) 612 |

头 人 啊

（二差"合扇"动作指出）

0 2 7 6 | 5· 6 7 2 | 6756 3561 | 5 (0 6 |

对 头 人。

转〈八岔〉

1 6 1 | 0 56 1 1 | 6 1 6 5 | 3 2 323 |

小差夹白："这八成猜对了，他不言语了嘛！"

（向大差）

0 6 561 | 6 56 4 3 | 2316 2 2 | 2 5 3 3 |

大差夹白："差不离儿。"

（点头）

【搓锤】

2 3 3217 | 6723 7656 | 1 56 1 | 大大 大大 |

（大大 大大 衣大 大0 仓） 小差夹白："哎哟

（范从箱子上下来，搂小差腰，推着小差原地转一小圆场。范仲禹归到台中，双

衣大 衣台 | 顷仓 0切 | 顷仓 0切 | 仓切 仓切 |

糟了！”

手推小差。小差朝右台口方向走一“轱辘毛”，站起）

仓切 仓切 | 仓切 仓切 | 仓.切 另切 | 顷 0 6 |

小差夹白：“这是

〈八岔〉

1 6 1 | 0 6 1· 1 | 6 1 6 5 | 3 2 3 |

闹着玩的！” 范仲禹夹白：“你是我的妻子呀！”

（右手指小差）

0 6 5 17 | 6 5 4 3 | 231 2 | 0 5 3 3 |

小差夹白：“什么？我是你媳妇？”

（左手拍胸）

2 3 2327 | 6723 7656 | 1 6 1 | 0 2 3 2 |

大差夹白：“这是怎么着，怎么着？”

（右手摊掌抖落两下）

3· 6 7656 | 1 2 3 2 | 3 6 7656 | 1656 767 |

范仲禹夹白：“他是我的妻子呀！”

（右手指小差，向大差说）

0 2 3276 | 5· 6 765 | 0 6 767 | 0 2 3276 |

小差夹白：“这是哪儿的事呀！”

（一甩手）

转〔四平调〕

5· 6 765 | 0 1 6 5 | 3 6 5 | 5356 765 |

范仲禹 6723 7656 | 1 2 3 6 | 565 5 61) | 6 5 3 2 |

叫 一

（右手向前

3 3 2 (3 | 2321 6123 | 2 5) 1 5 | 5 1 6 |
声(哪 呃) 结 发 妻 你
按掌) (右手指小差)

5 61 561 | (123) 3 | 1 2 3 | 3 2 1 |
何 方 去(呀)(呃)，

6· (7 | 5· 7 6 0 | 6· 6 6 6 | 6 6) 6 1 |
（衣 大 衣 大 顷 仓 0） 我 的
(双手翻折水袖向右上方斜托，亮相)

【搓锤】

3 3 | 3 ⁵3 ⁵3 | 2 1 2 | (大 大 大 大 |
妻 呀!
(范“漫”小差向右

衣 大 衣 台 | 顷 仓 0 切 | 顷 仓 0 切 | 仓 切 仓 切 |
台口扑去，小差急躲，归到“大边”)

仓 切 仓 切 | 衣 大 衣 台 | 顷 仓 0 切 | 顷 仓 0 切 |
(范由右台口向“大边”的小差扑去，小差从“大边”回到

仓 切 仓 切 | 仓 切 仓 切 | 仓 切 仓 切 | 仓 切 仓 切 |
“小边”)

【平板夺头】

仓 切 仓 切 | 仓. 切 另 | 仓) 0 | (龙 冬 大大台 |
(范仲禹归台中，小差在“小边”，大差在“大边”) (双手抖袖)

仓 另切 切 切. | 顷 仓 5 | 3 5 3216 | 2321 6123 |

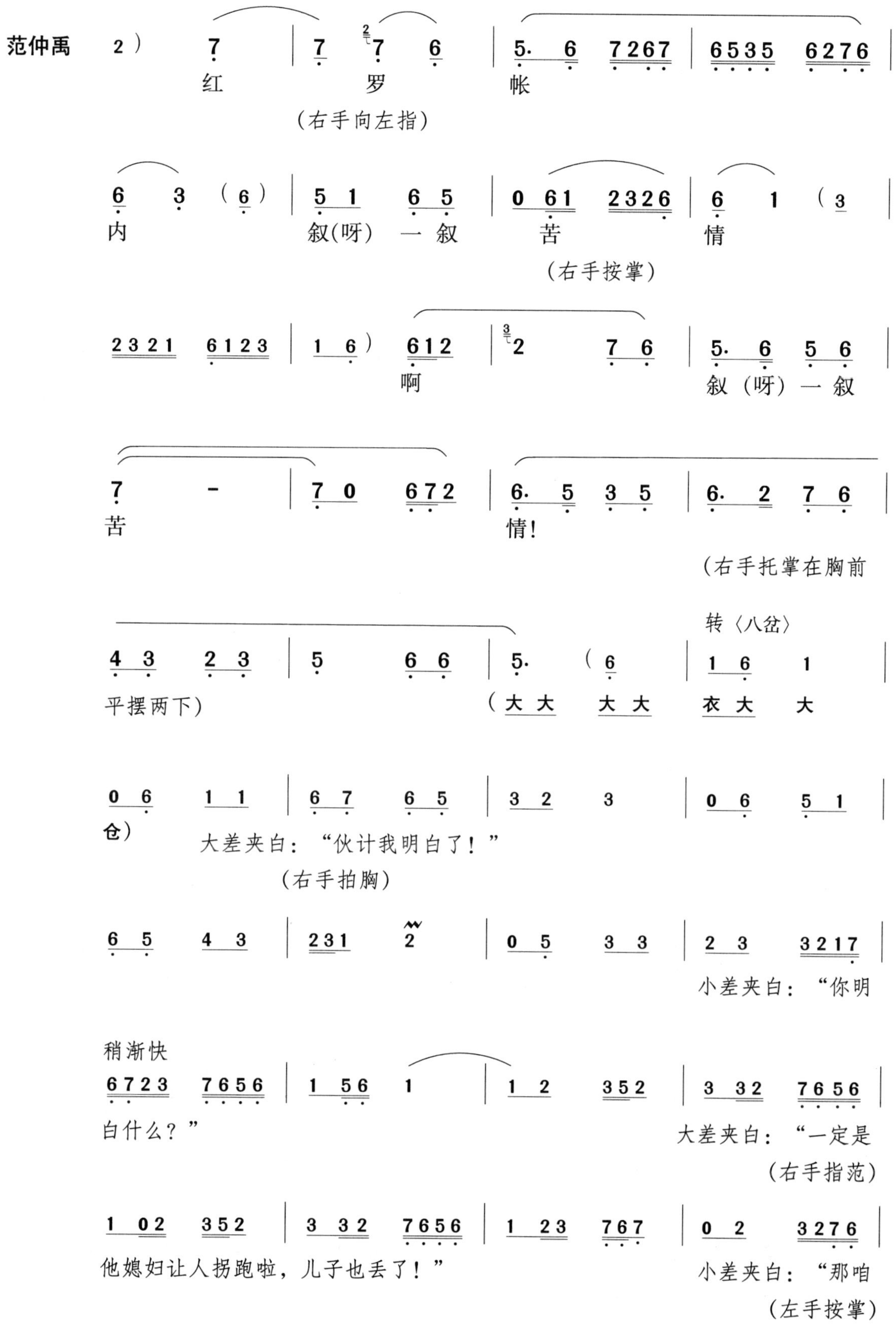
范仲禹
红 罗 帐
(右手向左指)
内 叙(呀) 一 叙 苦 情
(右手按掌)
啊 叙 (呀) 一 叙
苦 情!
(右手托掌在胸前
转〈八岔〉
平摆两下)
(大 大 大 大 衣 大 大
仓)
大差夹白:“伙计我明白了!”
(右手拍胸)
小差夹白:“你明
稍渐快
白什么?”
大差夹白:“一定是
(右手指范)
他媳妇让人拐跑啦,儿子也丢了!”
小差夹白:“那咱
(左手按掌)

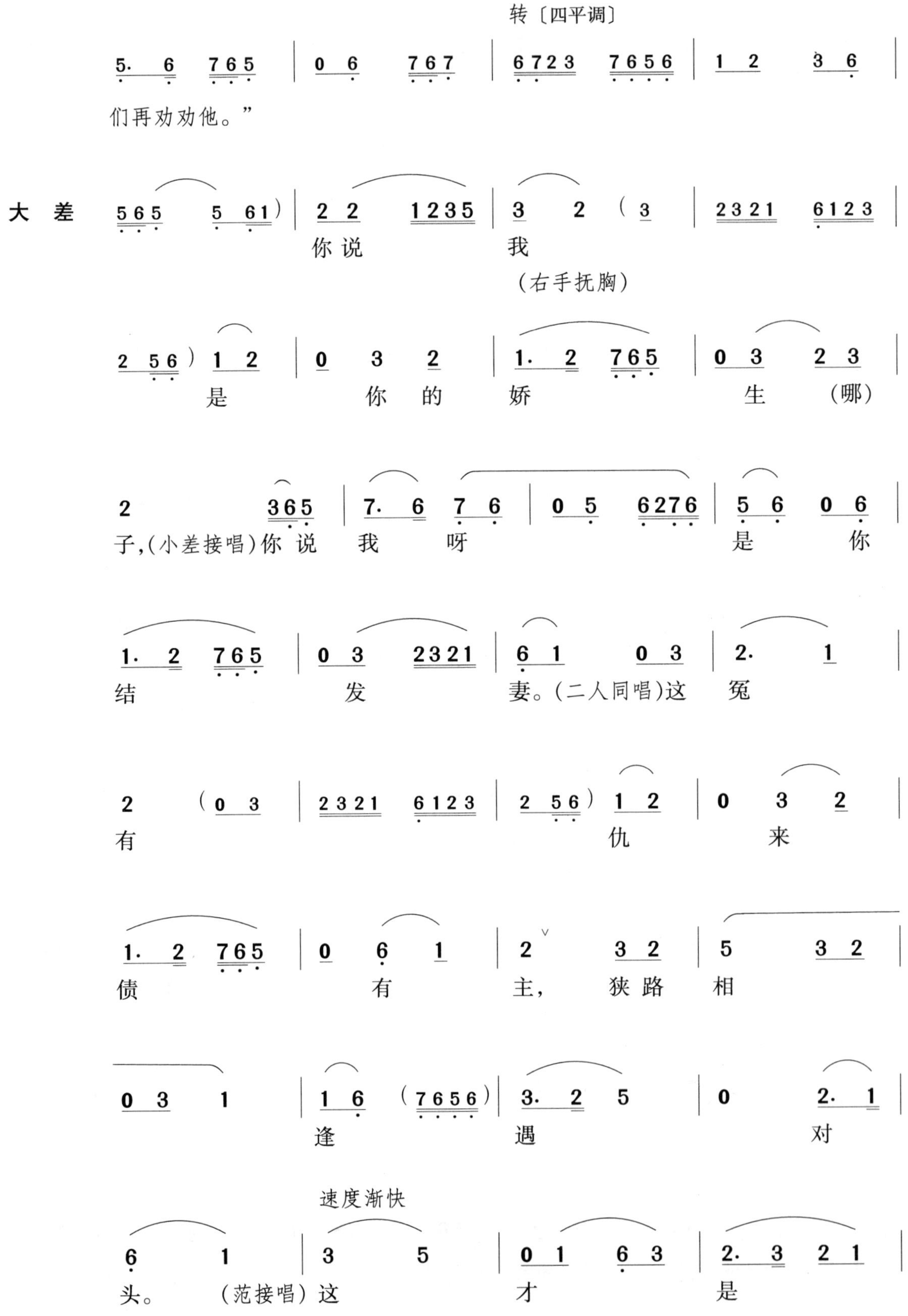
转〔四平调〕
们再劝劝他。”
大差
你说我
（右手抚胸）
是你的娇生（哪）
子，（小差接唱）你说我呀是你
结发妻。（二人同唱）这冤
有仇来
债有主，狭路相
逢遇对
速度渐快
头。（范接唱）这才是

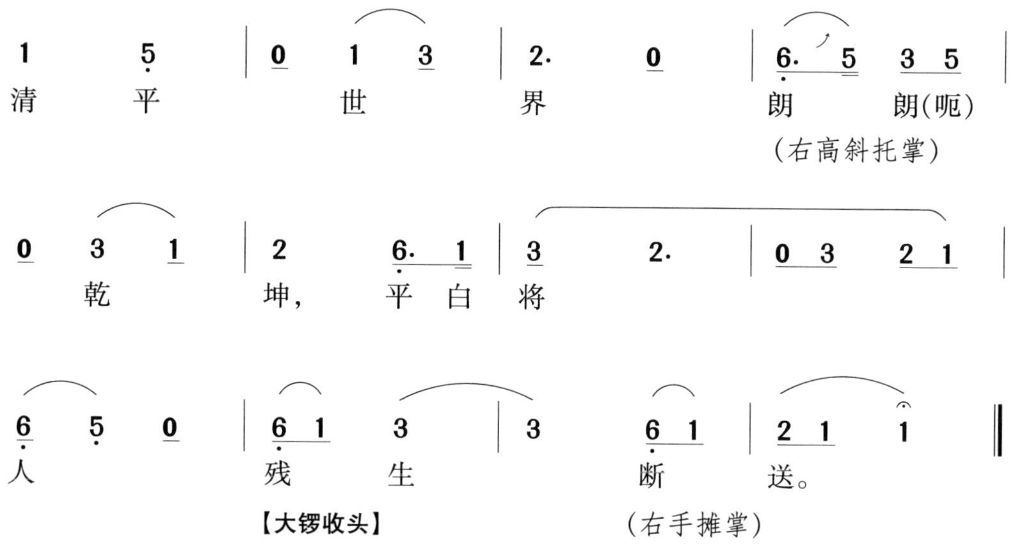

〔【乱锤】范仲禹从箱子下来，二差人见状举棍。范双手抓住二差人的棍子朝后推，二差人抽出棍子，【撕边一击】举打，范仲禹用双手挡。【撕边一击】二差人再打，范退至台中。（八仓）二差人举棍在“大边”亮相，范仲禹双手抱头蹲下。二差人低下身看。

大　差　你瞧他腰鼓鼓囊囊的……（指范）

小　差　来！咱们摸摸！

〔【撕边一击】二差摸范仲禹腰。

〔【撕边一击】范仲禹抓下二差人的帽子。【撕边一击】二差人欲抢回帽子，刚一伸，范仲禹双手拿帽打二人头。【冲头】二差人见状，急从“下场门”跑下。

〔【大锣叫头】范仲禹双手举双帽。

范仲禹　且住呃！前面有天兵天将，接我上天做玉皇，驾起祥云，南天门走走呃！【大锣水底鱼】（左高右低斜举双帽，走一圆场，至台中。左转身起正“云手”）【大锣叫头】哈哈！哈哈！啊哈哈……（双手交叉拍）

〔【撕边一击】范仲禹右手持帽向外缓一圈扔帽，【撕边一击】右手拿过左手中的帽子再向外缓一圈扔出。（八大大仓）向左转身，右手向上撑袖，左手提衣襟，左戳步亮住。【大锣原场】从“下场门”走下。

——剧　终